教育部人文社会科学规划基金项目（10YJA752001）

斯拉夫主义的文艺理论和文化批评

Slavophilistic Literary Theory and Cultural criticism

季明举 著

中国社会科学出版社

图书在版编目(CIP)数据

斯拉夫主义的文艺理论和文化批评/季明举著. —北京：中国社会科学出版社，2015.5

ISBN 978-7-5161-5850-0

Ⅰ.①斯… Ⅱ.①季… Ⅲ.①文艺美学—研究—俄罗斯—近代 Ⅳ.①I512.064

中国版本图书馆 CIP 数据核字(2015)第 064184 号

出 版 人 赵剑英
责任编辑 郭晓鸿
特约编辑 席建海
责任校对 董晓月
责任印制 戴 宽

出 版 中国社会科学出版社
社 址 北京鼓楼西大街甲 158 号（邮编 100720）
网 址 http://www.csspw.cn
发 行 部 010-84083685
门 市 部 010-84029450
经 销 新华书店及其他书店

印 刷 北京君升印刷有限公司
装 订 廊坊市广阳区广增装订厂
版 次 2015 年 5 月第 1 版
印 次 2015 年 5 月第 1 次印刷

开 本 710×1000 1/16
印 张 16.5
插 页 2
字 数 253 千字
定 价 56.00 元

目　录

引　言

斯拉夫主义（Славянофильство）的文艺美学思想和文化批评理论在中国还没有获得应有的关注和系统的评价①。即使在俄罗斯和西方的有关出版物中，我们也很少找到专门评述斯拉夫主义文艺和美学理论的著作②。由于21世纪前后这个经典思想流派的哲学理论、宗教观念和文化思想在人文学界日渐深远的影响，也由于国内理论界对俄国斯拉夫主义问题的兴趣日渐浓厚，了解和探讨斯拉夫主义文艺美学理论和文化批评思想就成为一个迫切的学术问题。谈及俄罗斯文艺学，以往我国长期深受苏联官方意识形态和文艺学思想的影响，学界比较多地注意研究以别林斯基、车尔尼雪夫斯基、杜勃罗留波夫为代表的现实主义社会历史学派，但是对以霍米亚科夫③、И. 基列耶夫斯基④、К. 阿克萨

---

① 参见本书附录《斯拉夫主义研究在中国》一文。

② 俄罗斯（苏联时期）有关斯拉夫主义文艺理论方面的研究著作主要有3部，分别是：В. А. Кошелев ред. Эстетические и литературные воззрения русских славянофилов（1840—1850－е годы）. М.，Наука，1984. // К. Н. Ломунов，С. С. Дмитриев，А. С. Курилов ред. Литературные взгляды и творчество славянофилов（1830—1850 годы），М.，Наука，1978. // В. И. Кулешов. Славянофилы и русская литература. М.，Художественная литература，1976. 西方迄今为止未发现专门论述斯拉夫主义文艺美学理论的独立著作。另外，值得注意的是1969年，苏联《文学问题》杂志曾经掀起一个短暂的研究斯拉夫主义文艺美学理论（文学贡献）的热潮，探讨了斯拉夫主义理论的文学和美学意义。

③ 霍米亚科夫（Хомяков А. С.，1804—1860），俄国宗教哲学家、斯拉夫主义领袖、斯拉夫主义思想的奠基人、文学批评家、诗人，曾创立了描述俄国人民性的“聚合性”（Соборность）学说。

④ И. 基列耶夫斯基（Киреевскмий И. В，1806—1856），俄国宗教哲学家、文学批评家、斯拉夫主义主要创始人和理论家之一，认为欧洲启蒙主义和抽象思维带来了俄国本土文化精神完整性的丧失，主张建立独立的俄罗斯宗教哲学。

科夫[①]、萨马林[②]等人为代表的斯拉夫主义文艺美学思想的关注（斯拉夫主义文艺美学的生成演变、发展阶段、功能意义等）却付之阙如，更不用说对斯拉夫主义思想的系统性研究了。随着21世纪对俄国文艺美学多元性格局的认识日趋完整，传统社会历史学派与斯拉夫主义理论对照下的历史关系问题，必然是一个无法回避的领域。本书力图从斯拉夫主义主要理论家们的文本资料出发，在阐明其基本文艺美学观点和民族文化批评观念的同时，着重评述其民族主义审美理论与传统社会历史学派理论的差异之处及其与同时代欧洲文艺美学潮流的联系，以期对19世纪俄国文艺美学发展的整体脉络、格局有一个更为清晰的把握。

斯拉夫主义文艺理论和文化批评是19世纪俄国经典文艺学的重要组成部分，是一种建立在宗教（东正教）哲学基础之上的，具有强烈浪漫主义特质的民族文化审美理论。斯拉夫主义及其对俄罗斯本土文化精神的信守，对西方文化的批判形成19世纪俄国文艺学发展中的倡导艺术整合的生命有机论传统和文化根基主义趋向。斯拉夫主义文艺美学观念对俄国文艺学最终走上民族化、本土化的审美道路起着决定性的作用。纵观俄罗斯（包含沙俄时代和苏联、苏联解体后）、西方以及中国理论学界对斯拉夫主义文艺理论的评介、研究情况[③]，可以看出仍然存在着很大的局限性甚至空白：在19世纪的大部分历史时期，斯拉夫主义一直是“西方主义”（Западничество）派别和“纯艺术派”[④]（Школа чистого искусства）的论敌；世纪之交的“白银时代”（Серебрянный век）对斯拉夫主义思想理论有过宗教性和哲学性的热烈关注；苏联时期除了对斯拉夫主义理论家作品的资料整理和出版做得较好外，研究工作因受到官方

① К. 阿克萨科夫（Аксаков К. С，1817—1860），俄国社会活动家、文学批评家、斯拉夫主义后期（青年一代）最主要理论家之一，主办过多种杂志，宣扬斯拉夫主义思想。

② 萨马林（Самарин Ю. Ф，1819—1876），俄国社会活动家、哲学家、文学批评家、政论家，斯拉夫主义后期（青年一代）最主要理论家之一，负责起草了著名的1861年废除农奴制的《农奴自由法令》。

③ 参见本书附录《斯拉夫主义研究在中国》一文。

④ 俄国“纯艺术派”在50年代中期异军突起，形成几乎和车、杜、皮唯物主义美学、斯拉夫主义批评派别相抗衡的局面，“纯艺术派”注重维护艺术的独立性，强调艺术本体论特征，主张为艺术而艺术，其形式化倾向的“纯艺术观”受到斯拉夫主义理论家的普遍批评。

意识形态影响长期是禁区，苏联解体后在专题研究方面有一定的改观；西方斯拉夫学界主要是在20世纪（特别是50—80年代）站在西方文化视角，对斯拉夫主义文艺理论及其理论家作了介绍性、传记性探讨，其中以对比性的研究见长（主要是与别林斯基以及部分西方批评家作对比），带有一定偏见和武断成分；中国的斯拉夫主义文艺思想研究在20世纪后期才刚刚起步，至今仍然难以形成别林斯基、车尔尼雪夫斯基、杜勃罗留波夫社会学批评理论50年代、西方现代文艺思潮80—90年代在中国那样的理论研究热潮。

本书力图在多元历史语境下对斯拉夫主义文艺思想进行系统整体研究，以期梳理出其发生学依据和生成转换特点，指明其历史审美价值和现实理论意义。这就需要回溯斯拉夫主义文艺思想在俄国产生和发展的历史文化语境，包括西方强大生命有机论传统（浪漫主义有机哲学）的外部影响以及俄国内部本土传统文化精神尤其是东正教生命有机论文化审美意识的左右。换言之，斯拉夫主义文艺理论是分别来自西方和俄国本土的两大生命有机论审美范式相互交汇、融合的精神产物，因此需要自西方文论史和俄国文论发展史两个不同角度予以考察。

对于斯拉夫主义文艺理论及其在19世纪俄国的发展递进和演变格局，本书力图确认：斯拉夫主义是俄国19世纪思想本土化运动中一个历史影响极为深远的，集哲学、美学、历史学、文化学于一身的重要理论派别。其根本特征是艺术认知上的生命有机论和民族文化审美上的民族主义根性意识，其理论优势在于成功地将生命哲学这一西方直觉主义原则与俄罗斯传统宗教精神本质紧密结合起来，发展出了一种主体性的民族文化审美批评理论，从而为俄罗斯哲学、文化学、历史学带来了认识论新形式。斯拉夫主义文艺理论家的主要贡献是首次在思想界推出和详细论证了俄罗斯民族宗教文化审美的"聚合性"[①]（соборность）原则、文艺批评的"人民性"（народность）概念。斯拉夫主义理论家们在吸收和批判西方（欧洲）文

① 在我国，一般将соборность一词翻译为"聚合性"或"聚义性"，也有人译作"团契"。参见张百春《当代东正教神学思想》，上海三联书店2000年版，第494页；彭文钊《俄罗斯团契概念的语言文化学分析》，《中国俄语教学》2005年第3期。

艺批评观念的基础上，创造性地确立了艺术与现实审美关系上“史诗般静观”（эпическое созерцание）的生命立场，关照艺术和艺术作品的“直觉主义”原则以及批评上的文化民族主义意识，特别是以其对俄罗斯民族精神文化类型独特性的精辟阐述将斯拉夫学主义派文艺美学更深地植根于崇尚内在经验，即东正教生命信仰哲学的俄罗斯文化维度之中。本书最后对斯拉主义文艺理论和文化批评的生成原因、总体美学价值及其历史地位做出恰当评估，以证明对待艺术的“生命立场”和艺术审美的民族文化“有机整合”原则在俄国一直是一种生生不息的艺术审美模式。而斯拉夫主义理论家所开辟的俄罗斯民族化审美道路正代表着19世纪俄国文艺美学演进上一股与“西方主义”，特别是与别林斯基社会历史学派外在批评理论思潮相对照抑或平行发展的内在生命有机论线索。这一鲜明“生命路线”虽然在20世纪和21世纪的俄罗斯，乃至整个西方现当代文艺理论发展格局中居潜流状态，但依然清晰可辨并处处“充满真诚的青春思想”[①]。

斯拉夫主义研究是一项跨学科前沿课题，涉及哲学、宗教、美学、文艺学、历史学以及文化学、社会学、政治学、经济学等各个学科领域。换句话说，斯拉夫主义在俄国是一种复合的文化聚合体（культурная парадигма）现象。本书在研究思路和研究方法上拟采取综合归纳法和历史比较法相结合的原则，仅从文艺美学和文化学两方面入手，对作为美学和文艺学现象的斯拉夫主义进行完整的历时性和共时性研究，即通过纵向梳理和横向比较，勾勒出整个19世纪俄国斯拉夫主义文艺思想的历史渊源、文化特征以及在多元主义下的发展演进格局。本书力图实现的突破和创新是：1. 在多元的历史和现实文化语境下对斯拉夫主义文艺理论和文化批评进行系统性的学术探讨。2. 揭示和分析斯拉夫主义文艺理论和文化批评的基本审美原则、民族精神维度及其理论实践的过程。3. 厘清斯拉夫主义文艺美学理论的发展演进轨迹。4. 对斯拉夫主义文艺理论和文化批评的历史成因、总体理论价值及其现实

① 马克思评价谢林语，参见谢林《艺术哲学》，魏庆征译，中国社会出版社1996年版，扉页（内容简介）。

意义进行有说服力的评估。就个人研究动机而言，斯拉夫主义及其理论家所开辟的民族文化审美观念，斯拉夫主义派别所焕发出的青春活力，它那令人着迷的俄罗斯气质，它所置身的肥沃艺术土壤、深厚的民族文化积淀以及生机勃勃的生命诗学特征都不由得让人有持续追问的学术冲动。

第一章　斯拉夫主义及其民族文化审美理论的缘起和发展

1. 斯拉夫主义的缘起及美学诸问题

19 世纪以来，在俄罗斯哲学、文化学、文艺美学思想潮流中能够牢固地占据半壁江山并能实现与同时代的西方主义分庭抗礼的无疑是斯拉夫主义。所谓“西方主义”指的是恰达耶夫[①]以降主张俄国走全面欧化道路的知识分子群体。这一成分庞杂，既有诸如恰达耶夫、格兰诺夫斯基[②]、卡特科夫[③]这样的贵族自由派哲学家和思想家，也有别林斯基、赫尔岑、奥加廖夫、车尔尼雪夫斯基、杜勃罗留波夫这样的左翼平民民主主义革命家；既有德鲁日宁、安年科夫、鲍特金这样对政治问题淡漠的“纯艺术派”，也有屠格涅夫、冈察洛夫、萨尔蒂科夫—谢德林这样的社会小说家，还有卡维林[④]、谢·索罗维约夫[⑤]这样的知名历史学家。不过西方主义有一

---

① 恰达耶夫（П. Чадааев，1794—1856），俄国作家，1821 年以前是沙皇近卫军军官。1836 年发表《一封哲学书简》，被当局送进精神病院，是俄国 19 世纪初具有西方主义哲学观点和政治思想的代表之一。

② 德·格兰诺夫斯基（Т. Грановский，1813—1855），莫斯科大学教授、历史学家、西方主义者，俄国西欧中世纪史专家。

③ 卡特科夫（Катков М. Н，1818—1887），俄国政论家、出版家、文学批评家，具有保守自由主义思想倾向。

④ 卡维林（Кавелин К. Д，1818—1885），19 世纪俄国著名历史学家，俄国史学“国家学派”代表之一，民族法学史家，西方主义者，主张农奴制改革，有“调和论”思想。

⑤ 谢·索罗维约夫（Соловьев С. М，1820—1879），19 世纪俄国著名的历史学家，俄国史学“国家学派”代表之一，彼得堡科学院院士，曾担任莫斯科大学校长，写有 29 卷本《俄国通史》（*История России с древнейших времен*，1851—1879），其成果足可与卡拉姆辛的《俄罗斯国家史》（*История Российского государства*）相提并论。

点是共同的，即它们均具有文化价值上的欧洲向度，相信彻底融入欧洲文明是俄国走向现代化的不二法门。因此“西方主义”又被称作“西欧派”。斯拉夫主义拥有与西方主义迥然不同的文化价值向度：他们坚称俄国以其纯洁的生命信仰和“史诗般的静观”（эпическое соерцание）优于在逻辑分析、实证主义和理性主义中耗尽了生命潜能的“堕落的欧洲”。俄国现代化扎根于传统的、以东正教为核心的民族精神文化土壤。相比商业个人主义的、俗气的、“不可救药”的欧洲，俄国必然承担起拯救欧洲，在博爱与道德救赎的基础上实现“全人类兄弟般团结”的弥赛亚主义使命。在半个多世纪的时间里，斯拉夫主义以其毫不妥协的文化批判精神在哲学、宗教学、政治学、社会学、文化学、文艺美学等多个领域对欧洲和西方主义的意识形态和价值体系进行了深入的批判。从这一点上来说，斯拉夫主义继承了俄国东正教传统文化思维范式，把“东方教父学”① 与欧洲生命有机论哲学结合起来，把具有高度文化想象和张力的“浪漫美学”从个体范畴改造为具有历史普适意义和全人类价值的民族文化审美范畴。19 世纪 40—50 年代，特别是 1848 年的欧洲革命和 1852 年的克里米亚战争，俄罗斯人遭遇重大失败，俄国国内掀起了一场声势浩大的“回归俄罗斯”运动，这时斯拉夫主义理论家的一些纲领性文章和论述，如霍米亚科夫的《论旧与新》（*О старом и новом*，1839）、《教会唯一》（*Церковь од на*，1846）、《论俄罗斯艺术学派产生的可能性》（*О возможности русской художественной школы*，1847）、《关于〈哲学书简〉的几句话》（*Нескол ько слов о 〈Философическом письме〉*，1836）、《一个正教徒关于西方信仰的几句话》（*Несколько слов православного христианинао западных веровани ях*，1853—1858），И. 基列耶夫斯基的《答霍米亚科夫》（*В ответ А. С. Хомякову*，1839）、《论哲学新原理的必要性和可能性》（*О необходимости и*

---

① 教父学（Patristics），基督教研究之一，针对早期基督教会的文件及其作者的研究，特别是针对教父们的著作。这些教父的年代，约介于新约时代末期，或使徒年代（约公元 1 世纪）末期，一直到 451 年的迦克墩公会议，或 8 世纪的第二次尼西亚公会议之间。俄国教会和思想界更多关注东方教会（希腊—拜占庭正教）教父们的著作，称“东方教父学”（ восточная патристи ка）。

возможности новых начал философии, 1856），K. 阿克萨科夫的《关于果戈理的长诗〈乞乞科夫的奇遇或死魂灵〉的几句话》（*Несколько слов о поэме Гоголя 〈Похождение Чичикова, или Мёртвые души〉*, 1842）、《以风俗、传说、迷信和歌谣为例论斯拉夫，特别是罗斯古代风习》（*О древнем быте славян вообще и русских в особенности на основании обычаев, преданий, поверий и песен*, 1845）、《论俄国人关于外国人的观点》（*Мнения русских об иностранцах*, 1846）等便成为这一民族主义思想运动50—60年代延续发展的理论基础。思想理论指向文化实践的批评效应不断出现。尽管随后在"激进的60年代"[①]，走向式微的斯拉夫主义受到了由西方主义演变而来的以车尔尼雪夫斯基、杜勃罗留波夫为首的激进革命民主主义（唯物主义美学）理论家的激烈批判，并遭到了"历史性的失败"，但19世纪60—70年代的"根基主义"[②] 派别、"民粹派"（Народничество）哲学，以及"白银时代"的新宗教哲学，20世纪初的欧亚主义（Евразийство）学说等准斯拉夫主义派别正是以斯拉夫主义为理论滥觞。斯拉夫主义文艺理论和文化批评范式在新的历史条件下得以进一步继承和发展，直至形成蔚为大观的"生命路线"，并从此将它的理论影响延伸到当今俄罗斯人文学科研究的各个领域中。

斯拉夫主义作为俄国贵族精英知识分子思想派别的诞生与恰达耶夫"哲学书简"事件具有直接的联系：1836年9月，纳杰日津[③]主办的莫斯

---

① 俄国思想史上把1860年农奴制改革后平民民主主义、实证主义盛行的19世纪60年代称作"激进的60年代"，把这一时期的左翼激进知识分子称作"激进的60年代人"（радикальные шестидесятники）。

② "根基主义"在我国学界又被翻译为"根基派"或"土壤派"，是俄国斯拉夫主义在19世纪下半叶的思想变体和延伸，以1862年《时间》（*Время*）杂志发刊词（征订启事）为诞生标志，主要代表人物有小说家陀思妥耶夫斯基，文艺批评家阿·格里高里耶夫和美学家尼·斯特拉霍夫（Николай Страхов, 1828—1896），是19世纪60年代俄国理论界一股本土化思潮，其主张是呼吁俄国知识分子在新的历史条件下实现向民族传统文化精神"根基"的回归，"根基主义"在60年代末走向衰落。

③ 纳杰日津（Надеждин Н. И, 1804—1856），俄国文艺批评家、美学家，1831—1836年创办并主持《望远镜》（*Телескоп*）杂志，最早阐述了现实主义美学原则及小说理论，对别林斯基有良好的影响。

科《望远镜》(*Телескоп*) 杂志第 15 期上刊发了一封由一位名叫 П. 恰达耶夫的作家所写的，献给一位神秘贵妇人[①]的信件，名为《哲学书简》(*Философическое письмо*)，立刻引起轩然大波，犹如一颗重磅炸弹投入"十二月党人"起义后已沉寂多年的俄国文化知识界。该信件不仅冒犯了读者，还惹怒了沙皇当局。书刊检查局彻夜开会，连沙皇也出面干预。沙皇专门颁布谕旨，宣布这是"一个疯子大胆的胡言乱语"[②]，邀请官方派医生为写信人治病。很快《望远镜》杂志就被当局查封，纳杰日津受到了严厉告诫。这位曾经参加过 1812 年反拿破仑卫国战争，跟随沙皇远征巴黎、与诗人普希金交厚、与谢林见面并长期通信的爱国近卫军官写的不是什么情书，而是一封充满叛逆意识、反思俄国文化身份的箴言书。恰达耶夫事实上早在 1830 年就已经完成了给那位神秘贵夫人的八封信，《望远镜》杂志所发表的仅是其中一封而已。他在这八封信中痛心疾首地宣称：俄国的历史和文化迄今尚处于野蛮不开化的不幸局面，当权者所继承的是"愚蠢的蒙昧，残暴的、凌辱的异族统治（蒙古统治）"，"我们青春的可悲的历史"，完全是"精神世界的空白"，就像一个"没有学会独立思考的孩子"[③]。"在我们祖国不会结出文明果实的土壤上，没有诞生过一个有益的思想；我们的环境中没有出现一个伟大真理。"[④]"我们一觉醒来，发现自己置身于欧洲文明大家庭之外。""我们走着一条永远到不了终点的路线。"[⑤] 恰达耶夫断言，俄罗斯生活在欧洲的东方，这是个事实，但是俄罗斯从来不曾属于过东方。掌握了人类智慧成果的西方在高傲自由地前进，俄罗斯则一无是处，对人类文明发展和进步没有任何值得夸耀的贡献。大部分读者一定觉得恰达耶夫已然神经错乱，而恰达耶夫却认为这只是以"自己的方式"热爱俄罗斯，即他所说的"否定爱国主义"[⑥]。恰达耶夫试图为俄罗斯的命运和前途开出一副合

---

① 据考证这位"神秘贵妇人"就是 И. 基列耶夫斯基的母亲叶拉金娜。

② 恰达耶夫：《哲学书简》，刘文飞译，作家出版社 1998 年版，第 13 页。

③ 同上书，第 35—37 页。

④ 同上书，第 42 页。

⑤ 同上书，第 37 页。

⑥ 同上书，第 208 页。

乎时宜的“苦口良药”。在《一个疯子的辩护》（*Апология сумашедшего*）中，他呼吁自己的同胞以“对真理的爱”，“献身于真理的祖国”①。值得注意的是，“真理”（правда）这一概念出自古老的俄语词汇，并不单指古希腊哲学以降欧洲哲学所说的“真理”（истина）一词，而是指具有俄罗斯宗教性和伦理性特征的“绝对真理”，即神圣“天启”赋予俄罗斯的弥赛亚使命：俄罗斯注定要以“博爱和兄弟团结”承担其拯救世界的责任。恰达耶夫断言：“俄罗斯民族表现出一种崇高的智慧，因为她意识到自己命运的至高规律。”② “万物之自然赋予我们以使命，我们将成为真正的、有良心的法官，判决人类精神和人类社会的伟大法庭所面临的诸多诉讼”③。事实上恰达耶夫最原始的内在动机是一种对复活古老大俄罗斯弥赛亚主义的热烈渴望。在恰达耶夫看来，要承担起这一神圣历史使命，落后的俄罗斯现在还不够格。她需要的是在不丧失自己本民族文化身份的前提下，积极融入欧洲大家庭，最大限度地汲取来自欧洲的文化营养，以尽快地发展壮大自己。“夹在中国和德国之间”④ 的伟大俄罗斯是特殊的，她既不属于东方，也不属于西方，她是西方的东方，又是东方的西方，命中注定要首先以谦卑的心态汲取西方优秀精神成果，然后再超越“被理性主义败坏了的”⑤ 的西方世界，以最终担负起上帝对俄罗斯的特别垂爱。然而恰达耶夫作为俄国知识分子的良苦用心并没有得到同时代大多数同胞的谅解，《哲学书简》反而开启了一项持续近一个世纪的思想论争，即俄国在文化归属上到底应该是西方还是东方⑥。其中一部分认同、激赏恰达耶夫观点的知识分子组成了后来的西方主义阵营，比如该派代表人物之一的赫尔岑就形容说：“恰达耶夫的《哲学书简》仿佛是最后的判决，一条界线。这是黑夜中发出的枪声；也许它

① 恰达耶夫：《哲学书简》，刘文飞译，作家出版社 1998 年版，第 194 页。

② 同上书，第 213 页。

③ 同上书，第 209 页。

④ 同上书，第 41 页。

⑤ 同上书，第 203 页。

⑥ 这里需要说明的是：斯拉夫主义理论语境中的“东方”，不是指中国，也不是指伊斯兰世界或鞑靼人，而是指与天主教——新教世界相对应的斯拉夫东正教世界。

宣告了什么对象的覆灭和死亡，也许它是信号，求救的信号，是黎明的消息，或者黎明不再到来的通知，但不论怎样，必须醒来了。”[①] 另一部分俄国贵族精英知识分子显然因《哲学书简》对本民族文化的激烈否定而民族自尊心受到了深刻的伤害：《哲学书简》刚一发表，霍米亚科夫就在《莫斯科观察家》（*Московский наблюдатель*）杂志上模仿恰达耶夫的风格，也以给某位贵夫人写信的形式撰写了名为《关于〈哲学书简〉的几句话》的短文，指责恰达耶夫“无视正教斯拉夫人和罗斯人的民族谱系，看不到俄国凭借自己的民族智慧赶走蒙古人和击败拿破仑，并将伊斯兰世界与欧洲隔开，使得欧洲摆脱灭顶之灾的历史事实”[②]。1838 年 12 月在莫斯科基列耶夫斯基兄弟文艺沙龙的一场聚会上，霍米亚科夫朗读了他另一篇短文《论旧与新》，从宗教观点对恰达耶夫提出的东、西方问题予以进一步批评和论证，针锋相对地指出欧洲人“越是反思自己，就越会发现自己的社会之糟糕和缺乏道德”，而俄国古老的淳朴生活却拥有根深蒂固的“所有善的开端”。“南部正教希腊与北方罗斯的历史性文化结合成为俄罗斯拥有光明未来的保证”[③]，而天主教与罗马世俗律法的结合则使得欧洲在精神上迷恋外部权力，陷入个性的分裂中。基列耶夫斯基在沙龙里倾听了霍米亚科夫的朗诵后很快就写出了《答霍米亚科夫》一文，指出俄罗斯在精神上继承了希腊正教传统，其古老的宗法制和村社集体主义制度要优于彼得大帝模仿普鲁士国家结构所建立的沙皇专制制度。《论旧与新》和《答霍米亚科夫》这两篇纲领性文章均于 1839 年公开发表，标志着斯拉夫主义作为俄国理论派别的正式形成。这个斯拉夫主义派别前后延续两代，达半个世纪之久：一般来说，老一代的斯拉夫主义理论家有霍米亚科夫、И. 基列耶夫斯基、老阿克萨科夫[④]、科舍廖

---

① 赫尔岑：《往事与随想》中卷，项耀星译，人民文学出版社 1998 年版，第 151 页。

② Хомяков А. С. *Сочинения в двух томах*, Том Ⅰ. М., 1994. Стр. 453.

③ Ibid., p. 463.

④ 老阿克萨科夫（С. Т. Аксаков, 1791—1859）是斯拉夫主义旗手 K. 阿克萨科夫的父亲，19 世纪 40—50 年代名噪一时的俄国特写作家。

夫[1]等人；年轻一代的斯拉夫主义理论家有阿克萨科夫兄弟、萨马林等；波戈京等[2]与斯拉夫主义派别的观点相接近；另外辞典编纂家达里[3]、剧作家A. 奥斯特洛夫斯基、诗人丘特切夫和亚济科夫[4]通常也被归入具有斯拉夫主义情感的作家。其中对斯拉夫主义运动理论和实践贡献最大的是霍米亚科夫、И. 基列耶夫斯基和K. 阿克萨科夫三人。斯拉夫主义理论家大多具有古老的世袭家族背景，许多人士来自贵族文化精英世家或外省贵族庄园，最典型的就是阿克萨科夫父子三人和基列耶夫斯基兄弟。老阿克萨科夫（С. Т. Аксаков）是著名的斯拉夫主义思想家、散文作家、戏剧评论家，写有小说《孙子巴格洛夫的童年时代》（*Детские годы Багрова－внука* ，1858）、反映庄园地主生活的自传作品《家庭记事》（*Семейная хроника*，1856）以及诗歌和各种牧歌田园式的狩猎（渔猎）故事，还写有传记性大型文学回忆录，记述了斯拉夫主义者们诗意的沙龙生活以及与普希金、果戈理、恰达耶夫等人的交往经历。老阿克萨科夫的长子K. 阿克萨科夫、次子И. 阿克萨科夫兄弟俩均为著名年轻一代斯拉夫主义思想理论家，50年代俄罗斯文艺美学界的风云人物。斯拉夫主义派别的基列耶夫斯基兄弟两人也十分引人注目：他们是著名莫斯科文艺沙龙女主人叶拉金娜[5]与前

---

① 科舍廖夫（Кошелев А. И.，1806—1883），斯拉夫主义批评家、企业家，斯拉夫主义报刊《俄罗斯丛谈》的出版人，和萨马林一道参与了1861年废除农奴制的《农奴自由法令》的起草工作。

② 波戈京（Погодин Мих. Петрович，1800—1875），俄国作家、历史学家，彼得堡科学院院士，出版过《莫斯科人》（*Москвитянин*）等杂志，持保守的“官方人民性”立场。

③ 达里（Даль В. И，1801—1872），俄国辞典编纂家、民谚收集家、散文家，斯拉夫主义者，编纂有《俄人民间谚语》（*Пословицы русского народа*，1861—1862）、《俄国童话集》（*Русские сказки*），著名《大俄罗斯语详解词典》（*Толковый словарь живого великорусского языка*），曾主张净化俄语，剔除外来词汇。

④ 亚济科夫（Языков Н. М，1803—1846），普希金同时代诗人，曾以“大学生组歌”（*песни студентов*）蜚声诗坛，后受基列耶夫斯基兄弟的影响，成为斯拉夫主义者，1844年写下著名的《致不是我们的人》（*К ненашим*）一诗。该诗立刻引起轰动，被认为是斯拉夫主义向西方主义下达的战书。

⑤ 阿芙多吉娅·叶拉金娜（Авдотья Елагина，1812—1891）是基列耶夫斯基兄弟的母亲，诗人B. A. 茹科夫斯基的外甥女，莫斯科著名文艺沙龙女主人。叶拉金娜家庭沙龙一度成为莫斯科上层精神生活的中心，聚集了几乎整个莫斯科的文学和思想巨匠：普希金、恰达耶夫、维亚泽姆斯基、赫尔岑、屠格涅夫、格兰诺夫斯基、K. 阿克萨科夫、霍米亚科夫、萨马林、奥加廖夫、卡维林等人都曾经是沙龙里的常客。

夫所生的儿子，以出色的沙龙辩论才能而著称。其中哥哥 И. 基列耶夫斯基是与霍米亚科夫齐名的早期斯拉夫主义奠基人之一；而弟弟 П. 基列耶夫斯基更是一位斯拉夫主义实践家和文化活动家，19 世纪中叶俄罗斯著名的民俗学家，曾经追随 K. 阿克萨科夫留起大贵族时代的大胡子，穿上古罗斯时代时兴的黑色长袍、皮靴去民间采风，编有大部头的系列作品《基列耶夫斯基所收集的俄人民歌》（*Песни, собранные П. Киреев ским*），其中包括壮士歌、民歌、民间故事等数千首民歌，为俄罗斯民间文学的研究和斯拉夫主义民间诗学观念的确立做出了卓越的田野贡献。

正如西方主义知识分子团体一样，斯拉夫主义团体在组织上也非常松散：他们主要活跃在莫斯科几个著名家庭文艺沙龙上，主要有贵妇叶拉金娜家庭（Елагины）、斯维尔别耶夫家庭（Свербеевы）、老阿克萨科夫家庭（Аксаковы）、巴甫洛夫家庭（Павловы）等，[①]，观点对立的西方主义人士也常常出没其间并挑起激烈的思想辩论。需要指出的是：受欧洲“共济会”[②] 的影响，近代俄国贵族精英知识分子向来有沙龙客厅私密聚会的结社传统，19 世纪早期有“爱智协会”[③]、“俄罗斯文学爱好者座谈会”[④]，由普希金、卡拉姆辛参加的“阿尔扎马斯”[⑤] 文学社以及“十二月党人”

---

① 参见刘文飞《伊阿诺斯或双头鹰：俄国文学和文化中斯拉夫派和西方派的思想对峙》，中国社会科学出版社 2006 年版，第 19 页。

② “共济会”（Масонство），西方上流社会秘密结社组织，最早于 1731 年自西欧传入俄国，18 世纪末 19 世纪初一度风靡上流贵族社会，对俄国知识分子的秘密结社具有重要影响。具体参见赵世峰《俄国共济会与近代俄国政治变迁》，复旦大学出版社 2011 年版。

③ “爱智协会”（Общество любомудрия），莫斯科 1823—1825 年的文学—哲学小组，组织者是 B. 奥拓也夫斯基（主席），成员有德·韦涅维季诺夫（秘书）、И. 基列耶夫斯基、科舍廖夫、舍维廖夫等，以研究谢林、斯宾诺莎、康德、黑格尔、费希特等德国古典哲学为主，对 19 世纪初期俄国的“哲学热”和斯拉夫主义运动的形成具有重要的影响。

④ “俄罗斯文学爱好者座谈会”（Беседа любителей русской словесности），彼得堡俄国文学社团，组建于 1811 年，领导者为诗人杰尔查文和文学爱好者、海军上将希什科夫，具有保守观点，持古典主义立场，与卡拉姆辛等人组建的“阿尔扎马斯”文学社在俄罗斯语言现代化问题上观点对立。

⑤ “阿尔扎马斯”（Арзамас），以作家卡拉姆辛为首组建的文学社团，活动于 1815—1818 年间，与海军上将希什科夫成立的“俄罗斯文学爱好者座谈会”的古典主义倾向进行斗争，主张俄罗斯语言和俄罗斯文学现代化，史称“改革派”，成员有茹科夫斯基、维亚泽姆斯基、巴丘什科夫、普希金等。

的“幸福同盟”① 等秘密思想结社组织。19 世纪 30—40 年代，各种文艺小组、沙龙、晚会得到蓬勃发展。这种私人性质的思想结社多于夜间在客厅、沙龙或书房里活动，雅致、智性的生活中充满着共济会风格的集体意识、兄弟情分和道德情怀，散发着亲昵无间的对谈和争执不休，是充斥着责任，追问人类终极价值的空间和各种小型审美事件的集散地。在那里，知识分子将他们的精神事业诉诸饱含生命张力的杂语言谈：他们聚会、辩论并高声朗读自己的作品，时而还会夹杂着各种嬉闹、酗酒、狂欢，并彻夜不眠，在彼此面红耳赤的争执中相互催生和深化精神灵感。这类散发着浓郁兄弟友情和对话氛围的俄罗斯式“哲学之夜”催生出了知识分子独特的聚合性精神交流方式。胸怀治国安邦理想的知识分子精英在沙龙、客厅或家庭晚会上醉心于讨论谢林主义哲学、康德的道德批判主义、费希特的“唯灵论”、黑格尔的历史哲学和逻辑学、斯宾诺莎的“实在泛神论”等，其中对俄国知识分子构成最大精神影响的还是谢林和黑格尔。不过团体成员们专注于借自西方眼花缭乱的观念和理论，但并不是把它们当作学术问题来研究，寻求精密的理论准确性和学院式阐释，而是一种典型的“拿来主义”，即把它们当作一种火热的信仰和生动的真理，以此来解决俄国现实问题。他们就哲学、美学或艺术主题展开热烈争论，经常慷慨激昂，彻夜不眠，似乎要在一夜之间将欧洲几百年所积累的精神文明成果吸收过来。斯拉夫主义就诞生于这一充满热烈精神交流氛围的思想小组、沙龙和晚会中。与西方主义人士大多出生于外省乡村贵族家庭抑或平民知识分子家庭、大多聚集在首都彼得堡的知识圈不同，老派斯拉夫主义者如霍米亚科夫、老阿克萨科夫以及基列耶夫斯基兄弟等大多出生在莫斯科古老的贵族世家，具有“蓝色的血液”和纯正的正教信仰，在外国家庭教师的指点下成长，又在莫斯科大学受过良好的西方式教育，十分熟悉和了解西方哲学和文化，属于俄国当时最有教养的精英知识分子群体。他们几乎夜夜流连忘返于莫斯科家庭文艺沙龙，以滔滔不绝的演说和雄辩才能闻名遐迩：

① “幸福同盟”（Союз благоденствия），“十二月党人”1818—1821 年在莫斯科组建的秘密组织，领导者为穆拉维约夫兄弟、彼斯捷尔等，具有激进共和主义思想，主张用武装起义的方式推翻沙皇专制制度。

“霍米亚科夫以锐不可当的口才，阐述和宣扬斯拉夫主义理念，他可以从晚上9点一直与人持续争论到凌晨4点而一点不露倦色。老阿克萨科夫与之互相呼应，他一身的老派打扮，穿着斜领短衫和粗呢上衣，裤脚塞进靴筒，手上托着旧式平顶毛皮帽，为斯拉夫主义心目中的圣城莫斯科大唱赞歌，却把彼得堡贬为‘皇上驻跸之地’，俄罗斯的‘欧洲’，因此首都应该迁回莫斯科。格兰诺夫斯基则侃侃而谈，呼吁争取自由，解放思想，走西欧国家的现成路线。西欧派的左翼领袖别林斯基和赫尔岑也勇猛地投入战斗，同强大的对手正好是旗鼓相当。女士们则大多坐在一旁静听，有时也偶尔插上几句话……”[①] 斯拉夫主义正是在这种具有私密特征的、漫无休止的沙龙智性辩论中获得了“斯拉夫主义”（Славянофильство）这一称呼[②]。事实上，无论“西方主义”（Западничество）还是“斯拉夫主义”，均是19世纪40年代初两派在激烈的沙龙辩论中一方抛给另一方的语义上具有贬低色彩的称呼，后来逐渐在俄国文化界流传开来并获得了固定称谓。其实对斯拉夫主义和西方主义的称呼在同时代以及后人著作中均五花八门，又都不令人满意，在翻译成其他语言时就显得更加混乱。西方主义者们大多自称是“自由派”；斯拉夫主义者则轻蔑地称呼他们为“西方主义”、“西欧派”、“拉丁人”等，在文化心理认知上几乎视“西欧派”为“祖国公敌”。斯拉夫主义者们则自称为“斯拉夫基督教派”（А. Хомяков）、“俄罗斯派”（К. Аксаков）、“莫斯科派”（Ю. Самарин），以及所谓“本土派”、“独特性论者”或“正宗俄罗斯派”等；西方主义者们公开讥讽斯拉夫主义派别为落后保守派，或者是精神上食古不化的“斯拉夫爱好者”（Славянофилы，“филы”在古希腊语和古俄语中有“爱好者”、“喜欢某事物的人们”的意思）、“守旧派”等。后人相关著作中的称呼就更为杂乱：对待西方主义曾有过“温和的自由派”、“激进的自由

① А. И. Герцен. *Сочинения в девяти томах*, Том Ⅴ. Издат. Художественная литература. М., 1957. Стр. 153.

② 还有一种说法，认为“斯拉夫主义”这一称呼是赫尔岑1842年最先在其日记中（后收入回忆录《往事与随想》中）作为“所有斯拉夫派观点总和”而使被用的：赫尔岑《往事与随想》中册，人民文学出版社1993年版，第30章第1节。转引自白晓红《俄国斯拉夫主义》，商务印书馆2006年版，第44页。

派”、“改革派”的称谓；与此相对照，斯拉夫主义在后世有“保守派”、“改良派”、“民族派”、“传统派”、“东方派”和“本土派”的称呼。西方（英语中）对西方主义和斯拉夫主义分别有“西化派”（Westniz ed school）和“乡土派”（native school）的称谓。中文里翻译成“西方派”和“斯拉夫派”、“西方主义”和“斯拉夫主义”①。笔者认为，结合两派的自称、彼此互称以及后人的称呼习惯统一叫作“西方主义”和“斯拉夫主义”比较合理，既能照顾到历史与现实，又能够兼顾到学理要求。特别针对俄国斯拉夫主义运动19世纪自旧斯拉夫主义向之后的根基主义、“民粹派”，以及“白银时代”新宗教哲学、20世纪初的“欧亚主义”发生变体性演进的思想过程，“斯拉夫主义”这一概念具有俄罗斯作为斯拉夫文明一员的民族文化整合特征，更接近于对俄罗斯理论学派的正名，但与其他斯拉夫国家或者“斯拉夫文明”之间的关系不大。斯拉夫主义是地道的热爱并探索俄罗斯文化精神的俄罗斯学派。“斯拉夫主义更确切地应该被命名为罗斯主义或俄罗斯派”②。按照И. 阿克萨科夫的话说，“我们不信仰泛斯拉夫主义……罗斯远比整个斯拉夫更令我们心醉神迷”③。

撇开称谓上的争议不谈，单就思想传播途径而言，斯拉大主义经历了一个由私密到公开的演变过程。上面提到的老派斯拉夫主义者如霍米亚科夫等人主要活跃于莫斯科的几家家庭文艺沙龙，如著名的阿芙多吉娅·叶拉金娜文学沙龙、斯维尔别耶夫文学沙龙、恰达耶夫沙龙、阿克萨科夫家庭沙龙等，那主要是在30年代。40年代后莫斯科和彼得堡大学校园内斯拉夫主义和西方主义思想小组、文艺美学小组几乎在一夜间遍地开花。著名的有斯坦凯维奇小组、赫尔岑—奥加廖夫小组、别林斯基小组以及格里高里耶夫④—费

① 有关斯拉夫主义各种称谓参见刘文飞《伊阿诺斯或双头鹰：俄国文学和文化中斯拉夫派和西方派的思想对峙》，中国社会科学出版社2006年版，绪论，第2—3页。

② 白晓红：《俄国斯拉夫主义》，商务印书馆2006年版，第48页。

③ 同上。

④ 格里高里耶夫（Григорьев А. АН，1822—1864），19世纪中叶俄国著名浪漫主义批评家、美学家，著名“有机批评”（Орнаническая критика）学说的创立者，19世纪60年代著名“根基主义”派别的先驱和旗手之一。参见季明举《格里高里耶夫“有机批评”理论研究》，中国文联出版社2005年版。

特美学小组等。这些小组的主体是大学里的学子，而他们的老师多数为斯拉夫主义和西方主义的风云人物，如当时斯拉夫主义的舍维廖夫和西方主义的格拉诺夫斯基就广受欢迎，课堂场场爆满，一些听众甚至只能站在走廊里听讲。这些莘莘学子成就非凡，很快就成为19世纪中后期知识界、文化界的风云人物。50—60年代的青年一代斯拉夫主义者大多经受过大学思想小组的精神熏陶，得斯拉夫主义领袖人物之真传。这也是斯拉夫主义在新的历史条件下得以改造和发展的源泉。尤其重要的是，经过30年代沙龙晚会和40年代初期大学小组的精神文化洗礼，以青年一代斯拉夫主义者为代表的斯拉夫主义团体式知识群体逐步过渡为俄国公共知识分子群体，其主要标志就是40年代中后期出现的，由斯拉夫主义人士主办的综合性文艺—社会政论杂志，如由亲斯拉夫人士主办的《莫斯科人》（*Москвитянин*）和1847年出现的《莫斯科文集》（*Московский сборник*）成为与同时期彼得堡西方主义阵营所主持的《现代人》（*Современник*）和《祖国日志》（*Отечественные записки*）杂志相抗衡的论坛。两派人士各自以报刊为论坛，展开激烈的公开辩论。西方主义的刊物集中在彼得堡；斯拉夫主义刊物则集中在莫斯科。一时俄罗斯帝国两京终日硝烟弥漫，呈现出精彩绚丽的政论景观。就在激烈、公开的思想辩论中俄罗斯社会领域第一次出现了在西方早已习以为常的公众舆论和备受公众舆论关注的公共知识分子群体。

在斯拉夫主义的最初形成时期，霍米亚科夫影响最大，被公认为该派第一领袖和宗师级人物。他的为数不多的著作（相对于别林斯基、车尔尼雪夫斯基这样的西方主义批评家，多数斯拉夫主义分子简直就是懒惰成性的贵族老爷）在很大程度上成为斯拉夫主义的理论渊源。上面提到的《论旧与新》一文应当算是霍米亚科夫斯拉夫主义思想的发轫，《世界史札记》和《教会唯一》才是霍米亚科夫的核心作品。在《世界史札记》中霍米亚科夫分析了俄国古代社会结构，提出了“村社主义”（Община）这一概念，认为古罗斯村社形式“米尔”（Мир）呼应了历史文化发展的内在规律，是在纯粹正教基础上建立起来的和谐社会组织。这一古老“米尔”形式保证了“父亲般的沙皇”与“虔诚、温顺的人民”的和睦共处，可避免阶层对抗和欧洲社会所发生的“血腥的转折”（革命）。除去政治性的意识形态内涵，霍米亚科夫的“村社主义”文化观念推出了“外在规律”（西方启蒙理性秩序）和“内在规律”（东方信仰生活）相对立的两元精神模式，并且显然将后者置于前者之上，具有比前者无与伦比的优越性：“内在规律”是鲜活的生命规律，其运动根基是纯洁而天然的东方正教；“外在规律”是僵死的理性教条和世俗权力，为西方天主教和基督新教所拥有，其结果是导致权力迷恋、个人主义和物质主义。在《一个正教徒关于西方信仰的几句话》一文中霍米亚科夫进一步阐述了东正教作为俄罗斯崇高文化价值体系的巨大意义，并对西方信仰哲学的深刻危机进行了剖析。霍米亚科夫所创立的“内在信仰模式”和“外在理性模式”相对立的思维范式成为此后历代俄国知识分子构建“俄罗斯思想”（Русская идея）大厦的奠基石。另外在《教会唯一》一文中，霍米亚科夫革命性地创立了“聚和性”（соборность）这一俄罗斯宗教哲学概念。“聚合性”指教会是主耶稣的身体，是基督徒的统一体，但不是简单的集合体，而是生命的、有机的躯体。在教会这个“有机躯体”里，耶稣为头，而热爱上帝，沿着耶稣指引的道路追寻天国的众信徒为躯干。头和躯干和谐运动，共同成长，一起构成信仰“生命共同体”。教会之外没有生命，教会这一精神“生命共同体”并不泯灭信徒的个性，相反会使得每个人充分享受爱的喜乐与自由，个体生命因上帝的祝福和期盼变得丰盛。霍米亚科夫说：“教会是我们天上的父赋予了生命的有机整体”[①]，“沙粒不能从它们偶坠其中的沙堆中获得新的存在”[②]，“但取自鲜活机体的每一部分都必是其机体不可分割的一部分，它将从该机体中获得新的意义和新的生命；人在教会中，在基督的躯体中就是这样的，而爱则是基督躯体的有机基础”[③]。教会里因主耶稣的莅临和众信徒的聚集，成了人爱的生命有机体，信徒们自愿聚集，依靠基督神秘的身体，享受教会怀抱里的温暖。霍米亚科夫宣称基督以自己受难的躯体来广为接纳天下的罪人，把他们揽入自己的怀抱，使他们获救并准许他们分享自己生命的完美。他把教会看作自由的生命统一体，不屈

---

① 张百春：《当代东正教神学思想》，上海三联书店 2000 年版，第 55 页。

② 洛斯基：《俄国哲学史》，贾泽林译，浙江人民出版社 1999 年版，第 33 页。

③ 同上。

从于任何外部的世俗权力，也不受制于任何权威理性的拘束，而仅仅服从于建立在热烈生命信仰和纯洁博爱和道德救赎基础上的“聚合性”原则。建立在自由与爱基础上的“聚合性”原则是集体共生性的自由统一原则，是聚而不迫，和而不同。信仰使众生相聚，爱使众生得自由。霍米亚科夫所创建的“东方内在信仰—西方外在理性”文化模式和“聚合性”生命有机论原则构成了斯拉夫主义哲学人类学思想的核心，也成为19世纪末“白银时代”的新宗教哲学家们进行“俄罗斯思想”论述的精神基础。

И. 基列耶夫斯基是最早提出和论证生命完整性（生命有机性）的俄国思想家，与霍米亚科夫齐名，同为早期斯拉夫主义思想的奠基人，被格里高利耶夫称作“俄国文学第一个哲学批评的作者”[①]。И. 基列耶夫斯基曾经与谢林和黑格尔会过面，深受德国古典哲学的影响，于1832年在俄国创办了《欧洲人》（*Европеец*）杂志，大力鼓吹斯拉夫主义理念。在《十九世纪》（*Девянадцатый век*，1829）一文中，И. 基列耶夫斯基认为，“西欧文明与俄国文明的基础大有差异。前者是由天主教、征服野蛮人和古典传统三个条件决定；而俄国的基督教则来自信奉正教的拜占庭，不像西欧那样从淫乱的、散布异端邪说的罗马接受基督教”[②]。在《论欧洲文化的性质及其与俄罗斯文化的关系》（О характере просвещения и о его отношении к просвещению России，1852）和《论哲学新原理的必要性和可能性》（О необходимости и возможности новых начал философии，1856）两篇文章里，И. 基列耶夫斯基断言，欧洲社会与个人处于分裂状态，天主教统治是金字塔式的等级森严，教会权力完全世俗化了，从而远离了精神信仰。而俄国人则依然保持了古老“村社主义”团结和谐精神，渴望灵性生活，“注重宗教对人的内心世界的改造”[③]。不过 И. 基列耶夫斯基并不像霍米亚科夫那样固执地否定欧洲文明成果，赞美彼得大帝“西化”改革前的罗斯。他甚至认为，“在俄国与欧洲之间横亘着某个‘长城’。只有透过某些孔洞西方文明的空气才能进入到我们这里。是18世纪彼得一世在城墙

① Киреевский И. В. *Критика и эстетика*, Издат. Искусство. М. , 1979. Стр. 9.

② 徐凤林：《俄罗斯宗教哲学》，北京大学出版社2006年版，第4—5页。

③ Маслин М. А. и др. *История русской философии*. М. , 2001. Стр. 141.

上凿开了宽阔的大门"[①]。另外，在著名的《答霍米亚科夫》一文里，И. 基列耶夫斯基反驳霍米亚科夫说，"如果旧的曾比现在好，还不应该由此就得出结论：如今旧的比现在的好"[②]。鉴于俄国文化普遍缺乏西欧古典主义、启蒙主义成分，他主张俄国在现代化过程中大力吸收全人类文明的成果以强化自己的精神体魄。从这一点看，И. 基列耶夫斯基是斯拉夫主义理论家中对西方态度最为温和的人。

斯拉夫主义的诞生和发展具有深刻的历史背景和时代背景，是俄国浪漫主义文化激荡时期的产物。按"白银时代"新宗教哲学家别尔嘉耶夫的说法，"在19世纪初，俄罗斯经历了一次文化复兴"[③]。这一时期显要的历史文化事件是反拿破仑入侵的"卫国战争"和"十二月党人"起义。"卫国战争"的胜利促使俄罗斯民族意识、民族自豪感空前高涨，与此同时，那些随沙皇亚历山大一世远征巴黎的贵族军官们为西方的文明成就而震惊。他们回来后开始酝酿推翻沙皇专制制度，实现西方式的民主共和。这导致了1825年"十二月党人"起义。起义的失败成为文化思想界的一大转折：贵族精英们认识到，推翻外在制度的"法国革命"方式不适合于俄罗斯，俄国真正需要的是思想和心灵的进步，是立足传统文化、面向欧洲的开放性的精神大变革。当年参加过"卫国战争"的恰达耶夫就是这类知识精英的典型代表。他的《哲学书简》似乎就是向西方开放并进而彻底融入西方这一诉求的最佳注脚。在沙皇当局政治收紧而思想相对宽松的情况下（1825—1832年被称作"沉默的7年"），俄罗斯内部散发出勃勃的生机，对各种西方思想和精神文化运动都异常敏感。积极探索"俄罗斯真理"的知识精英们纷纷以各种联谊小组、秘密"共济会"的结社形式展开活动。"共济会"是最早（18世纪末）由西方传入俄国的秘密团体，宣扬友爱平等的兄弟情分、先验有灵论、基督教博爱思想，最易为俄罗斯直觉式传统思维所接受。共济会与18世纪末期开始在俄国风行的伏尔泰启蒙主义相对立，它不寻求唯理主义式的经验论和认识论，而是诉诸神秘"天

---

① Киреевский И. В. *Критика и эстетика*. М.: Искусство, 1979. Стр. 14.

② Ibid., p. 153.

③ 别尔嘉耶夫：《俄罗斯思想》，雷永生、邱守娟译，上海三联书店1995年版，第24页。

启”和神灵附体。“共济会”的作用在当时非同寻常，叶夫多基莫夫说，“俄国军队踏遍欧洲，使共济会的神秘学说在俄罗斯得以生根，并促进了圣经协会的活动和德国哲学的广泛传播，浪漫主义深入人心，它形成了一种由德国和英国著作培养的、奇特的俄罗斯虔敬主义和对世界的终极期待”[①]。别尔嘉耶夫认为，在共济会里“产生了俄罗斯文化的灵魂样式”[②]，培养了个人的道德探索意识、理想主义期待，并且为俄国精神文化领域里的思想结社和小组活动奠定了基础。另外，30—40年代是俄国思想、文化史上阔步向前迈进的浪漫主义和理想主义时代。其鲜明特点是知识分子主体意识的勃发，这与被动模仿西方，对西方思想（特别是法国）亦步亦趋的18世纪形成了鲜明对照。面对“尼古拉一世时代”专制、黑暗的外在社会现实，浪漫主义者和理想主义者们纷纷逃向西方玄妙梦幻的思想镜像中。由大学小组联谊中产生的俄国西方主义者们相信傅立叶的“法朗吉”就是地上天国。年轻人喜好用谢林有机主义艺术哲学术语解释现实。无论斯拉夫主义的霍米亚科夫、阿克萨科夫兄弟、基列耶夫斯基兄弟，还是来自西方主义的恰达耶夫、赫尔岑、别林斯基等几乎全都是谢林、黑格尔主义的信徒。一时间中世纪神秘有机主义思想、英国共济会理念、乔治·桑的基督教社会主义、德国浪漫哲学和日耳曼精神文化、法国的乌托邦社会主义都已被热烈地以俄罗斯“生命的方式”信仰、讨论过了。这大大开阔了人们的文化视野并激发了创造性文化思维。“在这样的时代里形成了19世纪俄罗斯的灵魂，形成了俄罗斯易于激动的生命。”[③] 斯拉夫主义和西方主义就是这一“易于激动的生命”培育下所缔结出的文化成果。

另外，30—40年代的“沉默时代”，俄国本土的各种神秘主义，以及遁世隐修的思潮也变得浓厚起来。官方东正教会积极承担起了以“正教、专制、人民性”教化民众的责任，而“分裂教派”（旧礼仪派）依然隐藏在山洞小修室里念念有词。农民一如既往地相信来自“多神教”时代的所

---

① 叶夫多基莫夫：《俄罗斯思想中的基督》，杨德友译，学林出版社1999年版，第43页。

② 别尔嘉耶夫：《俄罗斯思想》，雷永生、邱守娟译，上海三联书店1995年版，第18页。

③ 别尔嘉耶夫：《自我认知——思想自传》，雷永生译，广西师范大学出版社2001年版，第149页。

谓魔法、“树精”（леший）、“家神”（домовой）和“水妖”（водяной）等荒诞不经的“往年故事”。甚至在俄国精英知识分子中间，也开始弥漫起对传统“圣愚”文化（юродивая культура）[①] 的偏爱，相信衣衫褴褛的疯癫神汉的“胡言乱语”中充满着至理箴言。以传统精神美德为代表的信守者们内心派生出“俄罗斯的哀愁”（русская хандрия），渴望回归到彼得大帝改革以前的圣贤古道中去；另一部分羡慕西方文明成就的“俄罗斯的欧洲人”（русский европеец）则梦想着用西方理论成果改造俄国现实。受过教育的精英与愚昧人民间的巨大鸿沟在西方思想冲击面前有进一步扩大之势。整个俄国社会因进一步对西方开放，其内部隐藏着越来越激烈的情绪性躁动。外来西方理念与本土意识这两种精神情绪在30—40年代发展出同样的对现实不满，同样追寻古老的俄罗斯“真理”，却迥然对立的两种文化心理意识：一种认为俄国“丧失了自己的独特性”，另一种认为俄国“落在开化的西方之后”[②]。一方面感慨自己对神圣的罗斯母亲不够敬重，另一方面赞叹西欧社会发达的文化，为俄国的经济和社会文化落后而悲哀。前者催生出了斯拉夫主义，后者则导致了西方主义的出现。

西方主义与斯拉夫主义的对峙构成40年代独特的俄罗斯文化景观。这是20—30年代共存共荣的“文化复兴”时期——“普希金年代”所不曾有过的现象。斯拉夫主义思想的核心是东正教的“聚和性”思想。他们有机地理解俄罗斯生活，有机地理解沙皇和人民的关系，认为一切都应当是生命的、有机的和整体的。对基列耶夫斯基兄弟、霍米亚科夫这样的老派斯拉夫主义人士而言，东正教精神意味着回归生命的有机完整性。这一完整性曾是俄国长期的思想支柱，却为彼得改革以来的“全盘西化”所破坏殆尽。俄罗斯在彼得的西化运动中丧失了自己的民族独特性，迷失了自己

① “圣愚”又称“为基督的圣愚”（Юродивые ради Христа），是俄人民间基督教文化中的独特现象，“圣愚”常常赤身裸体，四处游荡，以铁链裹身，具有献身基督的自虐心理，沙俄时代广泛存在，具体参见艾娃·汤普逊（E. M. Thompson）《理解俄国：俄国文化中的圣愚》，杨德友译，生活·读书·新知三联书店1998年版。

② 弗·索罗维约夫等著：《俄罗斯思想》，贾泽林、李树柏译，浙江人民出版社2000年版，第144页。

的传统文化身份。因此俄国需要回复到彼得改革前的“处子般”纯洁的、温顺虔敬的素朴状态。斯拉夫主义者和西方主义者一样受过良好西方式教育，深受德国唯心主义哲学和耶拿浪漫主义文化思潮的影响，但具有强烈的本土意识，一直都在致力于建立民族宗教哲学和俄罗斯历史文化观，即建立关照自身命运与世界未来的俄罗斯视角。与此相对照，西方主义者多半来自莫斯科大学以及彼得堡大学的思想小组，是法国大革命、法国乌托邦主义和德国唯心论哲学的忠实信徒。“十二月党人”和恰达耶夫是他们行动和思想上的偶像。西方主义思想在传播方式的变化上要稍微晚于西方主义：直到40年代后期西方主义才真正从沙龙、客厅、思想联谊走向以杂志为媒介的公开讲坛（以诗人涅克拉索夫1848年买断并担任当年由普希金创办的《现代人》杂志为标记）。他们认为文明的典范在西方，俄罗斯应当首先掌握科学和欧洲启蒙运动的成果，坚定地走彼得大帝所开辟的西方化之路，经历与西方同样的历史发展阶段，然后才能在超越西方的情况下扛起俄国弥赛亚主义的大旗。如果说斯拉夫主义充满着宗教救世主义情绪，主张以内在信仰和爱的生命完整性实现对上帝和天国的追求；西方主义则充满自由民粹主义和革命造反理念，更注重外在社会秩序的变革，试图建立“人间天国”、地上“水晶宫”。具体到俄国现实，西方主义看到，残酷的沙俄专制制度和缺少教化的普通民众当下已成为复兴俄罗斯文化的最大障碍。唯一的出路是对前者实行革命，至少是革命性变革，对后者实行民主思想启蒙，以开启民智。为此赫尔岑、奥加廖夫有“麻雀山誓言”①；别林斯基要拯救“埋没在专制污泥中的人类尊严”②，并且扬言如果还有一个自己的同胞在受难，他就会“从梯子上一头栽下来”③。别尔嘉耶夫曾说，“斯拉夫主义者和西方主义者的争论是关于俄罗斯的命运和俄

① 1830年6月11日，17岁的赫尔岑与比他小一岁的同窗奥加廖夫一起来到莫斯科大学对面的麻雀山，两人并肩发誓要把一生献给推翻沙皇专制的斗争，史称“麻雀山誓言”（Клятва на Воробьевых горах）。

② 别林斯基：《给果戈理的一封信》，《文学论文选》，满涛、辛未艾译，上海译文出版社2000年版，第582页。

③ Белинский В. Г. *Письмо В. П. Боткину. Избранные философские сочинения* Т. 1. М.，Госполитиздат，1948. Стр. 572—573.

罗斯在世界上的使命的争论"①。狂热的争论事实上是俄罗斯与欧洲两种不同文化热烈交流、碰撞的表现。它为人们提供了俄罗斯与欧洲、东方与西方、信仰与理智、自由与必然、精神与物质等诸多俄罗斯式悖论性思想主题。以别林斯基、赫尔岑、霍米亚科夫、阿克萨科夫兄弟、基列耶夫斯基兄弟等人为代表的精神领袖的思想活动，使得俄国文化意识、民族思想得到飞跃式递进和发展。别尔嘉耶夫说，"西方主义者和斯拉夫主义者的争论将充满我们这一世纪的大部分时间"②。套用黑格尔的逻辑学术语，斯拉夫主义和西方主义似乎构成了 19 世纪俄罗斯文化的正题和反题。前者的思维视界是回溯式的，以为俄罗斯的美好只在过去；后者的探索视野是前瞻性的，将欧洲作为俄罗斯未来的镜像。其实在今天看来，当年西方主义和斯拉夫主义之间并不存在着不可逾越的鸿沟。斯拉夫主义受到他们所说的所谓"腐朽西方"哲学的大力教化，把"日耳曼精神"转换成了"斯拉夫精神"；西方主义也并不主张对西方亦步亦趋，而是把"全面西化"作为一种强身固本的手段。两派的文化共性恰恰在于：他们没有沾染上西方资产阶级专业分工缜密的学理主义、实证分析、腐朽物质主义和对人的技术和物化态度。在他们身上仍然保存着俄国古老传统文化特有的宗教性和精神性，有机生命意识和纯洁、虔诚的信仰观念。"斯拉夫主义者们走向了宗教，走向信仰；西方主义者们则走向了革命和社会主义。不过，不论属于那种情况，都是力图得到整体性的、终极性世界观，力图取得哲学与生活的统一，理论与实践的统一"③，都遵从建立在俄罗斯民族文化根基之上的生命共同体原则。他们实际上是赫尔岑所说的"雅努斯的两副面孔"④，是坐立北方之巅雄视东、西方的"双头鹰"。其中对俄罗斯的信仰与爱是高度一致的。

20 世纪 40 年代末至 50 年代，因别林斯基去世和赫尔岑流亡欧洲，斯

① 别尔嘉耶夫：《俄罗斯思想》，雷永生、邱守娟译，上海三联书店 1995 年版，第 37、54 页。

② 同上书，第 37 页。

③ 别尔嘉耶夫：《俄罗斯思想》，雷永生、邱守娟译，上海三联书店 1995 年版，第 54 页。

④ 雅努斯（Janus）是罗马人的门神。传说中雅努斯有两副面孔：一副看着过去，一副看着未来。赫尔岑第一次在俄国使用"雅努斯的两副面孔"（двуликий Янус）来形容斯拉夫主义与西方主义之争。转引自刘祖熙《改革与革命——俄国现代化研究》，北京大学出版社 2001 年版，第 357 页。

拉夫主义和西方主义的论争沉寂下来。1848 年欧洲革命的失败和 1855 年西方列强对俄罗斯发动克里米亚战争这两大政治事件对知识分子产生了巨大的心理冲击。他们开始离弃西方，回归俄罗斯传统，一场以斯拉夫主义精神为向度的新的文化转向开始了。欧洲大革命的失败使西方丧失了理想主义和精神追求，也使俄国人看清了欧洲资产阶级的恐怖、商业本质和小市民可怕的平庸；1855 年克里米亚战争的失败除了使俄国知识分子蒙受民族耻辱，也使他们清楚地意识到俄国与西方迄今所存在的巨大精神分野。恰达耶夫和斯拉夫主义者们早就指出的“堕落的西方”观念在冷酷现实中似乎得到了有力的印证。西方（西欧）是堕落、分裂、掠夺和罪恶的大本营。“即使俄罗斯灭亡，也比按小市民的方式，像极端令人生厌的旧欧洲那样去建设好。”[①] 于是一些西方主义者纷纷转向，自阶层分裂意识走向民族文化整合的生命有机论。斯坦凯维奇说黑格尔哲学的铁律“令人不寒而栗”，“生命是爱。理性和意志是其永恒规律和其永恒实现。生命在时空中是无限，因为它是爱。爱一开始，生命就跟着开始；只要有爱，生命就不可能被消灭，只要有爱，生命就不会受到局限”[②]。赫尔岑的话语有着指标性意义：“资产阶级以滑头的、狡诈的、像香槟酒一样起泡沫的理发师和宫廷执事人为代表。……我们现在知道法兰西共和、德意志立宪的价值是什么。”他公开宣布：“别了，过去的世界，别了，欧洲！”[③] 赫尔岑幼年时期就曾经和奥加廖夫一起立下“麻雀山誓言”，发誓推翻沙皇专制，建立使俄国与西欧社会彻底融合的共同体。他现在失望了，转而相信俄罗斯村社社会主义和民粹主义。晚年赫尔岑在给巴枯宁的信中说：“我不再相信从前的革命道路。”[④] 另外，批评家别林斯基的精神道路也似乎走了一个循环的圆，在所谓“与现实妥协”时期，他因说过沙皇政权“总是以隐秘的方式与上帝的意志——与合理的现实融为一体”[⑤]，受到西

① 安启念：《东方国家的社会跳跃与文化滞后》，中国人民大学出版社 1994 年版，第 133 页。

② 洛斯基：《俄国哲学史》，贾泽林译，浙江人民出版社 1999 年版，第 61 页。

③ 《赫尔岑全集》第 6 卷，莫斯科 1955 年版，第 113 页。

④ 洛斯基：《俄国哲学史》，贾泽林译，浙江人民出版社 1999 年版，第 70 页。

⑤ 同上书，第 63 页。

方主义左翼阵营的猛烈抨击。后来他与“黑格尔哲学的尖顶帽子告别”[①]，在著名的《给果戈理的一封信》（*Письмо к Гоголю*）中以同样激烈的方式宣传无神论思想，奚落果戈理陷入神秘主义，宣传“否定——这是我的上帝”[②]。但是就在发出给果戈理这封信6个月之后（逝世前）的1847年，在《1847年俄国文学概观》（*Взгляд на русскую литературу* 1847 *года*）一文中，别林斯基认真地说：“人类的救主是为拯救所有的人而来到人世。他是上帝之子，他以人类的方式爱着人们。……爱和手足情分这些上帝的词语并没有白白地向世界弘扬。”[③] 别林斯基一颗叛逆的心灵在上帝的博大慈爱与福音书祷告中得以平息。巴枯宁这位俄国最著名的虚无主义者，1842年在《德国的反动》（*Реакция в Германии*，1842）一文中还声言“破坏的欲望就是创造的欲望”[④]，但1848年欧洲革命后，他在《告斯拉夫人书》（*К славянам*，1850）一文中却极力鼓吹俄国具有精神独特性的泛斯拉夫主义思想，并公开向沙皇寄去《忏悔书》（*Исповедь*，1851）。年轻的车尔尼雪夫斯基也开始为斯拉夫主义者辩护，称他们为“俄国最有教养、最高贵、最有才华的人”[⑤]。这股文化反思思潮绝非用集体“陷入思想迷雾”所能解释。它们反映出一种全新的，回归本土文化精神根基的斯拉夫主义价值取向。别林斯基去世，赫尔岑、奥加廖夫侨居国外，外省平民知识分子作为激进西方主义登上历史舞台但尚未形成一股独立力量，加上欧洲革命的爆发和克里米亚战争失败的冲击，都让思想界的天平大幅度向斯拉夫主义倾斜。斯拉夫主义似乎迎来了自己历史上的“黄金时代”：神圣罗斯理念、朴素村社主义梦想、末日论和启示录情绪、“莫斯

---

① Белинский В. Г. *Письмо В. П. Боткину. Избранные философские сочинения Т.* 1. Стр. 43.

② Белинский В. Г. *Избранные письма в* 2 - *х томах. Том* Ⅱ. Издат. Художест. литература. М., 1955. Стр. 172.

③ Белинский В. Г. *Собрание сочинений в* 13 - *ти томах. Том* Ⅲ. *Статьи и рецензии* 1839—1840 *годов*. М., Издат. Академии наук СССР. Стр. 788.

④ Бакунин М. А. *Собрание сочинений и писем*, *том*. 3. М., 1935. Стр. 148.

⑤ 《车尔尼雪夫斯基论文学》（上卷），辛未艾译，新文艺出版社1955年版，第136—137页。

科——第三罗马”① 学说和弥赛亚主义意识等传统文化精神开始全面复苏。霍米亚科夫、И. 基列耶夫斯基等老派斯拉夫主义者的著作重新受到重视。更为重要的是50年代中期以后以阿克萨科夫兄弟、萨马林等人为代表的青年斯拉夫主义（新斯拉夫主义）成了这场大规模本土化运动的时代弄潮儿。

与霍米亚科夫、基列耶夫斯基兄弟等老派斯拉夫主义者不同，青年斯拉夫主义者大多摒弃了“共济会”式的沙龙私密交流，集中转向以报刊为公开论坛的思想传播。他们多数以主持报刊文学或政论批评栏公共知识分子面目出现在俄国读者面前。如著名的阿克萨科夫兄弟就是从30年代斯拉夫主义父辈文艺沙龙里走出，成功地实现个人身份的转型。其中弟弟 И. 阿克萨科夫是《帆》（*Парус*）、《日子》（*День*）、《莫斯科》（*Москва*）、《莫斯科人》（*Москвич*）、《罗斯》（*Русь*）等莫斯科报刊的主编；哥哥 К. 阿克萨科夫则主持具有浓厚斯拉夫主义色彩的《话语》（*Молва*）和《俄罗斯丛谈》（*Русская беседа*）等政论杂志。兄弟俩以报纸杂志上的文学批评栏目为依托，热烈鼓吹斯拉夫主义思想并积极卷入时代文艺论争之中，在斯拉夫主义理论家中最具有政论激情。阿克萨科夫兄弟是年轻一代斯拉夫主义文艺批评家中的佼佼者，与霍米亚科夫、基列耶夫斯基兄弟等老派斯拉夫主义分子交往最为密切并深受他们的思想熏陶。哥哥 К. 阿克萨科夫1847因副博士学位论文《俄罗斯文学和语言中的罗蒙诺索夫》（*Ломоносов в истории русской литературы и русск ого языка*）的答辩而一举成名，有斯拉夫主义阵营头号文学批评家的声誉，对斯拉夫主义文学观与文学批评观的最终形成贡献最大。弟弟 И. 阿克萨科夫则长期主持杂志编辑工作，是19世纪70—80年代泛斯拉夫主义运动（20世纪初“欧亚主义”的先驱）“斯拉夫人世界统一”的最坚定拥护者，在政治上却持反对国家权力

---

① “莫斯科——第三罗马”（Москва——третий Рим）学说的创立者为16世纪俄国普斯科夫修道院长老费洛非（Филофей，生死不详）。他在给伊万三世和伊万四世（雷帝）的信中陈词说，“所有基督教国家走到最后，将汇合成一个统一的主的王国。根据预言它就是俄罗斯帝国：两个罗马已经灭亡了，第三个罗马（莫斯科）挺立着，将不会有第四个罗马……圣母的光辉同时照耀着莫斯科、罗马和康斯坦丁城，她的光辉更胜于太阳”（*Древнерусская литература конца XIV – XV века*. М.，1984. Стр. 441.）。这一学说构成俄罗斯弥赛亚主义意识的理论基础。

（“国家权力是一种罪恶”）的无政府主义立场，宣扬良心和内在生命的真实高于法律和外在真实的斯拉夫主义生命有机论观点。在民族文化审美批评方面，K. 阿克萨科夫撰写了《公众与人民》（*Публика и народ*, 1848）、《论俄国人观点》（*О русском воззре нии*, 1856）、《再论俄国人观点》（*Еще несколько слов о русском воззрении*, 1856）、《关于果戈理的长诗〈乞乞科夫的奇遇或死魂灵〉的几句话》等政论批评文章，以果戈理创作为例，详细论证了俄罗斯人自然天性中那种天然朴实的，“史诗般的静观”生活态度、独特的精神世界，追求博爱与全人类救赎的永恒民族道德理想、土地与人民的关系等，曾提出著名的“权力力量属于沙皇，舆论力量属于人民”① 的口号，主张立即废除过时的、本质上反人类天性的野蛮农奴制，实现言论、出版和结社的自由，进而让俄国重新回归古老村社主义的精神基础上去。阿克萨科夫兄弟二人具有强烈的民族自尊心和民族自豪感，毅然为俄国人民被毁坏了的完整生活而奋起反对彼得之后的罗斯，从而在知识界为自己赢得了俄罗斯“民族良心”的声誉。

俄罗斯学界（包括苏联时期）一般公认霍米亚科夫 1838 年在莫斯科文学沙龙上朗读短文《论旧与新》是一个具有标志性意义的文化事件：它宣告了斯拉夫主义作为独立思想流派的诞生。不过“斯拉夫主义”这一称呼最初却是被狭义理解的，即被视为一种纯粹“文学斯拉夫主义”（литературное славянофильство）现象。这一现象与 19 世纪初俄国一场影响深远的“文字之争”有关。18 世纪中叶的古典主义时代，罗蒙诺索夫确立了俄语语体的“三品”说（Трактат о трёх стилях），即代表崇高语体，适用于创作英雄叙事诗、颂诗和悲剧的教堂古斯拉夫语；代表中级语体，适合创作官文、讽刺诗、哀歌的普通标准俄语；代表低级语体，适合创作喜剧、散文、处理平凡事物的自由口语。“三品”说在之后半个多世纪里一直是俄罗斯标准语和文学创作所要遵守的金科玉律。这一现状在 19 世纪初被积极主张俄语现代化，建立俄罗斯标准语新语体的卡拉姆辛

---

① *Ранние славянофилы*: *А. С. Хомяков*, *И. В. Киреевский*, *К. С. и И. С. Аксаковы*. /Сос. Н. Л. Бродский. Издат. И. Д. Сытина. М. , 1910. Стр. 95—96.

等“革新派”打破，但诗人、海军上将希什科夫[①]极力维护具有崇高、庄严风格、能够体现宗教精神和俄罗斯古风的教会斯拉夫语的地位，反对卡拉姆辛等新语体倡导者对俄语“纯洁性”的“亵渎”。希什科夫为此专门撰写了《关于俄语新旧音节的看法》（*Рассуждение о старом и новом слоге российского языка*，1803）一书，与“革新派”论战。1804年诗人德米特里耶夫[②]在一封信中讥讽希什科夫的观点是“斯拉夫主义的无稽之谈”[③]。普希金在他的《叶甫盖尼·奥涅金》中挖苦希什科夫等人虽然拥有“惊人的智慧和细致”，但是“按照老旧的方式发笑”[④]。诗人维亚泽姆斯基说“希什科夫的斯拉夫主义是文牍气的、文学的、更是语调的、字母的斯拉夫主义，没有在历史、人民和政治领域发生影响”[⑤]。19世纪初的斯拉夫主义显然是指以希什科夫为代表的文学守旧派，不是霍米亚科夫时期真正民族文化审美批评意义上的斯拉夫主义。不过自此之后，“文学斯拉夫主义”一直是斯拉夫主义作为文化聚合体的一个最重要组成部分。事实上，在19世纪俄国所谓“文学中心主义”（литературоцентрализм）年代，几乎一切社会思潮、哲学理论都倾向于被看成是美学（艺术哲学）和文学问题。理论家乐于和文学家一样被称作“作家”，喜欢将社会问题、伦理道德问题或哲学问题置于文艺学或美学的理论框架来讨论，通过对艺术问题的阐述来间接表达其文化思想观念。所谓“文学的幻想”在很大意义上是对俄罗斯文化精神的民族主义想象。另外，19世纪是俄罗斯文艺美学批评全面走向自觉的世纪。在“文学成为唯一讲坛”（赫尔岑语）的年代，关注文学、艺术的本质、功能和使命，确立它们在民族解放运动中的地位和作用成为几乎所有知识精英的共同责任和追求。文学和文艺批评能最迅速

---

① 希什科夫（Шишков А. С，1754—1841），沙俄海军上将、作家、国务活动家，19世纪初期文学社团“俄罗斯文学爱好者座谈会”领导者，持保守古典主义立场，曾与以卡拉姆辛为首的“改革派”进行论战，1813年起担任俄国皇家科学院院长。

② 德米特里耶夫（Дмитриев И. И，1760—1837），俄国诗人、寓言作家、国务活动家，俄国感伤主义文学流派的代表人物之一，以童话、寓言和歌谣著称文坛。

③ Цимбаев Н. И. *Славянофильство. Из истории русской общественно—политической мысли 19—ого века.* М.，1986. Стр. 6.

④ 白晓红：《俄国斯拉夫主义》，商务印书馆2006年版，第40页。

⑤ Вяземский Б. П. *Записки Вяземского.* М.，1990. Стр. 269—270.

地感受社会思想的转向，思想的转向又迅速影响到文艺自身的演变和发展。二者形成了完善的有机互动：思想家莫不是艺术家，艺术家大多关心文化问题和社会问题。斯拉夫主义派别也不例外。霍米亚科夫第一次明确提出了建立包含各个艺术门类的俄罗斯独立“民族艺术学派”的主张，进而建立起了牢固的斯拉夫主义文艺、美学观。另外在文艺美学领域，И. 基列耶夫斯基认为欧洲文学不仅在形式上，而且在信仰本质上与俄国文学的民族道德理想气质格格不入。俄国文学应该摒弃欧洲各种文学时尚的有害影响，返归纯洁的东方正教文化根基，即作为生命共同体的俄罗斯本土。在此基础上，他特别强调艺术创作中的生命直觉性和自发性，持鲜明的艺术生命有机论立场。总体而言，И. 基列耶夫斯基作为早期斯拉夫主义理论家的功绩在于为俄国文艺理论和文化批评开辟了广泛的宗教哲学基础。

在文艺、美学思想方面，斯拉夫主义派别倾心于浪漫主义、对人的心灵的关注、对俄罗斯文化精神的诗意化理解以及对自然的热爱。他们十分看重艺术所表达出的民族固有的、自发的精神力量，即独特的“人民性”内涵，要求艺术作品务必朴素、纯真，像宗教启示录一样充满道德训诫、劝善和神灵附体的格调。他们总是自俄人民族历史渊源的角度来解释“人民性”的内涵，认为温良、顺从、虔诚的俄罗斯“全民道德理想”蕴涵在民间创作和传统礼仪生活中。为此他们不惜放下贵族老爷的身份，足迹踏遍俄罗斯大地，乔装打扮去民间“采风”，收集民间创作。西方主义强调艺术的历史社会功能和理性认知功能，呼吁艺术家走出封闭的内心世界，将目光投向社会制度和外在文化秩序，揭露社会阶层间的不合理配置，以西方理性启蒙主义思想和民主共和精神来教化民众，唤醒他们的变革意识甚至革命意识。激进西方主义视野下的文学“人民性”，很大程度上就是主张艺术“高贵地为社会服务”，表达“社会阶层性”意识，即作品要如实地、细腻地反映小人物的苦难和不平等遭遇，作品主人公应该是处于社会底层的下层农民。斯拉夫主义和西方主义在艺术、美学理念上似乎南辕北辙，无法交集，但有一个观察基点是共同的，即他们几乎一律都是屈身向下的，都主张艺术需要面向俄人民众及其生活。斯拉夫主义将人民生活诗意化、理想化于传统俄罗斯文化精神之中；西方主义同样将人民诗意化、理想化，只不过是诗意化、理想化于欧洲现代文明的镜像里。二者都不乏浪漫主义情怀，都试图借助艺术和艺术作品，掀起一场人民造神运动，宣扬一种人民至上的民众崇拜思想。俄国人民（农民）在斯拉夫主义和西方主义的众星捧月下，一跃成为神，接受着知识精英们的顶礼膜拜。于是在斯拉夫主义—西方主义精神感召下，俄罗斯村夫、农妇形象在40—50年代大摇大摆进入圣洁的俄罗斯文学殿堂。这的确是只有在俄国才有，也只有在俄国才能得到解释的文化景观。

19世纪40—50年代的西方主义和斯拉夫主义浪漫思想家还成功地演绎出俄罗斯文学中的“东西方”问题，即艺术的视角究竟应该仅仅面向俄罗斯自身的过去，还是仅仅盯住欧洲的文化“图腾”？换句话说，艺术是限于肯定，还是限于否定？他们虽然提出却没有能够根本解决这一重大美学理论问题。前面已经提到，由于1848年欧洲革命的爆发和1854年克里米亚战争的失败，俄罗斯文化界出现了思想大转向，“堕落的西方”成了人们共同普遍的认知：西方主义的欧洲“图腾”陡然瓦解；俄罗斯传统文化精神得以复兴。这一思想大转向也使文学渐渐从理性认识走向诗性启示，30—40年代的文学“东、西方”问题如今在艺术、美学范畴里上事实上已经失去了正、反题的逻辑合理性。西方主义因受到文化转向的抑制而开始走向沉寂。与此相对照，50年代前半期斯拉夫主义美学思想风行一时，艺术“东方性”内容得到弘扬，俄罗斯民间文学研究领域呈现兴旺景象，比如这时诞生了具有学院派风格的以布斯拉耶夫①、阿法纳西耶夫②等人为首的俄罗斯民族文化学派和俄罗斯神话学派。40—50年代的斯拉夫主义运动盛期，俄国思想界对西方资本主义精神的激烈批判和心理拒斥，与对俄罗斯传统文化精神的信守相辅相成。这一独特气象不仅表现在像托尔斯泰、陀思妥耶夫斯基、丘特切夫、格林卡、柴可夫斯基等文学艺术家身上，也表现在

---

① 布斯拉耶夫（Буслаев Ф. И，1818—1897），俄国科学院院士，19世纪下半叶学院派“神话学派”代表，对古代手稿文献、俄人民间神话等有深入的研究，深受斯拉夫主义文艺美学观念的影响。

② 阿法纳西耶夫（Афанасьев А. Н，1826—1871），著名俄罗斯民间创作收集家、斯拉夫精神文化研究家、历史学家和文艺学家，“神话学派”的先驱，对俄罗斯民间文化研究具有深远的历史影响。

别林斯基、赫尔岑等理论批评家身上。他们共同经历了一个俄国知识分子西方文化偶像和文学偶像破灭的危机性转折过程。但如何立足现代而不仅仅是沉醉于过去，结合“东、西方”有机因素而不是全盘西化，建立起与俄罗斯民族文化身份相称的民族艺术审美意识这一问题却已经不是西方主义和斯拉夫主义力所能及的了。这一重大历史任务注定要由斯拉夫主义运动之后的俄罗斯思想运动诸流派，如根基主义、革命民主主义、民粹派、“白银时代”新宗教哲学，以及20世纪初的欧亚主义来接力完成，这已是超出本书关注范围的后话。

在文学批评领域，除了阐明各自不同的文学观和文学批评观，描述和梳理俄国文学的起源、发展和演变的历史过程，19世纪40—50年代，斯拉夫主义与彼得堡“自然派”（Натуральная школа）之间还曾经展开过一场旷日持久的有关俄国文学发展上“普希金方向”和“果戈理方向”之争的历史大论战。K. 阿克萨科夫就是文艺批评界这场历史性大论战中足以与别林斯基相抗衡的时代风云人物。他撰写和发表了《关于果戈理的几句话》（*Несколько слов о Гоголе*, 1852）、《论诗人普希金》（*О поэте—Пушкине*, 1859）、《关于长诗〈乞乞科夫的奇遇，或死魂灵〉的几句话》、《关于果戈理的长诗〈乞乞科夫的奇遇或死魂灵〉的解释》（*Объяснение по поводу поэме Гоголя〈Похождения Чичикова или Мёртвые души〉*1842）等文章，与西方主义批评家别林斯基进行激烈交锋。K. 阿克萨科夫坚称俄国人民心怀博爱与全人类道德救赎的崇高理想，其精神美德是时刻跟随上帝，具有淳朴虔诚、忍耐温顺的基督情感。因此俄罗斯当下的现实一方面需要果戈理那种“史诗般的、包容和解的人民观点，另一方面需要诗人普希金博大精深的生命意识和文化综合尺度”。而以别林斯基为首的彼得堡“自然派”则认为浪漫主义过时了，果戈理现实主义的社会批判尺度正代表着俄国文学、文化发展的新方向。这场著名的历史大论战给俄国文学思想的发展乃至文化的进步都留下了深刻的精神印记。在这场历史大论战中，斯拉夫主义派别是俄国思想界一股唯一能够与西方主义（“自然派”）相抗衡的重要力量。

19世纪俄国的主要美学问题，诸如艺术“人民性”（民族性）问题、理性与审美直觉问题、艺术与现实的关系问题、艺术与道德问题、艺术体裁问题、民间诗学问题等，几乎都与斯拉夫主义派别紧密相关，都能在斯拉夫主义理论家们的著作中找到精辟的阐述。与主张走西方道路、对俄国现实持否定观点的西方主义派别不同，斯拉夫主义主张一种“肯定的美学”，其文艺理论和文化批评的思想灵魂在于艺术审美上的生命有机论立场和艺术民族性维度上的文化根基意识，其批评优势在于成功地将生命诗学这一欧洲浪漫主义审美原则与俄国传统宗教（东正教）精神本质紧密结合起来，发展出了一种自为的、主体性的民族审美批评理论，从而为19世纪的俄国文艺、美学界带来了批评的新形式。对斯拉夫主义发展递进态势的梳理使我们确信，19世纪大部分时期的俄国文艺美学批评格局除了奉行外在社会认识论和阶级价值论的西方主义以外，另外一种就是足以与其相抗衡的、奉行内在生命有机论审美立场和宗教（东正教）精神价值的、具有浪漫主义特质的斯拉夫主义民族文化审美批评学派。这一派别自旧斯拉夫主义（40—50年代）发展到新斯拉夫主义（50—60年代），延续达半个世纪，直至对后来的根基主义、“白银时代”新宗教哲学，以及20世纪初的欧亚主义构成巨大精神影响，基本上是遵循着一条清晰可辨的生命有机主义审美路线，诉说着浓烈的文化民族主义精神话语。这一审美路线虽一度被遮蔽于强大的别林斯基—车尔尼雪夫斯基社会历史学派的理论光环中，但从未发生过断裂，而是顽强地发展着，注定要在不同历史时期引起不同历史反响。即使在21世纪“全球化”（глоболизация）时代的今天，斯拉夫主义仍然深刻影响着俄罗斯民族精神的现代化变革进程。

2. 东、西方审美镜像中的斯拉夫主义

斯拉夫主义深受古老村社集体主义、“家训”（Домострой）① 式道德传统、东正教有机主义审美意识等俄罗斯精神传统的文化制约。东正教继承了欧洲基督教有机论观念，赞同普罗提诺的宇宙本体论和生命复活论，认为上帝是圣父、圣子、圣灵的完整统一体，耶稣基督是上帝“道成肉身”的独生子，自愿以人子的面目降生世间并牺牲自我（被钉十字架），以所谓“面包”（上帝肉体）和“葡萄酒”（上帝血液）豁免了天下苍生

① “家训”（Домострой），16世纪用以指导、规范俄国人家庭、日常生活及社会道德伦理关系的规则和戒条汇编，为古代俄国重要宗法典籍，作者是谢尔维斯特主教。

的罪孽，使全体信众得以分享上帝的生命和荣耀，实现与上帝在天国里的完美融合。但欧洲基督教（天主教）后来广泛吸收了古希腊逻格斯理性思想，经过内部大分裂（1054年基督教正式分为罗马天主教和雅典东正教），在中世纪越来越走向世俗性的教条化和外部形式化，原初的强烈有机生命气息趋于平淡，经院主义日渐浓厚。文艺复兴时期基督教因受到巨大冲击愈加保守。17—18世纪经过两百年的古典主义和理性主义的浸染和熏陶，欧洲基督教虽经分裂和宗教改革（分化为天主教和新教），却逐渐将完整的生命意识丧失殆尽，只剩下了与西欧世俗封建制度几乎雷同的、等级森严的教会体制和充满文牍气的典章规条，甚至更衍生出所谓“宗教裁判所”和“赎罪券”的罪恶来。而在东方的俄国，俄罗斯是“幼年时期”被洗礼的，自公元988年传入的拜占庭东方正教，未曾经历过文艺复兴、工业革命以及强大的理性主义运动，相反却与俄罗斯古老的村社集体主义意识、多神教万物有灵思想相融合，不仅更多地保持了基督教正宗性和纯洁性，而且在一定意义上进一步强化了基督教的生命气息和朴素特征。这使得东正教在俄国长期深入人心，成为俄罗斯人民的信仰基础和俄国传统文化精神的象征。与循规蹈矩的西方天主教相比，俄罗斯东正教缺乏权威主义意识和系统性理论阐释，主要靠天然直觉来信仰上帝并热烈崇拜圣母，更注重灵性的修炼和天然的虔诚。这使得本来就发源于东方耶路撒冷，以热烈信仰和内在生命感悟见长的基督教非理性主义意念与俄罗斯本土的多神教成分得以有机交会，派生出了俄罗斯千年来生生不息的民族宗教。尽管俄国东正教充满正统纯洁理念和热烈的生命意识，但对这些观念进行理论综合和体系建构却长期是个空白。彼得大帝改革之后的东正教会基本上依附于世俗官方政权，理论上除了依靠古老的《尼西亚信经》[①]、启示录思想和东方教父学教义外，因缺乏欧洲经院学术气息和独立的社会地位，一直都没有建立起完整的宗教有机理论。改变这种状况的任务就落在了世俗俄罗斯作家、哲学家和批评家身上。对东正教有机理论首先予以透彻诠释的是斯拉夫主义旗手霍米亚科夫、基列耶夫斯基。为此霍米亚科夫创建了

① 参见《历代基督教信条汇编》，金陵神学院托事部和基督教辅侨出版社1957年版。

阐释东正教哲学本质的“聚合性”概念，宣称基督以自己受难的躯体来广为接纳天下的罪人，把他们揽入自己的怀抱，使他们获救并准许他们分享自己生命的完美。他把教会看作自由生命统一体，不屈从于任何外部世俗权力，也不受制于任何权威理性的拘束，而仅仅服从于建立在热烈生命信仰、纯洁博爱和道德救赎基础上的“聚合性”原则。“聚合性”原则即自由统一原则，是聚而不迫，和而不同。信仰使众生相聚，爱使众生得自由。霍米亚科夫提出“聚合性”概念显然还受到罗斯古老村社主义原则①的深刻影响，创造性地将村社主义这一传统民族观念与基督教博爱救世思想相结合，从而创造出了既具有鲜明的民族特色，又具有深刻信仰伦理的东正教生命有机理论。另外，19 世纪 40—50 年代是俄国斯拉夫主义发展史上的全盛期，以霍米亚科夫为首的斯拉夫主义理论家们除了进行东正教神学革新外，还将基督教有机论观念、“聚合性”原则作为宗教哲学范畴引入文艺美学的领域，用以诠释正处于浪漫主义文化大潮中的俄罗斯文学和艺术现象。斯拉夫主义者们作为车尔尼雪夫斯基所说的“俄国社会最有教养、最高尚和最有天赋的一类人”，率先将传统的俄罗斯民族文化精神当作审美对象，视俄罗斯民族生活为生动的有机体，认为这一有机体的生长过程应成为艺术表达的基本内容。他们立足于古老的“俄罗斯真理”和东正教生命有机论思想，提出了心灵高于头脑，信仰高于逻辑的观念，鼓吹艺术听命于上帝的神秘启示，服务于“在最高统一中的和解”。正如前苏联著名学者 A. 洛谢夫所说，“斯拉夫主义美学是在被保守理解的民族性及艺术独立性思想的标志下形成的，这种思想被解释为要在艺术中保留和表现‘固有的’民族生活方式和‘民族精神’特点”②。俄罗斯传统民族文化精神是斯拉夫主义意识的理论根基所在。

不过，这并不意味着斯拉夫主义是自足成长着的、不受任何外部思想

① “村社”（община）是一种俄国古老的宗法社会组织和经济形式，又名“米尔”（мир），土地归“米尔”公有，但由个人分享和耕种，是一种团结互助基础上的自由结合，村社由德高望重的长老负责，其决议对社员有约束力，但不强迫遵守。村社内部成员间关系融洽，他们性格温顺、信仰虔诚。这种“村社”自治性后来又逐渐延伸出了个体与集体和谐共处的村社主义精神。

② *Философская энциклопедия в пяти томах.* *Том* V. М., 1970. Стр. 573.

影响的孤立物，其理性建构在很大程度上要得益于19世纪上半叶“萦绕着俄国知识界的谢林主义富有诗意和道德芳香的气氛”①。斯拉夫主义文艺理论和民族文化审美批评的一个重要外来基础是柏拉图以降绵延两千年的西方生命有机论思想。古代原始主义有机论认为，包括人类在内的宇宙是不可分割的有机整体，万物皆为整体所包容。生命是宇宙“灵魂”最伟大的神秘力量。部分为整体所规定，无生命的东西被有生命的东西所诠释。古人浑然一体的世界生命感知典型地反映在柏拉图的艺术观念中。柏拉图在《文艺对话集》中说，“美是永恒的自存自在，以形式整一性永与它自身同一”，真正的艺术美是在“理式”作用下“神圣的、纯然一体的美”②。在“一体的美”的境界里，主体（观者）和客体（对象）彼此契合无间，达到统一。诸如“有生命的世界”、“整一的美”、“整体原则”这样的概念在柏拉图的著述中反复出现，显示出他对艺术生命“有机性”特征的高度鼓吹与肯定。由于柏拉图主张艺术“灵感说”，认为“抒情诗人陷入迷狂像酒神的女信徒”③，他的“有机”美学思想带上了极具生命意识和神秘非理性色彩的玄妙特征。这些思想对后人产生了深远的、决定性的影响，成为后来艺术“有机”理论中一切宗教神秘的、浪漫的、反理性唯心主义观念之源。中世纪的神学家普罗提诺是罗马晚期柏拉图主义的狂热信徒。他将柏拉图的“最高理式”引申为“太一”，即整个宇宙生命之本源。“太一”是最高的真、善、美三位一体，世界创造是艺术性的，是“太一”向万千世界不间断“流溢出美”的过程④。个体灵魂渴望摆脱沉重肉身的障碍，通过有机灵魂赋予艺术以灵见即神秘直觉，回归灵魂的家即神温暖的怀抱，与神融为一体。个体灵魂对“太一”的向往与回归又构成向上的、直觉生命美的历程。普罗提诺在柏拉图主义的影响下建立起了具有浓厚基督教色彩的神秘有机论，将柏拉图有机生命意识发挥到了极致。之后持续半个世纪并席卷整个欧洲的浪漫主义大潮对艺术生命有机论

① 白晓红：《俄国斯拉夫主义》，商务印书馆2006年版，第36页。

② 柏拉图：《文艺对话集》，朱光潜译，人民文学出版社2000年版，第272页。

③ 同上书，第357页。

④ 胡经之主编：《西方文艺理论名著教程》，北京大学出版社1999年版，第108页。

思想发展的贡献最大。西方浪漫主义在与古典主义美学的斗争中，将“生命作为有机体”（life as organ），并用来诠释艺术，重新祭起了古老“生命循环论”的大旗且广有斩获。

一般认为欧洲浪漫有机论发端于德国：因为德意志在当时与其他欧洲国家相比经济落后、封闭，这反而使它较少受到古典主义和理性主义的浸染，较多保持了淳朴天然的民族精神个性。德国艺术有机论的先驱是赫尔德。他呼唤民族生命意识，宣扬历史情感，反对理论体系，提出了探索语言的生命之源，还主张全面研究民间艺术元素。他还创立了关照艺术“活生生的自然”视角，试图按照生命直觉、自发性、整体性等概念构建新的浪漫主义有机论诗学。另外，英国诗人柯勒律治也是早期欧洲大陆浪漫派有机论的代表。他率先反抗、批判笛卡儿的机械主义唯理原则，热烈倡导艺术“心灵论”，革命性地把有机体作为隐喻，以生命过程取代机械过程来统摄对艺术的描述。柯勒律治说：“艺术从本质上讲是有生命力的，它生成和创造出自己的形式”。“在生命中整体从内部产生，生产和成长是生命的第一力量。”“生长的内在原则是主体性原则”。“生命整体的各部分都是相互依存的，总体存于每一部分；但又表现为生命，它寓一于众，从而合众为一。”① 歌德在众多浪漫有机论者中也十分引人注目。他除了是诗人，还享有自然科学家的声誉，曾仔细进行过生物研究和动植物观察，并将这种观察与对艺术创造的感受紧密地结合起来。他得出的结论是：生命运动是生物的自然过程，同样，艺术创造是艺术家心灵中的自然过程。在歌德看来，生命的即完整的，完整的即是生命的，因此艺术是“有生命的整体”，艺术“要通过一种完整体向世界说话”。这种“完整体”“是他自己的心智的果实，或者说，是一种丰产的神圣的精神贯注生气的结果”，是“第二自然”②。在著名《歌德谈话录》中，歌德坚定地主张艺术具有生命生长性，是有机的，艺术品乃精神的有机果实，这样就超越了柯勒律治多数情况下仅仅将有机生物与艺术品作隐喻性类比的诗学范畴，事实上在欧洲发起了一场美

---

① 艾布拉姆斯：《镜与灯——浪漫主义及批评传统》，张照进等译，北京大学出版社 1992 年版，第 260—267 页。

② 《歌德谈话录》，朱光潜译，人民文学出版社 1978 年版，第 136—137 页。

学和艺术批评革命。

不过真正将生命有机观念变成一种美学常识和艺术哲学理论的要归功于谢林。谢林与黑格尔一同栽种过“自由树”，但后来走上了不同美学道路：前者成为主观唯心主义者，在“同一”的有机哲学中宣扬神秘的生命直觉；后者变成了客观唯心主义者，在“绝对精神”里寻求历史和逻辑的有机演进。谢林以“有机体”概念为基础，构建了可以吐纳宇宙的超验主义“同一”哲学。在《自然哲学》和《超验主义理想体系》这两部著作中谢林自主客体入手，将主体和客体并置，认为二者都来源于一种神秘先验的生动有机力量。这一力量将主体与客体、自我与非我融为一体，形成纯粹“无差别的同一”[①]。在谢林看来，自然是生命的精神，精神是生命的自然，差别仅仅是出发点：从客体出发是自然哲学，从主体出发就是先验哲学。由于谢林是一个艺术至上主义者，认为艺术是宇宙中最高门类，“同一”哲学很自然地转入美学领域，形成先验主义美学观。他所鼓吹的“神奇整合力量”[②] 事实上就是指美：美是调和对立的动态有机手段，把真和善整合于艺术中，即真和善在美中相遇并融为一体。在这个实现交融的有机整体中，主体与客体、形式和内容、理想和现实，一切都浑然一体。那么，这股散发着强烈生命气息的神秘整合力量如何为人们所感知？谢林随即推出了“艺术直觉”论：即认识艺术和美只有从主体内部，通过神秘的灵魂体验，靠生命直觉完成。所谓直觉就是不通过逻辑概念，而是通过内在生命过程有机地感知事物。这种结合无意识活动的直觉叫艺术直觉。艺术直觉非无源之水，而是来自灵感，即内心对精神生命的强烈追求。具备了内在灵感的人自然就是艺术天才。谢林所构建的庞大有机论美学体系第一次实现了艺术生命内涵上的有机整合。谢林本人也因此成为欧洲最具影响的美学大师。自谢林之后，浪漫主义有机论美学借助19世纪席卷欧洲的浪漫主义文学和文化大潮，以蔚为大观的生命有机主义思想，最终奠定了在西方文论史上稳固的地位。事实上浪漫主义有机论思想大师是成群诞生的。除了上面提及的若干代表人物外，热烈响应和传播有机论美学理念

① 谢林：《艺术哲学》，魏庆征译，中国社会出版社1996年版，第18页。

② 同上书，第11页。

的还有英国的华兹华斯、济慈、美国的爱默生等。他们在19世纪著书立说，激扬文字，共同会聚成欧洲浪漫主义美学洪流。更为重要的是，伴随着欧洲浪漫派艺术有机论美学的蓬勃发展，艺术创造中那些来自生命直觉和非理性的方面得到了有史以来最认真全面的论述。这一有机论“生命路线”把艺术审美认知从注重形式技巧、手段的古典机械美学束缚中解放出来，自始至终以反理性主义，倡导生命直觉的“生命诗学”面孔出现，在西方批评史上留下了鲜明印记，其中所弘扬的艺术“生命意识”、“浑然天成”、“灵感创造”、“有机演进”、“民族有机体”等核心概念对斯拉夫主义理论家们的影响和启发最大。他们从西方有机论美学，特别是谢林先验美学出发，立足于俄罗斯民族文化本体论自觉，展开了对俄国文艺美学问题的深刻阐述，发出了对俄国文学发展的方向和前景，即构建独立“俄罗斯艺术学派”的乌托邦追问。因此，从外部影响上说，斯拉夫主义正是吸收、承接西方有机论思想而来的俄罗斯艺术生命哲学。

第二章　浪漫美学:斯拉夫主义的文艺美学理论

1. 生命有机论美学——艺术整合中的文化向心力

浪漫主义对文学艺术及其本质持一种生命有机论立场，认为艺术是鲜活的，不是僵死的，它遵从自身的生命成长法则；艺术是整体的，不是切分的，它要求审美上的生命整合。艺术因贯注着生命而成为生动的有机体；生命本质因活生生的客观存在而不得不是艺术的。对艺术和美所采取生命态度同时也就必然意味着对生命采取艺术的或美的态度。这既是一种艺术本体论，同时又是一种生命本体论。二者在“整合”（синтез）中实现完美的一元化理想主义“混同”（синкретизм）。艺术的生命诗学因而被以浪漫有机论的方式得以确立。作为“浪漫主义美学在俄国的一个分支”①，斯拉夫主义派别在美学上同样从生命立场出发，在有机的审美大视野中对艺术审美客体进行直觉主义感应和体验，强调艺术的优先地位、创造意识的完全自律、艺术的内在力量以及艺术在表达永恒民族道德理想上的精神价值。不过与传统西方浪漫主义美学所不同的是，斯拉夫主义理论家对被他们认为是西欧浪漫主义美学决定性特点的个体主义叛逆性（人与环境的冲突、人与社会的冲突）进行了坚决的批判，试图说明不是西方个体主义，不是人与群体的格格不入，恰恰是俄国式的斯拉夫文明集体共生意识才是艺术有机完整性的显著文化标志。霍米亚科夫由此把个体主义和集体主义二者在一种东正教伦理的所谓“聚合性”辩证理解中联系起来。以此为基点，斯拉夫主义派别将艺术生命诗学阐发为一种正面省察和关照

---

① 韦勒克：《近代文学批评史》第1卷，杨岂深、杨自伍译，上海译文出版社1987年版，第167页。

艺术民族整体自我意识的俄国的、特有的“浪漫美学”形式，即艺术的民族主义文化学：它既强调艺术本体的自足自律性，又同时强调这种个体自足自律所具有的独特民族文化意味。

从普遍意义上看，西方浪漫主义文艺美学理论的主要思想趋向是个人主义中心论。如德国“耶拿派”诺瓦利斯式的神秘个人主义和新教叛逆气质；英国“湖畔派”诗人华兹华斯式的遁世主义和拜伦式的个人叛逆性；法国夏多勃里昂式的对冒险、罗曼蒂克、中世纪骑士精神的沉迷。甚至当今尼采对“生命意志”的鼓吹、狄尔泰的“生命诗学”、海德格尔式的“诗意的安居”都是以个人主义至上为出发点的。这些理论派别或者从美学角度研究艺术与个人审美心理的关系，或者从言说方式角度探讨人性、完整的个性从社会、理性桎梏中获得解放、回归本真自我的可能性，或者从艺术文本角度探讨作品的象征隐喻结构、神秘意指关系、奇异的审美情趣和修辞技巧等。西方浪漫主义代表着对社会生活及其秩序的割裂，是一种文化上的离心力，即反叛现实、宣泄自我，其主要意识表现为在对抗社会、理性中推崇自由的自我，在回归自然中寻找自然的自我，在心灵探寻中审视内在的自我。无论是“自我”对社会的摒弃，“自我”对周围环境的反抗与逃避，以及“自我”向“本我”的皈依与沉迷，都是要把处于“特殊环境中的特殊性格”的“自我”凸显出来，把“自我”从具体的社会历史中悬置出来，倡导对独立个人生命价值的尊重与呵护。这一个人主义审美价值取向符合西方文艺美学理论自理性主义走向感性主义的文化转向，也符合西方思想运动由关注外部社会转变为个人内心世界的发展过程。

19世纪初发展起来的俄国浪漫主义具有一般浪漫主义形式的特点，如对古典主义的反动、对理性主义的拒斥、对内在灵魂与生命的热烈激赏，但不属于任何西欧浪漫主义流派的某个类型学范畴。俄国浪漫主义美学的独特性使人们不能将对西欧各种浪漫主义形式的评价直接移用于它。因为19世纪的俄国不存在欧洲特有的资产阶级社会运动，也没有经历长期的前浪漫主义阶段。西方浪漫主义思想变成了俄国浪漫主义民族文化审美形式。“浪漫主义，并且是我们俄国的、以我们特有的形式产生和表现出来的浪漫主义，不仅仅是单纯文学现象，而是生活现象，是道德发展的一个完整时代，是一个有着自己的独特色调，并在生活中提出了特殊观点的时代。……就算俄国浪漫主义来自国外（欧洲），来自西方的生活和文学，但它在俄罗斯大地上找到了准备迎接它的土壤，正因为如此，它才在完全独特的现象中显现出来”[①]。而“俄国浪漫主义区别于外部浪漫主义的事实是它（俄国浪漫主义）将每一种思想（无论多么野蛮和奇特）带向绝对的极端甚至造成这种思想的魔力般自我运动。……我们是某种不受约束的民族，某种原始意义的民族。对我们而言，一种思想尚不能够被理性自觉地与生命分开，一旦我们的头脑开始为某种思想潮流感到晕眩，那么就会陷入晕眩之中。我们就会为这些思潮做出疯狂的牺牲”[②]。斯拉夫主义文艺美学理论就是这一独特俄国浪漫主义在吸收、借鉴西方浪漫主义的普遍原则，并使之实现本土化（文化民族主义）过程的一个独特发展，拥有自己独特的民族理论色调，并且提出了自己特殊的思想观点。在借鉴德国古典艺术哲学（谢林、黑格尔）系统的过程中，斯拉夫主义者很早就发现其艺术审美上的狭隘性及其用以表达俄罗斯民族生活方面“水土不服”的特点。霍米亚科夫责备黑格尔理性美学“混淆了审美认知方法上两种相互对立的途径，即‘分析’（анализ）与‘整合’（синтез）”[③]。“他（指黑格尔）一旦意识到了科学（分析）与生命（整合）的分野，剩下的也就只有一条出路了：信任分析，因为整合无法实现自我确定。科学的原理是否准确无误，这就是黑格尔的问题。也就是说，分析是否能够严格地忠实于自我?”[④]。霍米亚科夫发现，黑格尔美学的理性“分析”是对精神的解剖，割裂了生命的“完整性”，因此无法成为认知生命的完美途径。只有无法实现自我确定的“整合”才具有无限的包容性和体验性，适合于对艺术作为有机生命现象的完整体验与直接感知，因而在审美认知上具有不

---

① Б. Ф. Егоров, ред: *Аполлон Григорьев*: *Литературная критика*. М., 1967. Стр. 233—234.

② Б. Ф. Егоров, ред: *Аполлон Григорьев*: *Воспоминания*. Ленинград., 1980. Стр. 60.

③ Хомяков А. С. *Полное собрание сочинений*. *Том* Ⅰ. М., 1900. Стр. 144.

④ Хомяков А. С. *Полное собрание сочинений*. *Том* Ⅷ. М., 1900. Стр. 239—240.

可替代的优先地位。他不止一次强调“整合”这一审美认知路径相对于“分析”的优越性和优先地位。在《世界历史札记》（*Записка о всемирной истории*）这部著作（未完成）中，霍米亚科夫以人体举例说：“人的所有面孔相似性不是由细部，而是由共同性格，即脸部体现出来的统一精神决定的。人的眼睛、鼻子、嘴巴看上去各不相同，却有着惊人的相似性。”事实上所有的生活现象莫不如此：认识斯拉夫语言的近亲特点，不必进行语法系统的细部分析；认识某些现象的亲缘性，不必切入它们的个别细微显现。“这种对艺术家，对生活在人类真理朴实之中的人而言显而易见的亲缘性，却常常为那些勤恳细心的学者所忽视。”① 这里艺术形象思维的内在有机“整合”区别于外在理性“分析”的关键在于“系统（生命）一旦接触到分析就会解体”②。霍米亚科夫批评黑格尔美学一味强调思维与存在的绝对统一，忽视了生命及生命有机进程，其美妙辩证法窒息了活生生的生命，是建立在纯粹逻辑分析上的机械主义美学观。黑格尔美学把人引向抽象概念世界，把哲学、美学和人生都变得苍白而缺乏诗意，人成了所谓通向“绝对理念”因果链条上的奴隶和工具，生命和被“绝对精神”所概念化了的世界之间丧失了真正的和谐。黑格尔式的机械分析和逻辑演进之所以不为霍米亚科夫所接受，就在于“分析”作为历史铁律“毁灭了生命（系统）”。“在繁文缛节的无限多样性中一致性消失了。习惯于审视细节的眼睛丧失了共同和谐感。绘画分解为线条和颜色；交响乐分解为节奏和音符；深刻的人类本能、捕捉真理的诗性感知能力在学究般的枯燥审美单一性中消失了。”③ 西方文论自启蒙主义时代始，倡导科学实证主义的“分析”日盛，生命意识、和谐、完整性即艺术“整合”观念却日渐稀薄，直到黑格尔美学建立起了威严无比的理性主义大厦，一切都被纳入“绝对精神”这一无情的历史铁律之中。与对黑格尔美学的尖锐理论责难相比，霍米亚科夫等斯拉夫主义者对谢林晚期的艺术哲学却推崇备至。他们早年虽然都先后经历过迷恋黑格尔美学思想的时期，最终却都站到了黑格尔的

① Хомяков А. С. *Полное собрание сочинений. Том* V. M.，1900. Стр. 33.

② Ibid.，p. 43.

③ Ibid.，p. 42.

对立面，几乎都成为俄国意义上的谢林主义者。别林斯基因此将斯拉夫主义笼统归入“谢林主义信徒”，是“过时浪漫主义世界感受的一支”[①]。在《自然哲学》和《超验主义理想体系》中，谢林自认知的主体、客体入手，将认知世界的主体和客体同时并置，认为二者都来源于“绝对”，即一种神秘先验的、不自觉的有机整合力量。这一所谓“天启力量”将主客体，自我与非我融为一体，形成“绝对的同一”和“无差别同一”。在谢林主义看来，宇宙万物都被一股神奇的有机力量整合起来，已无时间和空间的差别，自然是有生命的精神，精神是有生命的自然，存在的仅仅是出发点的不同：从认知客体出发便是自然哲学，从认知主体出发就是先验哲学。由于谢林还是艺术至上主义者，认为艺术是宇宙中最高最美的，“同一”哲学很自然地转入美学领域，形成先验的“同一”美学观。斯拉夫主义者对谢林艺术哲学持高度赞同的立场，并从谢林美学中挖掘到丰厚的思想“矿石”，即艺术认知模式（审美范式）相对于其他认知方法上的优先地位、创造意识的完全自律性。艺术家作为生命的先知“既创造着自然界，同时也创造着人类自身”，艺术家所展示的那一“美的世界”生动体现着“上帝的优美形象”。И. 基列耶夫斯基进而总结道，“…… 最新思维从笛卡儿到谢林的全部发展在后者的体系中统一起来，并得到最终的发展、补充和证明”[②]。

一般而言，在西方思想史上，黑格尔与谢林的“世界精神”并没有那么大的思想鸿沟，都是对自我理想的理性主义体现。谢林的世界精神来自绝对同一，即完整生命力图认识自身的冲动，于是把自己外化为自然，自然是无意识的精神，精神也就成为无意识的自然。黑格尔的世界精神不仅是一股真正能动性的力量，而且更多的是客观性、实体性显现因素，精神超出自身的过程实际上也就是精神成为它自己的过程，其结果就是精神将涵盖一切而成为绝对精神。二者在理性主义特质、系统性追求方面几乎相同。不过斯拉夫主义者基于晚期谢林的艺术哲学观，将谢林与黑格尔的美

---

① Белинский В. Г. *Полное собрание сочинений. Том* Ⅵ. М. , 1955. Стр. 251.

② Киреевский И. В. *Полное собрание сочинений. том* Ⅰ. /под ред. М. Гершензона. М. , 1911. Стр. 251.

学原则对立起来，阐释并构拟出主张“分析”的黑格尔和主张“有机整合”的谢林两个相互对立的理论面孔。其中与晚年满口“三段论”、“大小逻辑”的老黑格尔相比，显然“俄国化”了的谢林更合乎斯拉夫主义者的胃口。谢林的“同一”天启哲学，特别是晚期的有机论艺术哲学因其带有浓厚的反理性主义、宗教神秘主义气息常被一些西方实证科学家嘲笑为“缺乏逻辑推论和实践证明的胡说”，却受到了俄国斯拉夫主义者的激赏，这是因为晚期谢林身上的启示哲学、非理性主义、宗教神秘主义，甚至晚年谢林著作中丰富幻想的比喻和华美的词句恰好与斯拉夫主义者反“分析”，重“整合”的生命有机论美学合拍，因而成为斯拉夫主义民族文化审美理论的一个西方来源。不过作为美学上非理性主义的派别，斯拉夫主义者总体而言是排斥西方美学的理性主义“分析”取向的：霍米亚科夫认为“任何分析都无法超越那一生命整合的界限，都来自那一生命整合并为后者所包容和吸纳”，来自西方的“他者的分析”反映的只是“他人的生活”。接受异己的科学，人就不能不接受来自异己的生活；因此不接受“他者的分析”是不可能的[①]：那样一来就意味着要脱离外来理性主义的“启蒙”（霍米亚科夫和И. 基列耶夫斯基从来不喜欢“启蒙”这个字眼）。在自我发展（生命成长）和外来启蒙（理性植入）这对几乎不可调和的矛盾中唯一的出路在于正确理解和区分“分析”与“整合”的辩证法。霍米亚科夫断言，“科学，也就是分析，实质上是一回事。分析的规律具有普遍一致性，而与之伴随的整合却会随着地域和时代而变化”[②]。如果不能够意识到这一点就会导致丧失“生命统一性”的概念，导致“科学”与“生活”（美）的分离。科学中的分析因丧失自己的内在“生命独立性”而成为“异己科学”及“他人生活”的奴性工具，当下俄罗斯就处在对西方外来文化时尚亦步亦趋抑或奴颜婢膝的模仿状态，这是一种“俄罗斯疾病”。“意识到这一点还是可以治愈的，但首先需要共同的意识，或者至少需要被广泛接受的意识。为此需要一种新的生活，新的科学，需要道德的转向。……科学必须是生活的（美的）；俄罗斯应该创造这一生活的科学

---

① Хомяков А. С. *Полное собрание сочинений. Том* Ⅰ. М. , 1900. Стр. 180.

② Ibid. , p. 181.

(美学)。要让俄罗斯创造什么，首先需要让俄罗斯能够实现自由创造，需要俄罗斯自身成为一个完整的、生动的有机体。"[①] 西方狭隘理性主义"分析"路径显然无助于用以审视俄罗斯作为"美"的共同体即"生命有机体"的生长和发展，无助于领会俄罗斯所区别于西方的独特自我意识。因为理性"分析"就其实质而言是一种文化审美上的离心力量。它在认识方法论上意味着区分、分解、分裂或者解体，意味着机械和可怕的僵死，"分析"在"生活的科学"即美学里只处于认知的最低阶段，体现着最低程度的粗糙现实性，完全无法实现对俄罗斯自我意识及其生命完整性的独特审美认识。在认识论问题上，霍米亚科夫批评工具理性"分析"，认为黑格尔的错误是把个人理解的概念运动混同于现象运动，即现实本身的运动，故认识的主体（人）作为生命的整体便无法加入真理认识的过程之中；真理成为抽象的纯粹理性，从而置换、替代了存在的精神完整性，"整个这一学派没有发现，把个人概念作为全部思维之唯一基础。就毁掉了世界：因为概念使他所从属的现实变成了纯粹的、抽象的可能性"[②]。事实上，"在真理认识的过程中存在着人类思想认识发展的两个方式：明确显现方式（从未知向已知）和明确意识方式（从意识到已知到'毁灭'已知）。第一个方式构成生活和艺术的领域；第二个方式构成知识与科学的领域。适用于第一个方式的是整合；适用于第二个方式的是分析"[③]。霍米亚科夫进而将"整合"式思维赋予艺术认知，认为艺术性的认知方式在对宇宙进行"原初的"、"完整"的把握上意义重大，因为只有艺术性审美认知，即艺术"有机整合"思维，才不会分裂"明确自我显现着"的生活，才能真正领悟俄罗斯民族作为"美"的精神生命有机体那一具体的、活生生的存在。

"整合"理念作为斯拉夫主义美学的出发点早在19世纪20年代，即俄国美学发展的"哲学阶段"就已经被И. 基列耶夫斯基提出。И. 基列耶

---

① Хомяков А. С. *Полное собрание сочинений.* *Том* Ⅷ. М. , 1900. Стр. 75.

② Галактионов А. А, Никондров П. Ф. *Русская философия в* Ⅸ—ⅪⅩ *вв.* Ленинград. , 1989. Стр. 294.

③ Хомяков А. С. *Полное собрание сочинений.* *Том* Ⅰ. М. , 1900. Стр. 250.

夫斯基青年时代亲自去德国聆听过黑格尔、谢林、施莱尔马赫的讲课，与黑格尔有私交（黑格尔发现他有哲学才能，曾劝他系统研究哲学），还是俄国“爱智协会”的主要骨干，被公认为是斯拉夫主义理论家中最具哲学头脑的人，属于具有强烈整合性理念的文艺美学理论家。1828—1834 年间，И. 基列耶夫斯基撰写了一系列论述美、审美理想、艺术本质和功能、艺术民族性问题的文章，其中对艺术审美理论的整体主义，即总体整合（概念整合形式）思想的论述格外引人注目。根据黑格尔“美是理念的感性显现”这一观点，И. 基列耶夫斯基提出，“艺术命运属于理念的自我显现领域”，相应地应当确立艺术的一种特殊认识论理解，即一方面把艺术看作理念的特殊认知形式（自我认知），另一方面把艺术看作其形式和阶段发展上的动态系统（历史主义）[①]。就艺术认知作为理念的自我认知形式而言，И. 基列耶夫斯基特别强调审美认知在认识论意义上充分的“完整理性”，即整合性思维方式。就这一“完整理性”即概念整合形式的具体哲学含义批评家有一段展开的说明：

> 提高理性的第一个条件，是使得理性努力把全部那些在人的正常状况下处于分散和矛盾状态的单个力量，集中为一个不可分割的整体；是使得理性不要把自己抽象的逻辑分析能力当作认知真理的唯一途径；是使得理性不要把独立于其他概念发展的具体意义当作理解高级世界结构的正确指南；甚至是使得理性不把自己内心的，脱离了其他精神要求的主导之爱当作达到至善的指导者；但要使得理性不断在灵魂深处寻求理性的这样一种内在根源，在这里全部单个力量都融合为活的，和完整的理解（живое，цельное понимание）[②]。

在审美认识论方面，这种“活的，完整的理解”表现为人的各种审美认知能力，包括想象与联想，灵感与直觉，理智与情感，意识与无意识，形象思维与抽象思维等不同认识领域的完整有机综合。因此审美认知不应

---

① Киреевский И. В. *Критика и эстетика.* М.，1979. Стр. 317.

② Ibid.，p. 318.

当仅仅归结为单一的逻辑分析和形式解剖，而是首先包括对外部自然生命认知活动的全部完整性。所谓“活的，完整的理解”即建立在主观意志（信仰）和情感认同基础之上的认知外部自然的完整理性整合形式，经过复杂的辩证关系，彼此渗透，相互影响，共同参与并推动艺术思维活动的展开。这也就是说，艺术思维作为诗性思维（特殊认知形式），具有与科学思维（理性分析）迥然不同的特殊审美认知功能。艺术将多姿多彩的“生活真实”升华为圆满的“艺术真实”，通过生动的表象揭示本质，通过偶然结识必然，通过个别显示一般，通过客观显示主观，通过“总体整合”从而使得艺术审美认知功能具有深刻的有机论内涵。И. 基列耶夫斯基相信，这种“活的，完整的理解”隐藏在人的精神活动常态的背后，“在灵魂深处是理性的全部具体力量的活的总凝聚点”①，在认识论上既克服了人的知性的自以为是，同时并不限制理性自由，相反它加固理性的创造性，使得理性成为面向生活的精神内在建设，并使之自愿服从于认识的精神完整性。而那种纯粹的逻辑分析理性“把生活转化为公式的逻辑意识，不能完全抓住客体，而是消除了客体对心灵的作用。我们在这样的理性中就好像住在房屋的图纸上而不是住在房子里，画完了图纸，我们就意味着盖完了房屋”②。而实际上在所谓“活的，完整的理解”，即“整合”思维的认知中，不是形式支配着认识能力的集中，决定认识内容，而是更直接的意识即对真理的直观本身，“它不能成为纯粹的知识，不能成为头脑中的特殊概念，不能被放入某种外在认识能力，不能被归属于一种逻辑理性，或心灵感觉，道德教条，但却囊括了人的全部内在完整性……整合性思维的主要性质在于力图把心灵的全部个别部分凝聚成一股包容的力量，寻找存在的内在凝聚点，在这个凝聚点上，理性和意志、和情感、和良知、和美、和正义、和仁慈、和理性的全部内容融合为一个活的统一体，这样来恢复那一原初的、不可分割的完整人性”③。И. 基列耶夫斯基使用严密的哲学语言，自完整认识论角度吸纳、发展了黑格尔美学和谢林

① Киреевский И. В. *Критика и эстетика.* М. , 1979. Стр. 318.

② Ibid. , p. 362.

③ Ibid. , pp. 333—334.

艺术哲学中适用于俄罗斯民族文化审美意识的部分观点。他的特殊认知形式，即“活的，完整的理解”的思想虽然具有含混晦涩和未完成性的特点，但对斯拉夫主义美学的形成和发展影响巨大，为俄国文学批评开辟了广泛的哲学基础。斯拉夫主义运动盛期（19 世纪 40—50 年代）的霍米亚科夫、K. 阿克萨科夫等人都是从 И. 基列耶夫斯基的整合思想出发来展开斯拉夫主义美学论述的。

И. 基列耶夫斯基对斯拉夫主义运动的另一大美学贡献是把俄罗斯文学艺术看作其在形式和阶段发展上的动态系统（历史主义）。这一思想直接来源于 19 世纪初俄罗斯美学发展的“哲学批评”（философическая кри тика）阶段。一般认为俄国美学发端于 9—10 世纪，最初是一种“宗教批评”。就像古代俄罗斯文学作品主要是零散的历史文献（编年史、圣徒传、纪事、书信体文艺作品等）一样，中世纪俄罗斯的“宗教批评”最初诞生在基辅的洞窟修道院里，存在于僧侣、修士们撰写的部分美学残简或只言片语中，如大司祭伊拉里昂[①]的《信仰自白书》（*Исповедание веры*）、《法与神赐说》（*Слово о законе и благодати*），涅斯托尔[②]的《往年故事》（*Повести временных лет*）等。其中表现出的美学观念是宗教启示录、认识论、伦理学的混合体，散发着拜占庭主义气息和正教精神，如涅斯托尔长老就认为“美是上帝圣灵之光”，“美以道德为标志”[③] 等。美学基本上是宗教的奴仆。17 世纪是俄国美学的自我发现时期。因牧首尼康[④]改革带来的“教派分裂”运动在俄国文化史上不同凡响，同时也具有美学史意义。著名的阿瓦

① 伊拉里昂（Иларион，11 世纪中叶，生卒年不详），11—12 世纪古罗斯著名宗教政治活动家、作家、思想家、神学家，1051 年起担任基辅大主教，著有著名的《法与神赐说》一书。

② 涅斯托尔（Нестор，1056—1114），11—12 世纪著名古罗斯编年史家，基辅洞窟修道院大主教，著有《往年故事》（*Повести временных лет*）、《鲍里斯和格列布的传说》（*Слово о Борисе и Глебе*）等。

③ 奥夫相尼科夫：《俄罗斯美学思想史》，张凡琪、陆齐华译，中国人民大学出版社 1990 年版，第 3 页。

④ 尼康（Никон，1605—1681），17 世纪俄国大牧首，1652 年在俄国开始推行东正教改革运动，导致东正教会和俄国社会的大分裂，出现了“改革教派”和“分裂教派”（Раскольники）。

库姆[1]大主教是“分裂教派”的代表人物，也是第一个不以“上帝的名”，而以“自我”为第一人称表述思想的美学艺术家。他以牺牲的举动来维护东正教旧信仰，坚决反对与西欧建立科学和文化上的联系，是典型蒙昧主义者。但他具有敏锐的艺术嗅觉和崇高民族使命感。在自传体使徒行传《生活纪》（*Житие Аввакума*）一书中阿瓦库姆鲜明地表述了他保守的美学原则：忠于俄罗斯语言和一切俄罗斯本土的东西，坚决排斥一切“外在智慧”和“高雅科学”，以热烈的信仰捍卫俄罗斯世界观的美和纯洁。在阿瓦库姆看来，俄罗斯不需要智慧、科学之类的理性主义手段，而是需要虔诚的信仰和直觉来感受“真理”的美[2]。这一信仰美学原则尽管弥漫着强烈的排外情绪，但已经比较清楚地阐明了建立民族审美意识的想法。18世纪被公认为俄国美学的“全面西化”时期。来自西欧的古典主义、感伤主义和启蒙主义美学纲领得到了广泛传播。诗人康杰米尔将“哲学”这一概念翻译成一个地道俄国词“爱智慧”（любомудрие），宣扬理性和智慧是最高美学价值，但要用心灵去“爱”。他还第一次使用源自法语的“critigue”，并将其转换为俄语词——“批评”（критика）。罗蒙诺索夫还提出“美即认识”的理性美学原则，将科学置于艺术之上[3]。启蒙主义者诺维科夫认为公民哲学是“诗艺哲学”，强调艺术理性启蒙和社会效用原则[4]。拉吉谢夫突出强调美的生活属性和自然属性，试图建立具有唯物主义特征的艺术观。卡拉姆辛已具有前浪漫主义思想，提出美学“趣味”说，还第一次对“美”（красота）与“优美”（прекрасное）的概念作了认真区分，认为前者是一般意义上的美，是为评价自然、景色、面容等外在因素时使用的；

---

① 阿瓦库姆（Аввакум П，1621—1682），大司祭、作家，17世纪尼康（Никон）宗教改革后拒绝改革的保守教会人士形成“分裂教派”（Раскольники），又称“旧礼仪派”（Старообрядцы），阿瓦库姆是“分裂教派”领袖，曾被多次流放并最终施以火刑，著有自传性的《生活纪》一书。

② 奥夫相尼科夫：《俄罗斯美学思想史》，张凡琪、陆齐华译，中国人民大学出版社1990年版，第43页。

③ 参见刘宁主编《俄国文学批评史》，上海译文出版社1999年版，第2—3页。

④ 奥夫相尼科夫：《俄罗斯美学思想史》，张凡琪、陆齐华译，中国人民大学出版社1990年版，第87页。

后者才是创造性的美，艺术美和高级的美，美学应指导人们欣赏“优美”[①]。18世纪在美学史上的重要性还在于借鉴、推出了大量美学语汇，如美、优美、审美、美感、审美本质、审美理想等，为俄国美学的理论建构奠定了语汇（术语）基础。不过俄国美学直到19世纪初才真正地进入全面自觉的所谓“哲学批评”时期（前斯拉夫主义时期）。在浪漫主义风行一时，“文学成为唯一讲坛”的“文学中心主义”年代，关注文学、艺术的本质、功能和使命，确立它们在俄国思想运动中的地位和作用成为几乎所有知识精英的共同追求。文艺批评能够最迅速地感受社会思想的转向，思想的转向又迅速影响到文艺自身的演变和发展。二者形成了有机的互动：哲学家莫不是艺术理论家，艺术理论家无不关心文化和哲学问题。在这一背景下诞生了俄国浪漫主义的“哲学批评”（哲学美学）流派。

前斯拉夫主义，即“哲学批评”的理论家们多数是19世纪20—30年代“爱智协会”的成员（霍米亚科夫、И. 基列耶夫斯基、老阿克萨科夫等人在斯拉夫主义派别成立之前都曾是这个协会的重要骨干）。“哲学批评”致力于在改造黑格尔历史主义美学的基础上建构俄罗斯自己的动态艺术形式系统，从而为俄国美学奠定坚实的哲学基础。黑格尔美学把“美”看作“绝对理念”（绝对精神）的感性显现，美的理念（艺术理想）在不同人类文明发展阶段先后逻辑性地外化为象征型（理念的抽象定性）、古典型（理念的具体整体）和浪漫型（理念的内在主体性，回归抽象性）三种特殊的艺术类型，从而构成艺术和美的全部演变历史。俄国的“哲学批评”则把“美”的感性自我显现看作理念的某种自我显现（自我认知），以凸显理念的显现是一种内在生命力驱动下的活的有机体形式，具有生命成长性的特点，不单纯是一种逻辑性外化形式。И. 基列耶夫斯基就认为理念不应该被仅仅理解为抽象概念，而是普遍的，却为某个领先民族所独有的，在不同历史阶段处于动态变异中的永恒道德理想，赋予人们审美认知上“活的，完整的理解”。“哲学批评”的思想理论家们把“美”看作生动理念非逻辑性地自我显现形式，艺术理想在不同的文明发展阶段内在

① 奥夫相尼科夫：《俄罗斯美学思想史》，张凡琪、陆齐华译，中国人民大学出版社1990年版，第101页。

地呈现为象征型（古老东方艺术）、古典型（古希腊）、浪漫型（基督教的西欧艺术）及整合型（未来的艺术）4 种特殊艺术类型样态。与黑格尔断言艺术样态在“浪漫型”之后会自觉地走向消亡，并被理念的最高形式哲学所一举替代不同，俄国的哲学美学家们认为，艺术不会在“浪漫型”形式之后自行消亡，而是在自我认知过程中迈向更高的艺术“整合”阶段。换一句话说，建立在艺术“整合”内在逻辑基础之上的艺术样态正代表着艺术形式系统发展的前景。И. 基列耶夫斯基认为，艺术形式的这一发展前景是处于“启蒙理性”（理性分析）旋涡中的“腐朽的西方”所不具有的。19 世纪 30 年代的“哲学批评”致力于建构俄罗斯自己的动态民族文化审美系统，提出了“俄罗斯文学的有机发展前景”的问题。其中 И. 基列耶夫斯基的美学贡献绝对不容低估：之后几乎所有斯拉夫主义理论家们都在紧张地探索和寻找俄国文学的“普遍俄罗斯基础”，并在这一基础上探讨俄国文学未来及其全人类意义。其中在前斯拉夫主义向斯拉夫主义运动的历史过渡和理论完善中，K. 阿克萨科夫对斯拉夫主义有机论美学的最终形成具有举足轻重的影响。

早在 1836 年，K. 阿克萨科夫就力图革新谢林艺术感知完整性的理念，反对另一个谢林主义者波戈京所谓“历史学者不会忽略细节”的观点。他以人对自然现象的感知为例：“比如说当你在观察一片树叶的时候，你所带走的印象是这片树叶留给你的。你会记住并觉得这片树叶就是它在自然中的那个样子。但你告诉我，你会不会记住叶面上的所有条纹和细微的脉络，你肯定无法讲出来，但正是被你忽视的树叶的所有细部（所有物）参与了对人印象的形成。”[①] K. 阿克萨科夫认为无法从一大堆组成整体的局部细小物体中区分出主要部分和次要的部分，因为第一，事物的完整概念遭到破坏；第二，每一个局部细小物体相对于其内部更加细小的局部物体也是一个整体。基于此，K. 阿克萨科夫认为那一“初步自然印象”正是适用于艺术创作的“有机整合”性艺术感知的基础。1835 年秋，在青少年时代的一篇札记中 K. 阿克萨科夫谈到与友人就肖像画所进行的一次争论：

---

① Кошелев В. А. ред. *Эстетические и литературные воззрения русских славянофилов*（1840—1850 - *е годы*）. М.，Наука，1984. Стр. 64.

“我断定，要画好一幅人物肖像画，只需抓住脸的‘理念’。表情和线条可能改变，但‘理念’不会改变。那一‘理念’可能就隐藏在肖像画的外部轮廓和线条背后。我相信在大自然中，在动物王国和植物王国存在并可找到我的肖像。”①

作为浪漫主义者和谢林主义者，K. 阿克萨科夫断言“理念”是事物内在生命显现的内在意义，而“被艺术表达的事物俨然具有双重的生命：即外在的、显现于所有领域的生命；内在的、归结于事物自身的生命”②。事物“内在的生命”是科学的理性分析所无法企及的。艺术家的目的就是运用艺术手段表达出隐藏在事物内部的，凭借科学理性所无法企及的“理念”，与此同时却不必表达出所有相关的细节。K. 阿克萨科夫认为，只有既具有清晰的“理念”内核表达，使得“理念”显现为具体生动的形象，又具有挖掘不尽的形式（手段）多样性的作品才算得上是真正的艺术作品。他要求“诗必须有两个方面的优点：思想和音节。第一眼看上去诗要表达意义和思想，但只有诗借助于优美的音乐（音节）表达思想的时候才算是好诗。诗歌作品是被贯注了思想的音节的和谐”③。基于将艺术形象理解为完整表达世界的和谐系统这一有机论美学立场，K. 阿克萨科夫宣称艺术思维是认知事物“内在生命”的最高阶段，它在诗（艺术）的创作中得到最充分的运用。事物的“理念”（内在生命）在艺术创作这一审美认知的最高阶段得到最为充分的表达。“理念”即事物的“内在生命”在艺术作品中体现得越完美，艺术作品对生活内容的形象表达就越深刻。诗的深刻“思想”（内容理念）与优美“音节”（外部形式）由此构成最高的和谐有机整体。K. 阿克萨科夫的诗歌作品“思想”与“音节”和谐一致的美学思想进一步完善了斯拉夫主义有机论美学的原理，也促进了19世纪俄国文学批评形式准则的确

① Кошелев В. А. ред. *Эстетические и литературные воззрения русских славянофилов*（1840—1850 - *е годы*）. М.，Наука，1984. Стр. 64.

② Аксаков К. С. *Полное собрание сочинений. Том* Ⅱ. М.，1880. Стр. 4.

③ *Эстетические и литературные воззрения русских славянофилов*（1840—1850 - *е годы*）. Стр. 65.

立。当然，对艺术作品内容与形式的关系问题的论述并非是K. 阿克萨科夫的首创。19世纪30年代诗人巴拉丁斯基在给И. 基列耶夫斯基的一封信中就谈及对一幅肖像画的印象，说如果绘画严格遵从所有物质线条规则，准确得像一篇译文，但“并不让人感到满意，因为缺乏灵魂”[①]。不过，K. 阿克萨科夫却是19世纪俄国文艺学史上最早辩证地论述了艺术作品内容与形式间有机和谐问题的理论家。

在对诸如艺术感知、艺术理念、艺术作品的内容与形式等问题进行阐述，并在此基础上获得初步美学批评经验的基础上，K. 阿克萨科夫将建立在“整合”性艺术思维之上的艺术创作归结为“理念世界”的形象创造，把创作过程中支配艺术家进行创作的主要驱动元素区分为“理智”、“意志”和“情感”三种形式。相应地，“理智”、“意志”和“情感”三元素对应着艺术创作活动中的“思考”、“行动”和“发明”三种行为。这样一来被艺术家驱动着的“理念”（统一的精神）“把现实表现得要么是应然的生活，要么把现实提升到理想存在的高度。在这一过程中呈现理性、意志和情感的作用。其中借助理性和意志把生活表现为应然的，借助情感（愿望）将生活提高到理想存在。”在这一区分的基础上，K. 阿克萨科夫将所有言语作品划分为“理性作品”、“意志作品”和“情感作品”三个类别[②]。第一类言语作品是散文式的，属于“科学的领域”，表现为创作主体对自我或者大自然的清醒观察；第二类言语作品自行呈现在言语和行动中：意志被言语所表达，构成修辞或诗；第三类言语作品来自外部情感印象，是被音节或形象语言所表现的崇高精神化产物。当然三个类别间的严格界限并不存在（理性产物可以同时是意志或情感的产物），三分法有些模糊和勉强，但K. 阿克萨科夫的主要理论目的是要区分“修辞”和“诗”这两类具有艺术创作含义的言语作品。他进一步区分了修辞和诗的根本差异：最初诗是情感的直接成果，存在于虚构领

---

① *Татевский . сборник С. А. Рачинского.* Типография А. С. Суворина. СПб. 1899. Стр. 50—51.

② *Эстетические и литературные воззрения русских славянофилов*（1840—1850 - *е годы*）. Стр. 65—66.

域；修辞正好相反，直接诉诸情感（技巧）进行说服的目的，情感是真实的情感。显然，不是基于说服目的的诗是充分自足的、非功利的。这也就是说，修辞还不能称其为艺术，只有艺术才具有虚构性和无目的性。“我们的心灵可以为崇高的事物（存在）而燃烧（修辞的目的），但诗却是建立在情感与想象基础之上，超越存在。”在这个意义上诗的表达领域是无限的，而修辞在最好的程度上也只是涉及崇高的事物。因此，诗是以情感的形象刻画理念，对诗人来说，诗是心灵的幻想物，是对生活“完整”的思考和再创造。K. 阿克萨科夫认为，诗不是预先构想出来的，诗需借助于特殊的灵感才能实现理念的艺术表达，而非凭借人工修饰语就能完成。“诗是一种灵感创造，诗人不是劳作，是创作。对创造者来说不能说哪个创作是艰难的，哪个创作是容易的。困难和容易只是劳作意义上的。因此不存在劳作问题，诗涉及的是创造”[①]，就如同造物主进行生命创造一样。K. 阿克萨科夫将理性与情感予以区分，主张艺术的天然自足性和诗性思考的有机整合性，断言任何涉及艺术的理性主义都会最终扼杀艺术。真正的艺术是有机天成的，内容与形式的融合就如同人的肉体与灵魂的和谐：身体是灵魂的优美形式，灵魂活在优美的身体中。离开了身体与灵魂之间的和谐，就不会有一个人鲜活的有机体的存在，身体就会成为僵尸，灵魂就会散而无形。创作活动中那种天然的情感、心灵的状态及生动的理念都坚决拒绝理性的解剖和分析的割裂，美正在于艺术内在生命（理念）与外在呈现（形式）的高度有机统一。这里 K. 阿克萨科夫的有机论美学思想已经十分接近 И. 基列耶夫斯基倡导“活的，完整的理解”的审美认识论，也和霍米亚科夫后来阐述的“活知识”[②]（живознание，即内在知识）的审美认识论观念相通，显示完整的斯拉夫主义美学已呼之欲出了。

19 世纪 40—50 年代是斯拉夫主义美学运动的盛期，诸如艺术与现实的关系、科学思维与艺术思维、艺术认知的特殊性、艺术创作的完整性、艺术形式与内容的关系，以及俄罗斯文学和西欧文学的现状与发展

---

① *Эстетические и литературные воззрения русских славянофилов* (1840—1850 - *е годы*). Стр. 66—67.

② 徐凤林：《俄罗斯宗教哲学》，北京大学出版社 2006 年版，第 18 页。

前景等等一系列“文学中心主义”时代最为迫切的美学问题都在斯拉夫主义理论家们的著述中得到了认真思考和阐释。其中有机“整合”理念成为斯拉夫主义美学衡量文学（艺术）发展进度的唯一尺度：任何人工的、机械的统一都被作为强制性的“僵死的聚集”而抛弃。在整合的“生命”有机大视野中，艺术既是实实在在的生命现象，又寄托着对生命现象的最本质表达。永恒道德理想的生命轨迹是生动的、可以被直觉到的，而生命的轨迹又是向上的，以永恒道德理想为指归的，是融杂多为恒一的生长进程。这既不需要理性认识和逻辑判断，也不应该被罩上一层神秘莫测的理论光环，一切都是可以被一种精神视力有机地彻悟到的。在《19世纪》一文中，И. 基列耶夫斯基指出，现代文学（包括当下西方和俄国文学）发展进程的内部要求“想象与现实的和谐，正确形式与自由的内容的和谐，完整的艺术加工与深刻的自然性的和谐”[①]，但这个对和谐的要求还不能被认为是真正有机整合的，因为生活内容尚未得到充分的揭示；理念的自我显现欠缺生动性，还不是活的有机体形式，其内在的主体性还无法摆脱掉旧形式的羁绊。一句话，现代文学还处于外来模仿的不完善阶段，目前还无法真正地达到艺术思维和艺术认知上那种“活的，完整的理解”程度，离真正整合性艺术类型还很遥远；现代文学艺术的未来唯一出路是既要走出“旧的形式”（古典主义），又要走出“新的形式”（浪漫主义）[②]。前者虽然实现了精神意义（理念）与自然形象的相互渗透与融合，但这一渗透与融合是不自觉的，某种意义上是僵化死板的，不是由生动的主体精神造成的，主体不享有充分的自由性；后者的内在的主体性原则得到巩固，精神具有自我认知上的无限和绝对人格自由，内心世界成为主体性的美，但艺术表达的实体内容（生活）被放弃，主体与客体相互分离。艺术家的创作只是听命于主体的任意幻想，在对形式技巧的热烈关注中忘记了主体之外的生动现实。一句话，前者有审美主客体上的统一，无审美主体的自由，是一种理性一致性的强制；后者虽然有

---

① Киреевский И. В. *Полное собрание сочинений. том* Ⅰ. /под ред. М. Гершензона. М., 1911. Стр. 90.

② Ibid.

审美主体的自由，但无审美主客体的统一，是精神个体的自由放任。而未来的“整合型”文学（艺术）则必然是既有着审美主客体的统一，又有审美主体的自由和客体的完整揭示，是审美主客体有机的和谐。斯拉夫主义理论家们对这一俄罗斯未来“整合型”的文学（艺术）在“新时代”的出现充满热烈的期待，甚至有些迫不及待：霍米亚科夫预言了一个立足于俄罗斯本土精神文化生活，彻底摆脱了西方理性主义“分析科学”钳制的“独立民族艺术学派”，即俄国有机论美学的出现；И. 基列耶夫斯基将“生活”（精神的完整性）作为未来“整合型”艺术的基础；K. 阿克萨科夫激烈抗议俄罗斯文学对外来事物“机械的模仿”，热烈追求艺术创作形式和内容的和谐统一性。“正是因为当下的现状是生活排挤诗，我们才会坚信未来对生活的追求和对诗（文学艺术）的追求必将殊途同归。对诗人（艺术家）来说，生活的时刻来到了。”①

2. 艺术的“人民性”原则

斯拉夫主义派别认为，俄罗斯的美意识是在追求永恒民族道德理想意义上区别于西方个体主义的“具体的、活生生的存在”，故而要求一种建立在诗性“整合”思维基础之上的有机主义认知视野，一种民族文化审美上的特别深度和广度。与西方主义者在艺术与现实关系上持社会批判立场的“否定美学”不同，斯拉夫主义者率先将俄罗斯传统民族文化精神当作艺术审美对象，视俄罗斯人民生活为鲜活生动的尚未被西方理性主义所浸染的天然有机体，力图探寻一种适合于认知这一天然有机体，正面表达永恒民族道德理想的整合性审美范式。斯拉夫主义者普遍认为，艺术的“人民性”概念是指运用本民族独特的艺术表现形式、艺术手法来反映现实生活，使艺术作品有民族气派和民族风格。具有民族性特点的艺术作品立足于本民族的文化传统及审美意识，表现本民族的生活、思想感情、愿望和艺术审美情趣。艺术的“人民性”不在于作品所反映的社会生活是否具有民族性，而在于艺术是否反映了民族精神，民族精神是艺术“人民性”的灵魂。霍米亚科夫主张“真正的艺术是生

① Киреевский И. В. *Полное собрание сочинений. том* I. / под ред. М. Гершензона. М. , 1911. Стр. 91.

活的生动果实，生活力图以不变的方式表达暗含在自己永恒变化中的理想”。不是艺术家自身在创造，而是“人民的精神力量在艺术家的身上进行着活生生的创造。所以显而易见任何艺术都应该是，也不可能不是某个民族的艺术。它是活生生地上升到意识的精神之花，是自我意识着的生命形象”[①]。И. 基列耶夫斯基宣扬艺术审美是一种“活生生的认识”，“需要准确地把握艺术审美对象身上生命脉搏的跳动”[②]。他断言，那些真正生动有机的、活生生的事物从来都不是生命表象，更不是外在秩序，而是永远散发着永恒人民道德理想精神的生命的“美”。这种对俄罗斯作为美的“生命形象”的“活生生的认识”必然要求将艺术置于坚实的民族精神文化的根基之上。事实上斯拉夫主义理论家一直在致力于探索建立独立的，能够对俄罗斯这一“生命形象”进行“整合”性艺术言说的独立“俄罗斯艺术学派”的现实可能性。在斯拉夫主义者看来，创建这一“俄罗斯艺术学派”必须以艺术的“人民性”原则为根本依据。

“人民性”是俄国文艺学里最频繁出现的概念，近乎所有的批评家、作家都把它当作核心语看待。这一概念最早于19世纪初由感伤主义作家卡拉姆辛提出[③]，不久受到早期浪漫主义诗人维亚泽姆斯基的关注。他1819年在评论另一位诗人A. 屠格涅夫的仿民间诗歌《春雪》（*Вешний снегопад*）时，说后者的作品具有民族色彩。这种民族色彩：“不是动作匀称美，而是某种朴素的 народность。为什么不可以将法语里的‘nationalite’译为俄语的 народность?”[④]。他后来在一篇札记中还说，“‘民族’一词为我们的语言所欠缺，我们俄国的 народный 一词同时适合于两个法国词 populaire（大众的）和 national（民族的）。在我们谈论人民歌谣和人民精神这样的场合，法国人就会分别说成大众歌谣和民族精神”[⑤]。后来在为普希金著名的长诗《泪泉》（*Фонтану Бахчисарайского дворца*）作

① Хомяков А. С. *Полное собрание сочинений. Том* Ⅰ. М. , 1886. Стр. 75—76.

② 洛斯基：《俄国哲学史》，贾泽林译，浙江人民出版社 1999 年版，第 17 页。

③ 刘宁主编：《俄国文学批评史》，上海译文出版社 1999 年版，第 xxxii 页。

④ 胡日佳：《俄国文学与西方——审美叙事模式比较研究》，学林出版社 1999 年版，第 84 页。

⑤ 同上。

序时，维亚泽姆斯基又说“民族性寓于情感之中。民族性、地域性的印记，这也许就是构成古代作家最根本的特点”①。维亚泽姆斯基意识到应该把“人民”与“民族”这两个概念区分开来，但其札记中的所谓“民族色彩”、“民族性的印记”更多的是从民族生活现象学意义上说的，泛指民俗、民间创作等内容。维亚泽姆斯基这一早期浪漫主义“人民性”论述虽显肤浅，但却成为后来俄国文艺批评界“人民性”大合唱的重要发轫。

19 世纪初期俄国还出现了代表沙俄政权意识形态的所谓“官方人民性”（Официальная народность）理论。这一理论来自教育大臣乌瓦洛夫伯爵②的所谓“三位一体”公式。乌瓦洛夫 1834 年在给尼古拉二世的一份奏章中将俄罗斯帝国的官方意识形态概括为“专制—正教—人民性”（Самодержавие - Православие - Народность）三个方面，其“人民性”概念的基本内涵是：俄国人民不同于西欧等国人民，俄国人具有虔诚的正教信仰和天然顺从的性格，体现为其内心深爱上帝与深爱“沙皇—父亲”（царь - батюшка）的高度和谐同一性。在乌瓦洛夫看来，俄国人民的道德理想就是宗法专制下和谐统一的、宁静的牧歌田园。很明显，乌瓦洛夫所精心构建的官方“人民性”意识形态体系是一种伪人民性，其出发点和动机在于神化沙俄专制制度和官方教会，将保守的官方文化秩序描绘为使得俄国可以由此避免欧洲大革命风暴的坚固“磐石”和“最后船锚”③，将人民理解为虔诚的顺民。“官方人民性”实质上是一种极端保守的“反人民性”。作为沙俄帝国的官方意识形态，它几乎很少涉足文艺批评界域，却被御用文人布尔加林④、舍维廖夫⑤等用来攻击别林斯基等

---

① 维亚泽姆斯基：《美学与文学批评》，莫斯科艺术出版社 1984 年版，第 49 页。

② 乌瓦洛夫（Уваров Сер. Семенович，1786—1855），伯爵，俄国国务活动家，自 1818 年入选彼得堡科学院，1833—1849 年担任沙俄教育大臣，是官方“正教—专制—人民性”理论公式的始作俑者，一向被进步知识界视为反动保守分子。

③ 刘宁主编：《俄国文学批评史》，上海译文出版社 1999 年版，第 xxxiv 页。

④ 布尔加林（Булгарин Ф. В，1789—1859），俄国作家，曾经主办过《北方蜜蜂》（*Северная пчела*）和《祖国之子》（*Сын отечества*）等杂志，以敌视进步作家，向沙皇政府进行政治告密而在文艺界具有坏名声。

⑤ 舍维廖夫（Шевырёв Степ. Петрович），俄国文艺批评家，彼得堡科学院院士，其贡献在于“发展了官方人民性理论”。

革命民主主义批评家。

与官方“人民性”理论不同，自普希金时期以来，艺术“人民性”概念逐步被俄国进步文艺界作为核心术语而接受。“十二月党人”诗人谈论过艺术的“崇高公民激情”以及“古罗斯的勇敢气质”，但对“人民性”问题语焉不详[①]。普希金第一次试图对艺术的“人民性”原则做出明确的诗学判断。他1825年在《论文学中的人民性》（*О народности в литерату ре*）草稿中指出“气候、政体、信仰都赋予每一个民族以特殊的面貌，这种面貌或多或少反映在诗歌这一面镜子里，这里有思想和感觉的方式，也有只属于某个民族的风俗、迷信和习惯……”[②]普希金显然从文学的外部因素和民族精神两方面论述俄国文学独特的民族风貌。这比维亚泽姆斯基对“人民性”的单纯语义论述要深刻得多，因此引起了同时代人的热烈反响。1835年果戈理在《关于普希金的几句话》（*Несколько слов о Пушкин е*，1832）中赞扬普希金的文学创作“一开始就是民族的，因为真正民族性不在于描写农民的长罩衫，而在于人民精神。诗人即便是在描写外部世界时也是民族的，因为他看待外部世界是以自己的民族、自己的人民的眼光。诗人以自己人民的感受和说话，以至于他的同胞们觉得这就如同他们自己在感受和说话”[③]。不过果戈理这段艺术的“人民性”论述还是没有将“人民”和“民族”区别开来，人民精神基本上还是等同于民族精神。

别林斯基作为俄国职业批评家第一个全面论述了艺术的“人民性”原则。正如果戈理之前所有的理论家们一样，别林斯基最初也是将“人民性”与“民族性”概念等同看待，指出“‘民族性’是我们时代美学中的基本东西”[④]，“文学中民族性的标记是什么？那是民族特性的烙印，民族精神和民族生活的标记”[⑤]，“我们当把民族性理解为对一

① 参见刘宁主编《俄国文学批评史》，上海译文出版社1999年版，第66页。

② 普希金：《普希金文集（文学论文）》，上海译文出版社1999年版，第35页。

③ Калугин В, *Струны рокотаху...*（*Очерки о русском фольклоре*），Стр. 27，Изд. Свременник. М.，1989.

④ 《别林斯基选集》第3卷，上海译文出版社1980年版，第161页。

⑤ 《别林斯基选集》第1卷，上海译文出版社1979年版，第107页。

个民族的风格、习惯和特色的忠实描绘"[①]。别林斯基认为真正的民族性在于"用自己民族的眼光去看待事物，把自己民族的烙印刻在这些事物上面"[②]。艺术"民族性"也就是艺术的"民族眼光"以及展示"民族的烙印"，即民族现实生活。别林斯基针对俄国文学自西方（欧洲）大量"移植"的现实，显然意识到创立独立的俄人民族文艺的重要性，但他的"印记"、"烙印"、"眼光"、"移植"之类的语还只是停留在对民族生活表象的关照，尚不足以对艺术"民族性"及其生命实质做出深层次论述。别林斯基晚年另一个美学主张是把"人民性"和"民族性"区分开来。他认为"民族"要比"人民"的含义广泛：人民一般指的是"居民人口的大多数，即一个国家最低的和基本的阶层"，而民族指"从最低到最高的，组成国家整体的所有阶层"[③]。这样一来，人民就是基层民众，民族是包含了人民的国家居民整体。"人民性"自然成为"民族性"的"第一要素"，而"民族"也就成了包括人民在内的"所有精神力量的综合"[④]。值得注意的是：别林斯基站在社会阶层划分角度来界定"人民性"和"民族性"，其公式是"民族性"在外延上大于"人民性"，而在内涵上小于"人民性"。因为"人民性"虽作为"民族性"的一大要素，但表现的却是绝大多数人民精神力量的综合。"民族"减去"人民"后所剩余部分即贵族上流社会实质上仅具有"民族性"特征，而且主要是在对"人民"的愿望和痛苦表现出超越自身阶层的关注时才具有"人民性"的价值。别林斯基在区分了"民族性"和"人民性"概念后，逐步转向了以"人民性"为中心的社会学论述，明确地提出艺术应该表现普通大众的生活，特别是广大农民阶层的要求，所以他认为以果戈理为首的文学"自然派"代表着俄国文学发展的方向。"自然派"的主要贡献就在于"它从人类天性和生活的崇高理想转向了所谓'群众'，完全选取他们做主人公，这意味着最后完成了我们文学想成为充分民族性的、独创的东西的那种追求；这意味着使它成为俄国社会的

① 《别林斯基选集》第 1 卷，上海译文出版社 1979 年版，第 190 页。

② 刘宁主编：《俄国文学批评史》，上海译文出版社 1999 年版，第 151 页。

③ Белинский В. Г. *Полное собрание сочинений в 13 – ти томах. Том* Ⅶ. Издат. Наука. М. , 1953—1959. Стр. 333.

④ Ibid. , p. 638.

表现和写照，用活生生的民族利益把它鼓舞起来”①。别林斯基在这里实际上使得艺术的“人民性”概念从他早年所宣扬的黑格尔式的纯粹理念即“肉身化了的概念”转向了“肉身”，抛弃了浪漫主义文艺学表达永恒“人类天性和理想”的诉求。不过别林斯基在将“自然派”文学对现实的外在模拟看作一种“民族性的独创的东西”大加称赞的同时，却没有能够对真正内在“人民性”艺术的内在精神实质做出深入的理论界说。

同属社会历史分析学派（革命民主主义派）的车尔尼雪夫斯基从人本主义立场和生理进化论角度把“人民性”解释为真实反映平民大众的思想感情和本能愿望，要求作家放弃等级偏见去感受人民的质朴感情，像小说家果戈理、屠格涅夫一样去真实描写处于俄国社会底层的小人物，特别是农民的悲惨命运。“人民性”在车尔尼雪夫斯基笔下由此带有阶级本能的人本主义内涵：贵族阶级因缺乏时代“人民性”的本能意识而遭到淘汰。另外，批评家杜勃罗留波夫在著作中最多涉及艺术“人民性”思想。作为年轻的革命民主主义思想家，杜勃罗留波夫深受车尔尼雪夫斯基“人民性”观点的影响，其“人民性”论说具有“接着说”的意味，但更趋向于社会化甚或革命化，典型代表着俄国近代唯物主义美学观和阶级意识。他1858年在著名评论文章《俄国文学发展中人民性渗透的程度》（*О степени участия народности в развитии русской литературы*，1858）中主要使用“人民”、“人民性”概念，几乎没有提及“民族”和“民族性”之类的语汇。而他所理解的“人民”主要是指体力劳动者即农民阶层。他明确地说：“对劳动尊重到何种程度以及能否按照真正的价值来评价劳动，从这方面可以判断人民的文明程度”②。杜勃罗留波夫力图使文艺批评和俄国百年民族解放运动的任务即推翻沙皇专制结合起来，提出了俄国文学发展中“人民性渗透程度”的问题，其标准在于艺术家“怎样和人民（农民）的

① Белинский В. Г. *Собрание сочинений в 9－ти томах. Том* Ⅶ. М.，Издат. Художественная л итература，1976—1982. Стр. 154.

② Добролюбов Н. А. *Полное собрание сочинений в 4－х томах. Том* Ⅲ. М.，Издат. Художественная литература. 1934—1941. Стр. 267.

现实（农奴制下农民的处境）逐步接近起来”[1]，也就是看艺术家怎样从贵族精英走向平民知识分子再走向农民的“三部曲”跨越：越是接近于社会底层的艺术作品，其艺术“人民性”的程度因而也就越高：诸如乌斯宾斯基兄弟、皮谢姆斯基等外省平民作家最具俄国“人民性”的意识，因为他们的创作离农民生活和情感最接近[2]。杜勃罗留波夫的文学“人民性”事实上从民族性中剥离出来，成了艺术“阶级性”的代名词，鲜明地反映出革命民主主义具有阶级倾向的社会美学观。

在几乎弥漫了19世纪大半个时期，来自不同俄罗斯文艺理论派别的艺术“人民性”多元界说中，斯拉夫主义的艺术“人民性”论述显得格外引人瞩目。科舍廖夫就斯拉夫主义在艺术“人民性”问题上的总体立场指出，“当然，我们（斯拉夫主义者）从不否认科学与艺术在理念上的普遍意义，它们的统一性和无条件性，但我们同时也说过，任何时候任何地方艺术和科学都不曾表现为绝对的、一致的具体形式，它们的发展在任何地方任何时候都要符合时代和地域的要求，都要符合民族精神情感的要求”[3]。这里科舍廖夫把斯拉夫主义的艺术“人民性”原则概括为：强调艺术的时代性和地域性、艺术对民族精神情感的反映，这并不是什么新鲜思想。从艺术“人民性”观念在俄国的历史起源和演变来看，强调艺术生命直觉性、艺术的时代性、地域性、艺术的文化差异、艺术的民族独立性、艺术模仿的不可持续性、艺术对民族精神生活理想的真实表达等，在斯拉夫主义运动日趋活跃的19世纪40—50年代是一个美学上的常识。它作为对古典主义理性原则的普遍反叛，早就出现在了俄国浪漫主义美学中，但斯拉夫主义理论家的主要贡献是对这一思想进行了卓有成效的，立足于斯拉夫主义美学立场的新阐释。

西方浪漫主义是建立在感性个体主义（个人主义）基础之上的。依照一般西方浪漫主义美学要求，在表现风格和内容上浪漫主义侧重于从个人

---

① 刘宁主编：《俄国文学批评史》，上海译文出版社1999年版，第315页。

② Добролюбов Н, *Полное собрание сочинений*, *том* 3, Стр. 301. Изд. Художест. литература, 1941.

③ 白晓红：《俄国斯拉夫主义》，商务印书馆2006年版，第202页。

主观内心世界出发，抒发、宣泄个人的强烈感情，以及个人对理想世界的热烈追求，强调创作的绝对个人自由，创作过程中天才与个人灵感被置于首要位置。这也就是说，艺术家在艺术作品中最主要的就是表达自我，或者只表达自我。浪漫主义艺术个性，构成艺术家创作的最基本的方面，表现在艺术家个人特有的生活经历、生活经验、世界观、感情气质、个性、艺术灵感等主观因素，在创作过程和作品风格中体现出来的和其他艺术家相区别的个人独特性。浪漫主义艺术作品则是艺术家审美意识、个性差异在艺术创作上的特殊表现。斯拉夫主义美学源自19世纪20—30年代俄国美学前斯拉夫主义时期的“哲学批评”，一般被公认为是西方浪漫主义唯心主义趋向在俄国的独特发展，却在其逐步演变过程中发展出一套依托俄罗斯民族文化精神传统，摈弃西方个体主义的艺术“非个人化理论”，或艺术的“人民性”理论。基列耶夫斯基的观点是：如果诗人要在自己的作品中表达自我，也就是说让诗就其精神和内容成为民族的，那么诗人就必须融入人民的生活，使人民的生活成为自己的生活，那时他才可能像表达自己的生活一样表达民族的生活。他的诗才会“不由自主地、自然地、自发地成为民族的诗”；诗人自己才能成为“民族自我意识的传导者”[①]。这里И. 基列耶夫斯基将诗人要表达的“自我”与人民等量齐观：自我即人民，人民即自我。自我是“民族自我意识”的“不由自主地”、“自发地”“传导者”，而诗（包括其他体裁的文学作品和其他门类的艺术品）应当是民族的、非个人化的。换句话说，诗不是诗人个人情感的自我放纵，而是与诗人个人情感的脱离；诗不是诗人个性的表现，而是与诗人个性的脱离。诗人自发地成为“民族自我意识”的有机载体；诗天然地成为民族生活的生动镜像。展开来说，首先，И. 基列耶夫斯基把艺术家（诗人）放在民族生活汹涌澎湃的历史长河中加以考察，认为任何一位艺术家都不会具有独立完整的意义，只有使他与人民自觉地成为有机的统一体才能对他获得客观的评价。把艺术家放在民族生活的历史长河中才可以看到，民族文化精神（“人民自我意识”）对艺术家创作具有决定性的影响。当然艺术家本人脱离了

① Киреевский И. В. *Критика и эстетика*. Стр. 14.

“民族自我意识”之外的个人经历、气质和个人灵感也会对艺术创作产生作用，然而这是微不足道的。正是这种历史感促使艺术家自觉面对民族生活，融入民族生活，与民族生活实现“物我两忘”。正因为这样，艺术家就不应该处处突凸自己，而是要将自己全身心置入民族生活，自发地做民族自我意识的艺术表达者。其次，И. 基列耶夫斯基认为，艺术家应该“整个的”是民族生活的化身，即便艺术作品中最好的部分、最个人的部分也是对“民族自我意识”的最完美、最自觉表达。诗是表现个性和情感的，但这一感情只能是民族的感情，而非诗人个人的感情，个性只能是民族的个性，而非个体的个性。诗人的任务就是把民族的感情和民族的个性化成诗，除此之外没有别的，而“要成为民族诗人，仅仅做个诗人是不够的，还要深刻地融入民族的生活，分享人民的期望和追求，分担人民的痛苦和损失。一句话，过人民那样的生活，与人民融为一体，将表达自我等同于不由自主地表达人民”，即“在自我身上表达民族的生活”。如果人民在诗人的诗中认出了自我，那诗人自然就会是“民族自我意识的传导者”。“诗人之于今天和历史学家之于昨天一样，都是民族自我意识的载体。”①И. 基列耶夫斯基这一解决艺术“非个体化”（艺术“人民性”）问题的文艺美学立场得到几乎所有斯拉夫主义理论家的支持与赞同。

霍米亚科夫也认为，艺术家个体价值只有在有机地表达民族“共同生活”时才能得到确认。不存在西方独立、孤独个体意义上的艺术家个人或个人设计。在“俄罗斯文学爱好者协会”的一次沙龙聚会上，霍米亚科夫阐述了自己的艺术“非个体化”观点：“艺术是完全自由的，它在自身中寻找证明和目的。但那种被抽象理解的艺术自由与艺术家个人的内心生活毫不相干。艺术家不是理论，不是思维和思维活动的场所：他是人，永远是自己时代的人，而且通常是整个身心都浸透着时代精神及其已确定的或正在萌生的志向的时代的最优秀代表。”② 艺术无论何时何地都是民族的，真正艺术家的创作不是出于自己个人或公众个体的需要，不是个人的活

① Киреевский И. В. *Полное собрание сочинений. том* Ⅲ. /под ред. М. Гершензона. М., 1911. Стр. 419.

② Хомяков А. С. *Полное собрание сочинений. Том* Ⅰ. М., 1886. Стр. 73.

动，它是整个民族意识和民族文化精神在艺术家身上的有机表达。艺术作品固然出自艺术家的个人意识：它一旦被艺术家创作出来就会像历史文件一样可以描绘历史的风貌，让我们认识某个时代艺术家的道德和知性能力，以及艺术家将艺术各种不同的民族形式整合起来的个人主观创造能力，但它是灌注着民族文化精神的艺术家心灵产物（心灵艺术），“不是从一副头脑中产生出来的（头脑的艺术）。它不是单个人利己主义的推理的产物。在艺术中凝聚和表达着整个人类的生活及其文明、意志和信仰。艺术家不是用自己本人的力量进行创造的，而是民族的精神力量在艺术家的身上进行着创造。所以显而易见，任何艺术都必须是，实际上也不可能不是民族的艺术。它是活生生的上升到意识的精神之花，或者如我已说过的，是自我意识着的生活的形象”①。霍米亚科夫要突出强调的是：艺术不是自我的形象，艺术是自我意识着的，民族生活的形象。与其说是艺术家本人在运用自我的灵感和感性经验进行着艺术创作，不如说是民族精神生活元素进入艺术家的躯体，在艺术家身上进行着艺术创作。艺术家如果只是“个人的”或“个体的”，那么他只能是一个拙劣艺术家。好的艺术家应该积极自觉地融入传统，凭借丰富的民族生活经验和感情，在民族精神内在生命力的驱动下进行艺术创作，把民族生活凝练成诗的形式，并以形象化的方法准确地表达出来。艺术家的使命就是表达隐含在人民心灵中的美的理想。从根本上说，诗之所以有艺术审美价值，不在于诗人个体感情的伟大与强烈，而在于那一民族“共同生活”力量本身的感情与强大。艺术作为民族“自我意识着的生活形象”，必然是民族的，也“不可能不是民族的”②。霍米亚科夫反对西方式的，从艺术家个体方面，或者从艺术家在艺术作品中反映的所谓个人生活方面来解释艺术创作和艺术作品，要求艺术审美把注意力只放到艺术作品所表达的民族生活中去，艺术批评的对象应该从艺术家个体转移到灌注着民族自我意识的艺术作品本身。因此艺术作品从来都不是艺术家个人情感的表现，艺术家也不可能脱离民族精神生活传统而真正的具有个性。霍米亚科夫的艺术“非个体化”观点与 И.

---

① Хомяков А. С. *Полное собрание сочинений. Том* Ⅰ. М., 1886. Стр. 75—76.

② Ibid., p. 76.

基列耶夫斯基“诗人应当成民族意识的载体”的立场完全一致，反映出在艺术“人民性”认知这一问题上，斯拉夫主义浪漫主义美学与西方浪漫主义美学之间有着迥然不同的艺术思维方式。前者有倡导“聚合性”集体共生特征的俄罗斯民族文化审美意识做基础；后者有主张个体创造性的西方人本主义精神为依据。

另外，霍米亚科夫虽然承认在艺术中单纯对民族精神生活进行智性评判和说明而没有出色的艺术技巧和审美感知是难以令人信服的。艺术既然是对民族道德理想的形象表达，就必然需要艺术家个人高超的“艺术性”，但他不承认世界上有脱离其民族形式之外的单独艺术存在，认为任何民族的精神个性只有在其自身创造的艺术形式上才能获得准确地表达。在《论俄罗斯艺术学派的可能性》一文中他首先与主张“为艺术而艺术”的“纯艺术派”美学立场划清界限。俄国“纯艺术派”（唯美主义文学批评）和斯拉夫主义美学派别一样，共同形成于19世纪上半期浪漫主义运动的所谓“文学中心主义年代”，主要的理论代表人物有德鲁日宁、鲍特金、安年科夫等。“纯艺术派”主张艺术脱离外部生活的自律性，认为艺术的目的就是其自身（艺术的无目的性），艺术的优美就在于其艺术性，即给人带来宁静和喜悦的优美艺术的形式。在艺术“人民性”问题上，“纯艺术派”从“为艺术而艺术”的立场出发，攻击斯拉夫主义派别鼓吹的缺乏艺术形式的“单独的人民性并不属于艺术，而是属于民俗学”①。霍米亚科夫认为要建立独立的俄罗斯民族艺术学派就必须回答“纯艺术派”那种“拥有艺术性就够了，不需要在艺术性里置入什么民族性。为什么艺术学派非要是民族的?”② 这样一个“错误”的艺术认知。按照斯拉夫主义美学观，任何涉及艺术的理性主义（形式分析态度）都会最终扼杀艺术。真正的艺术像生命一样是有机天成的，即理念与形式的自然融合，就如同一个人的肉体与灵魂的和谐：身体是灵魂的优美形式，灵魂活在优美的身体中。任何时候任何地方都不存在普遍的和抽象的艺术，只存在具体的、时代的、民族

---

① *Русская эстетика и критика* 40 – 50 – *х годов* XI X *века.* Издат. Искусство. М. , 1982. Стр. 354.

② Хомяков А. С . *Полное собрание сочинений. Том* Ⅰ. М. , 1886. Стр. 74.

的艺术，而民族艺术的实质是民族精神（理念）的形象化、具象化。艺术形式充其量不过是“自我意识着的民族生活形象”的外显，决定艺术形式特殊性的不是别的，正是特殊的民族精神个性本身。离开了艺术所要予以表达的活生生民族精神（理念）本身，所谓的“艺术性”也就停留在技术分析这一纯粹形式的表层上了。这是一个显而易见的“皮之不存毛将焉附”的道理。霍米亚科夫的态度是：所谓的“为艺术而艺术”是对艺术的抽象化、狭隘化理解，其要害是将艺术与民族生活人为地割裂开来，其本质是漠视艺术对民族精神个性的有机表达，淡化甚至抹杀艺术审美之外的言意功能，割裂艺术的民族文化传承，摆脱艺术对民族道德理想的渴望，说穿了就是要艺术彻底放弃以“美拯救世界”的神圣使命，使严肃的艺术完全变成一种“象牙塔”里封闭的游戏和制作技巧。霍米亚科夫将“纯艺术派”这种评价艺术现象时的“纯审美”（纯技术）和思辨态度称作西方式的“理性主义之罪”，把抽去了艺术理念的纯外在形式形容为“失掉民族灵魂的僵尸”。为此他还专门通过对“浪漫主义建筑学”的引入和论证来反驳“纯艺术派”理念的荒谬。他举例说：“建筑学的根本秘密不在于以物的形式表现一般空间概念的几何性质。因为，第一，这种意见否定了明亮和阴暗的视觉作用（眼睛可以将注视的大量单调的几何物结为一个整体）；第二，这类观点从抽象的原理出发，将几何学与美学的一致看作可证明的，这是令人生疑的。建筑中我们之所以常常见到正几何现状，是因为这类形状给人的感觉带来完整的印象，使人喜欢……建筑上的几何匀称性不是穿着物质外衣的某个抽象的概念，而是我们的感性世界的宁静，这种宁静可以唤起我们的道德力量并把我们引向对自我的崇高认识。”①这里艺术品（建筑）的物性（石头、木料等）特征、几何形式以及形式配置技巧等因素的设计不是为了别的，正是为了给人带来愉悦，为了人从中获得道德的力量，为了借此提升人的精神境界。通过艺术审美，人的精神能力的作用得到加强正是艺术及艺术作品存在的普遍价值和意义。霍米亚科夫的“浪漫主义建筑学”论述是要说明：艺术是对民族精神理想最完整的表

① Хомяков А. С. *О зодчестве* (1826), *Сочинения в двух томах т.* 1. М., 1994. Стр. 472—473.

达，其中艺术的美与真是不能够切分的；伦理原则和美学原则在艺术整合性思维上是浑然一体的。真正的艺术和艺术作品是对民族伦理（道德理想）最为形象、直观的表达；而真正的民族伦理（道德理想）必须通过艺术的生动方式才能够被最完美地揭示出来。正是从斯拉夫主义的有机论美学立场出发，霍米亚科夫将“纯艺术派”这种非俄罗斯本土的、对待艺术游戏式的态度视作对艺术中民族精神“独特性原则”的漠视和压制，认为从其思想根源上说“是对作为现成结果的外来（西方）艺术范式的盲目模仿”，其后果会直接导致艺术审美上对俄罗斯极为有害的形式主义，即“生命的和谐被警察式的对称替代”，而“拘泥于外来现成的艺术范式扼杀了对艺术新形式的天才创造”①，从而使那已创建独立“俄罗斯民族艺术学派”的审美理想最终化为泡影。因此必须坚决反对来自西方理性主义的，艺术审美上的形式主义“模仿”倾向。

斯拉夫主义理论家对艺术形式主义的厌恶与他们对俄国文学艺术出现脱离民族生活的“模仿”现状的认识紧密相关。在斯拉夫主义派别看来，西方精神生活的形式主义在俄国的“有害影响”是无处不在的，而且明显反映在文学和艺术领域。外来理性分析的艺术思维方法用于艺术创作，导致艺术脱离了其传统民族文化精神的根基，艺术成了“人工的”，失去了独立“人民性”灵魂的“仿制品”。И. 基列耶夫斯基早在19世纪20—30年代就注意到，在俄罗斯当下亦步亦趋的西方文学艺术中充斥着小市民气息的乏味无聊的心理琐碎剖析和对“轰动一时的事件”的津津乐道，与之相伴随的是“造作的精致，文法上的庸俗、牵强附会，和随处可见的天才的畸形表现”。原本“道德的作品变成了非道德的作品”②。他把这一现象归结为西方社会因整个精神基础的坍塌而普遍发生的思想危机。西方的文学艺术乃至整个社会生活由于缺失真正的人民信仰根基而成了某种不切实际的单调智力游戏。“西方不仅失去了精神信仰，诗也因缺乏生动的信念而死亡了，最终成了一种空洞乏味的，只会满足于人们肉体

---

① Хомяков А. С. *Полное собрание сочинений. Том* Ⅰ. М., 1886. Стр. 90.

② Киреевский И. В. *Избранные статьи.* М., 1984. Стр. 66.

享乐的附属工具。"[1] 令人沮丧的是，西方精神生活的形式主义以及反映在文学艺术中的自然主义倾向在俄国当下却还被视为思想时尚、艺术典范而乐此不疲。И. 基列耶夫斯基就此警告说，"俄国文学当前如果不与我们的生活息息相关，而是同异国的沙龙客厅紧密相连的话，那么它将会面临灭顶之灾"[2]。早在《1829年的俄国文学概观》（*Обозрение русской словесности за* 1829 *год*，1830）一文中，И. 基列耶夫斯基就针对当时俄国文学艺术沉溺于西方式"轰动事件"的"新闻化"趋向提出严厉批评。他说："无论往艺术与科学的哪个领域看，到处都是思想屈从于当前的境况；感情屈从于党派利益；形式适应于眼前的需要。小说成了风尚的统计学；诗歌成了时髦的造作和矫饰；历史成了过去的残破碎片并极力证明自己符合某个风行理论的需要。"И. 基列耶夫斯基断定，这实际上是"崇高的美从天空向尘埃的堕落"[3]，是"美"与"真理"的脱离，是艺术"人民性"品格的丧失。

霍米亚科夫在反对俄国文学的"模仿"倾向和批判西方艺术形式主义方面与 И. 基列耶夫斯基持基本相同的美学立场。他在欧洲文化中看到的是："对于有碍智力发展的形式性的屈从，对于抽象性的无限激情，在抽象性面前，一切生命存在，一切活生生的事物都失去了意义和重要性，渐渐地干枯，直至僵死。"[4] 在西方没有信仰和完整的生命个性，分析时代的欧洲正经历着深刻的精神危机。他还断言当代欧洲那些艺术家们模仿古代和中世纪艺术的努力是徒劳的：因为在他们"人工复制"的作品中缺乏艺术创作的真实，没有作者与其反映的时代的直接联系，艺术与生活脱离。霍米亚科夫在《论旧与新》中感叹"这种被重新回炉加工的古代世界是多么苍白和卑微"。他宣称"在西方艺术作品里道德思想极为贫乏"，西方艺术家们的"心中没有任何内在生命的事物……他们不懂得也无法领会艺术

① Киреевский И. В. *Избранные статьи.* М.，1984. Стр. 68.

② Ibid.，p. 184.

③ Киреевский И. В. *Критика и эстетика.* Стр. 155.

④ Хомяков А. С. *Сочинения в двух томах т.* 1 . М.，1994. Стр. 56.

的真谛及其在社会生活中的作用"①。这样欧洲艺术与现实的关系被呈现为"僵死的形式"。19 世纪 40 年代"代表着模仿西方分析倾向"的俄国"自然派"的出现成为霍米亚科夫艺术"人民性"论战的理论靶标。彼得堡"自然派"最初指的是活跃在帝国首都的一批青年特写作家。他们都以果戈理的小说创作为楷模，专门描绘乏味沉闷的俄罗斯外省日常生活和风习。官方御用文人布尔加林蔑称他们为"自然派"。为了与布尔加林等官方理论家论战，别林斯基将具有"批判现实"倾向的果戈理奉为"自然派"的领袖，将"自然派"发展壮大为俄国一个多数现实主义作家位列其中的最重要文学流派。1845 年，霍米亚科夫和 И. 基列耶夫斯基一起在《莫斯科人》杂志上宣传斯拉夫主义的艺术"人民性"主张，针对"自然派"文学现象提出彼得大帝改革之后的俄国文学缺乏独立民族精神，"仅具有模仿性质"的论断。"模仿"一词在斯拉夫主义美学语汇里指的不是一般意义上个体自觉或不自觉地重复他人的行为过程，也不是柏拉图所说的"文艺是一种模仿"的概念，而是对同时期西方和俄国文学、艺术现状的理论描述。霍米亚科夫认为，"模仿"指的是艺术家缺乏精神独立性，在创作中对外来艺术思想形式强制性引入和借用，而不顾及外来思想形式是否符合时代或本民族生活需要的现象，具体说，如欧洲艺术家对古希腊、中世纪艺术的刻意仿制，或像"自然派"之类的当代俄国文艺家对欧洲古典主义或自然主义创作风格和手法的机械重复。在霍米亚科夫看来，"模仿"的实质是：强制性引入的外来艺术形式缺乏与之相适应的本土民族精神土壤，即"模仿"的艺术不仅没有"人民性"的基础，还伤害、扭曲了本民族作为天然有机体的自然天性。因为"任何民族的精神个性只有在其自身创造的艺术形式上才能获得准确表达"。"模仿"一方面导致艺术的贫乏，另一方面导致对艺术自身民族性本质的否定。一个现代艺术家无论多么膜拜外来神的雕像，也无法提升其"物性的力量和美"，无法塑型其姿态背后的理念，更不能"向听话的石头传达古代艺术家哪怕部分的艺术精神，那一深刻纯洁的对物性优雅事物的爱"②，因为寄托在雕像身上的

① Хомяков А. С. *О старом и новом*. М., 1988. Стр. 61.

② Хомяков А. С. *Полное собрание сочинений. Том* Ⅲ. М., 1886. Стр. 93.

艺术精神、理念以及对物性事物的爱只属于古代和古代的艺术家；现代艺术家无缘置喙。在这个意义上霍米亚科夫宣称，作为生动有机体的艺术“不是片刻的事业，不是个体心灵暂时的愉悦，而是对灌注着美的和谐理想的整个民族内在生命（信仰）活动的揭示”[①]。艺术家如果无力创造（符合本民族精神需要的）艺术新形式和新风格，只模仿过去的或外来的艺术形式和风格，就会自动地远离了艺术，成为飘浮在空中，丧失艺术“人民性”精神根基的艺术匠人。“艺术家的错误是令人沮丧但却是可以理解的。当表达自己秘密理想的需要在一个人心灵中苏醒，但自我美的形式尚未成熟，尚不清晰的时候，他就会易于受到那些来自其他民族、其他时代的现成外来形式的诱惑，屈从于并沉溺于模仿这些（与自己秘密理想脱节）的外来现成形式。这样一来他就不会突然意识到自己的错误，不会马上意识到，在接受他者形式、他者思想和生活表达的时候，他正在扼杀自己的思想和自己的生活。”[②] 霍米亚科夫判定这类对“外来现成形式”亦步亦趋的模仿正是艺术中形式主义的表现。那些只限于模仿，无法立足民族精神生活土壤，不能够说出艺术民族新话语的艺术家已经不再是完整的艺术家，而是“扮演欧洲骑士、希腊人、拜占庭人或印度人角色的艺术扮演者”[③]。艺术家通过对西方形式机械模仿的途径所创作出来的艺术是一种“虚假的艺术”。霍米亚科夫断言，当代俄罗斯文学艺术的大部分既不是民族的，也不是现代的，而是通过“模仿”这一镶嵌工艺人为安插在俄罗斯含苞待放的民族精神“花蕊”上，并严重妨碍其天然发育和成长的“人工细布假花”[④]。这种以外来艺术形式为典范，脱离了民族精神生活的艺术不可能不是“模仿”的：“在我们这个时代之前俄国从来没有一个文学家（无论是在诗歌或是在散文领域）在其创作完整性上是自由的，完全摆脱外来影响的俄罗斯人。”[⑤] “习惯于模仿和在奇特西方艺术范式面前顶礼膜

① Хомяков А. С. *Полное собрание сочинений. Том* Ⅲ. М. , 1886. Стр. 95.

② *Литературные взгляды и творчество славянофилов* (1830—1850 *годы*), Стр. 200.

③ Ibid.

④ Хомяков А. С. *Полное собрание сочинений. Том* Ⅲ. М. , 1886. Стр. 96.

⑤ Ibid. , p. 111.

拜的我们，还不会意识到我们有待出色发展的共同事业，还没有想到我们必须找到自己内在情感的自我表达。独立艺术的理性需要对我们来说是显而易见的。它呼唤我们建立自己的艺术功勋，而若干世纪以来在外来范式面前的屈从和顶礼膜拜，中断了我们前进的步伐，冷却了我们的心灵。"[①]"自然派"文学现象的出现就是现代俄罗斯文学"人民性"品格缺失的鲜活例子。霍米亚科夫宣称，当下俄罗斯文学正面临着陷入西方艺术形式主义泥潭的深刻危机，因此迫切需要在文学中唤醒沉睡已久的俄罗斯精神。

K. 阿克萨科夫在艺术"人民性"问题上也是艺术形式主义"模仿"倾向的激烈批评者和创建独立"俄罗斯艺术学派"主张的热情拥护者。他对西方艺术理性分析倾向的批评，以及对俄国"自然派"文学现象的抗议主要体现在1857年发表的《现代文学观察》（*Обозрение современной слове сности*）中。当时斯拉夫主义运动已接近尾声，这篇著述具有对斯拉夫主义艺术"人民性"思想进行总结的理论意图。前面提到，K. 阿克萨科夫的有机论艺术观建立在"整合"式艺术审美认知的基础上，视"理念"为"事物的内在生命"，将艺术创作看作"借助形象来表达事物的理念"。"内在生命"（理念内容）与"内在生命"的恰当外在显现（形式）实现和谐一致才是真正"整合型"的理想艺术。如果打破形式与内容二者的平衡，要么意味着走向形式主义，要么意味着失去"艺术性"而成为"非艺术"。当旧的艺术形式已不适合新内容的需要，而符合内容需要的新的艺术形式尚未被创建出来，艺术就会处在一个"模仿"外来形式，或忘记自己内容（失去精神根基）的"过渡"阶段，其外部形式并非其内在世界观的有机表达（二者没有实现互相渗透，相反，借自西方的抽象形式与本土精神要素脱节），俄罗斯文学的外部形式处在腐朽状态，已被它要表达的民族生活抛弃。因此在这一"过渡"阶段，摈弃外来形式，探索与俄罗斯民族生活"内在生命"相适应的新形式就成为未来俄罗斯文学发展最重要的任务。在《现代文学观察》中，他从有机论立场出发，以俄国平民作家皮谢

---

① Хомяков А. С. *Письмо в Петербург*. 1845. 转引自. *Литературные взгляды и творчество с лавянофилов*（*1830—1850 годы*），Стр. 195。

姆斯基的“自然派”文学创作为例，宣称拘泥于事实细节的“自然主义”创作是对艺术内在生命（理念）的摧残，处于“艺术真实性”（对自然情感和心灵状态的完整有机表达）的界限之外。这就是说，任何艺术上理性分析的倾向都会最终导致对艺术的扼杀，造成“艺术真实性”的缺失。除了皮谢姆斯基的外省特写小说，K. 阿克萨科夫还举当代法国文学家雨果、大仲马等时尚作家为例，说明艺术家单纯追求作品外在印象效果的思想误区：“须知大仲马描写的那些当众给公牛剥皮，将罪犯砍头这样的‘轰动性事件细节’也一定会给人留下强烈的印象效果”，但这不是艺术。雨果的《笑面人》中的主人公“克洛德—弗洛洛神父从自己脑袋上使劲地揪下一大缕头发，是要看看里面有没有灰白的。读者看到这里会有什么感觉？人竟然是用这种方法记起自己，检查一下自己的头发是否灰白，自己是否已经年近老景。艺术家就是靠这样的描写来表达一个人衰老的绝望吗？”[①]。K. 阿克萨科夫把这种“艺术真实性”欠缺的主要原因归结为艺术家对“轰动性事件细节”及“强烈印象效果”的“模仿”。他批评那些热衷于“模仿”的法国作家起先将自己束缚在古典主义的清规戒律中，浪漫主义时代又走向模仿英国和德国最新的文学时尚，将浪漫主义扭曲到了荒唐的程度。此类艺术模仿的主要缺点是其丧失自我生命力的人工性，结果与“内在理念”不相称的“外在形式”成为艺术加工的目标。艺术家把情感虚假幻象当作真实的情感，进而失去了领会朴实美的能力。按照 K. 阿克萨科夫的理解，艺术的自然发展只有作为民族“内在生命”（理念）的发展才是可能的。正是民族精神“内在生命”（理念）在一定阶段从自己身上创造出相应的形式，从而为艺术的发展指明了道路。果戈理及其“长诗”《死魂灵》（*Мёртвые души*）的出现就是实现向未来俄罗斯“整合型”艺术过渡的显著标志。关于时下俄罗斯文学的发展现状，斯拉夫主义派别向文艺理论界提出的问题是：“我们的诗是民族的吗？”K. 阿克萨科夫从艺术“人民性”立场出发所给出的答案显然是否定的：“个别的天才在我们这里并非凤毛麟角。他们中间或许可能隐藏着伟大的天才。他们的

---

① *Эстетические и литературные воззрения русских славянофилов*（1840—1850 - *е годы*）. Стр. 68.

创作让人民感到陌生而且大部分不过是其他民族创作的‘再创作’，是假借他人之手做出的菜肴。人民不知道他们，当然也就不会在科学和文学的历史上承认他们。真正的俄罗斯诗歌作品作为俄罗斯内在生命理念的感性外显，必定会受到全体人民的喜欢和热爱。他们感觉到自我在诗歌作品里得到了有机的表达。”①

斯拉夫主义理论家们对同时代西方和俄国文学现状的普遍不满促使他们把理论视野投向俄罗斯文学的过去——民间创作（фольклор），力图在尚未受到西方文明侵染的俄罗斯下层人民（农民）中探寻那一丰富完整的艺术“人民性”精神——民间创作中被“诗意化”了的普通人民形象及人民生活在斯拉夫主义那儿俨然成为能够对抗西方现代技术文明，长久保持自己道德传统面目的积极因素和正面力量。从词源上看，尽管俄罗斯民间歌谣、民间故事早在18世纪末期就受到俄国文艺界的关注，但“фольклор”作为固定术语进入俄罗斯文学却是在相对较晚的19世纪中叶，译自英文的“folklore”，意思是“民间知识”、“民间智慧”。克雷洛夫、普希金、果戈理、托尔斯泰等19世纪文学家的创作曾经深受俄罗斯民间创作元素的影响；同属于斯拉夫主义阵营的达里根据自己在田野调查中所收集的俄罗斯民间用语编著了著名的《大俄罗斯语言详解辞典》（*Толковый словарь живого великорусского языка*），还收集过大量俄罗斯民间谚语、民谣、俗语等；前面提到的著名斯拉夫主义理论家И. 基列耶夫斯基的弟弟П. 基列耶夫斯基还一度蓄起古代式样的大胡子，穿上古罗斯长袍到俄国各地采风，于1852年编著出版了4卷本的《П. 基列耶夫斯基所收集的俄罗斯民间歌曲》，在文艺界引起广泛关注。不过，由于时代和社会发展的原因，当时俄国思想界各文艺理论团体对俄罗斯民间创作的关注和研究普遍不够。与同时代俄国其他文艺流派相比，斯拉夫主义派别是一个例外。他们不仅具有丰富的田野调查经验，而且还具有一套相对完整的民间文艺创作思想论述。在这方面的理论贡献当首推K. 阿克萨科夫。

K. 阿克萨科夫在俄罗斯民间诗学理论建构上的一个重要尝试是力图从

① *Эстетические и литературные воззрения русских славянофилов*（1840—1850 - *е годы*）. Стр. 98.

历史诗学角度解决“民间文学”与“个体文学”或“作家文学”（литература）二者之间的概念界定及内在传承关系问题。一般来说，民间文学与作家个体文学的区别，在于民间文学是某个族群集体创作的口头文学，个体文学是作家个人署名创作的书面文学，二者分属不同创作阶段和类型，但K. 阿克萨科夫的着眼点不在于此，而在于说明二者之间在共同民族审美意识上具有内在的一致性，只不过呈现为不同历史阶段的不同固有民族形式。为此，他像批评家别林斯基一样首先严格区分了“人民”（народ）和“民族”（нация）这两个不同概念，认为“人民”在任何时期都是“动态的、处于形成过程中的”现实，“民族”则是“人民”这一“动态的、处于形成过程中”的现实的历史性固化形式。也就是说，某个静态、固化了的“民族的”形式是某一动态、发展着的“人民”内在生命意识的固定表达。“人民”是“民族”的动态性“内核”或不死的“灵魂”。在“人民”和“民族”概念区分的基础上，K. 阿克萨科夫把受到人民动态审美意识内在驱动的民间艺术创作看作艺术民族形式的“初级阶段”，这一阶段的艺术（民间创作）呈现为“纯粹民族集体意识形式”，“人民将自己的私生活混同为整体的民族生活，仅仅表达民族的生活内容”①。也就是说，民间创作是民族精神处于最初“纯粹民族性”时期集体创作的艺术形式，表达着全民的生活经验和智慧，与个人自我意识、个体体验无关。民间创作中“人”的形象完全是“民族”的形象，个体价值与个人心理没有任何意义。人民全体内部在心理认知机制上还没有将自我一举提升到“共同真理”和其成员“个人个体生活”的程度；人民无隐私可言，个人生活即民族集体生活，个人性格即民族的集体性格，二者浑然不分。每一个单独的民间艺术作品“同等地、毫不例外地属于民族统一体内部的任何人”②，人民的动态审美意识以集体（共同体）的面目出现，因此民间创作一般没有固定的个体作者，尚无个人意识。K. 阿克萨科夫认为，人民动态审美意识显然不满足于这一“民间创作”的“人民性”初始阶段，而是要迈向

---

① *Эстетические и литературные воззрения русских славянофилов*（1840—1850 - *е годы*）. Стр. 72—73.

② Ibid. , p. 73.

"个体文学"民族性形式的更高级发展阶段[①]。在这个阶段，人民一方面在内心深处唤醒了"个人私生活"意识，另一方面"共同的真理"（全人类意识）成为其主要思考内容。在这一阶段，动态发展着的人民审美意识以"个人署名"的形式呈现为个体生活状态，因此文学创作是典型的个体化创作，有鲜明的个人意识。K. 阿克萨科夫由此得出的结论是：动态的、发展着的人民审美意识在以集体性的（生命共同体）的形象呈现阶段所创作的语言艺术即"民间文学"，在以自由个体形象呈现阶段所出现的语言艺术即"个体文学"，而"人民"及其对"共同真理"的审美认知则一直是"动态的、处于形成过程中的"现实。事实上在 K. 阿克萨科夫的有机论美学系统中处于高级历史阶段的艺术创作（个体文学）因为"无节制的模仿"也不是艺术发展的终点：民族审美意识接下来的发展需要新的"整合型"艺术：在那一终极意义上，民族的、个人的、全人类的元素将以"整合性"的艺术形式达到"有机生活"的完美统一。"艺术认知达到在诗人个体身上表达共同的'诗'的程度，人民整体在民族性形式上不仅能够自觉地感知自我，同时能自觉地感知全人类，尽管在表达形式上依然完整保持着独立的个性。"[②] K. 阿克萨科夫是斯拉夫主义理论家中最早从历史主义视角关注民间诗学建构的批评家之一。他认为，需要从一个民族历史的源头，即早期民间创作中考察艺术"人民性"品格的特点。与西方和彼得大帝改革之后的俄罗斯文学那种沉溺于对外来形式"模仿"的"非真实性"（非民族性）特征不同，K. 阿克萨科夫认为，"在俄罗斯民间有为人民特有的，能够充分表达民族性格的民歌。人民在民间创作中意识并欣赏自我的存在"[③]。民间创作是构成艺术民族独特性的一个最初标志，也是艺术民族独特性的最初保证，同时还是未来出现独创性民族艺术形式的坚实基础。创造民间艺术的民族精神在其初始阶段不可能不以人民喜闻乐见的形式表现出来。没有民间创作就没有作为有机统一体的民族；反过来说精神不发达

---

① *Эстетические и литературные воззрения русских славянофилов*（1840—1850 - *е годы*）. Стр. 73.

② Ibid. , p. 74.

③ Ibid. , p. 72.

的民族不会拥有真正优美的民间创作。K. 阿克萨科夫据此断言说:"没有民族的形式,艺术是不和谐的;没有和谐的艺术,民族是不完整的。"[①] 这样,K. 阿克萨科夫就完成了他艺术"人民性"原则的历史系统建构,其中艺术的过去(作为根基的民间集体创作)、现在(作为现实的作家个体创作)和未来(作为趋势的整合型创作)的整个发展演变过程清晰可辨。

霍米亚科夫将民间创作看作艺术"人民性"精神的发端和起源,力图在民间创作中寻找建构未来独立俄罗斯艺术学派的支撑因素。他的民间文艺思想主要体现在他 1847 年问世的纲领性文章《论俄罗斯艺术学派的可能性》和 1852 年发表的《〈П. 基列耶夫斯基所收集的俄罗斯民间歌曲〉出版序言》(*Предисловие к изданию* 〈*Песней , собранные П. Киреевским*〉)之中。按照斯拉夫主义美学观,艺术的神圣民族使命就是以相应的、独特的艺术形式表达本民族的生活和道德理想,艺术形式则被理解为由"自我意识着的民族精神生活"所决定的、民族个性的优美形象呈现。这就是说,每一个民族艺术必然拥有独一无二的、与这个民族生活相适应的、能够充分表达这个民族道德理想的独特艺术建构形式。在《论俄罗斯艺术学派的可能性》一文中,霍米亚科夫认为,俄罗斯民间创作即歌谣、壮士歌、童话、圣像画、教堂音乐、建筑等艺术体裁门类是在历史上形成的,经过长达几个世纪的漫长过程而完善起来的真正民族艺术形式,其中最能够体现俄罗斯民间审美意识特点的是其艺术创作活动的"聚合"式集体共生机制。古罗斯时代的民间艺术是全民集体共生的艺术而非个体艺术,属于全民中的每个人而不属于具体某个独立的个体。艺术创作的主体,即全民都毫无例外共同参与了艺术活动。艺术作品自然反映的是全民集体道德理想、精神信仰和世界认知。那些来自俄罗斯民间不知名、不署名的艺术家"不是用自己本人的力量进行创造的,而是民族的精神力量在艺术家的身上进行着创造"[②]。正是俄罗斯民间生活中那一天然的、自发的生命创造意识构成民间艺术创造活动的基础。从这一意义上说,民间艺术家究其实

---

① *Эстетические и литературные воззрения русских славянофилов* (1840—1850 – *е годы*). Стр. 72.

② Хомяков А. С. *Полное собрание сочинений. Том* Ⅰ. М., 1886. Стр. 75.

质是作为民族集体意识的生命“器官”而存在和起作用的，民族（人民全体）正是借助于这一生命“器官”来艺术性地表达自己的信仰和精神生活。霍米亚科夫尝试以古老的俄罗斯圣像画（иконописание）为个案来说明民间艺术创作活动中的所谓“集体共生性”机制是如何起作用的。俄罗斯圣像画是11—16世纪俄罗斯最具代表性的宗教艺术形态，是俄罗斯民间艺术的起源之一，对后世俄罗斯艺术形态的发展有着某种决定性的影响。相对于拜占庭贵族艺术，俄罗斯圣像作为教堂生活的向外延伸，从高不可攀的教堂走向千家万户，变成百姓身上的必备之物，成为民间生活不可分割的一部分。不过俄罗斯人并非想以此来降低基督圣徒的神圣性和崇高性，相反这是对基督信仰“全面生活化”的仰赖。圣像中至高无上的圣徒从信众顶礼膜拜的对象降身来照料所有琐碎的日常起居，和人民现实生活紧密结合。因此圣像在俄罗斯不只被供奉在家中尊贵的“红角”（Красный угол），还会大量出现在澡堂、餐厅、监狱、商店、医院、学校，甚至在妓女、嫖客出入的场所，圣像画都处处可见。此外，俄罗斯人一生中最为重要的生死、结婚等大事，或是耕田、生病、产子，圣像都扮演着举足轻重的庇护者角色。俄罗斯人对圣像的依赖度超越了教堂，圣像画成为他们日常生活中最亲密无间的伴侣，是俄罗斯民间信仰和生活形态的重要标志。霍米亚科夫注意到，在俄罗斯乡野民间，“就像教堂音乐不是作为纯粹宗教音乐被接受一样，圣像画也不是仅仅作为教会图画。圣像画作为出自某个民间艺术家之手的作品，所表达的不是他一个人的理念，而是具有共同精神信仰的所有人的理念，这是一种最高意义的艺术性”①。圣像画因此在表达民族艺术“人民性”品格上要大大高出于其他门类和体裁的民间创作，是俄罗斯民间艺术理想的典范。这是一种典型的斯拉夫主义式的赞美和激赏：斯拉夫主义美学确信艺术的最高理想是艺术应当成为被所有的人所理解和领会，满足所有人的精神需要的“整合型”艺术。霍米亚科夫正是从这一立场出发来理解圣像画艺术的“人民性”含义的：俄罗斯圣像画是艺术形象实现典型化、集体化的理想，它面向所有人，为所有人敞开；俄罗斯圣像

① Хомяков А. С. *Полное собрание сочинений. Том* Ⅰ. Стр. 163.

画是“村社集体情感而非个人情感的有机表达”。没有这一村社集体性的共同情感，就不会存在独立的民族艺术。这一艺术的“集体共生性”“在多大程度上为艺术家所把握和领会，取决于他在多大程度上与人民在精神生活上实现和谐的一致”①。这里，霍米亚科夫显然是要借助俄国圣像画艺术来表达其建立独立“俄罗斯艺术学派”的主张，但他对艺术“聚合性”集体共生理想的论述，却为从俄罗斯人民精神个性及其历史发展角度研究俄罗斯民间文艺提供了另外一种可能性。

在《П. 基列耶夫斯基所收集的〈俄罗斯民间歌曲〉出版序言》中，霍米亚科夫赞扬П. 基列耶夫斯基“乔装打扮”（曾与K. 阿克萨科夫一起参加“着古俄服”运动），走向民间采风的举动，宣称П. 基列耶夫斯基实地收集的大量俄罗斯民歌是斯拉夫考古学领域最重要的丰富成果之一，是研究古代民间创作不可或缺的支撑材料。这一田野工作成果勾起了人们对几遭遗忘的俄罗斯美好过去那些古代风俗、语言、生活情景的记忆，更重要的是让人们“在这个分裂的时代重温了那个将年轻的斯拉夫各民族团结起来的生命纽带——东正教信仰的真理”，“对这一真理完整、生动的意识将是向前迈进的伟大一步”②。霍米亚科夫称赞古罗斯时代古老的村社生活方式、“家训”传统、天下一家亲的伦理观念，以及俄罗斯人作为“农耕型民族”身上的虔诚、顺从、淳朴、智慧，渴望共同性生活的人民性格特点，都能够在П. 基列耶夫斯基所收集的俄罗斯民歌中得到印证。“如果说日耳曼民族的《尼伯龙根之歌》仅仅具有历史性优点，那么‘斯拉夫大地’上民间创作的这些《遗迹》（指П. 基列耶夫斯基所收集的俄罗斯民歌）依然具有珍贵的现代价值和意义。”③ 这里，霍米亚科夫还是要借助俄罗斯民歌中反映出的艺术“人民性”精神来探讨建立独立“俄罗斯艺术学派”的可能性。他对俄罗斯民歌意义的认识首先在于这些民间创作可以重构人们对民族“共同生活”的记忆，以及家庭共同家族生活的温馨；其次，这些俄罗斯民间创作“是迄今尚未过时的民族生活的纪念碑，而历史

① Хомяков А. С. *Полное собрание сочинений. Том* Ⅰ. Стр. 164.

② ХомяковА. С. *Полное собрание сочинений. Том* Ⅲ. Стр. 164.

③ Ibid.

性显示的民族天然生命元素依旧在我们罗斯祖国生动地存活着、运动着”，所有的现代在传承意义上存在于古老的历史根基中；再次，极为重要的是，这些民间文艺创作，“能够重建被‘扭曲’了的现代艺术”[①]，改善彼得大帝“全盘西化”式改革后俄国社会阶层（上层贵族与下层人民之间）日趋分化的颓势：西化了的上层社会由于鄙视下层人民而丧失了“人民性”，远离了自己的民族精神根基，而民间创作的文化价值就在于它可以重新唤起脱离了民族天性的“有教养阶层”对人民的热爱，促使他们走向民间，接近下层民众，进而弥合现代俄国社会阶层间日益加深的思想鸿沟。

在斯拉夫主义理论家们的文艺“人民性”理论阐述中，语言的民族性（民族语言的形成机制）、语言与民族自我意识、语言与民族生活、民间语言与文学语言的关系等问题受到了高度关注。他们高举斯拉夫主义有机论美学的大旗，反对西方理性主义语言学对语言的普遍性、形式化以及工具化的理解，将语言视作一种整合性的“有机生命现象”，并将其提升到言说民族文化精神本质的哲学本体论高度。斯拉夫主义派别对俄罗斯语言及其民族话语建构的论述足可以构成一门独特的斯拉夫主义语言学。霍米亚科夫在语言哲学上把民族语言看作民族识别的基本恒定要素之一，是属于决定民族有机体“人民性”特质的深层次共性，是民族精神生活显现中的历史常量，具有形式上的较强稳固性和传递性。“在持续进行着的世代变化和交替中，语言持续不断地作用于新的一代，并将他们的思想和世界认知置于它隐而不显的庇护之下。就像精神领域的几乎所有元素一样，语言中有一种迄今尚未得到很好解释的神秘力量。”[②] 在这里，霍米亚科夫尝试探索语言的民族性以及语言与民族内在精神生命之间的有机联系，但他的语言哲学思想语焉不详，对语言，特别是文学语言中的所谓“神秘力量”的进一步理论揭示是由 K. 阿克萨科夫完成的。

在所有斯拉夫主义理论家中，只有 K. 阿克萨科夫一人可被称作完整意义上的语文学家。他的斯拉夫主义语文学思想主要体现在 1846 年所完成

---

① ХомяковА. С. *Полное собрание сочинений. Том* Ⅲ. Стр. 165.

② Хомяков А. С. *Полное собрание сочинений. том* Ⅴ. Стр. 9—10.

的著名硕士学位论文《俄罗斯文学与语言史上的罗蒙诺索夫》中。这也是斯拉夫主义派别众多的理论著述中唯一的一篇纯粹谈论语文学（文学和语言理论）的长文。文章的前半部分集中论述诗与文学的基本概念、普遍意义的“诗”向其“具象”—文学（个体化作品）变异的生成机制、艺术材料与艺术形式之间的和谐即“同感共鸣”（сочувствие）等理论问题；后半部分着重论述文学语言即“词的诗学”（поэтика слова）问题以及罗蒙诺索夫在俄罗斯语文学史（俄罗斯文学与俄罗斯语言）上的关键地位。K. 阿克萨科夫的语文学思想首先排除把语言仅仅当作工具符号的纯粹语法观点，他是西方普遍语言学语言符号性实质理论的激烈反对者，同时又是洪堡语言内部形式理论的热情激赏者。这与他重有机“整合”、轻理性“分析”的斯拉夫主义立场密切相关。在这篇著名的硕士学位论文中 K. 阿克萨科夫的语言概念是：

“语言每天都被重复使用，但却是一种非凡神奇的现象。语言是整个现有世界在意识的土壤上创造的，灌注着人的全部精神的那些相应新形式中的非凡存在。语言是通过意识具体呈现、表达对自然控制的理智的一个必然属性。语言是人的本质，语言即人本身。因此语言不可能仅仅是一种符号，而是在另一灌注着意识的自然领域里具体均衡的存在，即在那个达到最高程度的声响领域（字母、音节、词）里的诗性存在。”①

按照 K. 阿克萨科夫的语言哲学观，“语言就其实质不是符号或暗示，而是对于整个现存世界的具体表达”②。自然的第一次客体化就是发生在语言领域；人脱离了自然偶然性的第一次静观，无目的性的第一次讲述就可以理解为是某种优雅和形象。从事物表象看，语言具有各种不同的命运，服务于各种不同的目的。在具体、完美地传递人类精神思想或对外部世界的快速静观的过程中，语言有时好像自我隐身了，成为诸多绚丽一时的不相干现象的潜流；语词有时不可抑制、急不可耐地表达快速

---

① Аксаков К. С. *Ломоносов в истрии русской литературы и русского языка*. М. , 2011. Стр. 76—77.

② Ibid. , p. 77.

形成的思想，其自身好像成了空洞的、丧失相应内容的空壳，语言俨然降身为一种符号性的辅助工具。K. 阿克萨科夫认为这不过是一种表面现象：思想看上去离开了词并使得词成为它的工具，但思想不是独立的存在，它和词是共存伴生的，都要受到共同的内在精神机制的支配与驱动。思想在自己的飞升、自己的存在中就带有词的形式；词的隐身或降身为某种符号并不意味着词与思想的脱离，而是词向具象化思想的变容。无论思想的各种运动或对世界的静观如何令人眼花缭乱，词就像阴影一样时刻伴随着它们：只要停下来稍加审视一下思想的具体存在及其表达形式，就会发现词并没有被思想抛弃，而是与思想如影随形，时刻表达着思想的各种具象；思想作为“具体意识着的精神运动具体体现在词的纯洁精神有机体中”①。这里，K. 阿克萨科夫显然从斯拉夫主义生命有机论立场来阐述自己的语言观，将语言作为精神的内在生命现象（内在形式）来看待，强调词的形象性本质。这就是说，词的身上有机地灌注着诗性的思想内容，无思想的词是不存在的。在语言中，“总是思想；词表达着思想，词是某个具体意识着的精神的创造物。词与思想的不可分割，犹如理念与其形式的不可分割”②。

在确立了词与思想作为统一的精神有机体之后，K. 阿克萨科夫进一步论述词作为民族生命理念之表达的内在生成机制，并力图在普遍“诗”的基础上创建民族语文学意义上的“词的诗学”。这需要首先厘清作为艺术门类的“诗”与“诗”的构建材料——语言之间的“同感共鸣”关系。这一关系以艺术门类与艺术材料之间的和谐一致理念为前提，“艺术与材料的和谐在艺术从一种门类形式过渡到另一种门类形式的过程中实现着从低级到高级的递进，逐步出现建筑、雕塑、绘画、音乐，最后直至最高和谐程度的诗。词是最崇高最具有本体意义的、能够有机地自行显现思想，并且永远不会被思想所抛弃的材料”③。“诗”正是词这一最崇高艺术材料

---

① Аксаков К. С. *Ломоносов в истрии русской литературы и русского языка*. М. , 2011. Стр. 78.

② Ibid.

③ Ibid. , p. 27.

的最完整灵性呈现:词作为一举脱离自然局限的诗的材料,整个是人类精神的产物;自然在此之前(无论是在建筑、雕塑、绘画,还是音乐中)从未触及精神的最重要物质基础——字母。因此"艺术与材料最完美的和谐只有在诗里才可见到:因为词是创造着的,显现于艺术所有程度(阶段)的精神造物本身"。最高程度的材料(词)与最高程度的艺术(诗)二者之间形成最为完整的"同感共鸣"[①],这就是 K. 阿克萨科夫所宣称的"词的诗学"。不过有一点需要注意:尽管词是诗最为崇高的材料,但不是所有的词都呈现为诗,只有那些经过艺术大师之手加工的词才成其为诗。诗不是词的艺术,而是"人在词中表现自我的艺术",正如建筑艺术不是石头的艺术,是人在石头中揭示自己的艺术;雕塑不是大理石的艺术,是人在大理石中揭示着自己的艺术;音乐不是声响的艺术,是人在声响中实现自我的艺术。人类精神始终是支配、驱动艺术发展的根本元素[②]。没有人类精神的有机存在,任何艺术都是僵死物,是材料的机械性堆积。K. 阿克萨科夫"词的诗学"显然是继承了黑格尔美学诗是最高门类艺术的观念,但并没有像黑格尔那样把诗看作阶段性的、处于"绝对精神"铁律支配的普遍艺术,而是致力于描述"诗"作为"抽象力量"具象化为文学作品的历史过程,即普遍意义的"诗"向其现实性的民族生活"具象"—文学转化,"诗"的材料(语言)从民间语向文学标准语转化的内在生成机制。整个民族语言艺术(民间文学 + 个体文学)的缘起和历史变异都依赖于这一内在生成机制[③],受这一内在生成机制的驱动和制约。

按照 K. 阿克萨科夫的理解,"诗"不是像散文那样固定的某个艺术文学类别,而是一种借助其最崇高的材料(词)而获得的特殊的质。"诗"作为"诗"本身(即抽象的概念)是不存在的,"诗"的存在必然是具体的、历史的存在。"诗"是那一共同的将其所有作品总和作为自己的历史

① Аксаков К. С. *Ломоносов в истрии русской литературы и русского языка.* М., 2011. Стр. 54.

② Ibid., p. 52.

③ Ibid., p. 41.

具象联结、融合在一起的“抽象力量”[1]。这一“抽象力量”通过自我否定赋予了自我以历史现实，在具体的艺术现象（单个的作品）中表达自我。“诗”以具有充分艺术表现力的语词的形象注入现实，在现实中实现、具象化为这个或那个民族的众多个别作品。文学作为“诗”在具体民族生活中的实现就是那些“众多个别作品的总和”；“诗”在具有历史性联系的单个作品中穿越关键性历史阶段，实现具象化并为自己找到现实[2]。不过有一点需要注意：诗并不是直接向文学转化，而是首先要经过一个必要的、自我否定的跨越阶段，然后才过渡到个体文学的阶段；与此相应，诗的崇高材料——词也具有发展的历史性：它不是直接以文学标准语的面目存在，而是首先呈现为民间语言的形式，即词的民间集体形象，然后才过渡为词的个体化形象。其中，决定着诗及其最高程度的材料（词）实现历史性瞬间跨越与转化的内在生成机制就是从“普遍”（общее）到“特殊”（особое），再到“个别”（единичное）的，人类精神一步一步走向具象化的“精神的绝对运动”[3]。K. 阿克萨科夫依据这一类似黑格尔式“精神的绝对运动”的历史轨迹来描述诗及其材料——词的完整有机递进过程，认为作为概念的诗及材料——词处于抽象性的“普遍”阶段，民歌（民间文学）及其材料民间语言处在民族性的“特殊”阶段，而个体文学及其材料文学标准语处在现代的“个别”时期，相互之间各自形成和谐对应的历史契机，制约着民族语文（文学和语言）迄今为止的全部发展过程。从这一意义上说，诗和词共同受到其内在历史生成机制的驱动，实际上是艺术作为民族精神“有机体”的一体两面。K. 阿克萨科夫因此宣称：“词是人在大地上高扬的一面旗帜”[4]，词即是人本身：人的思想完美地嵌入在纯洁、崇高的词的精神肌体中。“词的诗学”即脱离了工具化的词在诗中的本体论存在，“艺术优雅地提升着词的优美形象，使词从

---

① Аксаков К. С. *Ломоносов в истрии русской литературы и русского языка*. М. , 2011. Стр. 24.

② Ibid.

③ Ibid. , p. 29.

④ Ibid. , p. 30.

偶然性的粗野现实中净化出来”。词如同一股独立的生命力量自足地存在并活动着，并不仅凭借它们的形式外壳，而是凭借诗的形象。在诗的镜像中感性存在着的词已然是一种自觉的诗性行为，它构成了完整的民族艺术形象。[①] K. 阿克萨科夫这一强调“词的内在形象实质”的语文学思想在俄罗斯本土语言学史上具有深远历史影响：俄国“历史神话学派”的理论创始人 Φ. 布斯拉耶夫受 K. 阿克萨科夫“词的诗学”理论的启发，1848 年通过其硕士学位论文《论基督教对斯拉夫语的影响》（*О влиянии христианства на славянский язык*），创立了著名的“诗学语言学”（Поэтическая лингвистика）学说；另外，19 世纪下半叶另一位著名的俄国学者、“心理语言学派”的创始人波捷普尼亚[②]有关“词的内形式”（внутреняя форма слова）主张与 K. 阿克萨科夫“词的诗学”具有十分密切的历史亲缘关系。从这一理论的历史传承意义来看，K. 阿克萨科夫无疑是俄国学院派语言学和文艺学历史诗学的先驱。

在关注语言的民族性、语言表达俄罗斯民族精神意识的斯拉夫主义者中，B. 达里的地位比较特殊。就像那位蓄起古罗斯时代的大胡须，穿上旧式长袍去民间采风并编纂了《П. 基列耶夫斯基所收集的俄罗斯民间歌曲》的 П. 基列耶夫斯基一样，达里也是一位遍游俄罗斯大地的田野旅行家。他在广泛采集俄罗斯民俗民谚、民间口语表达法的基础上编辑出版了迄今依然闻名遐迩的《大俄罗斯语言详解辞典》（达里词典），对作为民族性显著标志的俄罗斯普通语、民间语言进行了详尽语义解释。除词典编纂外，达里语言学思想主要体现在他 1842 年初发表的《关于当今俄语的几点看法》（*По лтора слова о нынешнем русском языке*）中。在这篇短文里，达里将俄罗斯文学的民族性与俄罗斯语言的民族性结合起来，通过对语言民族性的阐释来论述文学的民族性特征。他断言，为当下俄罗斯作家所热烈

---

① Аксаков К. С. *Ломоносов в истрии русской литературы и русского языка*. М.，2011. Стр. 26.

② 波捷普尼亚（Потебня. А. А 1835—1891），19 世纪俄国语言学家、文艺学家、哲学家，彼得堡皇家科学院通讯院士，深受洪堡语言学理论的影响，在著名的《思想与语言》一书中提出“词的内形式”观点，同时是 19 世纪末俄国文艺学学院派“心理诗学学派”的创始人。

追求的"人民性"本质上是"事物、内容、思想的乡土性、语言的自我独特性、头脑和心灵的自我独特性"①。从这一标准看，达里表述了与霍米亚科夫、И. 基列耶夫斯基、K. 阿克萨科夫等斯拉夫主义理论家相一致的观点，即当下的俄罗斯文学还没有真正的民族性内容，还没有与俄罗斯生活相近的艺术表达，还不具有俄罗斯的世界观和俄罗斯思维方式。不过与其他斯拉夫主义者不同，达里将这一不良现状的原因归结为语言在民族性上的欠缺，即俄罗斯文学还没有真正独创的完美民族语言形式："问题在于眼下俄罗斯语言还不纯粹是自己的、乡土的，还受到西方（欧洲）语言形式的强烈影响……而那些千年来形成的乡土的民族语言形式是不会因外部影响而被抹去的"，只有语言中"本土的与外来的因素最终实现融合并从中创造出独特的，与俄罗斯式的思维方式相适应的民族形式的时候，一切才会是自己的、和谐的"，而当下"我们的文学无论在语言还是其实质上都还不具备真正民族性、乡土性、自我性"②。达里认为，"鲜活的、在民间迄今生动存在着的、具有首创性纯洁形式的俄罗斯民间语言"是俄罗斯文学独特性、形象性、艺术性的直接来源："起源只有一个，即人民的语言及其辅助手段：古老的手稿，所有活的或死去的斯拉夫方言。语言的俄罗斯气质和俄罗斯表达只存在于下层人民中间；而在有教养的上层社会或在书面语中，我们的语言已经被磨损成了庸俗的、毫无色彩的用语。这些用语可以很容易地、逐字逐句地转换成欧洲的语言。"③ 这一现象显示出现代俄罗斯语言在欧洲各种语言"时尚"的影响下丧失了其独特的民族形式，脱离了语言的民间文化根基，而俄罗斯文学语言失去其独特的民族形式也就意味着失去了其独特的艺术形象性，而没有独特的艺术形象性是不会有独特的俄罗斯民族文学存在的。按照达里的理解，俄罗斯民间语言"结构的原创性及其实际上的不可译性"既是俄罗斯语言民族性，又是俄罗斯文学民族性的首要特征。不过，在热烈赞扬俄罗斯人民中间依然保

---

① *Литературные взгляды и творчество славянофилов* (1830—1850 *годы*). М., Наука, 1978. Стр. 179.

② Ibid.

③ Ibid., p. 181.

持着俄罗斯语言纯洁的“乡土性”、“形象性”的同时，达里反对作家在文学创作中处处模仿民间语言的风格和语调。他认为，真正值得尊重的现代俄罗斯民族语言不是对普通大众语言的机械性的复制，而是对思想“独特性”、言语风格“乡土性”的自然表达。这一“独特性”和“乡土性”言说建立在从个别词表示法到民族语言习俗的、对所有真正民族事物的深刻了解之上的。基于此，达里呼吁追求艺术“人民性”的俄国作家们“拿起我们古老的手稿，倾听民众的话语”（实际上他本人也是这样做的），只有这样才能真正学会“按照俄罗斯方式思考，用俄罗斯语言所独有的说法、风格来表达思想”①，才能够领会俄罗斯心灵、情感及其形象性揭示的艺术深度。在《关于当今俄语的几点看法》一文最后达里总结说：“本土的文学（没有本土的文学就没有最高意义上的民族独创性的作家）需要本土精神和本土的语言。第一点，即本土精神的出现只有在所有俄罗斯的事物都能够被我们所自觉领会，都成为自己的、乡土的事物时才有可能。这需要完整地、完美地知晓俄罗斯的头脑和心灵；领会俄罗斯的事物不单纯是了解普通人民包括精神上的和肉体上的风习。对于第二点，即本土语言来说，需要了解所有的俄罗斯言语和基本表达法，需要比了解其他语言更好、更直接地了解俄罗斯语言；应当学会按照俄罗斯方式来思考和思想，只有这样，俄罗斯的表达法和语言的风格才是真正俄语的。应当精选和确定真正的俄罗斯话语，习惯俄罗斯风格。”②

---

① *Литературные взгляды и творчество славянофилов*（1830—1850 *годы*）. М., Наука, 1978. Стр. 182.

② Ibid., p. 183.

第三章　文化民族主义：斯拉夫主义的民族文化维度

1. 斯拉夫主义的文化“人民性”论述

霍米亚科夫在《世界历史札记》中给自己立下的一项任务是“表述一种与西方普遍人文理论迥然不同的民族主义理论”，即建立在非纯粹历史主义事实之上（区别于黑格尔），符合那种“任何以人为研究对象的科学”[①] 的，由种族、家庭、国家、信仰、语言、文化等元素组成的人类文明类型学。按照霍米亚科夫的观点，文明是具有民族性的，在统一的语言基础上形成的特殊文化有机体，因此不存在所谓全人类文明之说。全部的文明范畴（人类活动的所有领域）都有“种族、国家和信仰”[②] 三个最基本指向，从而构成一个完整的人类文明类型学系统。其中人类文明的“种族”性（物性组合）与土地、亲缘、血缘、共同出身及语言等天然要素紧密关联，在文明的系统中无疑是最稳定的；文明的“国家性”（“人们在自觉使自己的意志和自由屈从于政治利益和经济福利，或安全福祉的基础上结成的联盟”[③]）多少是一种假定性的，处于不断的变动中。换句话说，国家是世俗性的，用来保护人民的利益、福利与安定生活的协约式工具，不具备永恒性；文明的“信仰”特征在文明系统类型学阐释中最为重要。它包含着能够决定人类文明发展进程的最高的精神生活。正是信仰构成人内在生命发展的极限。因此对人民精神生活世界进行研究的重要性要远远大

---

① Хомяков А. С. *Полное собрание сочинений. Том* Ⅴ. М., 1900. Стр. 7.

② Ibid., p. 8.

③ Ibid.

过对人民物性世界进行研究的重要性。或者说真正的“人民性”文化认知需要实现从“物性世界”领域转向“精神世界”的领域。霍米亚科夫进而推定，人民精神个性（性格或品性）即文化“人民性”即是以上所说种族（土地）、国家和信仰（“人民的宗教”）等元素的交织体，用今天的话说是“文化聚合体”：其中每一种元素对人民个性形成的影响都不一样。而斯拉夫主义文化“人民性”概念的理论实质可以归结为对这些相互交织的元素间内在的和谐的有机整合，其中民族精神生活元素（信仰）在文化“人民性”探讨中居核心的位置。

K. 阿克萨科夫力图进一步用“人民”和人民的精神性论述来补充和完善霍米亚科夫的文明系统类型学说。K. 阿克萨科夫认为，可以把“人民”理解为一个国家内部“建立在共同的血亲、出身和语言基础上的群体联盟”，“这一定义是正确的，但是不够充分。这只是亲族、种族，而不是人民的概念”。亲族、种族还仅仅是“人民”的风貌即属于自然物性的部分；决定“人民”灵魂的是其内在的生命（信仰），或者说精神性。地理环境、人种、气候、风习等诸如此类的事实固然能够对一个民族的精神生活构成影响，但它们和“人民性”概念没有直接的关系。真正决定“人民性”的元素是人民在信仰中表现出来的完整内在精神个性[①]。这也就是霍米亚科夫所说“历史批评家应当关注的第一个和最主要的对象是民族信仰。如果从欧洲历史中抽掉了基督教，从亚洲历史中抽掉了佛教，那么，你对欧洲和亚洲就完全无法理解。这个不争的事实以或大或小的力量在全世界所有时代不断重复出现，人类文明的程度、文明的性质和文明的起源都取决于信仰的程度、性质和起源”[②]。K. 阿克萨科夫接着论述“国家”与“人民”之间的关系：“人民”是内在生命主体；“国家”则是强制的政治形式。“国家作为外在形式，能将各种不同的因素强力捏合在一起；人民则是生动、完整的统一体，不可能分裂为各种不同的元素。”K. 阿克萨科夫的结论是：在极端情况下，“没有信仰的支撑，人民在纯粹的自然

---

① *Эстетические и литературные воззрения русских славянофилов*（1840—1850 - *е годы*）. Стр. 81.

② Хомяков А. С. *Сочинения в* 2 - *х томах. Том* Ⅱ. М.，1994. Стр. 237.

物性（血亲）意义上有时会生长到兽性的地步；没有土地（地方）的自治，国家在人工意义上则可能会固化到极端抽象的程度"[①]。前者是生命的、天然的自发力量；后者则是机械和冥顽不化的理性专制势力。因此，不同国家的人民在精神个性、信仰、文明程度以及风俗风习上就会呈现出不同的历史风貌。

斯拉夫主义的民族文化批评理论宣称，要正确理解"人民性"（人民性格）特点，就必须从民族历史独特性的开端出发，依照人类文明系统类型学立场来进行认识。霍米亚科夫相信真正的"人民性"文化认知需要从根基和历史的源头着手，人民作为鲜活有机体的"所有现在都能够在古代找到文明的依据"。没有"从新的社会秩序、新的界线、新的种族和信仰向旧的社会秩序、旧的界线、旧的种族和信仰"[②]的回溯性投射，要探寻人民精神的根基是不可能的。而古老的道德风习、神话与传说以及民间创作作为一个民族的根基性内容存在于人民深刻的历史记忆里，因此有必要将非理性审美元素引入文明的系统类型学研究，在"整合性"艺术认知的基础上探寻人民精神的生命个性及其历史演变。霍米亚科夫高度质疑运用逻辑推定和理性分析手段研究"人民性"特点的可行性，甚至还提出了"认识历史需要诗的态度"[③]的有机论主张，表现出对西方建立在启蒙理性主义基础上的"人民性"个性理论的拒斥态度。在建构起回溯性历史视野（视角）之后，霍米亚科夫开始具象化（诗性）俄罗斯"人民精神生活"，将"人民性"的历史原型"家庭"作为有机的"初始形象"来探讨。按照霍米亚科夫的观点，"初民像是婴儿，初民的风貌无可争议地证明其来源于父母的类型属性。与此同时如同婴儿的初民却带有一颗为自己所独有的、思考着的自由灵魂"[④]。需要注意的是，这里"家庭"作为"人民性"的坚实堡垒不是生物自然意义（物性）上的概念，而是人们道德上的精神

---

① *Эстетические и литературные воззрения русских славянофилов*（1840—1850 - *е годы*）. Стр. 81.

② Хомяков А. С. *Полное собрание сочинений. Том* Ⅴ. М.，1900. Стр. 22—23.

③ Ibid.，p. 71.

④ Ibid.，p. 74.

联姻。重要的是人们精神上的结合。换一句话说，正是“家庭”而不是独立意义的“个体”构成了完整人民精神生活的基本单位，“家庭”是“人民性”的最基本细胞。霍米亚科夫曾借自己的一篇小说《莫斯科郊外谈话》（*Разговор в Подмосковной*）中的主人公的口吻说：“我不相信对一个家庭陌生的人会爱上他的人民，而没有对人民的爱就不会有对全人类的爱。”① 推而广之，霍米亚科夫认为“民族”这一概念的历史具象（形象）和“家庭”作为精神联姻的情况大体类似：一个民族的风貌无疑来源于人类的属性（人类存在的完整性），但同时具有自己专有的民族精神个性和民族心理特点。“民族”的生成与发展是天然有机的，“不是机械的聚集，也不是算术的结果”，“人类大家庭不是某种抽象言辞，而是一项类型学意义上需要各个民族来完成的特殊事业。不然我们就无法理解埃及人何以建造起庄严的金字塔，腓尼基人何以酷爱航海和旅行，印度人何以痴迷于虚无哲学，中国人何以将管理作为一门艺术看待”②。霍米亚科夫宣称，每一个原始的民族（人民）都具有自己特殊的激情，特殊的激情构成民族精神生活的初始要素。民族的开端决定了其精神的风貌，塑造了其广义上的心理面孔。过去的生活遗留下的胚胎，无论是好的还是坏的胚胎，都不会自行消亡，而是伴随民族生活历史的始终。先进民族正如同一棵扎根于坚实文化土壤的枝繁叶茂的参天大树，其根基深入地下，其枝叶伸展向未来。就民族天性上的类型差异，霍米亚科夫将世界上的民族划分为“征服型民族”和“农耕型民族”两个类别。“征服型民族”在心理学意义上“具有情感个性上的傲慢与偏见，既蔑视被战胜的对手，也蔑视与其格格不入的事物”；“农耕型民族”则接近人类共同始端，“不习惯将自我看作高于他人，具有全人类亲如兄弟的观念”③。霍米亚科夫显然对“农耕型民族”充满了赞美与激赏，认为“农耕型民族”完全没有“发展出对外扩张、贵族等级制、妄自尊大以及蔑视其他民族的心灵机制和气质”④，而是充满真实

---

① Хомяков А. С. *Полное собрание сочинений. Том* Ⅲ. М. , 1900. Стр. 227.

② Ibid. , p. 70.

③ Хомяков А. С. *Полное собрание сочинений. Том* Ⅴ. М. , 1900. Стр. 106.

④ Ibid. , p. 107.

的爱和善意，视天下一家亲，善于和其他民族和平共处。不过霍米亚科夫认为，“农耕型民族”因为缺乏执着的性格和征服的欲望常常导致在外部压力面前妥协和让步，会轻易“将自己的自由交出来，换成温顺的屈从”，且不善于进行自我社会管理和经营。“屈从和妥协往往是农耕民族的根本天性”，这使得外部胜利者（外来征服者）“易于把他们看作胆怯听话的奴仆而忽视他们的个性”①。

另外，斯拉夫主义文化“人民性”理论特别强调“人民性”的独特民族精神含义和宗教信仰在“人民性”问题上的标志性实质。“信仰”观念在斯拉夫主义的文明系统类型学中居于核心的地位。K. 阿克萨科夫说，“信仰不是意见，不是关于人的某个理论。信仰使人成其为人。它是组成人民精神个性的唯一信念。没有信仰的地方就不会有真正意义的人民”②。霍米亚科夫认为，组成民族生活的本质和现象具有统一的基础，就是精神的力量。用以说明民族生活现象的是认知理性，而用以说明民族生活本质的是信仰和意志。前者是理性认知的范畴，后者则处于“理性思考的彼岸”，“是直接的、活的和绝对的知识”。“直接的、活的和绝对的知识”“应当叫做信仰”③。它作为一种整合式艺术性认知（有机思维），远远地高于通过理性分析途径所获得的知识。“信仰”在这儿是一种广义上的有机论，不仅限于宗教信仰方面，而是认知者对实在的直接加入，是与实在相融合的境界，即精神完整性的境界。民族生活、人民个性活生生的存在不是通过抽象的逻辑理性，而是在信仰中凭借生命直觉来领悟的。在霍米亚科夫看来，“信仰”作为第一认识活动显然是一种“内在知识”或“活知识”④。如果承认民族现实生活是“精神想象”，那么依靠生命意志的驱动就可以得到“活知识”或И. 基列耶夫斯基所说“活的，完整的理解”。而“人民性”认知正是建立在“信仰”这一有机的“活知识”、“活的，

---

① Хомяков А. С. *Полное собрание сочинений. Том* V. М., 1900. Стр. 108.

② *Эстетические и литературные воззрения русских славянофилов* (1840—1850 - *е годы*). Стр. 84.

③ 徐凤林：《俄罗斯宗教哲学》，北京大学出版社2006年版，第18页。

④ 同上。

完整的理解”基础之上的。因此在霍米亚科夫的文明类型系统中，“信仰”是个动态性概念。它首先指的是鲜活的“人民的信仰”，“文明的程度、文明的性质即文明的起源都取决于人民信仰的程度、性质和起源”。基督教之所以在不同民族那里呈现出不同形式，就是因为初民的不同个性在后来的基督教认知中打上了不同的精神印记。这里霍米亚科夫直接将民间信仰和“官方正统信仰”对立起来，认为“宗教只有直接透过人民的生活观念，在历史的发展中才可以理解”①。“信仰”动态性的发展充分说明：就像不存在纯粹的人民一样，也不存在纯粹的信仰。那么“信仰”作为人民精神生活的表达就具有一定的假定性和变异性特点。只有运用整合的“艺术性”认识手段才有可能对人民生活有机体的“活生生存在”进行研究。另外，霍米亚科夫还认为“信仰”具有多维性，其“官方正统”的维度实际上远离了民间的维度，而信仰在其最初意义的表达上“不是别的，正是被信仰所遮蔽的民众舆论”②。因此，“信仰”与“人民”二者的相互作用是辩证法的：“上帝的个性多少与膜拜他的人民的个性相互呼应。”③不仅是信仰创造着人民形象，同时也是人民创造着他（人民）所需要的信仰内容。信仰既是人民生活历史的有机表达，同时正是丰富多彩的人民生活给了信仰以特殊的具象。

斯拉夫主义理论家们以上所有的文化“人民性”认知理论，包括对人类文明类型学、文明的历史根基性原则、“征服型民族”和“农耕型民族”的区分，以及信仰差异等的阐释和论述，都是为了实现从“整合性”审美认识论和民族历史独特性理念出发对俄罗斯民族及俄罗斯人民性格的民族主义界说。霍米亚科夫认为，就俄罗斯精神生活的全部生命潜力和认知特殊性而言，俄罗斯文明无疑是世界文明大家庭（文明系统类型学）中一个显要的具有广阔复兴前景和发展优势的斯拉夫文化类型。俄罗斯的民族精神生活、历史文化道路及发展方式具有源自斯拉夫古老文化信念的天然性和自我生成性。因此俄罗斯与西方（欧洲）的根本问题不是别的，正是一

① Хомяков А. С. *Полное собрание сочинений. Том* V. М., 1900. Стр. 154.

② Ibid., p. 199.

③ Ibid., p. 174.

个文明类型学问题。霍米亚科夫的有机论文明系统类型学说推翻了长期占据统治地位的欧洲中心主义文明史观，重新反思了诸如理性、进步、逻辑分析、规律等西方流行的历史文化观念，其中最引人注目的还是对俄罗斯民族及其“人民性”特点的斯拉夫主义式赞美。霍米亚科夫宣称斯拉夫人作为“农耕型民族”的心灵个性实质是没有西方式的“民族傲慢”。“俄罗斯人以自己是黑人汉尼拔的子孙为荣，而声言自由平等的美国人却拒绝给予黑人以平等的国籍，甚至拒绝娶德国洗衣工或英国伐木工的女儿为妻……我们在欧洲大家庭中从来都是真正的民主主义者。”[①] 他还把构成俄罗斯人精神生活的心理元素归纳为：1）没有对外扩张、贵族等级制、妄自尊大以及蔑视他者的心理机制；2）充满着率真、爱和善意，视天下一家亲；3）同情迄今已来人类文明发展的所有形式，易于和外族和平相处甚至接受外族的统治[②]。K. 阿克萨科夫断言俄罗斯人从来“不是政治的人民，他们从来不起来为争取自己的政治权利而斗争，他们是以追求内心生活和尘世生活为己任的人民”，俄罗斯人同时也是一个“非国家性”的民族，他们“从来不神化政府，也不相信它的完美并要求它于完美……我们的罗斯是神圣罗斯……对国家和政府的兴趣永远是第二位的……对我们来说最重要的是信仰的事业、是拯救灵魂的事业”。在 K. 阿克萨科夫眼里，俄罗斯人性格温和、敦厚，顺从、敬畏上帝，“信仰是俄罗斯人的全部念头”，在民间（下层民众中间），在基于东正教生活的村社生活中，“保存着俄罗斯大地的完美”。他还经常用“淳朴的人民”来形容俄罗斯人。这一“淳朴性”在于俄罗斯人沉迷于宗教事务，“专心地信仰上帝、执着于上帝之爱的淳朴的俄罗斯庄稼人，从来不关心国家和政治权力的纷争”。“贵族打仗，农民种地”是天经地义的古老俄罗斯真理[③]。K. 阿克萨科夫以罗斯邀请瓦良格人做大公和 1613 年选举沙皇的历史事件为例来说明俄罗斯人的“非政治性”和“非国家性”，他们善良淳朴，敬畏道德，“宁愿把权力让给君

① Хомяков А. С. *Полное собрание сочинений. Том* V. M.，1900. Стр. 107.

② *Эстетические и литературные воззрения русских славянофилов*（1840—1850 - *е годы*）. Стр. 83.

③ 白晓红：《俄国斯拉夫主义》，商务印书馆 2006 年版，第 145—149 页。

主”而专注于自己的内在精神生活（信仰）。

斯拉夫主义者十分强调俄罗斯人对东正教的笃信，坚信在普通人民中拥有对纯洁道德灵魂的热烈追求，这是俄罗斯特殊“人民性”的一个决定性因素。甚至可以说，“纯洁的”东正教信仰在斯拉夫主义者看来正是俄罗斯人区别于西方人的根本文化标志。这一观点直接导致了此后一个多世纪以来（沙俄和苏联时期）多数研究者对斯拉夫主义文化“人民性”观点的谨慎态度乃至理论上的误解：学界普遍断言斯拉夫主义派别至少在形式上是支持19世纪30年代乌瓦罗夫的“官方人民性”理论的，因此可被定性为“贵族保守主义”抑或“反动民族主义、沙文主义”之列[①]。不过学界可能忽视了一个基本事实：东正教作为一千多年来生生不息的俄罗斯民族宗教在俄国曾经长期深入人心，成为俄罗斯人的信仰基础和俄罗斯传统文化精神的一个象征。东正教在俄罗斯的广泛传播与推广，实现了以赤诚信仰和内在生命感悟见长的基督教非理性意念与俄罗斯本土多神教的万物有灵意识的有机交汇，对俄罗斯人民性格的养成与塑造具有直接的精神影响。尽管东正教曾经千年来深刻地影响着俄罗斯民族的这一“人民性”文化建构，但对东正教观念进行扎实的理论综合和体系建构却长期是个空白，一直都没有建立起来完整的宗教有机理论。改变这种状况的任务就落在了19世纪那些宗教意识浓厚的世俗俄罗斯作家、哲学家和文艺批评家身上。在俄国，对东正教有机理论首先予以透彻诠释的就是И. 基列耶夫斯基、霍米亚科夫等斯拉夫主义理论家。

И. 基列耶夫斯基认为，俄罗斯与西方（欧洲）在“人民性”上的根本文化差异是它们在基督化过程中所走过的道路不同。西方文明的发展及人民性格的塑形基于罗马帝国的律法传统：罗马人思想的一个共同点是习惯于依靠逻辑思维和理性分析，逻辑概念的条理性与严谨性远远重于概念的现实性内容。西方基督教（天主教）遵循罗马法的传统，对“神圣律法”（基督戒条）进行了建立在理性认知基础上的形式化改造，使得教会统一归结为主教的外部统一，教会神圣性归结为教皇的绝对权威性，教皇

① Сарычев А. Н. *Проблема народности и критический реализм*. М. , 1975. Стр. 219.

成为上帝律法在人间的唯一正确代言人。从教皇以下至主教、牧师，直至普通信徒构成了一个类似世俗封建官僚制度的等级森严的严酷秩序，而赎罪的程度则被解释为信徒向教会外部利益（土地、不动产、金钱财物等）所做功德的多少。西方人的宗教信仰生活把加入教会的形式放在首位，从世俗的外部标准来评价、规范道德行为，强制性的形式理性大于自足自律的精神生活。后来通过“宗教改革”发展出来的新教（“抗议宗”）宣称《圣经》为信仰的最高原则，不承认天主教会享有解释基督教义的绝对权威，强调教徒个人因信称义、信徒人人都可为祭司，可直接与上帝心灵相通，在反抗天主教专制统治的同时，却陷入极端个人主义的泥潭，更多依靠神学家的逻辑和个体化的经文阐释来对“神圣律法”进行逻辑证明和任意自我推断，成为西方资本主义伦理意识的一个标志。西方人的注重物质主义、商业精神、启蒙理性主义，以及妄自尊大、强权政治、双重标准等等都与新教伦理有着不解之缘。而俄罗斯因为是在“幼年”时期接受基督教：不注重亚里士多德的形式逻辑而强调柏拉图灵魂主义的“古代智慧”，经过拜占庭教父学的改造之后进入俄罗斯。拜占庭教父学则“致力于走超越理性分析之路，将对上帝存在的逻辑证明改造为具有道德自由的思辨”。拜占庭帝国的过早陷落使得希腊正教哲学没有出现西方经院哲学式的繁荣，但其思想遗产保存在了教父学的著作中并随后转移到了作为“第三罗马”的莫斯科。这一与西方不同的基督教传播途径使得俄罗斯的淳朴心灵没有充分经受西方启蒙理性主义的熏陶和训练，不知晓“作为西欧发展之基础的个人独特性”，宗教信仰的主要因素“是内在的生命体验，是对教会作为爱的统一体的全身心融入，是使信仰成为其根本信念和真正的精神生命本身”①。

霍米亚科夫认为，俄罗斯东正教会的一个主要优势是没有过多地迷恋、纠结于世俗的利益，保持了基督教义的纯洁性，不把教会看作信徒的外部性强制联盟，不从世俗外部标准来评价、规范信徒的道德行为，而是使其成员自觉自愿地深入爱的共同真理之中。换句话说，俄罗斯“人民的

---

① 徐凤林：《俄罗斯宗教哲学》，北京大学出版社 2006 年版，第 4—5 页。

东正教”是在建立在“自由与爱”的基础上的“精神有机体”，具有最大限度的包容性和整合性，其中既有集中统一，又有自由意志，是自由性和必然性的和谐统一。在《世界历史札记》中，霍米亚科夫进一步按照人类历史演进过程中的这一自由性与必然性、精神性和物质性互相对抗的原则（“自由与必然构成这样一种神秘本源，人的全部思想都以各种形式集中在这一本源周围”），将对人民性格的塑形起着决定作用的人类全部宗教划分为“库什特”精神类型的宗教（кушинтство）和“伊朗”精神类型的宗教（иранство）两种类别[①]。具有“库什特”精神的宗教遵照必然性原则，要求人们无条件地绝对服从外部律条，使人成为他人意志和理念的简单、被动的执行者；相反，遵循自由性原则的“伊朗”精神类型的宗教诉诸人的内心生活改造，尊重人自由选择善恶的权利（而非接受“福音”和“恩典”后的个体肆意妄为），相信人具有自觉融入教会统一体中的善的共同本源。霍米亚科夫宣称，原初的基督教（“纯粹的基督教”）本来是一个遵循“伊朗”精神类型的，不诉诸外部必然性权威，既有统一意志又有自由精神的宗教，但之后的天主教经院哲学大量融入了亚里士多德逻辑主义和“库什特”必然性统治的因素，进而发展为近代的黑格尔哲学、启蒙理性主义、唯物主义等，从而丧失了基督教本初的精神自由和纯洁性。在教会大分裂之后，天主教和新教在解决自由性和必然性这一二律悖反原则的过程中各自走向了理论的极端：前者强调绝对统一的圣教公会，特别是教皇不受节制的外部权威，趋同于外部理性强制式的集体主义，因而丧失了教会精神生活的个性因素，剥夺并吞噬了基督徒的个体精神自由；而后者在“正确拒绝了教皇权力之后”[②]，走向了个人自由主义的极端，信徒沉浸于个人权威，任意阐释甚至曲解“神圣律法”，自我成为孤独、分裂的个体，其原本神圣的“信仰事业”变成了在接受“恩典”后的个人任性，自由中完全没有教会爱的统一。前者是“同而不知”；后者是“异而不和”。霍米亚科夫认为，天主教和新教虽然在基督信仰形式上存在着差异，但在寻求宗教真理之外的外部权威这一点上是十分相近的：在天主教中这一外部的

---

① Хомяков А. С. *Сочинения в двух томах.* *М.* , *Том* Ⅱ. 1994. Стр. 188.

② 徐凤林：《俄罗斯宗教哲学》，北京大学出版社 2006 年版，第 27 页。

权威是封建君主式的教皇；在新教中这一外部的权威是个人理性。天主教和新教都错误地歪曲了基督教的“纯粹教义”，陷入了功利主义和对世俗权力和利益，即“地上目标”的痴迷。而俄罗斯东正教则保持了基督教的“原始纯洁性”，继承了基督教原初的生命完整性和保障人们“认识绝对真理”的根本力量。因此俄罗斯人才具有信仰基督的自由精神世界，与“堕落的西方”相比依然保持着天然淳朴的“共同生活”。霍米亚科夫把这一东正教建立在爱、自由与善的根基之上的俄罗斯民族“共同生活”真理阐述为“聚合性”原则。

“聚合性”概念与俄语中的动词“собрать”（采集），名词“собор”（聚拢）和“соборня”（小教堂）为同根词，词根是“брать”意为“拿、取”之意。霍米亚科夫创造“соборность”这一概念显然是受了表示信徒聚会、集会的“соборня”一词的启发，从中引申出一个具有抽象哲学意味的专有名词，以揭示他对“统一、神圣和普世主义”的东正教会的理解。霍米亚科夫说，“会议、聚合这个词不仅是指外部表现出来的，那种所能看得见的集会、集合、在某个地点的集合，而是由更普遍的意义，它表达了多样性中的有机统一这样的理想观念”①。“聚合性”，指教会是耶稣的躯体，是所有基督徒的统一体，不是沙堆式简单的集合体，而是依靠爱来连接的，生命的、自由的躯体，其活的本源是“神爱的恩典”②。在东正教会这个鲜活的“有机躯体”里，耶稣基督为头，而热爱上帝真理，沿着耶稣基督指引的道路追寻天国的众信徒为躯干。头和躯干和谐运动，共同成长，一起构成有机的、血脉相连的“生命共同体”。教会之外没有生命，教会这一信仰的“生命共同体”不仅不会泯灭信徒个性，相反会使得每个人充分享受爱的喜乐与自由，个体生命因上帝的福音和恩典变得更加丰盛。霍米亚科夫的意思是说教会里因主的莅临和众信徒爱的聚集，成了神人有机体，信徒们自愿聚集，依靠基督神秘的身体，享受教会怀抱里的温暖。基督以自己受难的躯体来广为接纳天下的罪人，把他们揽入自己的爱的怀抱，使他们获救并准许他们分享自己生命的完美。霍米亚科夫因此把

① Хоружий С. С. *После перерыва. Пути русской философии.* М. , 1994. Стр. 18.

② Ibid. , p. 20.

教会看作自由的统一体，不屈从任何世俗权力，也不受制于任何外部权威的拘束，而仅仅服从建立在热烈生命信仰和纯洁爱的基础上的“聚合性”原则。“聚合性”原则的第一个属性是自由，第二个属性是有机体，第三个属性是上帝的恩典和爱。爱与自由是“聚合性”的根本属性；有机体是“聚合性”的唯一完美形式；爱则是“聚合性”活的生命本源。一句话，“聚合性”原则是爱的自由统一原则，是聚而不迫，和而不同。信仰使众生得相聚，爱使众生得自由。这里霍米亚科夫推崇非理性的生命体验和“信而立”的东方式思维方式，认为这是俄罗斯人的精神纯洁性未被西方工具理性主义、物质主义和商业文明所污染的集中表现。为此他还专门将具有“聚合性”特征的“人民的东正教”与西方天主教、新教作了严肃的理论区分：西方天主教只有强迫的、外在形式的统一而没有个体的自由；西方新教只有放任的自由而无整体的统一，换言之，天主教是僵死的，新教是堕落的，二者都失去了共同的爱和信仰。只有东正教尚完整地保存着真纯朴素的有机统一，才享有鲜活生动的精神生命，这是对俄罗斯人民信仰及其精神实质的典型斯拉夫主义解读。

霍米亚科夫是俄国东正教的崇拜者，按照别尔嘉耶夫的话说是“第一个真正按照东正教方式进行思考的人”、“第一个世俗的神学家”①，俄罗斯宗教哲学的奠基人。他所热烈鼓吹的“соборность”原则很大程度上是受到俄罗斯古老传统文化精神的影响。他因此经常又把“聚合性”原则与“村社主义”原则联系起来。村社（община）是俄国古老宗法社会生活和经济组织形式，又名“米尔”（мир）公社，土地、财产归农村公社集体所有，但由个人来分享和耕种，享受劳动的果实，是一种自由的经济组合。村社的日常生活由德高望重、体恤下层的长老负责。长老通过召集“地方议会”（земство）所通过的决议对村社社员有约束力，但不强迫遵守。除此之外，村社还负责与教会一起担负起维护良好道德风习的责任，其内部成员间关系融洽，性格温顺、信仰虔诚。另外，“村社”这一社会组织形式又与长期作为俄罗斯“人民性”坚实堡垒

① Бердяев Н. А. *Русская идея. Судьба России.* М., ЗАО « Сварог и К », 1997. Стр. 137.

的宗法式“家庭”极为类似：相比村社，俄罗斯宗法式家庭是比村社更小的社会组织单元，家庭里的大家长即关爱家庭幸福，享有崇高道德威望的父母或祖父母。他们向上帝承诺严格遵循家训家规，保障家庭成员的经济、安全、福祉和权利。家长通过召开内部家庭会议来对重要问题做出决定，约束、管教家庭成员来维持既和顺宽松又井井有条的家庭伦理秩序，其内部成员之间相互平等互助，共同实现着“家庭团契，事业兴旺”的生活理想。这里作为俄国古老宗法社会组织形式的“村社”，以及作为俄罗斯人民最基本单位的“家庭”，显然与霍米亚科夫所大力鼓吹的“聚合性”东正教会具有某种道德生活方式和交往原则上的一致性。这里需特别指出的是：无论是“村社”还是“家庭”，在霍米亚科夫的俄罗斯“人民性”阐释系统中都不是自然生物意义（物性）上或社会组织意义上的概念，而是指俄罗斯人在道德基础上的自由精神联盟。这里重要的是每个具体俄国人之间（如村社社员、家庭成员之间）在精神意义上的有机结合而不是社会群体性的外在一致性。古罗斯古老“村社”式的人民自治原则和“家训”式宗法传统后来延伸出了俄罗斯民族个体与群体间和谐共处的“村社主义”精神，又被称作俄罗斯人民内心根深蒂固的集体主义。就对人民完整性“精神生活”的热烈期待和关注而言，俄罗斯那已由敬畏道德、兄弟挚爱、虔诚敦厚而又古朴温馨的家庭、村社、教会、国家（由小到大）所组成的鲜活有机体无疑是斯拉夫主义者心目中的精神乌托邦（牧歌田园）。像霍米亚科夫这样的斯拉夫主义知识精英对俄国古老村社主义和“家训”式宗法家庭美德一直抱有诗意般的留恋。他们正是受到俄罗斯传统“村社”和“家庭”概念中传统社会观念的启悟，并使之与东正教有机整合思想相结合，从而创造出了能够完整阐释俄罗斯特殊“人民性”特点，既具有鲜明民族特色，又具有深刻信仰伦理的东正教有机理论。不过值得注意的是：斯拉夫主义“人民性”问题阐释系统中的“聚合性”原则，以及与此相关的“村社主义”论述、宗法家庭美德思想都是基于民族“共同生活”观念，并没有给西方意义上独立的“个体”或“个性”留下位置，无论这一独立“个体”或

“个性”是什么样子的。就国家这一政治概念而言，霍米亚科夫一方面承认专制制度（самодержавие）是俄罗斯国家和社会生活的合理形式，另一方面又拒绝把某个历史人物看作人民的完全代表。“无论是亚历山大大帝、恺撒大帝，还是俄国的彼得大帝或者德意志的弗里德里希皇帝都不具备完整性。他们不过是在一定历史时期满足了人民的部分共同愿望和需要。”① 就“村社”精神而论，霍米亚科夫强调的是一种俄罗斯古老社会组织形式的和谐包容性，而不是村社社员个人的自由追求；在俄罗斯“家庭”美德的诠释中，霍米亚科夫激赏的是宗法制家庭中子女对父母和长辈的自觉顺从和孝敬，而非家庭成员之间的绝对权利平等，以及出自个人欲望的个体性叛逆。个人行为、个人的力量、个人的愿望抑或个人的事业在俄罗斯家庭生活、村社组织、东正教会以及“专制”国家社会生活中一般居于相对次要的地位。个体价值只有在“共同生活”中，遵照霍米亚科夫所说的“聚合性”原则才能够得以体现。换句话说，在俄罗斯民族“共同生活”中，不存在西方独立和孤独个体意义上的个人价值或个人设计（算计）。在斯拉夫主义者看来，西方“人民性”新教伦理、启蒙理性、物质主义和资本主义个体精神正在日益走向“市侩式”破产就是俄罗斯“人民性”具有优势的一个最好明证。

斯拉夫主义理论家普遍相信，与“年轻的俄罗斯”相比，“衰老的欧罗巴”已经耗尽了自己的生命潜能。俄国最具哲学头脑的 И. 基列耶夫斯基通过对西欧文化和俄罗斯文化基础存在根本差异的分析得出“生命的”俄罗斯优于“理论的”西方的结论。西方人最为擅长的是理性分析、概念的外部联系、三段论、抽象逻辑推定、思维的定律等，“在他们那里，全部的知识都依赖于思维对象的形式发展，全部的意义都被思想的可表达方面所吞没”，结果“无论是对精神生活的‘活的完整的理解’，还是对自然活的无偏见的直觉，都同样地被赶出西方思维的固定范畴之外”②。在西方思想史上，亚里士多德的著作中充满形式概念推理，即“思维的最无关紧要的方面”；基督教经院哲学的大厦首先关注的不是信仰的问题，而是

① Хомяков А. С. *Полное собрание сочинений. Том* Ⅲ. М., 1900. Стр. 270.

② Киреевский И. В. *Полное собрание сочинений. Том* Ⅰ. М., 1911. Стр. 195.

僵化理论体系的分析和建构，抽象理性优先于生命直觉；近代以笛卡儿和培根为代表的启蒙理性主义哲学“以公正无私的理性的力量证明世界上没有任何真理”；康德哲学不过是为了确认“对于纯粹理性来说不能存在任何关于最高真理的证明”；费希特神秘理论体系力图借助于“三段论”方式，证明“全部外部世界都只不过是虚假的幻象”；谢林的“世界灵魂”不是别的，正是源自新教伦理的那个“为了认识到自己的人的身份而在宇宙中发展的自我”；老黑格尔依靠大小逻辑思维推断出的“绝对精神”达到了最后的自明性和终极了断①。И. 基列耶夫斯基由此断言，“腐朽的”西方已经再也不能按照自己的抽象理性道路发展了，因为它落入抽象片面性的陷阱，再也无法为自己开辟新的道路。而俄罗斯的“东方”在追求真理的时候所关心的首先是思想者精神内在状态的正确性，为认识完整的真理而寻求理性的内在生命，将超越理性的精神的各个元素“融合为一个活的高级的统一体”②。在俄罗斯，“基督的宗教还较为纯洁和神圣”，在这里“尚集中着和生存着建设性的知识原理和基督教哲学”，还具有按照宗教的完整性精神进行生命创造的可能性。信仰的“神圣真理不能被通常的理性主义想象所领悟，而要求更高的、精神的视力，这种视力不是依靠外部哲学知识而获得，而是依靠存在的内在完整性”，即“活的，完整的理解”③。具有虔诚信仰的俄罗斯人在民族天性上具有这一超凡的“精神视力”。И. 基列耶夫斯基 1851 年在给科舍廖夫的一封信中写道：“东正教俄罗斯精神将取代德意志精神而深入到我们的全部信念和活动之中。”④

霍米亚科夫与 И. 基列耶夫斯基在“俄罗斯与西方”这一思想命题上持相同的观点。他认为，在“人民性”精神的文化建构方面，俄罗斯区别于西欧的是二者信仰的不同：“俄罗斯的基础是东正教信仰；西欧的基础是天主教信仰。理性主义，这个西方的致命之罪，已经蕴涵在天主教中。

---

① 徐凤林：《俄罗斯宗教哲学》，北京大学出版社 2006 年版，第 6 页。

② 同上书，第 5 页。

③ Киреевский И. В. *Критика и эстетика.* М. , 1979. Стр. 320.

④ Киреевский И. В. *Полное собрание сочинений. Том* Ⅰ. М. , 1911. Стр. 253.

在天主教的经院哲学中就有理性主义和必然性因素，在其中可以找到近代欧洲理性主义、黑格尔哲学和唯物主义的源泉。没有沾染上理性主义之罪的俄罗斯应当告诉西方自由的奥秘。”① 霍米亚科夫根据民族在天性上的类型学差异将西方（继承罗马帝国衣钵的欧洲各民族）归入“征服型民族”，将东正教的俄罗斯归入“农耕型民族”。他宣称西方“征服型民族”在心理学意义上“具有情感个性上的傲慢与偏见，既蔑视被战胜的对手，也蔑视与其格格不入的事物”；而俄罗斯作为“农耕型民族”则“不习惯将自我看作高于他人，具有全人类亲如兄弟的观念”。这里霍米亚科夫对作为“农耕型民族”的俄罗斯充满激赏，认为俄罗斯在其发展历史上完全没有像西方国家那样“发展出个人扩张、贵族等级制、妄自尊大以及蔑视其他民族的心灵机制和气质”，而是充满真实的爱和善意，视天下一家亲，善于和其他民族和平相处。崇尚“因信而立”的俄罗斯在天性上与“聚而不和”、纷争不断的西方相比具有更为广阔的民族复兴前景和发展优势。不过，霍米亚科夫认为俄罗斯人作为独特“农耕型民族”因缺乏执着的性格和个人征服的欲望常常导致在外部压力面前妥协和让步，会轻易交出自己的自由以换取温顺的屈从。俄罗斯人不善于进行自我管理。因为忍耐、屈从和妥协往往是农耕民族的天然本性，这使得那些胜利者和外来征服者（比如古罗斯时代被邀请来做大公的瓦良格人、中世纪依靠军事征服罗斯的蒙古人以及近代崇尚殖民扩张和海外拓展的欧洲人）倾向于把俄罗斯人看作奴仆而忽视了他们的精神权利。这一友善却耽于幻想、情绪化，并且不善于自我管理、易于屈从、妥协性人民性格后来被别尔嘉耶夫概括为“俄罗斯的村妇性”和俄罗斯民族个性上的“黑葡萄酒气质”②。

K. 阿克萨科夫认为，不同国家的人民在精神个性、信仰、文明程度以及风俗风习上就会呈现出不同的历史风貌。而真正决定一个国家“人民性”的根本元素是人民在信仰中表现出来的“完整的精神个性”。而俄罗

---

① Бердяев Н. А. *Русская идея*; *Судьба России*. М., 2000. Стр. 39.

② 《俄罗斯灵魂——别尔嘉耶夫文选》，陆肇明、东方玉译，学林出版社 1999 年版，第 31、50 页。

斯人民作为俄国历史发展的主体，性格温顺、虔诚，千百年来一直笃信东正教，易于沉溺在自己的内心生活之中。俄罗斯人民的全部念头就是思考诸如“拯救—得救”这样的末日论问题，不太关心来自俗世（外部世界）那些形而下的日常性时务。K. 阿克萨科夫将俄罗斯的“人民性”阐释为“非政治性”和“非国家性”（“权力归国家，舆论归人民”）[①]，认为这一性格特点正是俄罗斯人相对于关注个人物质利益，陷入俗世纷争的“俗气的西方人”而具有的一大精神上的优势。俄罗斯人民“从来不把胜利的成果归功于自己，而总是将其归结为上帝的意志，他们永远赞美上帝，……以祷告上帝，建筑教堂为荣。……俄罗斯人民还是非理性的人民，它以宗教精神而非理性精神来感知世界”，西方“败坏了的理性没有进入它的性格中”，俄罗斯人“渴望体现良知和保持精神自由的共同性生活”，长期保持着信仰的虔诚和道德的敬畏。俄罗斯人民的历史是世界上唯一的“不仅就信仰，而且也就自己的生活，至少就自己的生活追求来说都算是基督的人民的历史”，是一部“普遍忏悔”的历史。读俄罗斯人民的心灵发展历史“犹如读一本使徒行传”[②]。K. 阿克萨科夫 1859 年在《同义词经验：公众与人民》（*Опыт синонимов：Публика－народ*）一文中区分了“公众”（публика）和“人民”（народ）两个同义词概念，宣称只有作为基督教民典范的“淳朴俄罗斯人民”才有资格被称作“人民”，而西方国家的民众因其个人主义、小市民气、商业算计和追名逐利等性格特征只能被叫作“公众”。西方没有“人民”，只有“公众”——缺乏道德信念，沉溺于个人眼前利益和政治上争权夺利的一些人；俄罗斯就其原初信仰和生命全貌本来应该没有“公众”，只有虔诚忏悔，紧紧跟随基督脚步的“人民”，但俄罗斯人民的纯洁性在彼得大帝“全盘西化”式的改革（K. 阿克萨科夫称为“模仿的故事”）之后遭到损伤，社会上层出现了一批“俄罗斯的欧洲人”即西方意义上的“公众”：他们处处模仿西方的时尚、举止、语言和思想，成为失去自我精神灵魂的所谓“俄罗斯的西方人”。只有在俄罗斯下层人民（农民）中间，在基于东正教的村社或宗法家庭生活中，还完

---

① *Ранние словянофилы*. М.，1910. Стр. 95—96.

② 白晓红：《俄国斯拉夫主义》，商务印书馆 2006 年版，第 144—145 页。

整地保存着能够对抗西方物质文明的俄罗斯永恒民族道德理想。K. 阿克萨科夫在这篇政论文章中，针对那些在西方面前顶礼膜拜、亦步亦趋的俄罗斯“公众”（“伪俄罗斯人”）给予尖刻的嘲讽：

> 公众抄录那些海外的思想与情感，玛祖卡舞和波尔卡舞，人民从本土源泉汲取生命的力量；公众说法语，人民说俄语；公众穿德国服装，人民穿俄国服装；公众追逐巴黎时尚，人民遵循自己的习俗；公众呼呼大睡的时候，人民早就起来干活了；公众醒来用皮鞋敲击着洋地板，人民睡后又开始去干活了；公众鄙视人民，人民宽恕公众；公众存在不过百余年，人民久远的历史无法计算；公众是暂时的，人民是永久的；公众里有金子也有污泥，人民中间也有金子和污泥，不过公众是污泥镀上一层金，人民是金子外面一层泥……①

在所有斯拉夫主义理论家中，K. 阿克萨科夫是最具有政论激情和批判精神的，赫尔岑说他“为了信仰可以毅然走向广场，可以上断头台，只要觉得这么做有必要，他就会变成一个激情燃烧的布道者”②。如果说 И. 基列耶夫斯基、霍米亚科夫等人对西方现代文明大多持批评态度，K. 阿克萨科夫则对西方现代文明及其“危害”抱有最为深刻的敌意。他针对西方和俄罗斯“人民性”的所谓“公众”与“人民”概念的区分具有强烈的民族主义色彩甚至沙文主义情绪。在他身上，对西方理性主义的敌视和对俄罗斯传统文化精神的钟情常常交织在一起并呈现出狂热的、近乎病态的特点。他 1848 年在给友人的一封信中说：

> 西方正在走向瓦解，西方的虚伪开始暴露，很明显，它选择的道路导致了什么样的病症。我很高兴伪善被揭露出来。难道现在俄罗斯还想抱持与西方的联系吗？不——我们社会与西方的一切联系都应当

---

① *Литературные взгляды и творчество славянофилов*（1830—1850 *годы*），Стр. 164—165.

② Герцен А. И. *Собрание сочинений в 30 - ти томах.*，*том* 9，М.，1959. Стр. 163.

停止……我们的民族性（人民性）是平静和安宁的可靠保证。我们有另外的道路，我们的罗斯是神圣的罗斯……您知道，正如我一贯反对西方潮流那样，我现在更加反对它。与西欧分道扬镳——这就是我们应该做的一切。①

在俄罗斯文化“人民性”论述中，与激情洋溢的K. 阿克萨科夫相比，酷爱沙龙辩论的霍米亚科夫反倒显得理性、冷静得多。针对彼得大帝“全盘西化”改革之后俄罗斯人民整体在信仰上出现两极分化的现实，即俄罗斯贵族上层接受了西方文化和哲学，在信仰领域越来越呈现出西方启蒙理性主义单向度抽象性，而在民间（村社农民）则依然保留着以东正教信仰为核心的传统文化价值体系，并且“发展出一种近乎粗野的物性宗教生活形式”，从而形成俄罗斯人民精神生活带有“双重性”的“两元分化”的现象。霍米亚科夫认为，这是由于俄国内部文明程度及精神个性发展的不均匀和不平衡造成的。当下（彼得大帝改革之后），构成俄罗斯“人民性”实质的信仰出现向两个阶层的游移和分化：“社会上层走向对思想、知识、理性分析的膜拜；民间则走向了拜物教。”② 这是俄罗斯社会发展的一个短暂的阶段性现象。“科学拒绝放弃自己的傲慢，它感到自己就是伟大西方的最优秀成果；生命（信仰）也拒绝因此放弃自己的执着，因为它感到自己是伟大俄罗斯的创造者。”③ 但拥有天然精神和包容意识的“俄罗斯人民下层并不排斥科学，如果科学符合它的情感天性”④。因为认同普天下亲如一家的俄罗斯“人民性”正是全人类精神的生动体现。霍米亚科夫为俄国当下出现的“两元分化”局面开出的药方是：设法消除科学的人为性，增加科学的生命元素，使其接近俄罗斯人民的天性。也就是努力恢复俄罗斯现代生活中为彼得大帝“全盘西化”改革所扭曲了的本土始基、原初本性

① 白晓红：《俄国斯拉夫主义》，商务印书馆2006年版，第144—145页。

② Хомяков А. С. *Полное собрание сочинений.* *Том* Ⅴ. М.，1900. Стр. 214—215.

③ Хомяков А. С. *Полное собрание сочинений.* *Том* Ⅰ. М.，1900. Стр. 23.

④ *Эстетические и литературные воззрения русских славянофилов*（1840—1850 - *е годы*），Стр. 85—86.

以及正教信仰的“纯洁性”。俄罗斯从西方接受的“科学”（西方文明成果）具有某种“殖民主义性质”，但俄罗斯民族的“历史、习惯、记忆、对自己土地的热爱，以及与本土生活的联系并没有失去作用。这些俄罗斯人民生活的‘遗产’注定会促使我们的文化、艺术、日常生活等方面产生良好变化。因为我们本土事物并未死去，并非显得那么软弱无力，并非注定不会结下果实”[①]，而实现了本土化文化改造的“科学”正是俄罗斯真正实现现代化的标志，而一个消除了“两元对立”的、完整的、只属于俄罗斯人自己的“本土文明一定会出现在人民生活的具象中”[②]。与K. 阿克萨科夫的激烈民族主义情绪不同，霍米亚科夫并没有走向“人民崇拜”或对俄罗斯宗法性村社生活的理想化，而是强调在未来俄罗斯本土优秀文明的发展中“人民精神”的巨大作用。他断言俄罗斯人就其生命信仰天性而言，不仅不会排斥全人类性，还会充分发扬斯拉夫民族视“天下亲如一家”的古老观念，将容纳、接受一切其他兄弟民族的事物并保证其自然地发展。须知个性一旦离开了人民，也就意味着脱离了全人类。全人类性只有透过具体“人民性”的棱镜（民族的视野）才能为人民所正确地认知。因此“人越是充分地属于自己的民族，他就越能够为全人类所珍视”[③]。霍米亚科夫要表达的思想是：当下“我们（俄罗斯人）不能够领会自己，是因为我们视自己的‘人民精神’如敝屣，把自我变成了他者。而我们的人民性迄今尚未说出自己的新话语”[④]，不过这一俄国伟大民族复兴时刻的到来是完全可以预期的，“俄罗斯这艘大船注定要远航”（布洛克语）[⑤]。

2. 斯拉夫主义文化“人民性”论述的实质

斯拉夫主义者热烈寻求一种建立在“生命整合”式思维之上的、广义的、综合性的文化“人民性”即有机的“人民性”，也就是霍米亚科夫所

---

① Хомяков А. С. *Полное собрание сочинений. Том* Ⅰ. М. , 1900. Стр. 24.

② Ibid. , p. 27—28.

③ Хомяков А. С. *Полное собрание сочинений. Том* Ⅲ. М. , 1900. Стр. 227—228.

④ *Эстетические и литературные воззрения русских славянофилов* （1840—1850 - *е годы*）, Стр. 89.

⑤ 布洛克：《知识分子与革命》，林精华、黄忠廉译，作家出版社 2000 年版，第 162 页。

鼓吹的具有“聚合性”特征的完整民族精神共性。“聚合性”的“人民性”即由一国人民所有社会阶层构成的，彼此既息息相关，又血脉相连的民族“生命共同体”。民族“生命共同体”是由丰富多彩的民族精神个体构成的和而不同的动态有机体，既自由发展又和谐共生，既关联过去又面向未来。按照霍米亚科夫等斯拉夫主义者的理解，俄罗斯的“人民性”实质上是一种建立在团契共生和兄弟团结基础上的有机的“民族性”。它包括了生活现实的完整民族性，即体现有机整体的、富有丰富生命力的民族共同性现实生活；道德理想的全人类性，即倾向于视各民族为平等伙伴和兄弟，追求和谐、圆满，“天下亲如一家”的全人类意识。斯拉夫主义这一民族主义文化“人民性”论述与充满生命意识的俄罗斯传统民族文化认知方式和民族思维方式有着某种密切的精神关系。针对俄罗斯传统民族文化认知方式和思维方式，K. 阿科萨克夫曾经夸口说“俄罗斯人生性豪放，法律原则的狭窄形式，怎么能够容得下我们关于真理的联想”①。“白银时代”的新宗教哲学家弗兰克对俄罗斯人的整合性思维方式有过一段精彩的斯拉夫主义式论说：

> 我们在思考生命及其意义的时候，必然把生命看作一个统一的整体。我们个人的短暂生命不是偶然的片断，而是与整个的世界生命融为一体。这种“自我”和世界二者统一起来应当被看作一种超越时间的、包容一切的整体，我们所追问的就是关于这个整体：它有无意义和它的意义何在？②

俄罗斯文化思维事实上是以生命天性和内在直觉为其内核的，对生命信仰本质的虔诚信奉和有机彻悟构成俄罗斯传统文化精神的“民族魂”。在这一文化模式中，思维的逻辑抽象性被克服和超越，人们不是用刻板理性认识现实，而是转向直觉主义冲动，以鲜活的直感、意志、信仰去认识

---

① 弗·索罗维约夫等著：《俄罗斯思想》，贾泽林、李树柏译，浙江人民出版社 2000 年版，第 91—92 页。

② 弗兰克：《俄国知识人与精神偶像》，徐风林译，学林出版社 1999 年版，第 168—169 页。

真理，即俄罗斯人是“透过梦想的薄雾直观绝对者”①。弗兰克坚信，与西方世界关于生命现象的理性主义外部规律性学说不同，“俄罗斯人有另外一种心理学，它不是从外部，从感性世界现象方面来研究，也就是说，心灵的体验不是表现为冷静的旁观者，而是进行体验的‘自我’”。这种内在生命把握，即从内向外的方向来研究心灵现象是一种深层的完整“自我”直觉。“存在的完整生命感受是典型的俄罗斯本体论实质”②。别尔嘉耶夫也宣称，所谓“俄罗斯的问题就是统一、完整与和谐的问题”，而“俄罗斯思想就潜伏在文艺批评的形式下，俄罗斯的政论批评家们一直大力宣传完整性的世界观，一直把真理和正义结合为一体，一直担任的是生活的教师”③。别尔嘉耶夫还认为，“俄罗斯精神结构的生命基础有两种相互对立的元素：自然的、语言的、狄奥尼索斯的力量和虔诚的、禁欲主义的、僧侣的东正教……而在俄罗斯民族自发势力（стихия）中迄今仍保持着酒神的、狂热的因素”④。可见俄罗斯民族文化认知和思维模式的基本特征是以宗教（东正教）生命信仰作为其精神支柱，以各种非理性主义观念，诸如认知观念、价值观念、审美观念等为客观实在具象，由此建构出独特的民族精神形象、直觉思维图式，其主体思维特征必然呈现为聚向性、整合式的生命架构。俄罗斯民族文化认知和思维方式具有天然的生命直感性，同西方偏重抽象推理的科学理论体系毫无共同之处。它和现实生活本身一样，“是有机生命发展的一个必然阶段，它使得无意识的创造变成了有意识的创造”⑤。这种独特民族文化思维图式可称为主体性的认识范型，即霍米亚科夫所说的，俄罗斯人天性中对生活的“聚合性”生命静观态度。

斯拉夫主义的文化“人民性”认识路径与俄罗斯传统民族文化认知方

① 弗·索罗维约夫等著：《俄罗斯思想》，贾泽林、李树柏译，浙江人民出版社2000年版，第91—92页。

② 弗兰克：《俄国知识人与精神偶像》，徐风林译，学林出版社1999年版，第17页。

③ 别尔嘉耶夫：《俄罗斯思想的宗教阐释》，邱运华、吴学金译，东方出版社1998年版，第35页。

④ 别尔嘉耶夫：《俄罗斯思想》，雷永生、邱守娟译，上海三联书店1995年版，第3页。

⑤ 奥夫相尼科夫：《俄罗斯美学思想史》，张凡琪、陆齐华译，中国人民大学出版社1990年版，第316页。

式具有高度的契合性和历史同构性。按照 И. 基列耶夫斯基倡导的对事物“活的、完整的理解”，或者遵循霍米亚科夫所宣扬的“活知识”概念，西方的理性分析不能够“完整地”把握事物，只有俄罗斯式的天然生命直觉才能够整合性地反映现实生活，因而民族真正的“人民性”精神个性显示应当是民族“心灵的思想”而不是“头脑的思想”的综合表现。来自“心灵的思想”显然要高于“头脑的思想”，比“头脑的思想”在民族文化审美意识上有更大的认知优势，因为精神的完整性只有在心灵中才能找到，只有凭借生命直觉才能够把握。正是基于这一有机的“人民性”立场，作为两种不同文化范式的“俄罗斯与欧洲”这一“东、西方命题”才成为斯拉夫主义集中关注的最核心问题。斯拉夫主义者普遍相信，基于生命感悟的俄罗斯传统文明和擅长理性分析的西方现代文明相比具有建设性的精神优势和心理优势。在当下俄罗斯与欧洲的历史性较量中，如今能和欧洲展开平等抗衡的，唯有统一的俄罗斯民族。在俄罗斯与欧洲这场历史性较量的胜利最终必定属于以俄罗斯为代表的整个东方斯拉夫世界。因为俄罗斯文明属于迄今为止世界上最完美、最富有生命整合前途的“农耕型”斯拉夫文明类型。俄罗斯人紧跟基督，笃信上帝，将终极的生命救赎看得高于世俗的一切，这与陷入政治利益纷争和商业物质主义的泥潭，处处散发着令人厌恶的“铜臭气”、精于算计的“小市民气”的西方人形成鲜明精神对照。一个实现“整合”的俄罗斯（生命）比一个处于“分裂”状态的西方（理论）更具有文明发展的远景。这不禁令人有“理论是灰色的，生命之树常青”的歌德式联想。如果抛开文化民族主义立场不谈，斯拉夫主义理论家的这一俄罗斯“人民性”的论述其实充满着他们对本土民族文化生命有机图景的热烈向往和对欧洲大陆理性主义的深刻怀疑。他们所谓“与西方相比，俄罗斯占据精神优势”的论断无疑是文化民族主义的，但却是哲学本体论意义上的文化民族主义，而非政治学意义上的文化民族主义。因此指责斯拉夫主义具有“大俄罗斯沙文主义倾向”[①] 至少在理论判断上是不准确的。

---

① Сарычев А. Н. *Проблема народности и критический реализм.* М.， 1975. Стр. 219.

斯拉夫主义的“人民性”立场强烈反对西方理性分析式的硬性社会阶层区分，认为真正的“人民性”不能仅仅按照欧洲启蒙理性主义角度，机械分割式地把精神性的“人民”整体理解为市民阶级式的“公众”概念，而应该按照俄罗斯方式强调“人民性”原初的、历久弥新的“生命共同体”含义。针对彼得大帝“全盘西化”式改革之后，特别是19世纪中叶前后，俄罗斯与西方处于激烈文化冲突、交流、相互碰撞状态的现实，斯拉夫主义者一致认为俄罗斯原初纯洁的民族“有机体”在新时期彼得大帝改革遭到了扭曲和破坏，原本作为统一“人民性”整体的上流社会和下层民众之间出现了巨大的精神分野和阶层分化，俄国成了“泥足巨人”：一个外强中干的庞然大物（欧洲人首先用“泥足巨人”来讽喻叶卡捷琳娜时代的沙皇俄国）。霍米亚科夫清醒地看到，“西化”了的俄国贵族知识上层在精神信仰领域越来越呈现出西方启蒙理性主义“单向度的抽象性”，而尚未受到西方文明浸染的俄国民间（下层人民）则依然保持着“一种近乎粗野的物性宗教生活形式”，进而形成俄罗斯民族精神生活上的“大分化”现象。因此，如何消弭横亘在俄国上层社会和下层民众之间的精神鸿沟，实现知识分子向人民的靠近与回归，就成为19世纪包括斯拉夫主义在内的各个理论派别所热烈关注的现实话题。从对这一现实话题的理论探索看，斯拉夫主义是俄国思想史上最早关注到“知识分子与人民”间的疏离关系，并力图寻找消除这一疏离关系的理论派别。而与斯拉夫主义派别抗衡的西方主义派别（特别是别林斯基激进西方主义）则具有文化价值上清晰的欧洲向度。他们相信通过理性启蒙抑或剧烈的革命与社会变革，彻底融入欧洲文明是俄国走向现代化、消除社会分裂、实现人民精神整体进步的唯一正确途径。除此之外别无他途。斯拉夫主义则拥有与西方主义迥然相异的“整合”式文化价值向度。他们不断宣称，弥补俄国朝野、上下层人民之间的巨大精神分野不能依靠在理性主义中几乎“耗尽了生命潜能的欧洲”，而是要依托历久弥新的俄罗斯民族文化道德传统，即俄国“人民性”相对于西方“人民性”来说在信仰上所具有的生命“聚合性”特质——未来俄国的所有美好前景都取决于这一近千年来难以割舍、作用正日益彰显的完整精神力量。这里立足于本土民族文化根基的斯拉夫主义显然比全身心生活在欧洲镜像里的西方主义有着更大的哲学深度。须知民族精神传统是割不断的，它跟现在有着千丝万缕的生命联系。每一个国家和民族的现代化过程中，其最扎实的根基就在它的“人民性”精神传统里面，所以承载着历史传承和文化积淀的传统绝对不是实现现代化的阻力，而是一个国家和民族保持自己思想自信与从容，阔步迈向灿烂未来的最有力的精神支撑与保障。在这一点上，斯拉夫主义的“人民性”论说具有长远的历史意义。

不过有一点无法否认：斯拉夫主义的“人民性”似乎更易于被理解为一股孤立的、与外部文明隔绝开来的“民间自发势力”（народная стихия）。俄国人民天性中的信仰上帝、敦厚温顺、虔诚的道德敬畏以及古罗斯时代近乎失传的那一圣贤古道、古风古制似乎更合乎斯拉夫主义者的胃口。K. 阿克萨科夫宣称俄国“人民”（народ）区别于西方“公众”（пуб лика）的是俄罗斯人民身上千百年来传承至今，却被“敌基督——彼得一世”[①] 的“全盘西化”改革所扭曲、分化了的淳朴“俄罗斯灵魂”。霍米亚科夫大力鼓吹俄国古老村社生活中个人与集体之间“爱”的和谐与共生，即人民生活的村社集体主义“聚合性”精神。斯拉夫主义理论镜像中的“人民性”是拒斥西方式个体主义的，村社集体式的原始“人民性”，这一“人民性”只有在彼得大帝改革以前的村社生活里才完整保存着，却遗憾地遭到彼得大帝改革的破坏。当然这并不是说，彼得大帝之前的旧时代好，或者彼得大帝之后的新时代不好，而是指彼得大帝之后俄国“人民性”的有机整体性遭遇解体：“西化”了的贵族上层与未被“西化”、未受到西方物质文明“腐化”的人民下层之间出现了巨大的精神分野和道德鸿沟，彼此越来越感到与对方相互陌生，甚至越来越变得相互敌视。斯拉夫主义者在19世纪的俄国率先认识到这一现象，并力图在理论上探索走出这一历史困局的有效途径。他们热烈思考的实际上不是所谓“旧与新”、好与坏的价值判断问题，而是如何填补、抚平这一精神分野和道德鸿沟，重新恢复俄国“人民性”精神完整性的问题，这是他们作为文化民族主义者的可爱、可敬之

① 俄罗斯民间广泛流传着彼得大帝的统治为“敌基督”降临的传说。

处。然而这并不能消除斯拉夫主义给人留下的所谓“文化保守主义”和“文化复古主义”印象。斯拉夫主义理论家们站在东正教“聚合性”立场上理解俄国“人民性”，将俄国的“人民性”几乎等同于宗教性和“民间性”。他们的“人民性”立场是浪漫主义田园牧歌式的，在认识论思维上是向后看，即上溯式的，缺乏生动的现实感和文明进步观念，似乎彼得大帝的“全盘西化”式改革使得俄国从根本上丧失了“人民性”精神信仰，不再具有民族文化传统的有机延续与传承。斯拉夫主义热烈鼓吹、宣扬俄罗斯千百年来“固有的民族精神”，但又对“固有的民族精神”的内涵作片面化、宗教化的理解，以为只有在古罗斯村社社员身上才具有“天然”纯洁的人民特质，而在理论界定上对俄国“人民性”的现代含义不能够自圆其说时，又片面走向“民间性”，对构成俄国“人民性”起源的“民间性”进行诗意化理解，相信罗斯原始的“民间性”代表着整个俄国“人民性”生命实质，这一切都“令人厌恶地散发出神香和法衣的气味[①]”（赫尔岑语）。

斯拉夫主义对俄人民族文化批评发展的最大贡献在他们于所创立的历史主义的“回溯性”审美视界，但斯拉夫主义过分强调了宗教理性主义，静止、固化地理解民族生活，将其视作“固有的民族生活方式”，似乎民族文化意识不是和民族的生命进程同步，而是一种模式化了的原型，并容不得任何改变。斯拉夫主义者将俄国下层人民（即俄国农民）诗意化，甚至不惜乔装打扮去乡村接近人民，认为彼得大帝改革之后的俄国社会一无是处，而改革以前俄国的所有历史事物都是神圣不可侵犯的，人们必须像在圣像面前一样对它们进行顶礼膜拜，但他们却不知道什么是生动的人民现实生活，不能够触摸到民族生命脉搏的跳动，只是意外搜集到一些散发着香炉气息和腐朽味道的旧礼仪、服饰、仪式、僵死宗教条文之类的东西。他们的行为、言辞与他们所宣扬的宏大“聚合性”相差甚远。斯拉夫主义最致命的理论缺陷是在文化认知上落后于彼得大帝改革之后的俄国现实，不能与俄罗斯民族生活的进程同步，只沉醉于古老拜占庭式的经院式

① *История русской критики . том* I. Издат. Академия наук. Л. , 1958. Стр. 329.

教条，狭隘的理解甚至曲解俄罗斯作为精神有机体的生动文化延续，特别是与当下现实生活的联系。他们试图在历史故纸堆里嗅出任何与他们的保守理念相符合的蛛丝马迹，于是渐渐发明出一套僵化的理论模式：俄罗斯生活是一种特别的，完全不同于西方的另类生活，它由某种绝对的、食古不化的神奇道德律条所牢牢控制着。实质上，他们和西方主义者们一样，都将“理论”而不是“生命”当作膜拜的对象，从而忘记了脚下沸腾的、汹涌向前的生活海洋，陷入教条主义的泥潭。斯拉夫主义者的思想误区是不愿意相信俄罗斯“人民性”精神本源可以在超越彼得大帝“全盘西化”式改革影响的情况下实现现实性跃进。看不到俄罗斯传统文化精神在新时期的有机传承性是斯拉夫主义者的致命弱点。另外，斯拉夫主义者没有充分地估量美的价值，把艺术置于民族生活的中心位置，相反却使艺术服务于他们的“人民性”宗教观点，认为艺术优劣的标准是看它有没有反映出他们津津乐道的宗法制理想、村社主义典型，以及古老“家训传统”之类的观念。斯拉夫主义者攻击现实主义文艺理论家甘愿做欧洲思想的“精神奴仆”，只知道借用外来的、不切实际的理论，殊不知他们自己却在不知不觉中成了自己保守理论的“精神奴仆”。

霍米亚科夫在《关于洪堡》（*По поводу Гумбольдта*，1849）一文中说：“单独的个性完全是无力和内在不可避免的分裂。它绝对不善于成为艺术的源泉和起源。任何在艺术中的个性表现都会破坏和扭曲艺术作品。个性在作品中所担当的不是别的，正是顺从于共同规律，并且为它对规律的破坏而承担应有的痛苦。”[①] 因此不能成为诞生真正艺术的土壤——单独的艺术个性不可以成为艺术表达的对象。艺术揭示具有村社精神的共同性生活。因此，霍米亚科夫心目中的最高艺术是一种宗教艺术：这种宗教艺术如同《圣经》，扮演着布道和说教功能，服务于东正教村社主义理念或“聚和性”原则。所以在评价艺术功能时，霍米亚科夫首先强调艺术对斯拉夫主义宗教哲学的服务意义。斯拉夫主义这种“哲学批评”观虽然也主张艺术主客体的统一抑或“整合”，却和唯物主义文艺观一样，脱离了时

① Хомяков А. С. *Полное собрание сочинений. Том* Ⅶ. М. , 1911. Стр. 161.

下沸腾的民族生活，人为地将艺术整合进了他们狭隘的理论框框之中：所不同的只是一个理论是借自西方，另一个理论是他们在书斋里臆想出来的。实际上，斯拉夫主义的"人民性"认知在历史考据学意义上并非就是事实，或者说，这只是霍米亚科夫、И. 基列耶夫斯基、K. 阿克萨科夫等斯拉夫主义理论家想象中的心理学事实，与俄罗斯民族千年历史文化发展的实际进程并不一致。当代美国学者本尼迪克特·安德森[①]在其著名的《想象的共同体——民族主义的起源与散布》（*Imagined Communities: Reflections on Origin and Sbread of Nationalism*, 1983）一书中提出了民族是所谓"想象的共同体"（Imagined Community）的观点。根据本尼迪克特·安德森的分析，一个民族的诞生与发育并不就是天生而来的事实，而是被那些民族精英知识分子十足地想象出来的"心理事实"（Psychological Existence）。其中的关键性要素在于他们作为"想象的主体"是否自认为彼此"具有共同的血缘、祖先、历史、文化"，是否通过"想象的认同"虚构出一个宗教般的、友爱互助的统一共同体。从本尼迪克特·安德森的"想象的共同体"理论看斯拉夫主义的"人民性"论述，会是一个十分有趣的比照话题：И. 基列耶夫斯基鼓吹俄罗斯民族作为天然有机体的"完整精神性"（целостность духа），断言俄罗斯是富有终极拯救前景的特殊民族，负有实现全人类兄弟般团结的弥赛亚使命；霍米亚科夫宣称，俄罗斯文明是基于"纯洁"生命信仰的东正教"聚合性"原则，由统一的斯拉夫种族、家庭、国家、语言、文化等基本元素组成的，具有村社主义精神的特殊的"精神有机体"[②]。这一特殊的"精神有机体"具有最大限度的包容性和整合性，是世界文明大家庭中一个显要的，具有广阔复兴前景和发展优势的斯拉夫文明和文化类型；K. 阿克萨科夫 宣扬"俄罗斯灵魂"是纯洁的、尚未受到西方物质主义浸染的"活生生存在"，在天性上追求圆满

---

① 本尼迪克特·安德森（Benedict Richard Anderson, 1936— ）出生于中国昆明，美国著名文化学者，政治学家、东南亚地区研究专家，代表作为《想象的共同体——民族主义的起源与散布》，专门研究民族主义和国际关系，为世界比较历史研究做出重要贡献。现为美国康奈尔大学退休教授。

② Хомяков А. С. *Сочинения в двух томах. Том* Ⅱ. М., 1994. Стр. 16.

和谐，精神统一，以四海之内皆兄弟之情和基督教博爱之心使陷入分裂、纷争状态的全人类复合为一。斯拉夫主义理论镜像中的俄罗斯的“人民性”实质上是一种建立在团契共生、兄弟互爱基础上的有机的“民族性”。它包括了生活现实的完整民族性，即体现有机整体的、富有丰富生命力的民族共同生活；道德理想的全人类性，即倾向于视各民族为平等的伙伴和兄弟，追求和谐圆满，“天下亲如一家”的全人类意识。斯拉夫主义理论家笔下的这一优美的俄罗斯形象与其说是一种对俄罗斯真实状况的规律性和本质性描述，不如说是他们凭借共同的文化根基和记忆认同所“想象”出来的精神乌托邦，是一种“理想的实在”，即本尼迪克特·安德森所说的“心理事实”而非历史事实。与斯拉夫主义者梦幻般的浪漫主义民族“想象”相反，“俄罗斯历史很少有其本性所固有的东西”①：许多历史学家相信罗斯的初民不善于经营管理自己，只好邀请来自北方的瓦良格人做自己的统治者（K. 阿克萨科夫将其意外地美化为俄罗斯人民专注于内心救赎的“非政治性”和“非国家性”）；“罗斯受洗”所接受的是外来的拜占庭希腊正教，而且受洗的方式是强制性的，滑稽得如同一场闹剧，之后俄罗斯人不过是将多神教形式转化为某种基督形式；斯拉夫主义者把17世纪看作表现俄罗斯“人民性”村社主义精神和“聚合性”本质的时期并希望模仿它，“但这也是历史的幻想，实际上，那是一个骚乱和分裂的世纪，震撼了全部俄罗斯生活的黑暗骚乱时代，改变了人们的心理，损伤了俄罗斯的力量”②，而且还在骚乱中诞生了深深的社会仇恨以及下层人民对“大贵族”（боярство）上层的极端敌视。穷人的代表、“野蛮、叛逆的哥萨克”完全不符合斯拉夫主义者所鼓吹的俄罗斯人民温和、顺从、虔诚忍耐的精神类型。彼得大帝之前的莫斯科公国时期是俄罗斯历史上“最不好的时期、最专制的时期。按其形式来说最能被认作是一个亚洲——鞑靼人政

---

① 别尔嘉耶夫：《俄罗斯思想：19世纪末20世纪初俄罗斯思想的基本问题》，雷永生、邱守娟译，生活·读书·新知三联书店1995年版，第3页。

② 同上书，第10页。

权，但是爱好自由的斯拉夫主义者却根据误解将其理想化”[①]；18 世纪为斯拉夫主义者所广泛诟病的彼得大帝“全盘西化”式改革实际上是将俄罗斯从蒙昧封闭带向广阔的世界，带向文明和现代化的历史必然。俄罗斯不可能在缺乏教育和现代文明的落后状态下继续存在下去，即便是其独立的生存都会受到威胁。“只有经过这种强烈的自我否定，才能获得俄罗斯的自我意识。”[②] 斯拉夫主义者一直无法解释的是：恰恰在“彼得对民族精神有机体的施暴”[③] 的新时期，是俄罗斯文化的迅速繁荣期，这一时期出现了普希金和伟大的俄罗斯文学，也使得斯拉夫主义者自身作为俄国上流“文化贵族”的存在成为可能。另外，斯拉夫主义者几乎很少注意到俄罗斯民族漂泊的特点以及它的叛逆性甚至残忍性行为；考虑到俄罗斯历史上野蛮扩张领土的历史，他们所谓俄罗斯“农耕型”民族“温顺谦恭的本性”更是难以自圆其说。即便是他们对欧洲的启蒙理性、资产阶级性的理论批判，以及对所谓“腐烂的、精神上枯竭的西方”的揭露与蔑视也含有大量的偏见和臆想的成分。斯拉夫主义者所建构的文化“人民性”在很大程度上流于主观想象，经不起真正科学的批评。他们把自己的精神乌托邦与俄罗斯过去的历史混为一谈，离真正的历史科学距离很远。事实上，斯拉夫主义一整套貌似完备的俄国“人民性”论述，包括俄罗斯社会生活的“村社主义”、精神生活的“聚合性”原则、俄罗斯人作为“农耕型民族”文明类型及其特点、俄罗斯作为“有机体”的纯洁性、俄罗斯“完整的精神性”及全人类兄弟般团结的理想等，都是为了要在理论上推定：相对于一个分化、纷争的欧洲，具有生命整合优势的俄罗斯是宗教的共同体和民族的共同体。一方面，斯拉夫主义者如此认真地关切俄罗斯人乃至全人类的生命、信仰和拯救问题，这正提示了他们与宗教直觉主义想象之间有着密不可分的关系。正是霍米亚科夫、И. 基列耶夫斯基等人借助对东正教“纯洁信仰”和“聚合性”理念的阐释将人类生物自然性上的宿命转化成

① 别尔嘉耶夫：《俄罗斯思想：19 世纪末 20 世纪初俄罗斯思想的基本问题》，雷永生、邱守娟译，生活·读书·新知三联书店 1995 年版，第 5 页。

② 同上书，第 35 页。

③ 同上书，第 73 页。

生命的永恒连续性，即生命因何而不朽的精神命题；另一方面，斯拉夫主义者还自觉通过世俗的形式将宿命转化成为连续，将偶然转化成意义，通过对罗斯村社主义精神、古老“家训”式宗法道德传统的热烈鼓吹，把俄罗斯文化“人民性”构拟为其内部村社成员之间唇齿相依、血脉相连的民族生命共同体。在俄罗斯这个想象的“民族共同体”里，斯拉夫人过着兄弟般的村社生活，彼此人人平等，亲如兄弟，并时刻紧跟上帝的脚步，渴望着全人类性的终极生命救赎。这里显而易见的是，斯拉夫主义者的俄罗斯“民族共同体”想象在他们自身的心中召唤出一种强烈的文化优越感和历史使命感。从一开始，这一“民族共同体”的斯拉夫主义文化想象就排斥西方意义上的个体性，将民族理解为种种个人无可选择的有机事物，如与出生地、种族、时代、环境等因素密不可分。其中实现俄罗斯作为“生命共同体”的民族主义想象的最重要媒介就是语言：“语言往往因其起源之不易考证，更容易使这种想象产生一种古老而天然的生命传递、无可选择、生来如此的历史宿命感”[①]。霍米亚科夫、И. 基列耶夫斯基、К. 阿克萨科夫以及遍游俄罗斯的田野采风者 П. 基列耶夫斯基、民俗词典编纂家达里等在斯拉夫主义语言学之所谓“语言内形式”的民族主义历史想象中，真切感受到了一种真正无私的、群体性的、具有生命集体共生性特征的“聚合性”存在。

整体而言，斯拉夫主义的文化“人民性”论述借助于对俄罗斯的历史想象建构出一个血脉相连、休戚与共的民族天然“有机体”面貌。这一“有机体”面貌纯洁纯美：它与其说是精神类型和文化范式，不如说是一种充满生命感的艺术性的、美的形象，与其说是大白天的现实，不如说是月夜里缥缈的幻影。本尼迪克特·安德森曾经精辟地指出：“依循着人类学的精神，我主张对民族作如下的界定：它是想象的共同体；并且，它是被想象为本质上有限的（limited），同时也享有主权的共同体。……它是想象的，因为即使是最小的民族的成员，也不可能认识他们大多数的同胞，和他们相遇，或者甚至听说过他们，然而，他们相互连接的意象却活在每

① 本尼迪克特·安德森：《想象的共同体——民族主义的起源与散布》，吴叡人译，上海人民出版社 2003 年版，第 86 页。

一位成员的心中。”[①] 本尼迪克特·安德森还宣称“民族是想象的共同体”，这是“因为尽管每个民族内部可能存在普遍的不平等和剥削，民族总是被想象成深刻的，平等的同志爱”。最终，正是这种亲密友爱关系“在过去两个世纪中，驱使数以百万计的人们甘愿为民族这个优美的想象去慷慨赴死”[②]，这说明民族认同感的想象作为人民天然的情感，可能根深蒂固，比人类历史还要长久，其中知识分子在建构这样的民族“想象的共同体”过程中扮演着核心的作用：一般情况下，正是文化精英知识分子热情“邀请”民众加入共同体。本尼迪克特·安德森进一步断言：“西方19世纪是方言化的词典编撰者、文法学家、语言学家和文学家的黄金时代。这些专业知识分子精力充沛的活动是形塑19世纪欧洲民族主义的关键。”[③] 如果比照本尼迪克特·安德森这一精英知识分子是“民族共同体”想象之主体的论断，霍米亚科夫等斯拉夫主义理论家正是形塑俄罗斯民族精神品格的关键。在这一极具民族主义想象的文化“人民性”论说过程中，作为俄罗斯精神之形象性表达的俄罗斯文学成为斯拉夫主义进行“民族共同体”想象的最直接理论依据。

---

① 本尼迪克特·安德森：《想象的共同体——民族主义的起源与散布》，吴叡人译，上海人民出版社2003年版，第5—6页。

② 同上书，第7页。

③ 同上书，第84页。

第四章　斯拉夫主义的文学批评

1. 斯拉夫主义的文学及文学史概念

斯拉夫主义派别把文学当作按照年代顺序排列的，某个时期一系列作品的总和，并且把文学当作民族文化历史过程的组成部分。文学形象性地表达整个民族，即人民整体的心灵世界和精神生活。这一表达是历史主义的（每一个阶段有每一个阶段的历史风貌），其完美程度取决于艺术对“人民性”揭示的深度。一方面，文学是在民族文化历史语境中形成的；另一方面，文学自身也对这种民族文化历史建构，特别是民族精神建构起着重要的作用。文学与民族文化历史这两者的辩证关系表现为一种循环、互动的历史演进过程。换言之，民族文化历史、民族重大精神事件借助于文学语言的形式形象性地转化为文学文本（作品）；文学文本反过来借助于人民整体的审美认知与接受影响着民族文化历史、人民精神品格的塑形。这是一个相互渗透的动态循环过程。普遍意义的“诗”向其具体现实性的民族生活“具象”——文学的历史性转化就是在这一过程中完成的。霍米亚科夫断言，“艺术家不是用自己本人的力量进行创造的，而是民族的精神力量在艺术家的身上进行着创造”①。显而易见，在霍米亚科夫看来，一个杰出文学家实质上就是一个民族心灵世界的完美载体。任何文学都必须是，实际上也不可能不是民族的艺术，任何文学都是对民族精神力量的有机表达。包括文学在内的各门类艺术“是活生生的上升到意识的精神之花，是自我意识着的生活的形象”②。K. 阿克萨科夫也是这样理解文

---

① Хомяков А. С. *Полное собрание сочинений. Том* Ⅰ. М. , 1886. Стр. 75.

② Ibid. , p. 76.

学及文学的发展历史进程的：他力图从历史诗学角度将集体性的“民间文学”（文学的民间阶段）与个体性的“作家文学”（文学的个体阶段）区别开来，认为二者的创作主体虽然不同，但在“动态发展着的民族审美意识”① 上具有内在的一致性，只不过呈现为不同历史阶段不同的民族形式。民族动态审美意识最初以集体性（共同体）的面目出现，表达着整体性和共同性的民族精神生活，因此民间文学没有固定的个体作者，尚无个人意识，但“民族动态审美意识”显然不会仅仅满足于“民间文学”及其“人民性”表达的初始阶段，而是要迈向“个体文学”民族性形式的更高级阶段。在这一更高级阶段，一方面，民族内心深处唤醒了“个体生活”意识；另一方面民族生活的“共同真理”依然是其要表达的主要内容。这也就是说，在文学的动态发展过程中，民族精神及其在文学中呈现出的民族审美意识是动态的和固有的，即苏联学者 A. 洛谢夫所说的，斯拉夫主义美学“要在艺术中保留和表现的固有民族生活方式和民族精神特点”②。

斯拉夫主义的文学及文学发展观决定了其俄国文学研究和考察的历史主义态度。И. 基列耶夫斯基作为前斯拉夫主义“哲学批评”时期“爱智协会”的骨干成员，是斯拉夫主义理论家中最具有哲学意识的批评家，率先为俄国的文学批评开拓了广泛的哲学基础。他深受黑格尔历史辩证法的影响，热衷于借助“三段论”原则来描述新时期（彼得大帝改革之后）俄国文学阶段性动态发展进程。所谓“三段论”原则即历史阶段之间的上升与进步联系建立在否定之否定规律之上的正、反、合三个阶段：第一个阶段是确定事物现象的正题；第二个阶段是对第一个阶段形成的反题；第三个阶段则是包容第一、第二阶段强有力方面，扬弃第一、第二阶段负面因素的合题，从而实现发展上的历史性的跨越。И. 基列耶夫斯基在《1829年的俄国文学概观》一文中按照黑格尔“三段论”原则把19世纪初期的俄国文学（断代史）划分为卡拉姆辛时期、茹科夫斯基时期和普希金时期三个互相联系着的历史阶段。在第一个阶段，即卡拉姆辛时期，俄国本土的“人民精神”尚处在蛰伏的状态，而法国式的“神秘主义”（指诺维科

① Аксаков К. С. *Ломоносов в истрии русской литературы и русского языка.* Стр. 40.

② *Философская энциклопедия в пяти томах.* *Том* V. М. , 1970. Стр. 573.

夫和“共济会”）和18世纪中叶（法国大革命前）的革命启蒙意识融合为“思想的仁爱形象”（филантропический образ мыслей）：一方面18世纪后期启蒙主义者诺维科夫将俄罗斯从半睡梦状态唤醒，培养了人们对启蒙、科学和阅读的热爱，并在此基础上诞生了社会公共舆论；另一方面同时又作为共济会成员的诺维科夫将平等自由、神秘的仁爱情感、私密交往以及兄弟般团结互助意识灌输给俄罗斯上层知识精英。虽然出版商诺维科夫在19世纪之初几被遗忘，但在俄国风靡一时的，卡拉姆辛的文学创作正代表着这个时期启蒙主义与神秘主义交融的“仁爱形象”，从而使得“俄国文学（彼得大帝之后的新时期文学）在诞生之初就在寻觅思想形象背后的哲学表达”①。与通常世界文化图景不同，俄国文学自卡拉姆辛开始就是思考俄罗斯问题的文学、爱发哲学议论的文学，同时又是“感伤”的文学、“仁爱”的文学，习惯于以启蒙而又感伤的神秘目光审视俄罗斯及其生活。这一俄国文学的卡拉姆辛时期是面向现实，以现在为指归的，其感伤具有重大实用目的。然而人不会仅仅沉浸在现实之中，特别是具有积极作为的民族的人。“我们存在的最好方面、理想方面和幻想方面，即那一不是由生活自身赋予我们，而是在德意志诗中优先发展着的方面，在俄国文学的卡拉姆辛阶段还没有被捕捉到。”② 这样就形成向俄国文学过渡的第二个阶段，即茹科夫斯基时期。在茹科夫斯基时期，俄国本土“人民精神”开始萌芽，体现为对祖先土地文化的爱，对卫国战争的荣誉感以及战争本身所带来的恐惧感，而组成德意志生活、诗歌和哲学最优良品格的那一理想性“是德国歌谣通过茹科夫斯基而传递给我们的”。茹科夫斯基令人着迷的“缪斯”形象上体现着“对神圣过去的爱、情感的纯洁和深度、信仰的美、友谊和爱情的永恒”，以及“对非人间事物的向往、对一切平凡事物和一切不具备诗性的非心灵、非爱事物的冷漠”③。按照И. 基列耶夫斯基的理解，第二个茹科夫斯基阶段是对第一个卡拉姆辛阶段的反动：过去代替现在；理想代替现实；幻想

① Киреевский И. В. *Критика и эстетика.* Стр. 19.

② Ibid.

③ Ibid.

代替实际。一句话，德国的影响替代了法国的影响。不过“人民精神”的进步不会就此在外来影响面前停滞不前：就像过去需要历史学家一样，民族需要能够凭借心灵猜透其内在生活的诗人来充当自我意识传导者。“我们的文学经历了两个对立和斗争的阶段，但无论是法国式仁爱启蒙主义还是德国式诗意理想主义都注定要交汇为更高的现实”，走向跨越式的有机整合。因为“无论前者还是后者都不可能持久延续，这就像钟摆的两极需要在左右摇摆中寻找和谐的平衡点”[①]。俄国文学在正反题之“否定之否定”的精神运动中走向“合题”，即代表着俄罗斯和谐民族文化精神的第三个阶段，即普希金时期。普希金透过其创作一方面“在信任和希望的明快色调下”表达了法国智趣，另一方面“在对现存事物拜伦式愤怒的阴沉笔触中”揭示出德国智趣[②]。两种极端智趣在普希金诗歌更高的现实中，在确信“未来期盼的种子植根在当下的现实中”实现和解。俄国文学普希金时期的特点是尊重现实，在艺术中再现现实，其标志是在逐步消除外部文学影响（无论是法国式的还是德国式的）的基础上艺术性地表现俄罗斯生活的多面性和客观性，使得现实性和理想性达到和谐有机的统一。其中起着决定性作用的是本土“人民精神”运动既外化为生动的现实，又向着永恒民族道德理想进发的内在机制。普希金的诗歌创作是对本土“人民精神”这一只有俄罗斯人的心灵才能体会到的，难以言传的意蕴的，深刻民族感知和文化预言。俄国文学以普希金创作为标志开始进入了具有精神独创性和艺术独创性的迅速发展时期。И. 基列耶夫斯基三段论式的断代史描述刻画了彼得大帝改革之后的俄国文学从卡拉姆辛时期，经过茹科夫斯基时期最终过渡到普希金时期的近半个世纪辩证历程，在欧洲文学的背景下阐释了俄国文学在思想性、现实性和理想性方面逐渐摆脱西方影响，走向民族独立的现实。普希金对И. 基列耶夫斯基的批评观点既富有深刻的哲理内容，又如此引人入胜予以高度赞赏。别林斯基也从И. 基列耶夫斯基关于启蒙主义、感伤主义、浪漫主义，关于“普希金是现实的诗人”，普希金以其天才的创作确立

① Киреевский И. В. *Критика и эстетика.* Стр. 20.

② Ibid.

了俄国文学在欧洲的位置，代表着俄罗斯文学走向民族自觉，代表着俄罗斯民族文化和谐精神等论述中受到启发。

霍米亚科夫对彼得大帝之后的俄罗斯文学生活有着与И. 基列耶夫斯基十分相近的理论描述，但显然比后者局限于19世纪初期的“断代史”历史视野更为宽广。事实上斯拉夫主义美学思想体系基本上是霍米亚科夫所创立的，其哲学基础就是东正教“聚合性”原则。他的美学宣言是：“艺术家不是用自己本人的力量进行创造的，而是民族的精神力量在艺术家的身上进行着创造。”因此，“任何的艺术都应当是，而且不能不是民族的艺术”[①]。从这一斯拉夫主义美学立场出发，霍米亚科夫在其著名的演讲《1859年3月26日在俄罗斯文学爱好者协会庆祝恢复公开会议的首次公开会议上的演说》（*По случаю возобновления публичных заседаний* 〈*Об щество любителей российской словесности*〉，*читанная председателем в пу бличном заседании* 26 *марта* 1859 *года*）一文中，将彼得大帝改革之后的新俄国文学划分为罗蒙诺索夫时期、叶卡捷琳娜女皇统治时期、从卡拉姆辛到果戈理的时期以及“未来”新的时期这四个阶段（除了阶段性的历史描述之外，批评家加入了对俄国文学未来发展前景的预言性元素）。在第一个“罗蒙诺索夫”阶段，霍米亚科夫对这一阶段的标志性代表人物罗蒙诺索夫的文学天才给予高度评价，但对他的文学创作却持激烈否定态度：“罗蒙诺索夫来自俄国下层（北海渔夫出身），却不幸地丰富了俄国上层”，他的文学创作“仅仅是对上层社会的修饰和点缀”，尽管不乏“诗歌天才”上的力量和众所周知的艺术独创性，却“和所有社会生活问题格格不入”。更有甚者：这一给俄国文学带来的“抽象性以及我们所陌生的学院主义”特点因与“俄罗斯有机生活”的疏远还是有害的[②]。霍米亚科夫认为，出现这一“罗蒙诺索夫现象”不是偶然的：首先，文学因缺乏全体人民的赞同和人民的根基在其存在的初级阶段不可能是社会性的。它无法表达人民的趣味，即便是定义了“西化了”的“上层”社会趣味，但也描绘得不清晰，缺乏表达上的诗性；其次，“罗蒙诺索夫的伟大天才屈从于

---

① Хомяков А. С. *Полное собрание сочинений.* *Том* Ⅰ. М.，1886. Стр. 75.

② Хомяков А. С. *Полное собрание сочинений.* *Том* Ⅲ. М.，1886. Стр. 421—422.

那些沉醉于德国诗歌的同时代人的影响”[①]。尽管作为学者的罗蒙诺索夫和作为社会活动家的罗蒙诺索夫反对德国的影响，但作为诗人的罗蒙诺索夫却在文学创作中局限于外来模仿，时时模仿着他所服务的那个上流社会阶层。霍米亚科夫认为，罗蒙诺索夫阶段的俄国文学普遍缺乏艺术的“人民性”意识。这一状况到了第二阶段，即俄国文学的叶卡捷琳娜女皇统治时期有了一定程度的改观：俄罗斯社会生活开始起着重要作用，文学初看上去实现了自己的理想：写有歌颂叶卡捷琳娜女皇的《费丽察颂》（*Оды к Фелице*，1782）的讽刺诗人杰尔查文是完整意义的俄国社会活动家；以剧本《纨绔子弟》声名远播的冯维辛致力于“和俄罗斯社会弱点和缺陷进行斗争……”“整个文学，尽管其形式要么缺乏艺术加工，要么具有荒唐的学院主义气息，但从杰尔查文到克尼亚日宁和尼可列夫，均带有鲜明的俄国社会活动特点”[②]。只是这一社会活动特点不能够持久延续下去，因为社会问题的解决不是取决于俄罗斯人民自身的天然愿望，而是由以讽刺见长的文学家们对俄国社会的个别道德批判决定的。文学家们对俄国社会道德缺陷的温和挖苦与滑稽讽刺具有明显主观片面性、启蒙性特征，实际上离有机的、正面的完整俄罗斯民族生活理想还有很长的距离。叶卡捷琳娜时期的俄国文学所呈现出的启蒙主义以及俄国文学的学院主义艺术抽象性特点表明，这个时期只是过渡阶段。俄国文学发展的第三个时期即“从卡拉姆辛到果戈理”的阶段。这一阶段是“思想和言语的发展具有最好条件”的时候，“文学失去了自己的社会性”。出现反常现象的原因是“俄罗斯社会与欧洲的接近”在这一阶段更迅速，“俄罗斯成了欧洲的从属力量”，其直接后果是社会上层与俄罗斯根基、俄罗斯历史生活本身的更加疏离：这一疏离立即在文学上反映出来：“尽管越来越具有精致的形式，……尽管文坛出现了一批出色的天才作家，但与叶卡捷琳娜统治时期相比，文学在社会意义上显然变得更为渺小了。”不过这一时期仍然是向前迈进的重要一步：那一源自俄国“有教养社会（贵族上层社会）与土地（民间下层社会）之间的意识分裂”所带来的“精神疾病”，导致“社会

---

① Хомяков А. С. *Полное собрание сочинений. Том* Ⅰ. М.，1886. Стр. 12.

② Хомяков А. С. *Полное собрание сочинений. Том* Ⅲ. М.，1886. Стр. 421—422.

对自我和与其分离的土地产生深刻怀疑”，社会生活出现了“内在力量的某种徘徊”[①]。俄国罹患时代“精神疾病”的现实，反而促使有教养阶层自觉地去认识普通下层人民及其生活风貌。这一与俄国下层人民接近的心理愿望一方面在巴拉丁斯基、普希金等所倡导的对俄罗斯“肯定的爱”（любовь - утверждение）中得到相应表达，另一方面在果戈理和莱蒙托夫对俄罗斯“否定的爱”（любовь - отрицание）中获得体现。相比而论，前者过分沉迷于外部形式上的精致化，缺乏真正社会性内容；后者表现对欧化贵族生活方式的抗议和摒弃，显得更痛苦、更神圣。“否定的爱”显然比“肯定的爱”更具社会表达方面的优势，但“否定的爱”中也隐含着自身无法克服的矛盾：须知“任何否定都是分裂和孤独的开始”，它不能够表达俄罗斯社会生活的所有复杂性，因为“任何综合都需要一种正面的开端……”。基于这一理论判断，霍米亚科夫不接受俄国文学果戈理时期“自然派”文学的美学基础，认为所谓“自然派”文学在 19 世纪 40 年代的出现意味着“从卡拉姆辛到果戈理”这一文学发展阶段的时代终结[②]。这里支配霍米亚科夫俄国文学发展史观的依然是斯拉夫主义艺术“人民性”原则。不过与 И. 基列耶夫斯基“三段论”叙述中把普希金时期当作代表俄罗斯和谐文化精神的“合题”有所不同，霍米亚科夫只是将普希金时期看作“文学失去社会性”的一个演进阶段，真正的“合题”出现在“未来新的时期”，即俄国文学发展的第四个阶段。这一全新的阶段将从对正确性的怀疑开始，也就是说这一全新阶段始自将来一举克服俄国时代“精神疾病”的某种“否定之否定”。从这个意义上说，治愈俄国“有教养社会与土地之间的分裂”所带来的“精神疾病”正是文学得以踏上真正发展道路的助推器。如今“思考着的俄罗斯人”尽管“未能弥合之前的社会分化，未能与自己的乡土休戚与共，但至少开始凭借理性来理解它”[③]，这是俄国文学的重要成就，但这一成就还不足以能够保证俄国文学的自然发展进程。领悟民族生活的精神实质需要文学家借助于有机的生命体验；只

① Хомяков А. С. *Полное собрание сочинений*. *Том* Ⅲ. М. , 1886. Стр. 423—424.

② Ibid. , pp. 423—426.

③ Ibid. , p. 428.

有有机的生命体验才使得在艺术和社会生活领域的创造性活动成为可能。霍米亚科夫的“四段式”文学史观和И. 基列耶夫斯基“三段论”式文学史观都一致认为，彼得大帝改革之后，俄国文学的发展取决于俄人民族自觉意识的发展。在这一文学发展进步的现代化过程中，文学家们逐步地摆脱西方外来“分析”式思维范式的影响，实现向有机“整合性”的俄罗斯本土文化精神的接近与回归；他们的艺术“人民性”认知也由此不断得到深化，并渐渐地从对西方亦步亦趋的“外来模仿”走向独立自主的发展。

除了对彼得大帝之后新俄国文学进行“四段式”描述，霍米亚科夫还将理论视野投向寄寓着俄罗斯民族生活根基和理想的民间文学。他高度重视壮士歌、民谣、传说故事等民间口头艺术创作，并把民间艺术作品的淳朴、生动、自然、和谐看作对俄国古老村社主义精神品格的有机表达。民间文学“聚合性”原则应当成为评价其他个体性文学作品（作家个人创作）的重要审美标准。在他看来，普希金和莱蒙托夫的优美诗歌虽然在很大程度上得益于民间文学的滋养，但在思想内涵、反映俄罗斯社会生活的深度和广度方面还存在着完整艺术“人民性”上的欠缺，未能充分反映全体人民，特别是下层人民的生活根基和道德理想；果戈理的创作则由于诗意地反映了俄罗斯人的宗教情感和正面理想而受到高度评价。在斯拉夫主义者出版的《莫斯科文集》（*Московский сборник*, 1847）中，霍米亚科夫还热烈赞扬小说家老阿克萨科夫是俄国文学“正面理想”的奠基者。老阿克萨科夫的渔猎小说充满着清新的乡土气息，以孩童般的纯真叙事展示了俄罗斯大自然的美（人与自然的和谐）、贵族庄园生活的温馨，以及俄罗斯人淳朴达观、乐天知命的世界观和生活态度。霍米亚科夫因此称赞老阿克萨科夫把文学的有机“人民性”原则与俄罗斯人天性上温和、顺从、虔诚的宗教情感结合起来，表达了俄罗斯文学的“正面理想”，是“我们文学家中第一个用正面观点，而不是用否定观点观察生活的作家”①。老阿克萨科夫的小说创作是面向田野，“民族的精神力量在艺术家的身上进行着

① Хомяков А. С. *Полное собрание сочинений. Том* Ⅲ. М. , 1886. Стр. 207.

创造”的生动典范。霍米亚科夫对新俄国文学进行的“四段式”描述，以及对老阿克萨科夫小说创作的斯拉夫主义美学诠释一方面形成对俄国文学走独创民族化道路的有力理论推动，另一方面促进了当时俄国文艺理论界对俄人民间文学创作和民族文化遗产的广泛兴趣和深入研究，也鼓励了一批艺术家和研究学者身体力行走向乡村田野从事“采风”活动。不过，霍米亚科夫的文学史观以关注彼得大帝改革之后的新时期文学为主，并没有完成对俄国文学具有原创性意义的理论描述。对斯拉夫主义文学意识的总体历史主义建构是由K. 阿克萨科夫来完成的。

K. 阿克萨科夫的文学与文学史观念由文学的概念（诗与文学）、民间文学与个体文学的关系、文学史即文学发展的内在生成机制三个方面组成，从而构成斯拉夫主义美学对文学发展过程的总体历史诗学建构。他的文学和文学史观主要体现在其著名硕士学位论文《俄罗斯文学与语言史上的罗蒙诺索夫》、《彼得大帝时期以来的俄国文学概观》（*Взгляд на русскую литературу с Петра Первого*, 1849）以及《论卡拉姆辛》（*О Карамзине*, 1848）等文章中。按照K. 阿克萨科夫的历史主义文艺观，文学和文学的发展是“抽象的诗”（诗作为诗本身，即诗的概念）的某种历史具象化过程，而“诗”是一个民族的思想在词中的形象表达，是那一共同的，将美的历史具象联结、融合在一起的“抽象力量”。这一“抽象力量”以具有充分艺术表现力的语词形象注入历史现实，在历史现实中具象化为属于这个或那个民族“众多个别作品”。文学即是这个或那个民族“众多个别作品历史联系着的总和”①。它不仅具有民族形式（语言）上的一致性，而且具有民族内容（思想）上的一致性。这里K. 阿克萨科夫所说的“民族内容”指的是为该民族文学而非其他民族文学所独有的全部理念。所以普遍意义的文学只是诗的抽象概念，任何文学都必然是民族生活在言语和书面文字中的有机表达，而在民族的历史性有机存在中显现的理念也必然是支撑该民族文学发展的共同理念。正是作为民族精神内容的共同理念将该民族文学与其他民族文学区别开来。从这一整合性艺术“人民

① Аксаков А. С. *Полное собрание сочинений. том* Ⅱ. М., 1880. Стр. 29.

性”认知出发，K. 阿克萨科夫认为，不存在普遍意义的文学，只存在具体的、历史意义的个别民族文学。任何文学都不可能不是民族的文学，民族性（“人民性”）是文学意识形态的唯一标志，全人类性必然是以民族性的某种理念形式表达出来。文学的这一民族独创性和自足性特点决定了它只能是一种“人民”的文学而非官方的或“公众”的文学。1859年在《同义词经验：公众与人民》（*Опыт синонимов：публика и народ*）一文中，K. 阿克萨科夫严格区分了“公众”（публика）和“人民”（народ）两个概念，宣称只有作为基督教民典范的“淳朴俄罗斯人民”才有资格被称作“人民”，而西方国家民众因其个人主义、小市民气、商业算计、政治纷争等性格特征只能算是“公众”。俄罗斯就其原初信仰和生命风貌而言，本来应该没有“公众”，只有虔诚忏悔，紧紧跟随耶稣基督脚步的“人民”，但俄罗斯人民的纯洁性在彼得大帝“全盘西化”式的改革之后遭到损伤：沙皇“普鲁士文官制度”下的官方和社会上层出现了一批处处模仿西方时尚、举止、语言和思想的，失去自我灵魂的“公众”，即所谓“俄罗斯的欧洲人”。只有在俄罗斯的下层人民中间还完整保存着能够对抗西方物质文明的俄罗斯永恒民族道德理想。从这一“公众”和“人民”的概念区分出发，K. 阿克萨科夫断言，任何文学不应该是少数欧化了的“公众的”，或“为十四等官阶的政府歌功颂德的”[①]官方御用文学，而应该是能够自觉言说本民族生命意识的，“人民”的文学；任何文学不应该是亦步亦趋地“模仿”外来形式的“抽象”的文学，而应该是本民族独特的、具有鲜明现代生活指向的，能够解决现实问题的具体文学。K. 阿克萨科夫在彼得大帝改革之后的新时期俄国文学中并没有找到这一“人民”的和“具体”的，完美表达俄罗斯民族精神个性的文学。于是他对彼得大帝改革之后俄国文学的现状作出严厉的判决：“对我们来说，自彼得时代起始的文学的意义仅仅在于不断进行着天才与抽象、天才与周围的谎言和卑劣的个人抗争。实际上任何个人天才都没有能够摆脱周围的谎言，自身都带有周围谎言的痕迹，只是偶尔会表现出摆脱谎

---

① *Эстетические и литературные воззрения русских славянофилов*（1840—1850 - *е годы*）. Стр. 101.

言的努力和挣扎。"[1] 在热烈而又偏激的 K. 阿克萨科夫眼里，18 世纪俄国作家中，诗人康捷米尔只是某种抽象“文学模仿倾向的代表”，一个惯会“在王权宝座下阿谀奉承，在君王面前不吝惜贬低自己，对权力心神向往的伪君子”，其创作是“非人民性的”，或者确切说是“反人民性的”；另一个古典主义诗人特列基亚科夫斯基仅仅是个“不知疲倦的笨伯”；罗蒙诺索夫是俄国文学发展由纯粹“集体性”走向鲜明“个体化”的转折和标志，但不幸的是：罗蒙诺索夫尽管“经常感受到俄罗斯启蒙生活的抽象性”，却有意地发展这一令人失望的“抽象性”；被后人称作“俄国戏剧之父”的剧作家苏马罗科夫基本上是一个“缺乏天分，自鸣得意，且完全抽象的，只讨那些抽象公众喜欢的作家”；诗人赫拉斯科夫是俄国文坛上“矫揉造作的新面孔”……[2] 这些 18 世纪古典主义时代俄国文坛上几乎所有的风云人物在 K. 阿克萨科夫眼里只是些俄国欧化了的有教养阶层（上流贵族阶层），即上层“公众”趣味的代言人。他们的文学创作连最基本的俄罗斯民族生活内容揭示都不具备，更不用说能够深刻表达俄罗斯人民精神的生命信仰实质了。

在 18 世纪末古典主义的“模仿”走向衰落的时期，K. 阿克萨科夫总算找到了两种隐含有“本土生活”暗示的新倾向。第一个倾向的代表是写有自由诗体小说《宝贝儿》（*Душенка*）的 И. 波格丹诺维奇[3]。“И. 波格丹诺维奇给我们文学迄今为止的喧闹声中带来了某种特别的声调”，并为卡拉姆辛的文学改革做了某些方面的准备：他“想成为一个讨人欢心的简朴、诙谐作家，但这一讨人欢心的简朴和诙谐却甜蜜得令人腻歪”；第二个新倾向的代表是更有俄国“生活性”前景的讽刺喜剧作家冯维辛。谈及冯维辛及其文学创作，K. 阿克萨科夫断言，“凡是读过他作品的人，都会发现他那种愤世嫉俗、缺乏笑意的痛苦讥笑、严厉甚至阴沉的头脑以及某

---

① *Эстетические и литературные воззрения русских славянофилов*（1840—1850 - *е годы*）. Стр. 101.

② Ibid.，p. 102.

③ И. 波格丹诺维奇（Богданович И，1743—1803），俄国诗人，以诗体小说《宝贝儿》一度蜚声文坛。

种孤僻和不可亲近”[①]。冯维辛创作风格上的这一喜剧性揭露和讽刺元素与俄国欧化有教养阶层的意见形成对立，并由此具备接近俄罗斯民族生活的自发趋向。这也就是说：在否定了俄国欧化有教养阶层，并对欧化有教养阶层奴颜婢膝的各种“恶习”予以挖苦与嘲弄的同时，冯维辛抱有寻找某些新理念的强烈愿望，这使得他在创作中向与“欧化”有教养阶层相反的，即俄罗斯人民的生活领域靠近。K. 阿克萨科夫关注到冯维辛喜剧创作中的“否定美学”，并深受冯维辛借助喜剧“否定”形式所带来的，本民族“生活性”暗示这一新倾向的鼓舞，断定“冯维辛喜剧作品的意义和重要性在于与文学的抽象性、与整个欧化有教养阶层的疏远”：鉴于彼得大帝之后，自身在西方“抽象性否定”基础上形成的俄国社会有教养阶层严重脱离了民族精神根基，在生活中处处显露出那些“不能不激起人们喜剧性感受的滑稽元素”，现实里不可能有任何“正面性”的元素，因此那种古典主义式的，对文学中“肯定性”方面的鼓吹与赞颂无疑“具有相当程度的无聊、生硬和谎言的性质”[②]。K. 阿克萨科夫在冯维辛喜剧“否定性”形式的前景，即否定形式的正面潜文本中看到了面向具体现实生活的坚定目标性，因此更看重文学发展中的那些喜剧要素，宣称当下只有俄国喜剧才具备艺术的“人民性”（民族性），即天性上接近人民的特点。只有在那些“否定性”的、揭露性的文学作品里才呈现着“正面性”要素的前景和轮廓。K. 阿克萨科夫的冯维辛评述体现出了一种强烈抗议彼得大帝改革之后俄国上层社会“欧化”现象的鲜明斯拉夫主义立场。这一立场可以很好地解释他后来为什么一方面热烈欢迎果戈理史诗《死魂灵》中的正面“史诗性”元素，另一方面断然宣布果戈理晚年在《与友人通信选》（*В ыбранные места из перепис ки с друзьями*, 1847）中“呼吁上层社会（公众）与下层民众（人民）实现天性上的理论和解的企图”是一个谎言[③]的根本原因。须知前者（公众）在天性上显然是被西方外来形式所扭曲的，故除了回归后者（人民），扎根“人民

---

① *Эстетические и литературные воззрения русских славянофилов*（1840—1850 - *е годы*）. Стр. 103.

② Ibid.

③ Ibid. , p. 104.

真理”的生命根基来复原民族自我本性，重新实现自己精神上的“变容”之外，别无他途。对彼得大帝改革后，即新时期俄国文学缺乏深刻民族内容这一现状的强烈不满和失望，促使 K. 阿克萨科夫将自己的理论视野投向彼得大帝改革之前俄国文学的古老始端，并在历史主义诗学原则下探讨俄人民间文学创作与个体文学创作的衍生机制与过渡关系。

按照 K. 阿克萨科夫的历史诗学原则，普遍意义的，以语言为材料的“诗”在具有历史性有机联系的文学中穿越不同阶段的民族“历史契合点”(исторический момент)[①]，实现具象化并在具体作品中为自己找到现实。K. 阿克萨科夫提示说，诗并不是直接实现从民间文学向个体文学的转化，而是首先要经过必要的、自我否定的跨越阶段，然后才过渡到现代文学的阶段；其中决定着文学实现其历史跨越与转化的内在有机生成机制就是从“普遍”到“特殊”再到“个别”的，具有自足价值的民族精神一步一步走向历史具象的“精神的绝对运动”[②]。K. 阿克萨科夫依据这一民族精神“绝对运动”的历史轨迹来描述文学的完整历史演变过程，认为“诗”作为诗本身（即诗的概念）处于抽象性的“普遍”阶段；民间文学处在民族共同性（集体性）的“特殊”阶段，而个体文学处在现代性的“个别”时期，相互之间形成和谐对应的历史契合，制约着民族文学的全部发展过程。因此，对文学及文学发展历史的关注需要上溯到其历史的源头，即文学的民间创作阶段。在这一最低级阶段，民族精神及其自我价值是由表现为这样或那样民间艺术形式的审美情感所决定的，其中最重要的民间艺术形式就是歌谣：“每个民族都有自己表达自我个性特点的歌谣。每个民族都在自己歌谣中欣赏着自我存在的价值和意识。”民间歌谣在 K. 阿克萨科夫的美学系统中是构成“艺术民族独特性的最初标志，也是民族艺术独特性的最初保证”[③]，同时也是未来出现“非模仿式”（即独创性）民族文学的坚实基础。没有最初的民间歌谣就没有作为有机统一体的民族；反过来

---

① Аксаков К. С. *Ломоносов в истрии русской литературы и русского языка.* М., 2011. Стр. 26.

② Ibid., p. 29.

③ Ibid., p. 34.

说一个精神不发达的民族，不会拥有真正优美的民间歌谣。以歌谣为代表的民间诗歌是文学诞生的必要条件和根本保障。民间诗歌与文学的相互依赖关系是直接的和前形式的。“民族精神”在其最初发展阶段除了显现在民间诗歌里，不会有其他的寄存形式。也就是说，民族生活的初始阶段尚不能创造完整意义的文学。为“纯粹民族意识”所支配着的民间诗歌只是民族文学发展历程中第一个阶段的、反映在语言中的艺术现象，那个时期“民族所能够理解的是自己的共同生活并且只反映自己的共同生活”，尚未能达到认识“普遍真理”或单独“民族内部成员个体生活”的程度①。K. 阿克萨科夫这一历史诗学视野下的民间文学，指的是语言艺术处于“纯粹民族性”阶段的，由所有民族成员（人民全体）共同集体创作出来的各类民间体裁形式，如歌谣、民诗、民间故事、民间戏曲等，所表达的是一个民族（只是这个民族）最初始的审美感受；文学或“个体文学”则是指语言艺术处于民族生活发展“个体化”阶段的，由文学家个人创作的不同现代体裁形式，如小说、诗歌、戏剧等，其中全人类“共同真理”成为其基本内容并以文学家个人体验的形式表现出来。民间文学是个体文学诞生的最初始基；个体文学则是民间文学的进一步“个体化”（具象化）发展形式。二者之间一般来说存在着三个方面的历史诗学差异：1）民间文学整体上“均等地属于民族成员全体……因为民间文学的作者大多不为人知”；“每一部文学作品都是个人意识的成果……作者是署名的个人天才”。2）民间文学“毫无例外都必然是好的，都具有审美优点……”个体化的“文学活动却有时会导致许多坏作品的出现”②。3）民间文学的“任何作品都是民族整体生活的有机表达…相应的，其单一的共同形式本身已经是完美无缺的保证……”。个体文学的“每一个作品都有自己独特的优点，单一共同的艺术形式已经不够”③。

在理论上区分了民间文学与个体文学的诗学差异后，K. 阿克萨科夫转向对彼得大帝改革之前，确切说是罗蒙诺索夫创作之前俄国文学发展过程

① Аксаков К. С. *Ломоносов в истрии русской литературы и русского языка.* Стр. 34.

② Ibid. , p. 49.

③ Ibid. , p. 39

的历史诗学考察。早在19世纪30年代初期，他就呼吁理论界要认真关注俄罗斯民俗、俄罗斯民间文学中所体现的“俄罗斯精神”，以及俄罗斯民间审美意识里那种形式和内容上亘古以来的和谐。50年代K. 阿克萨科夫宣称在俄罗斯下层人民（农民，K. 阿克萨科夫还注意到古斯拉夫语中的农民与基督徒是一个词）的宗教信仰里一直保持着“纯洁的”，尚未被官方东正教会（彼得大帝改革后）所人为扭曲的“人民信仰”个性，即俄罗斯民间东正教徒身上那一虔诚跟随基督、忏悔、忍耐、顺从、勇敢、团结等性格特点。这些“固有”的民族性格特点在各种体裁的俄罗斯民间文学中都有着丰富的“自主性”表达和精彩展现。为此他撰写了《以风俗、传说、迷信和歌谣为例论斯拉夫，特别是罗斯古代风习》和《俄罗斯民歌中伟大弗拉基米尔大公时代的壮士》（*Богатыри великого князя Владими ра по русским песням*, 1856）两篇文章。第一篇文章以涅斯托尔的《往年故事》为引证材料，从构成民族精神实质的宗教信仰视角分析了古罗斯“多神教时代”时代和“罗斯受洗”（Крещение Руси）之后在俄罗斯乡野民间广泛流行的古老风俗、传说、迷信和乡野歌谣，其基本美学思想是罗斯时代的多神教信仰与“西方”（一些外来的波罗的海部族）的“粗俗”的偶像崇拜之间存在着根本气质上的差异：前者顶礼膜拜自然、原野、森林、太阳、河流甚至家宅、风雨、牲畜等，强调信仰的生命力元素（万物有灵）；后者大肆祭拜神灵的偶像，偏重祭司、圣殿、祈祷礼仪等形式要素的建构。K. 阿克萨科夫以此来证明具有村社主义个性的俄罗斯原始初民在具体生活的真实、自由与信仰完整性上要比理性主义的“西方”有着先天的精神优势。在第二篇文章里，K. 阿克萨科夫生动叙述了俄国古代基辅罗斯时代若干首“壮士歌”（былина）的情节内容，借助对“壮士歌”这一民间歌谣的文本分析来说明古代俄罗斯勇士身上自由、勇敢、坚韧、团结互助等品格。这些品格的塑形源于古罗斯时代“俄罗斯精神”即纯洁基督教信仰和传统村社伦理的熏陶。K. 阿克萨科夫对彼得大帝改革之前的俄国文学，特别是民间文学诗学特征的考察更集中地体现在他的硕士学位论文《俄罗斯文学与语言史上的罗蒙诺索夫》一文中。他在硕士论文中把千年来传诵至今的民歌作为俄罗斯文学的起源和“纯粹民族性”的标志。俄罗斯民族完整精神的最真实方面，包括“俄罗斯人所有的思想意识、信仰、幻想、事业与传说、历史功勋、家庭的心灵史”都以民歌那一“和谐优美的吟唱形式”在俄罗斯的大地上回荡，诉说着“全体俄罗斯人的胜利与喜悦、痛苦与欢乐、节日与哀伤”①。因此对俄罗斯民族文学及其发展历史的研究必须从研究俄罗斯民歌开始。K. 阿克萨科夫把代表着“纯粹民族性”的俄罗斯民歌划分为宗教歌谣、历史歌谣、家庭或个人歌谣三个主要类别。宗教歌谣以庄重合唱形式表达俄罗斯人民“深刻、伟大的宗教静观”，虔诚跟随基督的坚定意志和对灵修生活的热烈渴望，最具有信仰的生命特征。宗教歌谣的范围与活动场域相对狭窄、封闭，需要一种“重要、严肃的特殊心境”和洁净圣洁的地点；俄罗斯历史歌谣的对象具有固定群体范围：赞美不同时代民族的客观代表人物。俄国人民在民族代表人物客观形象上意识到自己的历史面孔。完整人民实质在历史歌谣里具象为生动各异的客观历史人物形象：任何历史人物都拥有自己固定的群体性格，不会改变也不会自相矛盾；每个时代都有着不同于其他时代的品格：“歌谣中弗拉基米尔时期的壮士迥然不同于诺夫哥罗德时期或伊凡雷帝时期的壮士，尽管所赞颂的都是壮士的力量”②；俄罗斯家庭歌谣和个人歌谣数量最庞大，群体范围最广，最不受时间地域条件的限制。它既不像宗教歌谣那样表达人民的信仰和沉思，也不像历史歌谣那样表现民族历史人物的功勋和事业，而是整个地表达人民整体的内在主观世界，诉说人民的欢乐与哀伤、幸福与痛苦、渴望与向往。家庭歌谣和个人歌谣随时随地被民众口头传唱：“广阔无垠的俄罗斯原野上，大河边，伴随着清脆的马蹄声和桨声传来悠远嘹亮的歌谣”。俄罗斯小木屋里透过阵阵柔美悠扬的歌谣，哀怨地讲述着“爱情与离别、伤感的出嫁和未婚妻的痛苦”③：这不是某个未婚妻的不幸，而是构成俄罗斯所有未婚妻的共同命运。在俄罗斯家庭歌谣和个人歌谣中，所有的情感和愿望属于人民中的每个个体。个体即全

① Аксаков К. С. *Ломоносов в истрии русской литературы и русского языка*. М. , 2011. Стр. 42.

② Ibid. , p. 44.

③ Ibid.

民，即整个民族。个人全身心地生活在“纯粹的民族性”中。K. 阿克萨科夫对俄罗斯歌谣的类型学划分为斯拉夫主义派别乃至19世纪整个俄国理论界的民间文艺诗学研究奠定了理论基础。

在所有类型的俄罗斯民间歌谣中，K. 阿克萨科夫最看重具有宏大民族叙事功能的历史歌谣及其诗学意义。在硕士学位论文中他集中分析了俄人民间“文化英雄”，历史歌谣中的壮士——穆罗姆人伊利亚——这一广为流传的民间艺术现象。勇士伊利亚出生于穆罗姆地方的一个村庄，父亲是个叫伊凡的农民。伊利亚在家中整整坐了三十年，在和修道院长老们的共饮中获得了神力。三十岁时，带着父母的祝福和“切勿流下农民—基督徒[①]的血”的忠告，伊利亚离家去基辅投靠弗拉基米尔大公。沿途伊利亚首先遇到拦住他去路的一位壮士：这位壮士逆流划着一艘平底驳船，横亘在河面上不让伊利亚渡河。伊利亚并未和这位壮士对打，而是抓住他“轻轻地”向上抛起，壮士便飞了出去并重重地落在了河对岸。伊利亚继续赶路，不巧又遇上一群强盗张牙舞爪要谋害他。伊利亚既不和强盗们打架，也不和强盗们争吵。他拉满自己携带的一张弓射向一棵粗大的橡树。橡树应声断为两截，强盗们吓得落荒而逃。伊利亚继续前行，沿途俘获了“夜莺——强盗”[②] 并把他作为礼物送给了弗拉基米尔大公。投靠弗拉基米尔大公后，伊利亚成为基辅大公手下第一号勇士。不过伊利亚严格遵守父母的忠告，并不和敌人进行疯狂的厮打：在反击鞑靼汗王围攻的“基辅保卫战”中，伊利亚平静地走向鞑靼汗王，苦口婆心地请求鞑靼人撤兵：这种忍耐和劝说一直持续到自己被缚，汗王向他脸上吐口水为止：伊利亚忍无可忍，抓住鞑靼汗王的双脚，像挥动轮盘一样将对方左右挥舞起来，然后把对方撇在地上。俄罗斯勇士，穆罗姆人伊利亚不喜欢流血厮杀，只乐意使用上帝所赋予的神力。农民——基督徒伊利亚来自俄罗斯大地，天性温

---

① 古俄语中基督徒和农民是一个词，“农民”（крестьянин）与“基督徒”（христианин）读音和内涵一致。

② “夜莺——强盗”（Соловей－разбойник），东斯拉夫神话中的一种森林怪鸟，常在夜晚攻击过路者并发出致命的呼叫声，后被罗斯民间文化英雄、大力士伊利亚制服，将其献给基辅大公弗拉基米尔。

和平静、忍耐顺从，即便在战场上也坦然自若，相信自己“永不衰退”的力量。这种奇迹般的精神信仰力量“不是用来给别人带来屈辱和失败，不是为了节日般的嗜血，而是为了惩恶扬善，为了家园的和平与安宁”①。K. 阿克萨科夫认为历史歌谣中平静而强大的穆罗姆勇士伊利亚形象是俄罗斯人简朴生活和信仰的源泉，深刻地表达着虔诚敬畏、温和平顺的俄罗斯民族天性。这一民间艺术形象不是代表某个具体的俄罗斯人，而是代表着处于“纯粹民族性”状态的俄罗斯人民全体，表现着纯洁朴素的俄罗斯灵魂。然而彼得大帝这个强有力的历史人物、民间广泛传言中的“敌基督”（антихристос）破坏了俄罗斯“纯粹的民族性”，将俄罗斯人带向“模仿”西方的新领域并造成俄国社会上层（贵族）与下层民众（人民）之间的精神分化。俄罗斯文学也由此实现了从只表达本民族“共同生活”的民间文学时期，向另一个现代历史阶段，即表达民族成员个人自我意识的“个人天才时期”的发展和过渡。K. 阿克萨科夫在学位论文中断言代表着俄罗斯文学、俄罗斯语言发展新的“历史契合点”，即俄罗斯文学迈向“个人天才时期”的标志性人物就是罗蒙诺索夫。

根据 K. 阿克萨科夫学位论文中所阐释的文学及文学史观，与人民全体作为民间文学创作的主体不同，代表着彼得大帝改革之后新时期“个体文学”创作主体性标志的罗蒙诺索夫是完全独立意义上的个人天才，是摆脱了“纯粹民族性”束缚的，从民族歌谣中脱颖而出的独立诗人，是“文学中的个人面孔……被解放了的个体”②。自罗蒙诺索夫起，开始了诗的全新领域，即所谓俄罗斯的新文学时代。从彼得大帝之后发展的过程看，康杰米尔率先运用新的诗歌形式（颂诗和戏剧）进行创作，他的文学活动要早于罗蒙诺索夫。古典主义“戏剧的粗浅形式甚至早在 17 世纪的波罗茨基那儿就能看到”，但罗蒙诺索夫之前“诗歌的非歌谣形式（文学形式）仅仅停留在外在的方面，对后世几乎没有形成什么影响”③。最后出现了伟大的天

---

① Аксаков К. С. *Ломоносов в истрии русской литературы и русского языка.* М. , 2011. Стр. 47.

② Ibid. , p. 49.

③ Ibid. , p. 50.

才诗人罗蒙诺索夫，文学中彼得大帝式的关键人物，“我们文学发展史上的第一个独立个体……他结束了诗的民族歌谣时期，随之开始了诗的全新时代；在民族歌谣的基石上矗立起了文学的大厦”①。K. 阿克萨科夫宣称，罗蒙诺索夫最为引人瞩目的就是其文学创作上的个人诗性天才：“无论是散文还是诗歌，罗蒙诺索夫都写了很多。他的生活目标和兴趣领域是科学，更确切地说是教育；单凭古典诗歌创作（写颂诗）无法填充他的全部创作生活。不管他从事什么活动，处处彰显着他无与伦比的天才诗性……体现着俄罗斯语言的力量和美。”② 罗蒙诺索夫“是自我天性上的诗人”。他宽广的内心世界时时燃烧着诗的火焰，照亮了他所从事的科学与文学创作活动的所有领域。作为18世纪俄国古典主义时代“百科全书”式的巨人，罗蒙诺索夫将个人诗性天才发挥到了极致。他对数学、物理、化学都有杰出的贡献，对语言学、文学、修辞学、诗学、宗教学和哲学都有所建树，对历史、天文、地理、地质、矿物、航海广泛研究，从而为后人留下很多重要著作，给俄罗斯文化增添了绚丽的光彩。K. 阿克萨科夫说，“我们站在罗蒙诺索夫面前，犹如面对一个站在伟大历史瞬间的巨人”，他在一生的创作活动中，“无论是居住在国外还是俄国，头脑近乎贪婪地汲取着西方文明成果，但心灵和性格上却是地道的俄罗斯人”③。K. 阿克萨科夫据此断定，在俄罗斯文学实现从只表达本民族特殊“共同生活”的民间文学时期向表达民族成员个人自我意识的“个体文学时期”过渡的发展进程中，罗蒙诺索夫作为俄国文学创作活动最出色“个体”正好处在这一新跨越的“历史契合点”④ 上，其在俄罗斯文学史、俄罗斯语言史上的伟大历史意义就在于此。

按照K. 阿克萨科夫的历史主义诗学原则，在彼得大帝之后从民族“特殊性”（民间文学阶段）向民族“个别性”（个体文学阶段）过渡的

---

① Аксаков К. С. *Ломоносов в истрии русской литературы и русского языка*. М., 2011. Стр. 49.

② Ibid., pp. 77—78.

③ Ibid., p. 89.

④ Ibid., p. 90.

“历史契合”中诞生的俄国新文学，是俄罗斯民族审美意识向前发展的重要一步，但还不是发展的历史终点：俄罗斯接下来的发展需要一种全新的、有机“整合性”的文学：鉴于民族“个别性”阶段的文学存在着诸多矛盾和缺陷（其中缺陷之一是对西方外来形式无节制的模仿），对文学贫困现状的强烈不满，以及对未来“整合”型文学前景的热烈渴望与憧憬，成为包括 K. 阿克萨科夫在内的几乎所有斯拉夫主义批评家的共同主题。尽管说法上的意义各不相同，时下“我们没有文学”（У нас нет ли тературы）这一俄国文艺界的共识相继在 19 世纪 20 年代被“十二月党人”批评家 A. 别斯土舍夫和 B. 邱赫尔伯凯提及；30 年代再次被持“官方人民性”立场的御用文人布尔加林、森可夫斯基，以及批评家纳杰日金和斯拉夫主义者 И. 基列耶夫斯基提到；别林斯基在其著名的《文学的幻想》（*Литературные мечтания*）一文中进一步发展了这一共同立场；到了 40 年代之后，俄国文坛上依然执拗地坚持宣称当下“我们没有文学”这一论断的就只有斯拉夫主义派别了①。普希金、果戈理之后俄国文学日趋走向繁荣的历史事实，似乎使得斯拉夫主义的论断显得日渐缺乏充分的依据，并成为屡遭西方主义派别质疑和诟病的靶标，但在所有斯拉夫主义理论家看来，一个植根于坚实俄罗斯民族文化精神土壤的，完全消除了社会上下阶层之间的精神分化，在形式上彻底摆脱了“模仿”性质的，具备完整艺术“人民性”品格的独立“俄罗斯艺术学派”，在时间上依然是个未来式。霍米亚科夫的“两元分化”理论认为，彼得大帝“全盘西化”式的改革之后，构成俄罗斯“人民性”精神生命实质的信仰出现社会游移和分化，进而社会有教养阶层日趋走向对思想、知识、理性分析的膜拜；民间（下层民众）则“发展出一种近乎粗野的物性宗教生活形式”②：这一由彼得大帝改革导致的，横亘在俄国上下社会阶层间的精神鸿沟在出现普希金、果戈理两位文学巨人之后不仅依然未能得到消融和弥补，反而有着进一步扩大的趋向。40 年代彼得堡“自然派”文学的风行就是眼下

---

① *Эстетические и литературные воззрения русских славянофилов*（1840—1850 - *е годы*）. Стр. 98.

② Хомяков А. С. *Полное собрание сочинений. Том* V. М., 1900. Стр. 214—215.

一个活生生的，“知识”与“生命”无法实现和解，并严重地制约着新时期俄国文学发展的例证：“科学（西方主义）无法拒绝自己的傲慢，因为它感觉到自己是伟大西方最优异成果的代表；生命（指斯拉夫主义自身）也同样无法放弃自己的执着，因为它觉得是自己缔造了伟大的罗斯。”① 霍米亚科夫将彼得大帝改革之后，包括同时代文学在内的俄国新时期文学的“模仿”性质问题予以尖锐化了：“迄今为止尚无任何作家（无论是诗人还是小说家）在自己文学创作的完整性上表现得完全像一个彻底摆脱了外来形式影响的俄罗斯人。”② 即便是普希金、果戈理、莱蒙托夫这样的时代文学天才也不例外：因为他们几乎都是在熟练掌握西欧几百年来所培育的外来文学形式（体现为模仿）的基础上开始自己的创作活动的。这样一来，在霍米亚科夫的理论话语语境里，对外来形式的任何“模仿”不仅是不合时宜的，甚至是不体面的，必须坚决摒弃。因为“所接受的外来形式不可能成为我们自己精神的表达手段。任何民族的精神个性都只会在这一精神个性自身所创造的独特形式中得到完美表达”③。如果没有艺术形式与民族精神之间的有机联系，就不会有一个民族独立自觉的文学。

在斯拉夫主义者看来，自彼得大帝时代开始的新时期俄国文学在发展上完全脱离了民族生活轨道，陷入了对西方外来形式和细节的痴迷，因此不可能不带有“模仿”的性质。И. 基列耶夫斯基不满以彼得堡“自然派”为代表的新时期俄国文学追求“轰动性、新闻性的时尚蔓延到文学的所有形式”：“无论往艺术与科学的哪个领域看，到处都是思想屈从当前的境况；感情屈从于党派的利益；形式适应于眼前的需要。小说成了某种风尚的统计学；诗歌成了时髦的造作和矫饰；历史被割裂成过去的残破碎片并极力证明自己符合某个风行理论的需要。”④ 当下，“文学专注于对社会问

---

① Хомяков А. С. *Полное собрание сочинений. Том* Ⅰ. М. , 1886. Стр. 23.

② *Литературные взгляды и творчество славянофилов* (1830—1850 *годы*), М. , Наука, 1978. Стр. 195.

③ Хомяков А. С. *Полное собрание сочинений. Том* Ⅲ. М. , 1886. Стр. 24.

④ Киреевский И. В. *Критика и эстетика.* Стр. 155.

题的分析、判断、批评等”文学之外的目的，从而“牺牲了自己的审美趣味”，成了社会理念的代言人。由“党派利益”带来的思想混乱、众声喧哗“瓦解了自我意识和个体心灵的鲜活运动”[①]。“鉴于诗人是发自民族心灵的内在生命力量所缔造的，在我们这个平庸时代艺术天才是如此之少……没有一个真正的诗人。”[②] 在霍米亚科夫看来，彼得大帝之后的俄国新时期文学作为处处“模仿”西方外来形式的现代艺术，逃避和忽视了俄罗斯民族精神生活的历史传承，以及“对俄罗斯土地的爱”、对本民族文化意识的集体记忆，因而具有某种“殖民主义性质”[③]。“习惯在西方奇特外来形式面前奴颜婢膝的我们不敢设想自己会有独立发展的文学事业，不敢设想必须找到自己内在情感的自我表达。民族独创艺术的理性需要显而易见：它呼吁我们去建立自己的功勋；然而一个世纪以来，在西方外来范式面前的屈从中断了我们前进的脚步，冷却了我们的心灵。”[④] K. 阿克萨科夫认为早在 18 世纪的古典主义时期，俄国作家在从沙皇宫廷里获得官位和爵位的同时，“完全忘记了自己的民族”：他们在脱离了本民族生活的同时，“甚至意识不到本民族的存在而如此心安理得，如此轻松、如此感觉良好地写小说、写诗、模仿、翻译……而这一切不过是假面舞会式的谎言和矫饰”。尽管卡拉姆辛已经开始意识到民族文学及其独创性的重要意义，但迄今为止俄罗斯民众尚未能够成为文学的真正主人公[⑤]。直到 19 世纪 50 年代，达里依然执拗地宣称，当下俄国文学“还没有真正民族的内容，没有对亲切的乡土生活的真实表达，没有对俄罗斯思维、俄罗斯世界观的表现。最后，没有用真正优美的俄罗斯语言写成的文学作品”[⑥]。他还指出，如今出现这一状况并非是俄国作家们自身的过错：现代俄罗斯生活尚未为他们成

---

① Киреевский И. В. *Критика и эстетика.* Стр. 156.

② Ibid. , p. 157.

③ Хомяков А. С. *Полное собрание сочинений. Том* Ⅰ. М. , 1886. Стр. 24.

④ Хомяков А. С. *Письмо в Петербург.* 1845. К. Н. Ломунов, С. С. Дмитриев, А. С. Курило в ред. *Литературные взгляды и творчество славянофилов* (1830—1850 *годы*), М. , Наука, 1978. Стр. 195.

⑤ *Литературные взгляды и творчество славянофилов* (1830—1850 *годы*) . Стр. 228.

⑥ Ibid. , p. 180.

为真正非模仿性的“民族作家”提供充分的客观条件。俄国文学还不能够为自己接下来的发展找到完全适合于自己的民族精神土壤和话语空间。尽管别林斯基早就指出，普希金、果戈理凭借其出色文学创作终结了俄国文学的“模仿”时代，将俄国文学带向“俄罗斯生活现实”，但斯拉夫主义理论家对此宁愿选择性忽视。他们在艺术“人民性”论述上持绝对完美主义立场，不接受对“俄罗斯生活现实”庸俗化理解。这在他们对彼得堡“自然派”及19世纪40年代文学的严厉批评中体现出来。

2. 斯拉夫主义论“自然派”及俄国文学现状

在反对外来“模仿”并建构俄罗斯自己独立的民族文学和民族文学史观的过程中，斯拉夫主义理论家将彼得堡“自然派”文学当作与西方主义派别进行思想论战的集中靶标。在19世纪40年代，只有斯拉夫主义的“自然派”界说才足以和别林斯基的“自然派”论述相抗衡。需要特别说明的是：斯拉夫主义派别理论视野下的所谓彼得堡“自然派”在大多数的情况下指的是最初活跃在俄罗斯帝国首都的一批初涉文坛的青年特写作家，如德米特里·格里高罗维奇①、伊万·巴纳耶夫②、斯拉夫主义者弗·达里③、雅·布特科夫④等。这些青年作家都以果戈理彼得堡系列小说为创作模仿的范本，艺术手法上追求“轰动效应”（злободневность），专门负面描绘阴暗沉闷的俄罗斯灰色官场生活环境和外省乡村野蛮愚昧的落后社会风习，先后出版有《彼得堡素描》（*Петербургская физиономия*）、《彼得堡文集》（*Петербургский сборник*）两部作品集。40年代文艺界意识形态斗争的舞台上首次出现了一个从普遍评价标准转向社会评价标准的，由众多年轻写实作家组成的统一文学流派。官方御用文人布尔加林蔑称这些外省青年特写作家为彼得堡“自然派”。为了与布尔加林、森可夫斯基等

① 德米特里·格里高罗维奇（Григорович Д. В，1822—1899），19世纪俄国“自然派”小说家、翻译家，代表作为《乡村》（*Деревня*）、《苦命人安东》（*Антон－Гремька*）。

② 伊万·巴纳耶夫（Панаев И. И..，1812—1862），19世纪俄国“自然派”小说家，文学批评家。

③ 弗·达里（Даль В. 1801—1872），19世纪俄国“自然派”小说家、词典编纂家、民间创作收集家、语文学家，编有著名的《大俄罗斯详解词典》。

④ 雅·布特科夫（Будков Я. 1821—1856），19世纪俄国“自然派”小说家。

“官方人民性”理论家进行论战，别林斯基刻意正面评述“自然派”文学，将具有批判现实倾向的小说家果戈理奉为“自然派”的领袖和旗帜，进而将“自然派”谱系发展扩充为19世纪中叶俄国文坛上一个极为宽泛的，可轻易将果戈理、冈察洛夫、屠格涅夫、谢德林，甚至陀思妥耶夫斯基和托尔斯泰等经典俄国现实主义作家列入其中的最重要现实主义文学流派。这里别林斯基的“自然派”术语一方面是指“早在1836年起就已出现”①的广义上的现实主义果戈理方向，另一方面在狭义上是指19世纪40年代中叶，先在《祖国日志》形成，后又转移到《现代人》的一批具有一致写实风格的“党派”，即上述青年特写作家。考虑到40年代除布尔加林、别林斯基之外的其他文学批评家的理论定义，“自然派”这一概念起初是模糊和游移不定的：С. 舍维廖夫称呼其为“彼得堡作家圈”；И. 基列耶夫斯基称为文学中“模仿倾向”的合理“分析”阶段；萨马林视为“果戈理的一群片面追随者”；霍米亚科夫将其称作“一群西方学徒工……”②可见斯拉夫主义派别将文艺论战的枪弹射向的是最初狭义上的“自然派”，而击中的却是别林斯基广义上的“自然派”，包括许多19世纪中叶的著名俄国经典作家，有概念失焦、模糊攻击方向的嫌疑。他们概括出了彼得堡“自然派”在艺术审美和文学创作上的“三宗罪”：1）在艺术“人民性”内涵揭示上的民族文化虚无主义态度；2）在创作手段和方法上对西方文学形式亦步亦趋的奴性模仿；3）在作品人物形象建构上对代表着俄罗斯正面精神品格的下层人民，特别是俄国农民阶层的歪曲和丑化。在斯拉夫主义者们看来，彼得堡“自然派”文学之所以不能够被接受，最主要的是因为它的那些代表人物将俄罗斯下层普通人民（农民）千年来在性格、情感、行为、精神信仰等负面所保有的一切优秀元素弃之不顾，痴迷于“表现俄罗斯人的肮脏、褴褛、劣质格瓦斯、白菜汤、酗酒打架等所谓民族性格特点”，极力夸大俄罗斯人民个性中的阴暗面③。彼得堡“自然派”作家

---

① Белинский В. Г. *Полное собрание сочинений. Том* Ⅸ. М. , 1956. Стр. 388.

② *Эстетические и литературные воззрения русских славянофилов*（1840—1850 - *е годы*）. Стр. 154.

③ *Литературные взгляды и творчество славянофилов*（1830—1850 *годы*）. Стр. 229.

无法正确理解俄罗斯下层民众“风貌”特写的真正含义，因为这些苍白、粗浅的“风貌”特写在手法上是借自法国自然主义文学的外来形式。他们在创作认识上的一大过失是将热衷于否定性展示的西方文学形式当作“矫枉手段”，并以促使社会趋向完善为名大肆鼓吹所谓“负面描写”的现实意义和重要性，在自己的作品中“收集和事无巨细地向读者展示俄罗斯人的性情中一切所谓粗野、残酷和令人屈辱的东西”，这虽是“出于值得夸奖的、愤世嫉俗的个人良好愿望”[①]，但实质上却构成了对俄罗斯人民的历史和俄罗斯民族现实生活的片面否定，是一种典型的、丧失本土民族文化根基的虚无主义态度。他们在艺术形式上亦步亦趋模仿西方同时代文学的过程中所意识到的东西是虚假的，因而也注定会是短暂的和无结果的，不会被追求真正艺术“人民性”品格的民族文学和民族文学家们所接受。

在斯拉夫主义民族文学史观看来，彼得堡“自然派”文学家硕果仅存的“益处”在于他们对彼得堡官场和俄罗斯“有教养阶层”那一沉闷、荒唐生活的讽刺与揭露。除此之外，“自然派”就没有什么值得夸耀的了。在与别林斯基及其“自然派”的文艺论战方面，斯拉夫主义运动中晚期代表人物萨马林的观点具有指标性的意义。1847 年萨马林在《莫斯科人》杂志上接连发表题目为《关于〈现代人〉：历史观与文学观》（*О мн ениях 〈современника〉 исторических и литературных*）的三篇文章抨击“自然派”文学；别林斯基随后在《祖国日志》上发表《答〈莫斯科人〉》（*Ответ 〈москвитянину〉*）来予以回击，把斯拉夫主义派别归入“官方人民性”阵营，一时间形成彼得堡与莫斯科西方主义和斯拉夫主义两个思想阵营硝烟弥漫的论战局面。萨马林首先认为，“自然派”文学对彼得堡贫穷官吏和上流社会代表人物的“漫画式”素描“没有什么不好。有教养阶层自己会评价你们（‘自然派’）的努力。他们在阅读中所得出的结论和你们在作品中通过讽刺和揭露所得出的结论是一致的”[②]。模仿果戈理对俄国官场、上流社会各种缺陷及“阴暗面”予以严厉揭露的意义就在于此。事实上 40 年代俄国文坛上追随果戈理《外套》的创作趋向，在作

---

① *Литературные взгляды и творчество славянофилов*（1830—1850 *годы*）. Стр. 228.

② Ibid. , p. 229.

品中表现贫穷官吏主题的不光是格里高罗维奇、巴纳耶夫、达里、雅·布特科夫等青年特写作家，就连诗人维亚泽姆斯基和布尔加林自己也撰写以贫穷小官吏为主题的小说。但是在萨马林看来，“自然派”那种对彼得堡官吏“漫画式”素描的“否定美学”立场却不适合用来表现俄罗下层民众（农民）及其完整精神道德生活。他以德·格里高罗维奇的小说《乡村》（*Деревня*）为例来指责彼得堡“自然派”文学在俄国乡村生活及农民形象刻画上的片面性和倾向性，认为在《乡村》中所展示的“乡村生活风习里只有粗野、屈辱和残酷的东西”，农民“完全缺乏道德意义”，在农民身上“既找不到同情、悔意和羞耻，也找不到敬畏、恐惧，甚至同一血缘的同胞间也缺少相互依恋”，下层人民好像“失去了所有人的面貌”，变成了滑稽可笑的丑类[①]。萨马林进而指出，在时下的俄国，“人民是沉默无声的大多数；人民不知道那些‘自然派’作家们是怎样在作品中描写他们；人民不对自我下判断，对人民下判断的是‘自然派’。因此我们认为，‘自然派’大可不必站在人民的背后去抹黑他们”[②]。他们可以揭开农村生活中的那些“溃疡的伤疤”，展示乡野民间的野蛮与落后、愚昧和奴性，但俄罗斯民众千年来所形成的那种“固有美德”，即虔诚忍耐、温顺和睦、淳朴善良的纯洁精神个性不仅不容亵渎，而且需要通过文学艺术的形式予以正面性的揭示，而不是无端中伤。另外，萨马林还力图将“师傅”果戈理和果戈理的“学徒工们”区分开来：彼得堡“自然派”的确是“从果戈理那里获取材料”，即以“片面性”的负面形式展示“我们现实的庸俗面”，但“果戈理的道德秘密和深度”是彼得堡的那些追随者所不能够领悟的。“果戈理第一个大胆地把对社会庸俗面的揭露带入艺术创作的领域”，但这一伟大功绩即“对现实的真实表现”是与“心灵屈辱的坦白”联系在一起的，所以果戈理“最新作品内容的片面性”实际上是一种被误解了的片面性：只有像果戈理那样放弃道德上的“个人优越情感”，并且自觉地实现与人民信仰融合的作家，“才有权对现实进行揭露”；而彼得堡“自然派”，即果戈理的“学徒工们”，按照萨马林的说法，冷漠地“屈尊表现社会庸

① Самарин Ю. Ф. *Сочинения. Том* Ⅰ. М. , 1911. Стр. 78.

② Ibid. , p. 229.

俗面”，只是为了“引起对拯救道德停滞的恐惧”。如果说果戈理寻求“与被蔑视的人们的心灵亲近”，果戈理的追随者们则固执地坚持自己道德上的“个人优越情感”[①]。这一“个人优越情感”导致他们既没有权利也没有力量对现实进行真正的揭露，丧失了表现艺术“人民性”实质的完整性和有机整体性，果戈理及其“自然派”追随者们之间的精神差距正在于此。

斯拉夫主义派别对“自然派”文学的民族主义文化批评态度与别林斯基对“自然派”文学的热烈赞颂和激赏迥然不同。在别林斯基的心目中，“自然派”是时下唯一“有实际意义的文学流派”，其贡献在于“从人类生活和自然的最高理想转向所谓的‘俗众’，并毫无例外地将‘俗众’作为自己作品的主人公”[②]。萨马林并不反对“自然派”文学将艺术视野投向“俗众”，投向农夫、普通人。他反对的是“自然派”文学在表现俄国下层民众及其生活时忽视了，或者出于道德上的“个人优越情感”刻意遗漏了对人民生命个性的完整正面揭示。这实际上是果戈理在彼得堡的追随者们对下层人民感到陌生，与下层人民生活疏离的表现，是自上往下猎奇式的“俯视”，而不是自觉、真诚地向下层人民的靠拢。萨马林将作家对下层民众猎奇式的“俯视”称作文学的形式主义“分析倾向”[③]：这一“分析倾向”首先在“自然派”作家的风貌特写中表现出来，其特征是在农民形象刻画上缺乏“内在生命”的“类型化”，即缺少对农民“精神个性的深度领悟和突出强调”，笔触仅仅停留在粗浅的、事无巨细的外表勾勒上，甚至形成对农民形象的片面歪曲和丑化，艺术视野因此变得更加渺小。萨马林将“自然派”、“分析倾向”在19世纪40年代的流行归结为法国自然主义文学的不良影响。这一“事实”具有特别的含义：就外部源头而言，“自然派”是“法国流派”在俄国的新变体；而从内部意义上说，这一新变体掺入了被错误理解的果戈理面貌，是内外两种影响的综合。果戈理“错误”追随者们在风貌特写上的“极端片面性”在很大程度上不是在师

---

① Самарин Ю. Ф. *Сочинения. Том* Ⅰ. М., 1911. Стр. 82—83.

② Белинский В. Г. *Полное собрание сочинений. Том* Ⅸ. М., 1956. Стр. 388.

③ Самарин Ю. Ф. *Сочинения. Том* Ⅰ. М., 1911. Стр. 71.

法果戈理，而是屈从于风靡一时的法国自然主义流派。40 年代正是法国自然主义代替了具有外来“模仿”性质的古典主义和浪漫主义而成为新的文学时尚。准确地说，“自然派”文学不是果戈理而是“法国流派”的追随者。基于这一民族主义立场，萨马林甚至拒绝承认“自然派”文学具有表现“生活真实的情感”，抗议后者在作品中对俄国普通人民形象的“类型化”扭曲和中伤：“人民不是作为个性，而是作为俗众引起‘自然主义者们’的注意……他们的固定角色就是打哈欠，挠后背或者挠后脑勺。在谈话中他们胡诌的都是懒汉的话题。既然如此，这样的农夫就需要敲打。”① “自然派”的“错误”就在于复写式地实录其表象观察，沉迷于“对多余细节空洞的炫耀”。萨马林进而宣称，如今对文学来说有比成功复制眼睛看到的和耳朵听到的东西更为重要的任务和问题——那就是用心灵去深刻感受人民的道德情感与愿望，自觉向人民靠近，实现与人民在精神上的融合。另一方面，别林斯基之所以高度评价和热情支持新生的彼得堡“自然派”文学，是为了借助于“自然派”文学的现实批判倾向，来合理化自己变革俄国社会的革命民主主义主张：“自然派”文学对俄罗斯人民现实生活悲剧性的、令人目不忍睹的所谓“不体面领域”的特写式揭露恰好证明了在沙皇农奴制下的专制和奴役使人民陷入了何等丧失个人尊严的困苦境地。“自然派”作家的现实批判倾向有助于形成必须对俄罗斯民族生活进行根本变革（革命）的社会舆论，并迫使统治阶层放弃长期以来对人民实行的无节制压迫和剥削，让人民过上真正具有人的尊严的体面生活。别林斯基在彼得堡“自然派”文学里看到的正是“漫画式”素描的“否定美学”在目的上可服务于俄罗斯百年民族解放运动的迫切意义。概括起来说，以别林斯基为代表的革命民主主义美学要求于俄国文学的不是不偏不倚的“真实”，而是实际的社会用处和益处。功利主义需求才是革命民主主义者文学体验和文学评判的核心，也是他们的信仰内容。斯拉夫主义文学和文学史观则认为，俄罗斯文学有比鼓动时下进行暴力革命式的外在社会变革更为重要也更为崇高的美学任务：即以生动的艺术方式，正面言说俄罗斯

---

① Самарин Ю. Ф. *Сочинения.* Том Ⅰ. М., 1911. Стр. 87.

"固有的"传统民族文化精神及永恒民族道德理想。因此，斯拉夫主义派别对文学"益处"有不同于"自然派"文学的特别理解。他们无法认同别林斯基那种艺术可以功利主义地，但却"高贵地"服务于时代社会变革的文学社会学观念。萨马林严厉责备彼得堡"自然派"文学家"为了某个虚构的真理……否认普通人民身上那些所有值得敬重的优秀品质，把俄国乡村生活描绘得暗淡无光"①。俄国普通民众的形象在"自然派"作家的笔下就是"躺在壁炉上呼呼大睡的懒汉或挠着后背，赞叹惩戒机关网开一面的犬儒"。可以想象读者大众如果对彼得堡"自然派"作家的农夫小说信以为真，就会把俄国农民看成酒饭囊袋、寄生虫或二流子等道德上的丑类，把俄国村社看成野蛮落后的穷乡僻壤。② 这种由西方式的偏见和误会导致的民族虚无主义态度，正反映出俄国"有教养阶层"与真实下层民众生活，与本土民族文化精神的长久脱离。萨马林由此把彼得堡"自然派"文学的乡村"风貌"特写看作一群欧化了的俄国上层知识分子对俄罗斯下层人民及其生活的恶意歪曲和中伤。他呼吁社会上层精英摈弃对下层民众"自然派"式的蔑视和偏见，自觉去接近人民："我们必须了解人民，而为了了解人民首先要热爱人民。与人民的接近对于有教养阶层来说比人民向其靠拢更有必要。"③ 真正俄罗斯民族文学目前首要的是培养读者对土地和人民的热爱，探索上层精英接近人民的有效途径，从而实现"有教养阶层"与人民在俄罗斯本土文化精神上的和解与融合。萨马林对别林斯基及"自然派"文学的民族主义文化批评态度，典型地体现了斯拉夫主义派别主张文学要致力于正面完整表达民族精神生活的"浪漫美学"立场。针对萨马林的责备，别林斯基反驳说"单是表现（俄罗斯）生活的负面要素根本不意味着是中伤（人民），而只是站在另一方面看问题。中伤指的是将现实中子虚乌有的污点和指责加诸目标对象之上，在人们身上找到那些确实存在的缺陷算不上是对人们的中伤……《莫斯科人》的那些批评家们（斯拉夫主义派别）是不是认为，俄国乡村从来就没有过坏蛋，没有过恶

---

① *Литературные взгляды и творчество славянофилов*（1830—1850 *годы*），Стр. 230.

② Ibid.

③ Ibid.

劣的家庭？或他们认为，在文学中表现这些坏蛋和恶劣家庭就一定意味着是要去证明，俄国农村里全是些坏蛋和恶劣家庭？”① 关于萨马林攻击“自然派”缺乏热爱人民、热爱乡土的民族自觉意识，在创作中抹黑和丑化人民形象，别林斯基以反讽的语气回应说：“人民最害怕看到自己身上的伤痕：他知道伤痕是致命的，知道现实并没有给予他任何值得高兴的事情，所以只有在自我欺骗中才能找到一丝虚假的安慰，并绝望地贪恋着这一丝虚假的安慰……一个充满生命力的伟大人民不应该是这个样子。只有让人民真正意识到自己身上的这些缺陷，才不会陷入绝望并进而产生对自己力量的怀疑，才能够使他获得新的力量并促使他采取新的行动”②。因此没有任何理由反对“自然派”文学对俄罗斯现实生活缺陷的负面性揭露，“揭露或许正是为了引起疗救的注意”（鲁迅语）。别林斯基站在社会学立场上的反驳或许击中了斯拉夫主义派别的软肋，但并不能说服后者。因为双方所极力坚守的文艺“人民性”原则相去甚远：别林斯基是基于革命民主主义立场谈论文学，强调俄国文学的时代意义和批判现实倾向，以及文学用以唤醒俄人民众（农民）进行社会变革，甚至暴力革命的巨大热情上的社会功利性价值；斯拉夫主义则是站在文化民族主义立场评价文学，强调俄国文学在完整表达俄罗斯民族文化精神上的永恒价值。民族文学的存在意义体现为对民族生活及其精神本质的正面揭示。就双方各自迥然对立的美学立场而言，斯拉夫主义理论家的思想极端性一点也不亚于视“否定是我的上帝”的别林斯基，二者的文学和文学史观都体现出某种“片面的深刻”。

19 世纪中叶前后，与略显斯文的萨马林相呼应，时常激情洋溢的 K. 阿克萨科夫在其《现代文学观察》（*Обозрение современной литературы*，1857）一文中向别林斯基及其“自然派”文学发起了更加猛烈的批评与反击。他对彼得堡“自然派”文学热衷于“模仿”西方外来文学形式的严厉责备比萨马林对“自然派”文学民族虚无主义的批评有过之而无不及，体现出斯拉夫主义理论家为维护自己的民族文学理想而毫不妥协的斗士

① Белинский В. Г. *Полное собрание сочинений. Том* X. М. , 1956. Стр. 239—240.

② Ibid. , p. 249.

品格。K. 阿克萨科夫将“自然派”贬低为“文学工厂”和“平庸的自满者”[①]，一直将其理论火力用来集中批评“自然派”文学在创作手段上对西方文学（特别是法国自然主义文学）细节形式亦步亦趋的奴性模仿。他承认，正是“自然派”首先将文学的视野转向俄国乡村和农民主题：这一派别“在寻找自然材料的过程中，降身到所谓的俄国社会底层，并因此接触到了农民”，但又紧接着断言，平庸的“自然派”作家缺乏博大的民族精神有机视野和爱乡爱土的赤子情怀。他们只是将目光投向俄国社会风习最阴暗的角落，只是将农民阶层视为进行“风貌”特写的“自然材料”，实际上根本无力真实地刻画俄国农民的优美形象：在乡村“它（自然派）所看到的只是较为清晰地映入其狭隘视线的偶然突出物，即那些农民面孔上无伤生命大雅的黑痣和肉赘”。“自然派”轻易地“被引诱去描写缺乏真正意义和深度的生活庸俗面”，不懂得“人民的理想”[②]，故无法在创作中塑造出具有高度“人民性”特征的劳动者形象。俄人民间千百年来，至少在彼得大帝改革之前一直纯洁地传承和保持着的“固有民族生活方式”和“民族精神”、天下亲如一家的淳朴世界观以及温和虔诚的和谐个性（别林斯基将这些特征称作斯拉夫主义“幻想的人民性”[③]）在“自然派”作家的作品中从未得到正确的揭示。这些活跃在彼得堡文坛的“风貌”素描家多数是法国实证主义哲学和19世纪中叶刚刚兴起的法国自然主义文学的忠实信徒，主张只研究事物外在具体的事实和现象，而不追究事实和现象的内在本质与规律性。他们在小说诗学表达上陷入描述的过分琐碎和细节当中而不能自拔，机械性地记录和事无巨细地复制俄罗斯民族生活中乡野民俗的粗浅表象和人物细微的生物性差异，“差不多连农夫脸上的细纹和眉毛的数目都仔细计算过了”。“自然派”文学“作者如果以为这样一来就可以抓住现象的风貌和生命，那就错了。这种琐细只会束缚读者的艺术认知和想象，因为他（读者）在阅读中实际

---

① *Эстетические и литературные воззрения русских славянофилов*（1840—1850 - *е годы*）. Стр. 156.

② *Литературные взгляды и творчество славянофилов*（1830—1850 *годы*）. Стр. 250.

③ Белинский В. Г. *Полное собрание сочинений. Том* X. Стр. 25.

上已没有任何东西需要补充的了。阅读雅致文学作品所必需的认识自由遭到排挤，形象失去了生动性”[1]。本来读者必须积极参与到每一部作品中，而“我们（‘自然派’）文学的统计学作者为读者操刀代劳到了那样的一个地步，以至于读者再也不用费力去希望和思考了。他们错得十分离谱，因为描述上的凌乱、琐细和繁文缛节大大局限了艺术印象：这不是赋予（读者）完整的认识，而是有局限的认识；不是赋予（作品）丰富的内容，而是贫乏的内容；不是赋予（作者）力量，而是带来软弱无力。在这类渺小而微不足道的细节描绘中处处见出作者的卖力，而卖力总是会剥夺了（作品）的力量”，“所有对生活的外在忠实恰恰是对生活的诋毁”[2]。K. 阿克萨科夫对代表“自然派”文学成就的《彼得堡文集》（*Петербургский сборник*, 1846）和《彼得堡风貌》（*Физиономия Петербурга*, 1845）连发多篇“评论”（*Обозрения*, 1847）进行分析和评述，字里行间流露出对“自然派”文学负面揭露倾向的偏见和不满。他称陀思妥耶夫斯基早年最著名的“小人物”主题小说《穷人》（*Бедные люди*）是对果戈理同一主题小说《外套》（*Шинель*）的不成功模仿，“缺乏艺术性”，特别是没有深刻地揭示民族生活“光明、纯洁、欢乐”的要素，因此其作者陀思妥耶夫斯基“不是一个艺术家，而且将来也不会成为艺术家”[3]。他还贬斥屠格涅夫的长诗《地主》（*Помещик*）以漫画式素描描写俄国外省庄园地主形象，缺乏性格的真实展示。与此同时 K. 阿克萨科夫对部分正面展示俄国农民集体形象、乡村生活道德习俗的“自然派”作品予以赞扬。如他称赞屠格涅夫《猎人笔记》中的《霍尔和卡里内奇》真实刻画了两个性格上截然相反的“浪漫型”和“务实型”农民形象，其意义在于深刻揭示出“土地与人民”之间紧密相连的自然关系，以及在这片土地上生长起来的俄国农民的精神力量和道德观念。他还夸奖屠格涅夫的短篇小说《木木》和《旅店》中充满俄罗斯民间乡土气息，热情赞扬《木木》的主人公哑巴农奴盖

---

① *Литературные взгляды и творчество славянофилов*（1830—1850 *годы*）. Стр. 233.

② Ibid.

③ *Эстетические и литературные воззрения русских славянофилов*（1840—1850 - *е годы*）. Стр. 167.

拉辛“从人民生活源流中汲取精神力量”，强大而温和，是出色的俄国庄稼汉；《旅店》中的主人公阿基姆牢记基督教导，具有纯洁的道德意志和“忍耐和顺从”的斯拉夫人天性，是真正的俄国农夫形象，“高于所有处在他那个位置的欧洲人”①。观察 K. 阿克萨科夫对“自然派”文学的态度，可以发现某种观点上的双重性和游移性：“自然派”对俄国农民、乡村风习的负面性“揭露”必然会引起他的反感和不满；与此同时，“自然派”对俄国农民、俄国乡村生活和风俗的正面性“歌颂”一定会引起他的称赞和欣赏，但总体上反感和不满成分要远远地大于称赞和欣赏的成分。正如苏联文艺学家 Б. 叶戈罗夫所说，“按照斯拉夫主义派别的看法，艺术创作要么正确反映出那些能够证明他们理论教条合理性的理想民族品格，如宗法性、村社主义和谐性、宗教性或天性上的温和与淳朴、忍耐与顺从；要么相反是错误地以负面否定形式表现那些不符合他们理想的东西”②。除此之外没有其他方面的可能。这也就是说，如果文学对民族生活正面性内容的展示吻合斯拉夫主义派别为之所划设的理论边界（艺术的“人民性”标准），就会受到他们的礼遇和加持；反过来说，如果文学对民族生活的批判性讽刺和揭露与他们的“文学幻想”相冲突，就会遭到他们的强烈拒斥和攻击。斯拉夫主义美学镜像中的“自然派”文学恰好就是这样的命运。

斯拉夫主义运动处于鼎盛时期的 19 世纪 40—50 年代是俄国“文学中心主义”高歌猛进的年代。“文学是唯一的讲坛”（赫尔岑语），其中一个重要含义就是理论界对整体文学现状及其现实价值的集中关注。文学作为探讨和表达本民族真理的艺术方式，成为“俄罗斯生活的百科全书”（энциклопедия русской жизни，别林斯基语）。因此批评家对时代文学作为一种“思想力量”介入生活、改变生活乃至创造生活的审美要求非常高，认为当下文学尚不具备民族独创性，还无法走出“模仿”的阶段自立于世界文学之林并说出自己的艺术新话语。在同时代的文艺理论诸流派中，斯拉夫主义派别的不满显得尤为强烈和持久。1845 年，И. 基列耶夫

① *Эстетические и литературные воззрения русских славянофилов*（1840—1850 - *е годы*）. Стр. 29.

② 《*Вопросы литературы*》, 1969, № 5, Стр. 133.

斯基写道："俄国文学是欧洲所有文学的大杂烩。这一点在我们看来无需证明"。西方文学来自其思想的内部运动，在接受"外部影响"的同时，并未丧失发展的内在独立性，"外部影响只是它们内部提升的一个台阶"。俄国文学的发展则误入歧途："我们不断在翻译、模仿他人的文学……这些练习使我们脱离了本土文明的内在本源，造成我们徒劳无功。"这里"我说的不是某个例外情况，而是文学的普遍状况"①。关键问题不在于是否缺少个别文学天才（如普希金、莱蒙托夫、果戈理等），而在于"那些创造了过去的俄罗斯，并构成现在唯一民族生活领域的知性、社会、道德和精神因素并没有发展成我们的文学启蒙"②。俄国文学在亦步亦趋仿照西方范式的过程中，止步在自己独立发展的最初级阶段，其现状无论自哪个方面看都是令人失望的。实际上被俄国文学，特别是"自然派"奉为外来典范的文学自身在现代西方已经不会给人们带来审美享受，因为欧洲人"对物质商业利益的关注代替了审美印象"③，社会细节分析代替了完整生命体验。基于这一反西方的鲜明民族主义立场，И. 基列耶夫斯基宣称以"自然派"为代表的现代俄国文学就其追求"新闻轰动效应"和负面"分析倾向"而言，是建立在对现实生活之物质方面、外在功利法则或眼前利益的启蒙理性主义关注之上的，缺乏艺术真正的"人民性"品格和永恒的民族道德理想精神，仅处于历史发展的"过渡"时期。与 И. 基列耶夫斯基的认识论观点类似，霍米亚科夫也认为，在文学与现实的关系这一核心美学问题上，文学艺术应该成为"民族生活与精神规律在可见和匀称形象上不由自主的、天然的显现"。它需要民族文化意识的"内在世界和内在完整性"，而当下俄国具有这种"内在世界和内在完整性"的文学艺术并不存在。因为当代文学家不管如何拥有个人创作上的巨大天分，一旦在创作观念上脱离了俄罗斯"民族生活本身"，其艺术个性显示必然会"破坏和扭曲艺术作品本身"，甚至在那些"我们最优秀的言语作品里"所能够见到的也仅仅是"些许俄罗斯元素的涓涓细流"，而非对完整的"俄罗斯

---

① Киреевский И. В. *Полное собрание сочинений. том* Ⅰ. /под ред. М. Гершензона. Стр. 144.

② Ibid. , p. 151.

③ Ibid. , p. 122.

元素"[①]，即传统民族文化精神的表达。在这种情况下，创建独立的"俄罗斯艺术学派"无异于建造空中楼阁。

在反对19世纪40—50年代文学的所谓"彼得堡新闻性"，鼓吹文学有机"人民性"原则的斯拉夫主义理论家中，K. 阿克萨科夫的批评实践最具有指标意义。他描述了俄国文学成为商业性"文学工厂"的不良现状："所有小说看上去都不坏，但问题就在这里。初读起来好像很吸引人，性格、语言也不错，算是艺术创造。不过读完后却没有留下任何印象，小说很快就被遗忘，没有带来任何思想、形象等一切可驻留在心里的东西。如果有例外，那也是很少见的例外。区别仅在于印象要久一点。""即便是名家创作的作品，现代读者也是随手翻翻就知道创作手法和所属流派，不费气力就能猜出作品分为几个部分。不乏灵活却很少真正具有才分。"[②] 另外，K. 阿克萨科夫非常忧虑这个时期的俄国文学变化过快，"在短短10—12年间，……文学就尝试了数个流派……我们知道，严肃独立的文学进程不是这样演变的。它具有深厚的根基，不会轻易从一个信念转向另一个信念"。文学的快速"进步"呈现出的不仅是"跃进"，而且是过分"轻快地跃进"，身上负载着"一堆花花绿绿的，来自外国的或翻译过来的标签"[③]。这一状况显示俄国文学发育不良，且不会长久，其中最关键的是缺少真正的艺术"人民性"内涵。涉及同时代具体的俄国作家，首先，K. 阿克萨科夫着重分析了B. 奥托耶夫斯基的中篇小说《孤女》。他讥讽B. 奥托耶夫斯基"本来是一个与人民格格不入的、充满着虚假自我优越感的作家，却突然放低身段说起人民来"，把俄国农夫塑造为某种低下的、孤立的、"没有受到文明熏陶的"贱民形象。小说中的孤女娜斯佳寄居在京城并受到了良好的西方教育，后来作为启蒙者回到故乡是为了在那里播下"文明"的种子，进而实现"改变"整个农村面貌的理想。K. 阿克萨科夫认为，B. 奥托耶夫斯基这部小说的故事情节令人厌恶，是作者所精心炮制

---

① Хомяков А. С. *Полное собрание сочинений. Том* Ⅰ. М., 1900. Стр. 161—162.

② *Эстетические и литературные воззрения русских славянофилов* (1840—1850 - *е годы*). Стр. 183.

③ Ibid., pp. 183—184.

的一场“假面舞会”，是“假慈悲的伪劣品”。其中的“虚假人民性”特点“让人感到一种无法忍受的沉重和痛苦”①：原来俄国上层知识精英就是这样屈尊走向人民的！这种怀着自我优越感，以城市文明者的身份“接近人民”是对人民最大的误会，是一种十足的傲慢和伪善：18世纪以来专为上层“公众”服务的文学对俄国人民一直秉持的就是这样居高临下的立场。而K. 阿克萨科夫的艺术有机“人民性”原则在表现俄国下层人民问题上不仅要求把农夫当作平等的人来看待，而且需要把农夫当作精神和信仰意义上高于“公众”的道德的人来看待。从这一斯拉夫主义原则出发得出奥托耶夫斯基的“矫饰与傲慢”就不足为奇了。其次K. 阿克萨科夫对陀思妥耶夫斯基早期小说《穷人》的评价相当负面且带有明显敌意。他在给萨马林的一封信中说，《穷人》在“个别地方很精彩——确实如此，但总起来说整个小说不具有艺术性，……给人留下的印象是沉重的，无意义的……除此之外，（作者）虽刻意模仿果戈理，但暗地里却并不喜欢他，外部形象拖拉冗长，加之印象很差”②。与别林斯基社会历史学派的观点不同，K. 阿克萨科夫这一负面评价是建立在严格美学原则上的：一方面陀思妥耶夫斯基对艺术独创形式的选择很不成功，“完成得不正确”；另一方面陀思妥耶夫斯基在模仿果戈理上仅仅是汲取了“官吏和穷人题材”。尽管陀思妥耶夫斯基本人宣称，“我们都是从果戈理〈外套〉里出来的”，但在K. 阿克萨科夫看来，《外套》和《穷人》在美学意义上还是存在着明显差异：前者“赋予思想和内容以匀称及高度切实的形象”；后者则不具备这种形象的“匀称性”。从小说创作主体看，二者间的差异实际上是“艺术家”与“非艺术家”之间的差异③。这也就是说，给读者大众留下“沉重印象”的《穷人》算不上是真正的“艺术创造”，其形象是臆想出来的；而真正算得上“艺术创造”的是“形象真实”，不会给读者大众留下沉重印象的《外套》。K. 阿克萨科夫借助于评价《外套》和《穷人》两部作

---

① *Эстетические и литературные воззрения русских славянофилов*（1840—1850 - *е годы*）. Стр. 166—167.

② Ibid. , p. 167.

③ Ibid. , p. 168.

品，几乎完全否认艺术作品的外在目的性：凡是带有外在目的性的作品都不能够被称为“艺术创造”。这一强调艺术自律自足性、非目的性的文艺观念与别林斯基“艺术高贵地为社会服务”的社会功利思想形成了尖锐对立。在K. 阿克萨科夫眼里别林斯基及其“自然派”基于“时代需要”和“自私目的”的文学功利性主张，恰恰是眼前西方“时尚”对俄罗斯永恒民族精神“纯洁本源”的扼杀，当下40—50年代俄国文学陷入贫困境地的原因也正在于此。

当然，对彼得堡“自然派”文学的严厉批评并不意味着斯拉夫主义派别完全排斥文学的否定、揭露倾向。需要把阴暗、琐细“风貌特写”式的“自然派”文学与能够推进社会进步和文学自身发展的讽刺揭露文学这两个概念区别开来。事实上斯拉夫主义理论家从来都不是讽刺揭露文学的反对者。霍米亚科夫说，“揭露文学是俄人民族文学生活的合理现象。我说得更多一点，它不仅仅是合理的，而且是必要的和可喜的现象。揭露文学不是单独某个作家任性和愤愤然的作品，而是一个时代屈辱和愤懑的自我意识的表达……是社会公开的坦白。在抨击舞弊，痛斥个别人物类型的同时，揭露文学发出的是在内部指责自我存在缺陷的社会良心的声音。任何自由的，未被最终破坏的社会都需要这种有意义的揭露文学。有时（特别是我们生活的这个时代），文学揭露倾向的意义就显得更崇高、更神圣：在摆脱了几百年来虚假和自欺欺人的自满和经历了长期持续的沉默后，听惯了官方赞歌和自夸的社会生活一旦醒悟，就会异常激动，就会充满长期累积的肝火气，讽刺揭露文学的神圣职责就在这里”①。“文学作为永恒美的服务者的权利并不排斥讽刺和揭露的权利。讽刺揭露文学总是伴随着社会的不完善而存在，有时成为社会溃疡的治疗者。存在着心灵和谐与平静真实中的无边的美，也存在着处于恢复真理的忏悔中的人与社会趋向道德完善的真正崇高的美。”② 按照霍米亚科夫的理解，揭露文学是促使一个社会进步

① *Литературные взгляды и творчество славянофилов*（1830—1850 *годы*）. Стр. 267—268.

② *Эстетические и литературные воззрения русских славянофилов*（1840—1850 - *е годы*）. Стр. 268.

和完善的良药和清醒剂：通过这一艺术生活领域，社会就此意识到自己的缺陷和罪过，走向公开的忏悔，在坦白中逐步改正自身的缺点，净化自己的心灵。这种构成“正面文学”发展基础的揭露文学不会为任何斯拉夫主义者所反对。1852年，K. 阿克萨科夫写道：“讽刺喜剧或一般意义上文学的喜剧方面在我们这儿具有另外的含义，喜剧性活动中存有真实的思想，这是社会处于虚假状态时所必要的阶段。在讽刺喜剧中有对抽象社会生活的揭露，因此我们喜剧的诗自身带有许多悲剧性的元素：欣喜常常是可笑的，而可笑又往往是严肃的。在冯维辛、卡普尼斯特、格里鲍耶托夫、果戈理身上处处可听到这一严肃的、悲剧性的笑声。俄罗斯喜剧所嘲讽的对象是社会的谎言。”① 可见斯拉夫主义理论家并不反对作为俄国文学发展“必要阶段”的讽刺揭露文学。他们所反对的是诸如彼得堡“自然派”文学对俄罗斯“人民性”品格的歪曲，是对本土文化精神的民族虚无主义态度，是对西方外来文学形式的粗浅模仿和庸俗化理解，缺乏民族永恒道德理想的阴暗色调以及对灰色琐碎细节那一事无巨细的自然主义痴迷。所谓“我们没有文学”这一定义和宣告在斯拉夫主义理论语境里指的是当下在俄国，还没有真正民族文学来反映俄罗斯生活的某些本质内容，还不知道人民的任何理想。俄罗斯人民的生活观念、民族固有的精神力量，即一切构成俄罗斯生活本质和揭示俄国人民永恒道德理想的“人民性”内容在当下俄国文学中还没有得到正面的、完整有机的表达。虚无主义式的为否定而否定是不会有结果的；有益于民族精神肌体进步和完善的讽刺揭露，即为正面理想而进行的否定却是十分必要的。尽管如此，就事物发展的机制而言，否定毕竟是事物的反面和例外，所涉及的是事物的个别领域，决定事物向好的方向发展和完善的力量不是否定，而是肯定：只有肯定才是事物发展的共同基础，并作为一种前驱力推动事物的运动和进步。因此，俄国真正需要的不是那种停留在以机械模仿和负面缺陷展示为能事的讽刺揭露文学，而是一种能够正面反映俄罗斯人民的“精神生活基础”和“全民理想”的肯定文学。出自域外（西方）重分析的“文学启蒙”不仅在形式

---

① *Эстетические и литературные воззрения русских славянофилов* (1840—1850 - *е годы*). Стр. 118—120.

上，而且与俄国重整合的信念本质格格不入。霍米亚科夫认为，“在我们这个时代之前，俄国从来没有一个文学家（无论是在诗歌方面还是在散文领域）在其创作完整性上是纯粹自由的，完全摆脱外来影响的俄罗斯人”①，“习惯于模仿和在奇特西方艺术范式面前顶礼膜拜的我们（俄国艺术家），还不会意识到我们有待出色发展的民族共同事业，还没有想到我们必须找到自己内在情感的自我表达”②。以彼得堡“自然派”文学为代表的当下俄国文学，是欧洲理性主义否定思潮在俄国渗透的不良后果。当本土“质朴、纯洁的俄罗斯生活元素”被当代文艺界忽略，仅从欧洲亦步亦趋地移植虚假的外来文学形式时，俄国不可能存在自己“独立的民族文艺学派”，因此对西欧科学如此顶礼膜拜的那些原则和结论必须予以重新考虑，必须建构一种正面的、完全基于民族文化精神传承的本土审美观，即艺术的“人民性”意识。基于这一斯拉夫主义立场，霍米亚科夫热情赞扬小说家老阿克萨科夫“完全是俄罗斯的”艺术家，并且“完全生活在俄国生活中”，是时下俄罗斯文学“正面倾向”的奠基人，是“我们文学家中第一个用正面观点，而不是用否定观点观察生活的作家”③。霍米亚科夫还特别欣赏 M. 格林卡的著名歌剧《为沙皇献身》④ 充满民族精神，“讴歌俄罗斯大地的统一，颂扬未来全人类的博爱”，指出这一歌剧在展示俄罗斯家庭与村社和谐道德风习的同时着力表现从波兰人手中解救祖国的民族英雄苏萨宁⑤崇高而又深沉的家国情怀。霍米亚科夫认为，在民族英雄苏萨宁的

---

① Хомяков А. С. *Полное собрание сочинений. Том* Ⅲ. М., 1886. Стр. 111.

② Хомяков А. С. *Письмо в Петербург.* 1845. 转引自 *Литературные взгляды и творчество славянофилов*（1830—1850 *годы*），М.，Наука，1978. Стр. 195.

③ Хомяков А. С. *Полное собрание сочинений. Том* Ⅲ. М., 1900. Стр. 207.

④ 剧本原名为《为沙皇献身》（*Жизнь за царя*，1844），苏联时期因该剧本题目过于敏感被官方文化部门改名为《伊万·苏雅·布特科夫萨宁》（*Иван Сусанин*）。

⑤ 伊万·苏萨宁是 17 世纪初期俄国反抗波兰侵略者的民族英雄，科斯特罗马县多木罗农民，在俄国面临被侵略者瓜分和灭亡的危险时，在梁赞组成一支民军，向被波兰统治者占领的莫斯科挺进。后因内部发生分歧而失败。1612 年春，苏萨宁在下诺夫哥罗德又组成由工商界人士和城市贫民参加的第二支民军。抗击侵略者，解放被波兰、瑞典占领的莫斯科、诺夫哥罗德等大片俄罗斯领土。后苏萨宁被迫为撤退的波兰军队领路，不顾生命危险，把敌人引入歧路，带进茂密的森林中，使得波兰侵略者退往科斯特罗马的计划未能实现。1613 年在丛林中遭波兰贵族杀害。

功勋中，“所表达的不是个人力量，而是一个健康社会无坚不摧的力量。这不是个体为建立个人功勋的某种瞬间爆发，而是复兴和驱动伟大社会事业的集体力量”①。从这个意义上说，苏萨宁对沙皇的个人热爱没有任何的意义，其私人性情感与“村社”以及“村社”的外在形式——“国家”相比而言无足轻重。在陷入民族分裂和王公内讧的状态下，村社需要强有力的国家权力来号召其成员奋起保卫自己的家园。因此苏萨宁的个人功勋可以被称为俄国村社主义“忍耐和顺从”的精神功勋，服从于体现着自由和道德统一的民族“聚合性”原则。从“浪漫美学”出发，斯拉夫主义理论家热衷于在他们断言的，尚处于“过渡时期”的俄国现代文学里努力寻找未来民族文学之花行将绽放的稚嫩花蕊，预言和憧憬着俄国文学“全新时代”的到来。他们为同时代的俄国文学家中出现了第一个用正面观点观察民族现实生活的小说家老阿克萨科夫而欢呼，为M. 格林卡的民族歌剧而雀跃，为卡拉姆辛、普希金、莱蒙托夫、屠格涅夫、达里、丘特切夫、谢德林、涅克拉索夫、阿·康·托尔斯泰，甚至皮谢姆斯基、科哈诺夫斯卡娅等作家作品里的些许艺术“人民性”要素，即斯拉夫主义所鼓吹的东正教理想、忏悔、宽恕、顺从等俄国人民性格特征而欢欣鼓舞。不过在19世纪上半叶的所有俄国作家中，最能够引起斯拉夫主义理论家的热烈关注和集中讨论的还是被他们称为代表着俄国文学“史诗般静观”的，艺术创作上“无论是在思想感情，还是形式上都来自民族心灵深处的”作家果戈理。没有对果戈理及其小说创作，特别是长篇小说《死魂灵》的文化民族主义阐释，斯拉夫主义派别的整个俄国文学批评实践就只会停留在某种空洞理论狡辩的层面上，也就不会在19世纪中叶前后的一场围绕着《死魂灵》的著名文艺论战中占据着极为重要的历史位置。

3.“果戈理的秘密”：斯拉夫主义批评镜像中的《死魂灵》

19世纪40年代，斯拉夫主义派别（以K. 阿克萨科夫为主）与别林斯基围绕果戈理长篇小说《死魂灵》的一场激烈文艺论战是俄罗斯文艺学界

---

① Хомяков А. С. *Полное собрание сочинений.* Том Ⅲ. М., 1900. Стр. 102.

一桩著名的历史公案，长期以来引起不同时期研究者的浓厚兴趣和高度关注。1841 年果戈理从长达 5 年的欧洲旅行中归来，携回的是《死魂灵》的第一部手稿，出版后引起读者的巨大反响，代表着他在俄国文坛所取得的决定性的胜利，成为彼得堡“自然派”的旗帜性典范之作。按照果戈理本人的构思，《死魂灵》应该成为一部俄罗斯民族“史诗”（поэма），即以黑暗与光明的基调表现俄国五光十色的社会生活图景，使类似荷马史诗般的古老绝唱复活在言说俄罗斯民族道德理想的艺术新形式上，从而向全人类宣扬基督爱与善的普遍真理。更准确地说，《死魂灵》就如同但丁的巨著《神曲》（包含《地狱》、《炼狱》和《天堂》三篇）：果戈理本打算完成“史诗”的三部曲，但从国外所带回的仅仅是其第一部即《地狱》篇（后来第二部完成后被作者焚毁，第三部只停留在规划中）。谈及自己的艺术使命，果戈理说，“上帝创造了我，他对我并没有隐瞒我的使命。我的出世，全不是为了要在文学史上划出一个时期来。我的职责还要简单而切近：就是要个人都思索，而不是我独自首先思索。我的范围是人的魂灵，是人生的强大、坚实的东西。所以我的事务和创作，也应该强大而坚实”①。长诗《死魂灵》在果戈理的创作意图里就必然应该是这样一部“强大而坚实”的文学作品，一种旨在拯救堕落世人灵魂的“教义问答”（катехизис）或道义启示录。

然而小说出版后，多数读者大众在《死魂灵》里所看到的是与 17 世纪欧洲骗子小说（流浪汉小说）雷同的，俄国骗子乞乞科夫购买所谓“死魂灵”（死农奴）的滑稽奇遇，以及透过乞乞科夫在乌克兰（小俄罗斯）若干地主庄园间的东奔西走所“负面”刻画出来的，沙俄帝国滑稽可笑的“群丑图”，社会“堕落的历史，他的邪恶，他的空虚，他的无聊和庸俗的故事”，而不是其中透着宗教神秘主义救赎气息的，“犯罪和迷雾的魂灵的净化和明悟的历史”②：构成俄罗斯民族宏大伦理叙事的“史诗”被读者大众普遍理解为笑话，或一部漫画式的讽刺“小说”，这让果戈理深感意外。他在给老阿克萨科夫的信中说，“可怜的读者，贪婪地抓起这本书，把它

---

① 果戈理：《百图死魂灵》序言，鲁迅译，中国文联出版社 1999 年版，第 15 页。

② 同上书，第 18 页。

当作吸引人的趣味小说来读，然后疲惫不堪地低下头，遇到的是所不曾预见到的乏味”[①]。另外，莫斯科和彼得堡文学沙龙里的知识精英也因为长诗《死魂灵》的出版而争吵不休：有人激烈反对；有人坚定地赞成。激烈反对者如“美国人”Ф. 托尔斯泰宣称，“果戈理是俄罗斯的凶恶敌人，应该给他戴上镣铐并发配到遥远的西伯利亚”。Н. 纳杰日金也认为，《死魂灵》“让人读起来痛心，为俄国和俄国人痛心”。Н. 巴甫洛夫断言《死魂灵》预示着“果戈理的堕落”。М. 波戈京认为“长诗第一部里情节内容没有任何进展。果戈理构筑了一个长廊，然后领着读者和乞乞科夫一起顺着一道长廊，推开左右房门，展示坐在房间里的每一个丑类”。С. 别尔费列夫发现，《死魂灵》“读起来很乏味，一成不变，冗长拖沓”。А. 亚泽科夫解释说，“乏味”是因为这“只是小说第一部，尚未出现真正的开端”。О. 森可夫斯基指责果戈理的长诗中“主人公乞乞科夫找到整整一打……不可理喻的蠢货，和每一个蠢货重复做着一成不变的购买死农奴的交易，直到叫人疲惫不堪”。П. 恰达耶夫、Д. 斯维尔别耶夫、М. 德米特里耶夫等人也激烈地攻击果戈理的新著；而坚定的赞成者如舍维廖夫则宣布“《死魂灵》是一部伟大作品，这是无可置疑的公理”。来自斯拉夫主义派别的霍米亚科夫、Д. 瓦鲁耶夫赞扬《死魂灵》是表现俄罗斯“固有民族精神”的杰作。别林斯基则将《死魂灵》的出版视作俄国“自然派”文学在文坛取得最终合法地位和最高艺术成就的标志性事件。就连来自西方主义派别的 Т. 格拉诺夫斯基、Н. 凯特切尔等莫斯科的“青年教授们”也无不为《死魂灵》的问世而欢呼雀跃，认为“《死魂灵》高于果戈理之前完成的所有作品”[②]。其中赞成者和反对者内部也并非铁板一块，其内部分歧一点也不亚于外部争议。赫尔岑 1842 年 6 月在一篇日记中就 40 年代俄国文艺界围绕着《死魂灵》出版事件的激烈思想论争（别林斯基称其为“两个时代的战役”）回忆说，“关于《死魂灵》事件的争论。斯拉夫主义分子们和反斯拉

① Гоголь Н. Н. *Полное собрание сочинений в 14 - томах. Том* Ⅻ. Издат. АН. СССР. 1952. Стр. 91.

② *Эстетические и литературные воззрения русских славянофилов* (1840—1850 - *е годы*). Стр. 108—109.

夫主义分子们分成了不同的党派，其内部也出现了不同分化。头号斯拉夫主义者们说《死魂灵》是对罗斯的赞美，是我们俄国的《伊利亚特》，当然对其推崇备至；另外一些斯拉夫主义分子显然快要疯了，说《死魂灵》是对神圣罗斯的恶毒诅咒，并为此骂声一片。反过来，反斯拉夫分子们内部也分成了明显的两个派别。《死魂灵》这部作品的伟大就在于它可以避过任何片面的观点。实际上在《死魂灵》中看到赞美是可笑的，看到诅咒也是不公正的"①。这里，赫然岑所说的，因《死魂灵》出版事件所引起的俄国文艺界思想分化不光是分成了相互激烈对抗的斯拉夫主义派别和西方主义派别两个阵营，而是分裂成四个阵营，即分裂了的斯拉夫主义（斯拉夫主义和保守斯拉夫主义）和反过来分裂了的反斯拉夫主义（激进西方主义和保守西方主义）。莫斯科、彼得堡的沙龙、小组外部及内部观点的分歧所带来的"众声喧哗"不仅超出了果戈理本人的想象，而且超出了几乎所有同时代人的想象：《死魂灵》"震撼了整个俄罗斯"（赫尔岑语）。

为了回应莫斯科和彼得堡文学沙龙里围绕果戈理新著《死魂灵》的激烈争吵，并清楚表明自己的斯拉夫主义美学立场，1842 年 6 月 K. 阿克萨科夫撰写了著名的为《关于果戈理的长诗〈乞乞科夫的奇遇，或死魂灵〉的几句话》的小册子（以下统称"小册子"），并发表在具有浓厚斯拉夫主义美学倾向的《莫斯科人》杂志上。同年，别林斯基在彼得堡西方主义派别的杂志《祖国纪事》上发表评论，对 K. 阿克萨科夫的小册子表示强烈异议。很快 K. 阿克萨科夫又撰写了《关于果戈理的长诗〈乞乞科夫的奇遇，或死魂灵〉的解释》（*Объяснение по поводу поэме Гоголя* 〈*Похождения Чичикова или Мёртвые души*〉，1842）（以下简称《解释》）一文来回击别林斯基的非议。别林斯基随之发表了《对于因果戈理长诗〈乞乞科夫的奇遇，或死魂灵〉而引起的解释的解释》（*Объяснение на объяснение по пов оду поэме Гоголя* 〈*Похождения Чичикова или Мёртвые души*〉，1842），剖析 K. 阿克萨科夫思想观点的"荒谬性"。这样，一来一往，K.

① Герцен А. И. *Собрание сочинений в 30 – томах. Том* Ⅱ. М.，1957. Стр. 220.

阿克萨科夫和别林斯基两位同样激情洋溢的批评家围绕着果戈理的《死魂灵》展开了一场激烈的“拉锯式”文艺论战。一时间沙俄帝国的两都之间硝烟弥漫，热闹非凡。谈及撰写并发表这一小册子的动机和经过，K. 阿克萨科夫断定俄国文艺界之所以围绕《死魂灵》产生如此褒贬不一和众声喧哗的激烈争吵，恰恰就是因为“果戈理的《死魂灵》是一部伟大的作品”，因此更有必要表达一种“与社会流行舆论迥然不同的观点”，于是“在我的头脑里构思出了一整篇文章，或许我应该把它写下来并尽快发表出来……H. 凯特切尔说《死魂灵》高于果戈理的所有作品，确实是这样。我觉得《死魂灵》高出于、强大于果戈理其他所有作品的地方就在于这是一部史诗。史诗这一称呼并不是多余的”①。K. 阿克萨科夫解释说，果戈理《死魂灵》的问世对俄国文学来说“如此重要，如此深刻，与此同时又是如此新奇和意外，以至于它并不能够被一下子理解”②，因此关键问题不是单纯去“赞扬”或者“批评”，而是有必要向公众认真地阐释《死魂灵》作为“史诗”的俄罗斯意义和世界意义。遗憾的是小册子的发表招致包括别林斯基在内众多批评家暴风骤雨般的口诛笔伐，挖苦 K. 阿克萨科夫在小册子里把果戈理捧为“新荷马”的企图是要把果戈理加冕为“文学大元帅”③。老阿克萨科夫回忆说，“所有的杂志撰稿人、果戈理所有的敌人甚至朋友都疯了。冰雹般的谩骂、恶意的讥笑及各种侮辱劈头盖脸砸向康斯坦丁。火气如此之大，以至于根本无法进行理性的争论”④。三年后的 1845 年，萨马林在给 K. 阿克萨科夫的信中如此解释这场“风暴”：“你的小册子的确取得了巨大成功，真正戳到了《祖国日志》和我们一位熟人的痛处。他们都极力在小册子中寻找某种荒唐和夸张的东西，上帝保佑但愿任何杂志都不要有这样巨大的成功。”⑤ 萨马林信中所说的这位“熟人”指的就是在

---

① *Литературное наследство.* М.，1952. том 58，Стр. 624—626.

② Венгров С. А. *Передовой боец славянофильства Константин Аксаков – Собрание сочинений.* СПб.，том Ⅲ. 1912. Приложение，Стр. 217.

③ *Эстетические и литературные воззрения русских славянофилов*（1840—1850 – *егоды*）. Стр. 111.

④ Аксаков С. Т. *История моего знакомства с Гоголем.* М.，1960. Стр. 76.

⑤ Самарин Ю. Ф. *Сочинения. том* Ⅻ. М.，1911. Стр. 163.

彼得堡《祖国日志》上两次发文回应的别林斯基。如果说舍维廖夫和格兰诺夫斯基、森可夫斯基、凯特切尔等人的批评 K. 阿克萨科夫大可一笑置之，但对“批评界的普希金”——别林斯基的文学立场却无法不予以高度重视。二人具有激情洋溢、拒绝妥协的相同个性，都曾经是 19 世纪 30 年代莫斯科斯坦凯维奇思想沙龙里的常客，私交深厚并一度握手言和，但在 30 年代末期因思想观点分歧而互不相让。K. 阿克萨科夫回忆说，“我预见到和别林斯基一定会有一场史无前例的文学战斗。应当确定别林斯基的立场：或者我和他永远持相同看法，或者他向我让步，而我一定不会向他让步”①。事实上，40 年代初期肇始于小册子的发表，发生在 K. 阿克萨科夫和别林斯基之间这场围绕《死魂灵》的历史性大辩论已远远超出个人争论的范畴，成为俄国文艺界两个不同文艺纲领的时代对决。前者因此更是获得了“斯拉夫派的别林斯基”② 这一称号。激烈的大辩论不仅直接导致两位批评家分道扬镳，也最终确立了斯拉夫主义所严格区别于西方主义的文学和文学批评观。

K. 阿克萨科夫明确指出：“《死魂灵》……如同一部具有伟大的静观的古老史诗（древний эпос с великим созерцанием），当然，是我们这个时期现代、自由的史诗。”③ 所谓“伟大的静观”在这里被批评家理解为在《死魂灵》中体现出的俄罗斯民族“史诗般的静观”④（эпическое созерцание），即看待民族“内在现实”那一宁静宽容、全面完整的正面生活态度及追求永恒民族道德理想的明确意识指向。《死魂灵》就是这样一部具有超然“史诗般的静观”的俄国“现代、自由的史诗”。换句话说，在表现俄罗斯民族生活有机完整性方面，《死魂灵》所体现出的“史诗般的静观”态度足可“媲美古老的荷马史诗或莎士比亚的戏剧”⑤。实际上早在《死魂

---

① *Эстетические и литературные воззрения русских славянофилов*（1840—1850 - *е годы*）. Стр. 110.

② Ibid.，p. 113.

③ Аксаков С. Т. *История моего знакомства с Гоголем*. Стр. 90.

④ Аксаков К. *Несколько слов о поэме Гоголя*: *Похождения Чичикова или Мёртвые души*. М.，1842，Стр. 2.

⑤ Ibid.，p. 3.

灵》正式出版前的1840年，K. 阿克萨科夫就发现果戈理在创作上拥有与荷马、莎士比亚的一致性。1840年1月2日在一封信中，K. 阿克萨科夫谈及和果戈理见面的印象，“关于他（果戈理）作为艺术家的性格可以写很多。这一性格使他首先成为一个艺术家，并足以和一位古希腊人、一位英国人并列。荷马——莎士比亚——果戈理，多么神奇而又华丽的星座！”[①] 别林斯基很快在1月10日写给K. 阿克萨科夫的信中讥讽说，“我非常同意你的看法，只不过处在果戈理位置上的应该是普希金”[②]，这是二人围绕所谓“果戈理的秘密”（果戈理创作问题）的第一次交手。接下来K. 阿克萨科夫所谓“果戈理—荷马”（《死魂灵》——《伊利亚特》）的类比在两年后即1842年的小册子里借助于对《死魂灵》的精彩论述得到了不同于别林斯基的详尽诗学界说。这一界说包含三个方面的内容：1）在艺术与生活关系上如何看待“果戈理的笑”（笑的内在史诗性质）；2）在艺术创作方法上如何理解“果戈理的创作行为”（史诗般的生命静观）；3）在艺术作品的体裁问题上如何确定《死魂灵》是一部伟大的俄罗斯民族史诗而不是一部普通的俄国小说。

K. 阿克萨科夫在小册子的一开始就认为有必要向那些过分追求娱乐性，习惯于把《死魂灵》当作一宗“俄国笑话”（русский анекдот）来看的读者大众申明一种正确的阅读方式：果戈理的“笑”本身并不可笑，其幽默言语背后隐含着更大的，超越读者阅读习惯认知之上的理念内容。“如果说他嘲弄生活，嘲弄生活中遇到的荒唐事物，但请相信，这一时刻他的心里是沉重的。在挖苦人们的同时，他爱着他们，并为他们的缺陷而沮丧……”[③] 仅仅在果戈理的长诗中看到滑稽与讥笑意味着一笔勾销了作品“爱与道德救赎”的内在意义（史诗性质）。果戈理的滑稽讽刺不同于市井插科打诨，而是具有俄罗斯本土诗学内涵。“……一般意义上文学的喜剧方面在我们这儿具有另外的含义；喜剧性活动中存有真实的思想；这是整

---

① *Эстетические и литературные воззрения русских славянофилов* (1840—1850 - *е годы*). Стр. 116.

② Белинский В. Г. *Полное собрание сочинений. Том* XI. М., 1956. Стр. 435.

③ *Литературное наследство*. М., 1952. том 58, Стр. 550.

个社会处于虚假状态时所必要的一个阶段。在讽刺喜剧中有对抽象社会生活的揭露，因此我们喜剧的诗自身带有许多悲剧性元素：欣喜常常是可笑的，而可笑又往往是严肃的。在冯维辛、卡普尼斯特、格里鲍耶托夫和果戈理身上均可听到这一严肃的、悲剧性的笑声。"① K. 阿克萨科夫后来50年代所概括的这一文学思想（1852）可以作为领悟果戈理《死魂灵》内在史诗性质的一个最恰当脚注：小册子的作者并不反对《死魂灵》的讽刺和揭露。相反，他突出强调《死魂灵》"喜剧方面"在当下俄国所唯一具有的"诗性意义"。只有在像《死魂灵》这样积极诉诸"笑声"的讽刺作品中，人类天性即"诗人伴随幽默的、平静完整的生命静观"才显现出与俄国"整个社会所处的虚假状态"格格不入的自然性：当面向俄国社会生活缺陷所发出的放声的"笑"同时获得了"严肃的、悲剧性的性质"②，荷马史诗般的古老绝唱复活在了言说爱与救赎，即俄罗斯永恒民族道德理想的艺术新形式里。《死魂灵》因此成了一部事关俄罗斯前途命运和伟大精神复兴的壮丽"史诗"。正如鲁迅在其《摩罗诗力说》中所言：果戈理的讽刺是一种"含泪的笑"，而它的意义就在于"以不可见之泪痕悲色，振其邦人"③。而所谓"振其邦人"正是民族"史诗"的主要内容。果戈理的"笑"因此带上了"史诗"的古老精神意蕴。K. 阿克萨科夫在他的《解释》中认为，为了正确地领会《死魂灵》，就需要严格区分艺术表现现实生活上两种类型的"幽默"：一种幽默"突显主体的同时，取消了现实（在许多知名作品中都可找到相应的例子）"；另一种为果戈理所特有的深度幽默"将主体与现实结合起来，使主体与现实和谐共存，既不妨碍诗人对渺小事物洞察秋毫，又能够在所有渺小事物中找到鲜活生动的方面"④。第一个类型的幽默是"虚假的幽默"，是对现实的恶意嘲弄，是为了"主

① *Эстетические и литературные воззрения русских славянофилов*（1840—1850 - *е годы*）. Стр. 118.

② Ibid.，p. 120.

③ 参见鲁迅《摩罗诗力说》，转引自高莽《泪痕悲色，振其邦人——纪念果戈理诞辰200周年》。

④ *Эстетические и литературные воззрения русских славянофилов*（1840—1850 - *е годы*）. Стр. 128.

体”个人的低级趣味（取悦读者）而任意歪曲和取消现实。“我们的文学家们钟情于按照庸俗本身的样子来描绘庸俗，缺乏意义的深度”[①]，其目的不过是为博取读者轰然一笑而已；第二个类型的幽默是史诗般的“幽默”，是自民族精神意识出发对现实最为平静、最为自然完整的领悟，其深处体现着果戈理对国人同胞，乃至全人类淳朴道德灵魂复兴的向往。“美好的生命与史诗般的静观曾经浑然一体。一旦美好的生命被剥夺，呈现在史诗般的静观面前的是现代的，已经不美好的生命……诗人深刻的静观就必然采取幽默的外在形式，它（具有幽默形式的深刻静观）作为中间环节，将诗人与生命紧密地连接起来。”[②] 由此，“文学的喜剧方面”（幽默）的任务在《死魂灵》中获得了崇高的史诗性理解：“借助于幽默的形式处处探寻生命的秘密，无论它（生命）被一举埋没在了什么样的污泥浊水之中。”[③] 这正如果戈理本人在《死灵魂》中所说的，“我要和我的主角携手，长久地向前走，在全世界，由分明的笑和谁也不知道的不分明的泪，来历览一切壮大活动的人生”[④]。因此，相比于搞笑式的插科打诨，以追求噱头为能事的第一种个体性无厘头“幽默”，果戈理那种来自俄罗斯民族天性的史诗般“幽默”（“含泪的笑”）是以追求包括俄国人在内的全人类博爱、兄弟般的团结及终极道德救赎为崇高诗学目的。这一体现在《死魂灵》中的独特“幽默”类型及其“内在秘密”只有靠高度发达的严肃精神性阅读才能彻底领悟。遗憾的是，K. 阿克萨科夫关于“果戈理的笑”具有古老史诗性“秘密内容”的斯拉夫主义阐释并不为奉“否定是我的上帝”的别林斯基所接受。后者在《对于因果戈理的长诗〈乞乞科夫的奇遇，或死魂灵〉而引起的解释的解释》中激烈抨击 K. 阿克萨科夫的保守主义倾向，认为 K. 阿克萨科夫等人围绕着“果戈理的笑”所表达的斯拉夫主义批评观点歪曲了《死魂灵》这部俄国“现代生活长诗”（长篇小

---

① *Эстетические и литературные воззрения русских славянофилов*（1840—1850 - *е годы*）. Стр. 128.

② Ibid.

③ Ibid.

④ 果戈理：《死魂灵》第 7 章，满涛、许庆道译，人民文学出版社 1983 年版，第 147 页。

说）的社会讽刺性（批判性）本质。按照“纯艺术派”批评家 H. 安年科夫的观察，别林斯基在和 K. 阿克萨科夫的论战中“好像认为自己负有终生使命……来一举排除和消灭除他自己那些严肃观点外任何别的，着力于缓和这部著名长篇小说讽刺揭露倾向的企图”①。更有甚者，别林斯基在回击 K. 阿克萨科夫《小册子》的时候还以塞万提斯的小说《堂·吉诃德》为例，完全否认存在着后者所说的那种“为凸显主体，取消了现实”的“虚假的幽默”类型，认为作家在其作品中所运用和展示的任何幽默和嘲笑，不管其是否具有所谓“粗鲁、兽性和物质性的一面”，只要对揭露社会生活的不公正和不合理有益，那就是好的。“理念、内容、创作理性——这就是衡量伟大艺术家的唯一尺度。”② 别林斯基和 K. 阿克萨科夫之间围绕着《死魂灵》究竟“可笑还是不可笑”这一问题各自针锋相对的美学立场真实地反映了 19 世纪 40 年代激进西方主义派别和相对保守的斯拉夫主义派别间在诸如文学“人民性”原则、艺术与现实关系问题上的根本立场分歧。这一根本立场分歧还集中体现在围绕果戈理“创作行为”的尖锐争论中。

K. 阿克萨科夫在他的《小册子》里进一步宣称，果戈理史诗般的“幽默”在创作风格上与其“史诗般完整的创作行为”（эпическая полнота творческого акта）密切相关。创作行为是指艺术家以一定的世界观为指导，塑造艺术形象，创作艺术作品的审美创造活动，是一种艺术家为自身审美需要而进行的精神生产活动。其中创作的审美性、独创性是创作行为的重要特质，创作行为过程中内容和形式不是最重要的，关键在艺术家的情与理，即艺术家对所创作内容的主客观态度或价值性的审美判断，因为创作行为过程（方法论）主要依仗审美思维实现文本理念和结构的艺术同构，进而形成一种有深远意味的诗学揭示。K. 阿克萨科夫认为，果戈理在其《死魂灵》中体现出的“创作行为”具有世界感知上的“完整性”（полнота создания）特点，在生活面前所秉持的是一种古老而又淳朴的“史诗般静观”（эпическое созерцание）的态度。静观（созерцание）这

---

① *В. Г. Белинский в воспоминаниях современников*. М., 1977. Стр. 423.

② Белинский В. Г. *Полное собрание сочинений*. *Том* Ⅵ. М., 1956. Стр. 429.

个词来自柏拉图的《理想国》，指哲人透过对永生事物的默默静观通达完整的真理（理念），实现城邦正义。在文学领域，一般认为荷马史诗（《伊利亚特》和《奥德赛》）构成一个永恒绝对“史诗般静观”的古老神话。荷马笔下人的生命力在战胜种种神魔，创造人生奇迹中得到神的庇护。神与人之间的冲突以及城邦内部纷争都将人努力超越物质世界的羁绊而追求神性存在当作最高生活目的。另外，按照黑格尔美学关于“史诗”概念的定义，“正式史诗”“所揭示的不是创作者主体的个别情感和纯粹个人的思想，而且目的也不在于是否打动人心、激起感情，而在使人认识到它对于人类来说就是职责，就是光荣，就是正当道理的那种意义深远的东西”①。创作者在“史诗”这个“本身完满的有机整体”里保持客观态度，“把整体和个体结合在一起的世界在实现过程中须以平静步伐前进，不是像在戏剧里那样匆忙达到目的和结果，这样就便于我们在所发生的事情上流连，对事变过程中某些个别的画面深入玩索”②。换句话说，史诗作为“完满的有机整体”一方面需要创作者揭示人类精神深处的普遍道德和宗教意识，即“所揭示的内容应该是永恒普遍的东西，带有一种最富有伦理意味的目的，例如告诫、教训和促进道德生活之类”③，另一方面史诗的创作者致力于以平静淡然的客观态度表现“具体的客观存在，即政治生活、家庭生活乃至物质生活的方式，需要和满足的手段”，使得“普遍的、具体实在性的东西成为精神的活生生的体现”④，实现生活现象与生活本质的有机结合。按照黑格尔的话说，史诗“就是一个民族的‘传奇故事’，‘书’或‘圣经’”，所展示的是民族精神全貌⑤。从K. 阿克萨科夫的《小册子》的美学立场看，《死魂灵》正是这样一部柏拉图或黑格尔“史诗”定义下的，以俄罗斯人平静坦然的生活态度，自民族天性中生发的“幽默”方式言说俄罗斯永恒民族道德理想的史诗：果戈理有关俄国谜一般不可预测的前途

---

① 黑格尔：《美学》第三卷下册，朱光潜译，商务印书馆1997年版，第103页。

② 同上书，第107页。

③ 同上书，第104页。

④ 同上书，第107页。

⑤ 同上书，第108页。

和命运、爱与道德拯救的全人类使命的深度哲学思考就隐藏在《死魂灵》幽默故事背后史诗般的庄严话语中。于是乞乞科夫一场围绕购买死魂灵（死农奴）的冒险奇遇在他所乘坐的，沿着俄国乡野泥泞大道努力向前飞奔的马车中飞快失掉了滑稽的性质。K. 阿克萨科夫断言，果戈理“创作行为”上简朴、自然、富有生命深度的幽默牢固建立在俄罗斯人平静而完整的“史诗般的静观”之上，其文学创作的最大功绩就是用史诗般有力的艺术话语生动彰显了俄罗斯——“三驾马车”（Русь－тройка）这一永恒的民族形象：长诗的所有秘密就隐含在俄罗斯——三驾马车的形象里。这说明果戈理作为民族作家具有史诗般“崇高”的俄罗斯世界感知（世界观），即天性上对待事物的“史诗般静观”。果戈理在无聊、庸俗、邪恶、堕落的俄国现实生活体验中努力唤起人们对道德完善和生命永恒意义的探索，透过个人对真理的直觉，思考爱与拯救的普遍意义。果戈理“创作行为”就是使旧的史诗复活在新的形式上，使作品成为俄罗斯人的道义启示录，其史诗性深度就在于《死魂灵》的作者对人类善良、淳朴灵魂的热烈憧憬，对复兴俄罗斯永恒民族道德理想的孜孜以求。这一永恒民族道德理想是要凭借天下亲如兄弟的俄罗斯世界观，履行俄罗斯人复兴本土文化精神并进而拯救全人类的崇高使命。K. 阿克萨科夫这一观点和同时代另一位具有斯拉夫主义倾向的批评家C. 舍维廖夫的看法接近。后者呼吁俄国读者不要嫌恶《死魂灵》所揭示的，“现实生活粗鲁、兽性和物质性的一面”，因为《死魂灵》还同时充满“高尚的、崇高的预感……有我们生活光明的另一半”[①]。后来在一篇《关于俄国文学史座谈》（*Беседа об истории русской словесности*，1862）的提纲中，舍维廖夫进一步指出，通过《死魂灵》这部伟大长诗，“果戈理所遗留给我们的问题是：俄罗斯人的使命是什么？俄罗斯生活的真理在哪里？答案和结论就在赫列斯塔科夫和乞乞科夫这样的艺术典型里”[②]。K. 阿克萨科夫在他的小册子以及接下来的《解释》里从斯拉夫主义美学观点出发，简洁明了地提出了“果戈理

① *Эстетические и литературные воззрения русских славянофилов*（1840—1850－*е годы*）. Стр. 128.

② Ibid.

的笑”（“果戈理的幽默”）在生动诉说俄罗斯永恒民族道德理想的庄严性和严肃性，即深刻嵌入滑稽、讥讽式“笑”后面的“正面”史诗性意义问题。而《死魂灵》的民族史诗性质正是由这一富含俄罗斯哲学深度的正面意义所决定的。因此从一个艺术家“创作行为”的角度看，K. 阿克萨科夫认为果戈理具有虔诚的宗教情感和美德，是同古希腊时代的荷马一样伟大的诗人，是俄罗斯灵魂秘密的领悟者和民族生活中那一“正面因素”和“光明面”的歌手——“如今在俄国人的精神和道德开始复苏时，正需要果戈理式的作家用这种史诗般的、民族的观点来观察世界，并包罗万象地反映现实生活的全貌”①。

K. 阿克萨科夫关于“内在的果戈理”以及果戈理“创作行为”的斯拉夫主义阐释立即遭到别林斯基的强烈质疑和反对。后者在《对于果戈理的长诗〈乞乞科夫的奇遇，或死魂灵〉而引起的解释的解释》一文里指出，K. 阿克萨科夫“过度迷恋于自己异想天开的思辨，把凭空臆造的意义硬加到果戈理及其长诗上去”，因为“在史诗的意义上，《死魂灵》恰恰是和《伊利亚特》相反的：在《伊利亚特》里生活被颂扬备至；在《死魂灵》里生活则腐朽败坏，被否定”。“《伊利亚特》表达的是正面的、实在的、共同的、世界的和历史的，因此是永恒的和不朽的内容；《死魂灵》暂时还无法表达类似的内容。因为这种内容在现实生活里还无处获取，故无法评判其有无。”② 从“创作行为”上看，当下俄国现实生活的卑劣、黑暗和堕落无法使艺术家在创作过程中保持超然的“史诗般的静观”，因而也就不能够创作出 K. 阿克萨科夫所说的那一“最高程度上自由、现代的史诗”。别林斯基认为，只有了解作品的思想和艺术处理手法，着重内容而不是情节的人才能充分领略果戈理史诗一样的作品。他赞扬果戈理作为时代所需要的“讽刺作家”在创作上“第一个大胆正视了俄罗斯的现实”并奠定了在俄国文坛上文学领袖的地位。而长诗《死魂灵》的意义和价值就在于成功地展示出俄国社会的黑暗和官场的丑行，以及对俄国封建农奴

---

① Венгров С. А. *Передовой боец славянофильства Константин Аксаков – Собрание сочинений.* Стр. 215.

② Белинский В. Г. *Полное собрание сочинений. Том* Ⅵ. Стр. 254—255.

制度的无情揭露和深刻批判。与K. 阿克萨科夫把《死魂灵》作者视作“内在的果戈理”、“正面因素”和“光明”的歌手不同，这里别林斯基实际上需要借助一个作为俄国黑暗现实揭露者或批判者的“讽刺家”果戈理，来浇铸他实现革命和激进社会变革的理想。K. 阿克萨科夫的斯拉夫主义立场是：果戈理的“创作行为”体现为“史诗般的静观”，即果戈理作为民族作家具有史诗般完整的俄罗斯世界感知（世界观）和“果戈理式幽默”背后那种淳朴宁静的生活态度。借助于这一史诗般完整的世界感知，果戈理一举超越了俄国杂乱无序、无聊空虚的社会现实，使得作品讽刺主题和史诗主题并行发展，从而自形而上精神高度为俄罗斯人乃至全人类的道德救赎指出“光明”的和谐生命图景。别林斯基不能够认同K. 阿克萨科夫对果戈理“创作行为”的这种正面斯拉夫主义解读，不接受果戈理原汁原味地重新复活了古老史诗的这一说法。对于为新时代文学形式，即“创作行为”上表达散文化生活的小说而热烈辩护的别林斯基来说，“认为我们这个时代还存在着史诗这一表达形式就像认为我们时代人类可以从成年回到童年时代一样荒唐”[①]。这里K. 阿克萨科夫谈的是艺术家对待现实生活“史诗般静观”的态度，是在琐细“散文化”时代在俄罗斯复兴古老的“崇高艺术关照方式”的可能性；别林斯基论述的则是在现代社会里史诗存在本身的“荒谬性”和“史诗般静观”的不合时宜性，从而排除了社会革命与变革之外的人性救赎途径。对K. 阿克萨科夫来说，全人类实现内在生命救赎和道德复兴的光明前景显然比别林斯基所鼓吹的、通过革命与外在社会秩序变革实现全人类“社会主义乌托邦”的理想更为重要。因此，具有史诗性深度的“颂扬者果戈理”显然比仅具有社会批判力度的“讽刺家果戈理”更具有永恒民族精神价值。而对于热烈信奉“否定是我的上帝”的别林斯基来说，情况正好相反：《死魂灵》中对沙皇统治阶级的尖刻讽刺，对俄国地主寄生性与腐朽性的大胆嘲弄，显然会使读者大众立即认识到废除反人道的腐朽农奴制，按照“西方”模式变革俄国社会的现实必要性与天然合理性，果戈理的时代意义和社会启蒙意义要远大于其

---

① Белинский В. Г. *Полное собрание сочинений. Том* Ⅵ. М.，1956. Стр. 416.

道德启示意义。二人南辕北辙的观点深刻地反映出斯拉夫主义和西方主义派别在文学观和文学批评观念上的激烈冲突和尖锐分歧。这一尖锐分歧还体现在对《死魂灵》人物典型塑造的不同看法上。

K. 阿克萨科夫认为在性格塑造上，“果戈理的人物总是丰满鲜活的面孔，而不是抽象的质。其他人（作家）笔下的人物脸上要么写着‘吝啬’，要么写着‘背叛’，要么写着‘忠诚’诸如此类的标签……他（果戈理）并不从渺小和卑微的人物身上剥夺掉哪怕任何一点人性行为的显示”[①]。换句话说，果戈理总是以平静、包容的宽大史诗视野处置他的作品主人公，力图为那些罪孽、堕落的卑微灵魂指明救赎与复活的光明远景。《死魂灵》中乞乞科夫这个“可爱而彬彬有礼”的骗子，性格并不让人觉得冷淡、偏颇并进而心生厌恶，而是有其令人信服的道德迷途过程。正如果戈理对读者的反问：“为什么就是无赖？对于别人，我们又何必这么严厉呢？——他不过是人们所谓的好掌柜和得利的天才。”[②] 笨重粗暴的乡村地主索巴凯维奇以其畜生般的生命本能让读者震撼，倒也没有损害邻人的行为。地主诺兹德列夫躁狂冲动，言语中充满着无耻和欺骗，但并不试图遮掩自己的坏主意，在乞乞科夫面前直截了当，没有任何伪装。在小册子里 K. 阿克萨科夫还分别列举了果戈理作品中的 4 个人物形象为例来进一步论证了果戈理在人物塑造上史诗般的丰满性特点，说短篇小说《伊凡·费多诺维奇·希帮卡和他的姨妈》（*Иван Фёдрович Шипонька и его т ётя*）中的伊凡·希帮卡和《旧式地主》（*Старосветские помещики*）中的外省旧式地主夫妇阿法纳西·伊凡诺维奇和普利赫里娅·伊凡诺芙娜身上虽充斥着“动物性的、丑恶的、谑画的生活的全部庸俗和卑污”，但在果戈理“史诗般的静观”之下，他们都充满着对人类的挚爱与深切同情，“脸上总是流露着那样慈祥、亲切、诚挚的表情，使你会不由自主地，至少也会是短暂地摈弃一切他念，而不知不觉沉迷于农人世界田园牧歌式的生活”；《死魂灵》中那个“甜蜜”的、“诚实而恳切”的马尼洛夫“不带任何讥

---

① Венгров С. А. *Передовой боец славянофильства Константин Аксаков – Собрание сочинений.* СПб.，том Ⅲ. 1912. Приложение，Стр. 225.

② 果戈理：《死魂灵》第 11 章。《百图死魂灵》序言，第 18 页。

笑地（旁观者一定会感受到这一点）站在大门台阶上，抽着烟斗，上帝知道他的脑子里在幻想着什么”。在他的幻想个性中闪现着对人类“同情的光辉”；龌龊的“吝啬鬼”泼留希金虽然迂腐不堪，但却是完全“自然的、必然地发展到了吝啬的地步”：他“就是这样一个人，而不是鬼”，其僵硬身躯下“鲜活转动的眼珠”，以及视勤俭为生活幸福的巨大伦理热情，就是“人性行为的显示”①。总之在K. 阿克萨科夫看来，果戈理具有一种天然的、史诗性的生命感知，其笔下各色庄园地主们虽然过着无聊、渺小和空虚的生活，但他们正如赫尔岑所说，“不是抽象的类型，而是善良的人。我们每个人都看到过一百次”。他们身上“在最好的意义上生命依然保持着所有的完整性”②。K. 阿克萨科夫纯粹从“史诗般静观”的“创作行为”出发，对果戈理的人物典型刻画进行了斯拉夫主义式剖析，从而为分析《死魂灵》提供了具有广阔前景的重要理论视角。这一观点表面上看似乎与别林斯基的观点非常接近，但有着本质上的不同。后者断言果戈理“与其说是个悲剧作家，不如说是喜剧作家……我们中间最优秀的人也对果戈理的主人公，即这些怪物的缺陷不会感到陌生。要知道这些怪物不是什么食人兽……他们既没有十恶不赦也没有良善无暇”③。因此，别林斯基没有把《死魂灵》归入普通讽刺作品的框子里，认为果戈理的喜剧性之伟大就在于其人物典型塑造上完整的“多面性”，但这一完整的“多面性”在别林斯基的社会历史学分析中首先是基于作品的社会讽刺主题，即《死魂灵》揭露社会、批判现实的现实主义创作主旨。K. 阿克萨科夫认为，在超然的“史诗般静观”下，《死魂灵》通过人物建构而实现的讽刺主题不过是某种外在的、浅层次的现象，其背后或内里是与讽刺主题并行发展的史诗性主题（言说爱与救赎的永恒民族道德理想）。换句话说，K. 阿克萨科夫认为，表现在果戈理人物典型塑造上的讽刺（幽默）是建立在“史

① Венгров С. А. *Передовой боец славянофильства Константин Аксаков – Собрание сочинений.* СПб. , том Ⅲ. 1912. Приложение, Стр. 225—226.

② Герцен А. И. *Сочинения в девяти томах. Том* Ⅴ. Издат. Художественная литература. М. , 1957. Стр. 213.

③ Белинский В. Г. *Полное собрание сочинений. Том* Ⅻ. М. , 1956. Стр. 461.

诗般静观”之上的，是服务于更为严肃和更为庄严的救赎“等待复活的死魂灵”这一史诗性创作主题的。看似不相容的外在讽刺主题和内在史诗主题在《死魂灵》中并存正是果戈理奉献给读者大众的、区别于其他同时代俄国文学的现代“史诗”自由新形式。这种典型斯拉夫主义阐释与别林斯基的社会历史分析观点实际上有着本质的不同。在别林斯基来看来，长诗《死魂灵》中的各色庄园地主人物形象，即那些“多面性”的“怪物”虽然不是“食人兽”，但依旧还是“怪物”，还是令人鄙夷的可怕丑类，“我们读到马尼洛夫的时候，除了戛然一笑之外，不会觉得他身上有任何个性元素的参与。我们和这类‘幻想’的个性之间没有任何亲缘性”，更不用说什么“人性的显示”和“人类同情的光辉”①。所以，别林斯基激烈批评 K. 阿克萨科夫在其《小册子》里企图用宗教伦理学分析来模糊和淡化，并进而抹平果戈理人物形象的讽刺性质，认为后者这种间接地否定现代文学讽刺主题进步意义的做法，比直接否定果戈理长诗的讽刺激情更加有害，更加不合时宜。在反击对果戈理人物形象进行斯拉夫主义道德诠释这一点上，赫尔岑和别林斯基抱持几乎相同的观点。前者在 1842 年 6 月 29 日的日记中指出，果戈理塑造了一系列“鲜活”的人物形象，但人物的“鲜活性”正是来源于社会讽刺性刻画，“我们所有人难道不都是在青少年时代过后过着这样或那样的，和果戈理某个主人公一样的生活吗？有的停留在马尼洛夫愚钝的幻想上；有的像诺兹德列夫一样寻衅滋事；有的变得像泼留希金一样吝啬，以及诸如此类的现象”②。在这一环境下根本不可能遇见一位“道德和品行高尚”的地主和圣像画般的劳作的农人，因为全人类意义上的“道德”本身在我们这儿就是“不正常的”。果戈理在人物性格塑造上的所谓“全面”，正是基于他作为俄国“讽刺小说家”的“片面”，因为他所表现的这个充斥“死魂灵”的罪孽世界作为一面“生活的镜子”，其自身就是对处于麻木、堕落状态的俄国社会的真实写照。

---

① Белинский В. Г. *Полное собрание сочинений. Том* Ⅻ. М.，1956. Стр. 462.

② Герцен А. И. *Сочинения в девяти томах. Том* Ⅱ. Издат. Художественная литература. М.，1957. Стр. 220.

除了人物典型塑造上的有机完整性，K. 阿克萨科夫认为，果戈理“创作行为”的史诗性深度还体现在对俄罗斯鲜活语言（言语）的荷马式诗性把握上，这是只留意果戈理创作语言社会讽刺意义的别林斯基不予关注的。在《论我们文学中的现代诗歌创作》（*О современном стихотворстве в нашей литературе*, 1852）一文中，K. 阿克萨科夫指出荷马的世界感知和世界表达有别于后世那些现代艺术家“创作行为”的地方在于对语词的客观生命态度和形象感知。荷马宏大史诗系统从言语行为看起源于古老原始的分毫毕现的言语生命，即人（言说者）与万物（自然）的浑然一体，言语对生命的有机完整表达：那时“诗在于其直观命名自身，在于用语词说出一切简朴实在的事物”[①]，从而给人以鲜活生动的感受和准确明晰的体验。后来，合乎自然的表达“共同生活”的诗（史诗）发生了变形：其中嵌入了人的主观性，导致艺术中渗入了“自然以前所不知晓的个人心境、情欲、混乱等不体面现象”，人（言说者）与万物（自然）出现疏离。因此，在现代文学里语词失去了作为诗性作品中言语的参与，古老史诗性的世界表达因言语自身生命诗意和宽广度的丧失而变得灰色和平庸，宏大民族叙事为琐碎私人叙事所替代。K. 阿克萨科夫对艺术语言的这一有机论阐述来自他的斯拉夫主义语言观，即独特的“词的诗学”。按照批评家一贯鼓吹的“词的诗学”，真正饱含生命的语词是在诗（艺术作品）中的本体论存在，是诗性生命表现力的艺术语：“艺术优雅地提升着词的优美形象，使词从偶然性的粗野现实中净化出来。”[②] 词如同一股独立的生命力量存在并活动着，并不仅仅凭借它们的形式外壳，而是凭借诗的生命形象。在诗的优美镜像中感性存在着的语词已然是一种自觉的诗性创造行为，它作为最可靠的“材料”借助艺术作品构成完整民族生活史诗性的“宁静气氛和柔和状态”。如黑格尔美学所言，“在这种情况下，关键不在于语言的形成和发展的繁复程度，而在表现的魅力和语言创造这件事本身”[③]。在《小册

① *Эстетические и литературные воззрения русских славянофилов*（1840—1850 - *е годы*）. Стр. 118.

② Аксаков К. С. *Ломоносов в истрии русской литературы и русского языка*. 2011. Стр. 26.

③ 黑格尔：《美学》第三卷下册，朱光潜译，商务印书馆 1997 年版，第 65 页。

子》里，K. 阿克萨科夫根据他的所谓“词的诗学”理论，认为果戈理和荷马一样，在借助民族语言实现对民族生活的自然有机表达上具有“诗性启示”上的高度一致性。从人类语词的生命起源看，果戈理创作语言的独特“神性”启迪来自艺术家世界感知和世界表达上那种荷马式的、古老史诗性的“生命完整性”。《死魂灵》里表现俄罗斯事物的语词“新鲜、馥郁，充满无可企及的生命力”，能够深刻洞悉那些“将每个人类心灵与所有其他灵魂世界及生命现象联结在一起的秘密关联”。借助对人与万物秘密生命联系的高度审美洞察力，“果戈理的诗性语言一下子照亮了人们之间彼此相互关联着的所有贫乏、所有庸俗、所有死寂”[①]，重新唤起人们的天然生命感受以及实现爱与道德救赎的热烈渴望。因此果戈理史诗性“创作行为”的奥秘在 K. 阿克萨科夫看来正是一种俄罗斯语言的伟大奥秘。《死魂灵》的艺术创造完全可以被理解为是基于俄罗斯民族共同生活的“完整”语言创造，其内里处处透着俄罗斯语言史诗般的生动艺术表现力。正如果戈理本人所说，“你永远诧异于我国语言的弥足珍贵：每一个词语都看上去字字珠玑，每一个声音都是一件不可多得的馈赠；都是大颗粒的珍珠，有的名称甚至比东西本身还要珍贵”[②]。在《死魂灵》中，借助于民族语言这一生动艺术表现力，俄罗斯“史诗般静观”下的和谐生命图景，即广阔的大地、原野、森林、河流、教堂、小木屋以及蕴涵着深刻“生命奥秘”的俄罗斯人民的迷人面孔，在骗子乞乞科夫沿着乡野大道向前急驶的三驾马车下一一闪过，并呈现出神奇的魅力。K. 阿克萨科夫因此宣称，只有完整的“史诗性语言形式”才能深刻表达俄罗斯民族生活的丰富内容。

K. 阿克萨科夫对果戈理的创作语言进行斯拉夫主义界说的真正理论目的还是为了在艺术作品体裁属性问题上进一步确定《死魂灵》是一部伟大的俄罗斯民族史诗而不是一部普通的现代俄国小说。《小册子》里对果戈理“创作行为”上史诗性世界感知（世界观）、人物典型塑造，以及语言

---

① Аксаков С. Т. *История моего знакомства с Гоголем*. Стр. 74.

② 巴乌斯托夫斯基：《金蔷薇》第十章《金刚石般的语言》，戴骢译，上海译文出版社 2007 年版，第 162 页。

诗性把握的解释，最终都是围绕并服务于斯拉夫主义和西方主义派别之间（别林斯基）有关《死魂灵》的“体裁争论”这一核心问题而展开。针对K. 阿克萨科夫所谓“《死魂灵》如同一部具有伟大的静观的古老史诗，当然，是我们时期现代、自由的史诗”[①]，以及所谓“果戈理——荷马”，“《死魂灵》—《伊利亚特》”的类比，别林斯基以讥讽口吻转述前者《小册子》里的话说，“事情原来是这样！古老史诗从古希腊流传到欧洲，渐渐变得肤浅，最后彻底枯竭，屈就降身为小说，最后沦落到了极度屈辱的境地，完全蜕变为法国小说……然而果戈理拯救了古老的史诗，现在世界上有了新的《伊利亚特》，也就是《死魂灵》，有了新的荷马，也就是果戈理……，可怜的果戈理！”[②] O. 森可夫斯基也挖苦说：“这个小册子目的是想要证明，《死魂灵》的作者是荷马，而《死魂灵》本身是《伊利亚特》。《伊利亚特》里有希腊及其独特世界，而《死魂灵》的作者史诗般静观中所展示的……也有自己独特的世界，但鬼晓得那是什么玩意！”[③] 针对别林斯基等人的嘲弄和指责，K. 阿克萨科夫在《解释》中辩解说：

“说我称《死魂灵》为《伊利亚特》，称果戈理为荷马，这完全是不对的。我从未称呼果戈理为荷马，我只是谈及‘史诗般的静观’而不是静观的对象。我说的不是希腊世界，而是史诗般伟大静观下的俄国现代生活”。“我们知道，将果戈理和荷马的名字予以并列，这在许多人听起来是多么奇怪和荒唐！……我们清楚两部长诗在内容上的差异；《伊利亚特》中反映的是希腊世界、希腊时代。”[④]

这里K. 阿克萨科夫所关注的是《死魂灵》的内容是如何展开的，即《死魂灵》是在一种什么样的“创作行为”支配下创作出来的，其真实意思是：果戈理的“创作行为”体现为“史诗般的静观”，即果戈理作为一个伟大民族作家具有荷马史诗性完整的俄罗斯世界感知，以及“果戈理的

---

① Аксаков С. Т. *История моего знакомства с Гоголем.* Стр. 90.

② Белинский В. Г. *Полное собрание сочинений. Том* Ⅵ. М.，1956. Стр. 253—254.

③ *Эстетические и литературные воззрения русских славянофилов*（1840—1850 - *е годы*）. Стр. 117.

④ Ibid.，p. 118.

幽默”背后那种自然淳朴、宁静祥和的生活态度：只有在果戈理那儿我们才能够看到荷马和莎士比亚那样的创造完整性。别林斯基基本上忽视或者说并不愿意单单从“创作行为”上论述果戈理，因为在他看来，要让一个诗人的名字得以与荷马和莎士比亚并列，仅凭创作行为还是远远不够的，还需要作家积极探索符合时代社会进步需要的文学新形式，努力把握散文化的现代生活，而不是因循过时了的旧体裁形式。就反映“散文化”的俄国现实生活深广度而言，别林斯基认为“现实的诗”（小说）是眼下最为恰当的文学体裁形式，小说是“我们时代的史诗”。在《论俄国中篇小说和果戈理君的中篇小说》（*О русской повести и повестях г. Гоголя*，1835）一文中，别林斯基将文学分为“理想的诗”和“现实的诗”两大类，认为后者“更符合我们时代精神的需要”，更能够“忠实于生活的现实性的一切细节……，在全部赤裸裸的真实中再现生活”[①]。与“理想的诗”相比小说作为符合新时期生活需求的文学体裁新形式更能够真实表现客观现实中的所有矛盾。“就像《伊利亚特》和《奥德赛》是古希腊生活的镜子一样”[②]，小说在把握客观世界方面是时代生活的“镜子”。而果戈理作为一个“现实生活的诗人”，“把生活表现得赤裸裸到令人害羞的程度，把可怕的丑恶和全部庄严的美一起揭示出来”[③]。别林斯基将果戈理定位为在艺术与生活的关系上“现实生活的诗人”（小说家），将果戈理的《死魂灵》定义为“现实的诗”（小说）；K. 阿克萨科夫则将果戈理定位为在艺术“创作行为”上具有荷马一样“史诗般静观”的诗人（史诗作者），将果戈理的《死魂灵》定义为一部“现代、自由的史诗”。别林斯基不否认果戈理的创作具有“全部庄严的美”，但更看重果戈理所揭示的生活“可怕的丑恶”，即巨大的社会讽刺意义；K. 阿克萨科夫正好相反：他在不否认《死魂灵》对生活“可怕的丑恶”予以讽刺揭露的同时，更为重视果戈理创作中“全部庄严的美”，即“创作行为”上的崇高史诗性本质。也就是说，别林斯基的激进西方主义理论镜像里的果戈理是那个否定式的，对实

---

① 别林斯基：《别林斯基选集》第 1 卷，满涛译，上海译文出版社 1979 年版，第 147 页。

② 同上书，第 158 页。

③ 同上书，第 154 页。

现革命与激进社会变革有用的“讽刺家果戈理”；K. 阿克萨科夫的斯拉夫主义理论镜像里的果戈理则是正面的，呼吁博爱与道德救赎，言说俄罗斯永恒民族道德理想的“颂扬者果戈理”。双方基于不同的思想立场对果戈理及其文学创作采取的是各说各话、各取所需的态度，而围绕《死魂灵》体裁性质的激烈争论都受到彼此看上去南辕北辙的理论镜像的规约和牵掣，因此双方不会产生任何的意识交集，而是极力抨击、攻击对方观点的“荒谬”。正如 K. 阿克萨科夫所抱怨的，别林斯基把他的文章完全解释为“与自己意思不符的另外样子……其反对可以说是就我的小册子所进行的无端臆想”。别林斯基也坦承他的反击顾左右而言他，有故意扭曲对手想法的意图，“具有某种喜剧的性质”[①]。问题的关键是双方不是进行心平气和的对话交流，而是都采取了针锋相对、毫不妥协的专断态度：别林斯基宣布，“我们仍然坚持自己的历史信念，认为果戈理像荷马，《死魂灵》像《伊利亚特》就如同说彼得堡的灰色天空和彼得堡郊区的松林像古希腊的晴朗天空和古希腊的月桂树丛一样可笑”。“不管《死魂灵》的内容是如何被揭示出来的，不管《死魂灵》里面有多少庄严的抒情元素代替幽默元素，《伊利亚特》是一回事，《死魂灵》则是另外一回事。”[②] K. 阿克萨科夫同样断言，《死魂灵》是向俄国文学界期待已久的真正“内在现代性”，即向“我们时期现代、自由史诗”过渡的良好开端，其史诗性创新之处就在于果戈理“创作行为”上为古老史诗艺术所共有的，俄罗斯人天性渴望的“自然、淳朴和浑然天成”，即对人类生活世界“史诗般的静观”。“《死魂灵》只可能出现在其人民具有完整生命感知，注定要为全人类建立伟大功勋的俄国”[③]。事实上作为“俄国批评的领袖”，别林斯基并非真的不理解 K. 阿克萨科夫对艺术创作活动“自然、淳朴和浑然天成”，以及“最深刻生活性”的要求在审美上是正确的，而是在回应对方《小册

① *Эстетические и литературные воззрения русских славянофилов* (1840—1850 – *е годы*). Стр. 126.

② Венгров С. А. *Передовой боец славянофильства Константин Аксаков – Собрание сочинений*. СПб., том Ⅲ. 1912. Приложение. Стр. 254—255.

③ *Эстетические и литературные воззрения русских славянофилов* (1840—1850 – *егоды*). Стр. 138.

子》时对此宁愿保持沉默，因为任何趋向认同斯拉夫主义解释的些许偏离都可能意味着对果戈理创作之社会讽刺意义的淡化，意味着对自己革命和社会变革理想的疏离与背叛，这对一个视“否定是我的一切”的激进西方主义者来说是不能接受的，甚至连这样提出问题本身都是不可原谅的。同样，对K. 阿克萨科夫来说，果戈理的创作优势不在于《死魂灵》所展示的社会讽刺内容，而在于隐藏在社会讽刺内容背后的，揭示民族生活史诗般“完整性”的内在深度，即对俄罗斯民族精神（永恒民族道德理想）的自然有机表达。别林斯基所集中论述的所谓果戈理创作之社会讽刺意义不过是一种文化表象式的、对俄国外在社会秩序和制度层面的浅层次政治关注，而非自精神本质上的、对俄罗斯人内在生命感知和道德理想的深层次文化批评。就民族艺术家对俄国现实生活的关注而言，有比当下实行革命和社会变革更为重要、更为迫切的民族精神复兴和道德拯救问题。从K. 阿克萨科夫这一斯拉夫主义艺术“人民性”原则看，长诗《死魂灵》绝非果戈理凭空杜撰的，购买“死魂灵”的冒险奇谈，或对俄国乡村“停滞”生活的冷嘲热讽，而是从史诗般的高度讲述一个犯罪的魂灵的净化历史。果戈理作为史诗性伟大民族作家，其真正的创作动机不是仅仅散文式地批判现实，而是力图把简单的冒险奇谈改造成爱与道德救赎的宏大民族诗篇。果戈理认为，上帝赋予了他写作天才，是要让他向俄国指明在一个罪孽深重的世界中如何正确地生活，或者至少是为了拯救自己的灵魂（个人道德自我完善）。因此K. 阿克萨科夫早在与别林斯基的这场大论战发生之前就预先发过誓言，一定不会向对方让步。在共同宣扬和鼓吹斯拉夫主义文学批评观，认同《死魂灵》民族史诗性质这一点上И. 基列耶夫斯基的果戈理论述或许是对K. 阿克萨科夫《小册子》的一个有力辩护：1845年И. 基列耶夫斯基在《莫斯科人》杂志第3期上发表了有关果戈理生平与创作的文章，指出果戈理在现代俄国文学中的“特殊”历史地位：“果戈理在我们文学里是全新的、伟大的、迄今尚未形成清晰形式的民族精神力量的代表。”果戈理是民族的，“因为在他灵魂深处，在他的言说和艺术想象中，隐藏着完全为俄罗斯人民所具有的特殊声音、特殊色调和特殊形象”。果戈理以其天才创作揭示了俄国人民精神品格上的所有“特殊性”。

“如果真的能够把果戈理的这部作品翻译成外语（这几乎是不可能的），即便是最有教养的外国人也无法领悟其所有艺术美的哪怕一半”①。

K. 阿克萨科夫在小册子里所谓的“果戈理—荷马”，“《死魂灵》—《伊利亚特》”的类比所论述的是古老“史诗意识”在现代文学里的逐渐“蜕变”和肤浅化。现代小说相对于古老史诗的“渺小”指的是：就“创作行为”上对世界的完整言语表达而言，“神话了”的古老史诗要比“人化了的”现代小说显得更宽广，相应地也更富有生命诗意，更富有新鲜感和形象性。在文学后来发展演变的过程中，言语原初的史诗性的生命表达本身在“蜕变”中变得肤浅了，“创作行为”的那一庄严史诗性逐渐变得暗淡了。K. 阿克萨科夫认为，在新时期俄国文学中古老的史诗性“蜕变”和肤浅化的主要标识就是越来越凸显的赤裸裸的事件描述置换了“史诗般的静观”。在一些现代作家笔下，“历史事件变成历史，个体事件变成自我笑话”②。在这一过程中史诗性的精神高度、天然的生命感知、言语的有机生动性被外来“模仿文学”（法国现代自然主义小说）的低级趣味的“轰动性情节”、滑稽剧般的政治利益纷争所遮蔽，从而造成了俄国文学的“贫乏”。而别林斯基在K. 阿克萨科夫的论述中看到的却是后者企图证明小说“低于”史诗，古老的史诗本身已“屈尊降身为小说”，因此大声宣布，史诗如今已经“历史性地发展为小说”，小说才是“我们时代的史诗”③，所以应该为那一表现“散文化”现代生活的与“古希腊史诗格格不入的”俄国现代小说新形式而斗争。这里K. 阿克萨科夫绝对不是要比较小说和史诗两种文学体裁本身的优劣与高低。他只不过认为，由于创作中来自创作主体主观因素越来越多的渗透，现代小说在“史诗般静观”这一意义上“疏离”了史诗，并导致文学在言说生活世界方面的性质（品格）发生了走向“主观性”和“散文化”的趣味性变化。一个怀有史诗般

---

① Киреевский И. В. *Полное собрание сочинений. том* Ⅱ. /под ред. М. Гершензона. М., 1911. Стр. 122—123.

② *Эстетические и литературные воззрения русских славянофилов* (1840—1850 - *е годы*). Стр. 120.

③ Белинский В. Г. *Полное собрание сочинений. Том* Ⅵ. М., 1955. Стр. 254.

生命感知的民族艺术家，出于对完整道德理想的眷恋和对现实的不满，会越来越多地采取喜剧性的讽刺揭露手段，即以“含泪的笑”的方式来表达生活的严肃性意义。在冯维辛、格里鲍耶陀夫和果戈理身上都能够听到这一悲剧性的笑。而果戈理凭借其长诗《死魂灵》的史诗高度成为彼得大帝“全盘西化”改革之后俄国文学这一发展谱系上的伟大里程碑。所以，K. 阿克萨科夫在他的《小册子》里不是否定《死魂灵》的讽刺揭露意义，而是将这一“喜剧方面”置于“史诗般的静观”之下，寻求“果戈理的笑”背后隐含的“全部史诗性的壮美”，因此才将果戈理比作荷马或莎士比亚，将《死魂灵》比作新时期的《伊利亚特》。别林斯基在反击 K. 阿克萨科夫时并不否认《死魂灵》具备某些有别于新时期现代小说的元素，但拒绝后者将其与荷马史诗相提并论，因为这一并置的引申含义是现代小说“扭曲”了史诗的崇高意义，似乎果戈理复活了史诗鲜活的原始美，这是绝对不能接受的。与 K. 阿克萨科夫《小册子》里宣称果戈理继承和发展了古老荷马史诗传统的看法不同，别林斯基断言果戈理长诗只可能出现在新时代，扎根于新的小说诗学土壤上，与古代史诗传统没有任何关系。就现代小说创作的渊源而言，“果戈理来自于瓦特·斯考特。”①

苏格兰作家瓦特·斯考特的历史小说在 19 世纪 30—40 年代的俄国享有巨大盛誉，他的作品充满浪漫神奇的历史冒险故事，深受“民族主义意识高涨”时期（“卫国战争”之后）俄国读者的欢迎。普希金的小说《彼得大帝的黑奴》、《普加乔夫小史》、《上尉的女儿》等就有瓦特·斯考特式对历史进行艺术虚构特点。瓦特·斯考特的历史小说对俄国本土小说发展的历史影响可见一斑。对俄国读者来说，瓦特·斯考特的响亮名字具有同时代意义，别林斯基“果戈理——瓦特·斯科特”类比并不让人感到突兀。K. 阿克萨科夫 1846 年在给萨马林的一封信中指出了果戈理和瓦特·

---

① Белинский В. Г. *Полное собрание сочинений. Том* Ⅵ. М. , 1955. Стр. 254. 瓦特·斯考特（1771—1832），苏格兰作家，作品有《清教徒》（1816）、《罗伯·罗伊》（1817）、《罗沁中区的心脏》（1318）、《艾凡赫》（1819）等，是一位多产苏格兰历史小说家，在 19 世纪上半叶的俄国享有盛誉，他的作品充满着浪漫神奇的历史冒险故事，深受当时俄国读者的欢迎。

斯考特在“创作行为”上的某些近似特征，认为后者在叙事安排上有别于其他现代作家的地方就是“作者隐身”：“在小说中他把自己隐藏起来，好像小说中发生的一切都与他无关，他要做的事就是作壁上观，对任何事都不参与……可以拿他和平庸的库贝尔，甚至和狄更斯进行对比，尽管在某些特点上他有幸叫人想起果戈理。”[①] 显然，果戈理和瓦特·斯考特在K.阿克萨科夫的美学系统中具有一定的可比性，即二者都力图为凸显事件的客观真实性而淡化作者的主体性，但像别林斯基那样硬说果戈理在“创作行为”上起源于英国人瓦特·斯考特就十分荒谬了。因为果戈理“作者隐身”和淡化作者主体性的诗学意图是“创作行为”上崇高“史诗般静观”的需要。按照黑格尔的史诗定义，史诗关涉“全民族的情感思想体系”，“个人和全民族精神信仰及客观现实构成有机的整体”[②]，因此史诗里看不到诗人自己的思想感情，所呈现的是全民族生活的客观现实。“为着显出整部史诗的客观性，诗人作为主体必须从所写的对象退到后台，在对象里见不到他。表现出来的是诗作品而不是诗人本人”，诗人自觉融入全民族共同生活中，“把他自己的整个灵魂和精神都放进去了。他这样做，并不露痕迹”[③]。K.阿克萨科夫认为，果戈理体现在《死魂灵》中的“创作行为”就具有黑格尔“史诗”概念意义上全民族的客观关照方式。果戈理凭借俄罗斯人所特有的天然生命感知，以“新鲜、馥郁，充满无可企及的生命力”的诗性话语，“将每个人类心灵与所有其他灵魂世界及生命现象联结在一起的秘密关联”[④] 导引到全人类博爱与救赎的俄罗斯永恒民族道德理想之上。果戈理具有崇高史诗性深度的幽默（喜剧形式）“将主体与现实结合起来，使主体与现实和谐共存，既不妨碍诗人对渺小事物洞察秋毫，又能够在所有渺小事物中找到鲜活生动的方面”[⑤]，其深处体现着果戈

① *Эстетические и литературные воззрения русских славянофилов*（1840—1850 - *е годы*）. Стр. 127.

② 黑格尔：《美学》第三卷下册，朱光潜译，商务印书馆1997年版，第108页。

③ 同上书，第113页。

④ Аксаков С. Т. *История моего знакомства с Гоголем.* Стр. 74.

⑤ Венгров С. А. *Передовой боец славянофильства Константин Аксаков - Собрание сочинени й.* Стр. 219.

理对全体俄罗斯人乃至全人类善良、淳朴道德灵魂复兴的热烈向往，果戈理因此才成为足以与荷马、莎士比亚并驾齐驱的伟大俄国作家。诗人果戈理在“创作行为”的本质上不同于小说家瓦特·斯科特。霍米亚科夫在有关《死魂灵》体裁论争问题上也持与K. 阿克萨科夫相同的观点。他为后者辩护说，“《祖国日志》[①] 声称果戈理起源于瓦特·斯考特，没有后者果戈理就不可能存在，这种说法简直是毫无意义”[②]。而在小说的辩护者别林斯基看来，果戈理创作上虽然走的不是瓦特·斯考特的历史小说之路，但自文学的历史发展观看，显然前者在风格上不是离古老的荷马，而是离当代的瓦特·斯考特更近。《死魂灵》在对俄罗斯现实生活的讽刺性揭露上无论如何都不可能是来自什么古老的荷马史诗：购买“死魂灵”这一奇遇式滑稽冒险故事的唯一可能继承性依据就是热衷于虚构历史冒险故事的瓦特·斯考特，而果戈理在“创作行为”上具有类似荷马那样的“史诗般静观”纯属偶然，而且这一相同之处在通篇贯注于长诗《死魂灵》的浓厚幽默中消失得无影无踪，对理解《死魂灵》的创作主旨无足轻重。可见，K. 阿克萨科夫和别林斯基两位批评家所谓“果戈理——荷马”和“果戈理——瓦特·斯科特”的不同诗学类比，其背后所反映出来的是斯拉夫主义和西方主义派别在文艺批评观上难以调和的理论立场。

K. 阿克萨科夫在《小册子》里还从艺术家的“创作行为”出发，进一步论述古老史诗作者和现代小说作者在情节建构原则上的本质区别：前者拥有“史诗般的静观”，使得一个人物随着另一个人物平静地出现，从而以宏大叙事形式完整地展示出全民族的情感和客观现实；后者聚焦于渺小的私人叙事，热衷于细节式、片段式地复现“散文化”的平庸现代生活和个体阴暗心理，其创作趣味在于对赤裸裸、“轰动性新闻事件”的刻意虚构，所谓作品情节“冲突的开端，如何结局以及由此产生的种种谜语式

① 《祖国日志》和《现代人》被公认为彼得堡西方主义派别的两大重要杂志。别林斯基的反击K. 阿克萨科夫《小册子》观点的著名文章《答〈莫斯科人〉》（*Ответ* 〈*Москвитянину*〉）就发表在该杂志上。

② Хомяков А. С. *Полное собрание сочинений. Том* Ⅷ. Стр. 437.

的混乱不堪。猜谜成了我们的普遍趣味，成了中篇小说或长篇小说叙事领域的主要内容"[①]。K. 阿克萨科夫认为，现代作家对个体性情节建构的这一热衷与痴迷是导致其"创作行为"从古老"史诗般静观"的高度跌入庸俗化、肤浅化的现代陷阱的直接原因。而果戈理的《死魂灵》并不靠无厘头笑话和怪诞噱头，以及编织"轰动性新闻事件"吸引读者。乞乞科夫乘坐"三驾马车"购买"死魂灵"的冒险游历正如荷马史诗奥德赛的浪漫冒险，只是为了便于更加客观地展示出俄国现实生活的广阔图景，并在此基础上自史诗高度揭示博爱与全人类道德拯救的俄罗斯真理和弥赛亚使命。所以说"需要凝神静气慢读果戈理；《死魂灵》丰富的内容含义显示隐含在每一句话里……不必害怕失去整体性。它不是外在的，它总在这里；联系不是外在的，而是对象（事物）之间内在的，彼此自然而然的连接"[②]。基于果戈理作品具有内在的"有机完整性"这一斯拉夫主义论述，K. 阿克萨科夫进而宣称，阅读长诗《死魂灵》根本不需要顾及普通意义上的那种外在情节。这一观点看上去和别林斯基的观点十分接近。在针对《死魂灵》的第一篇评论中，别林斯基说，"《死魂灵》不符合读者有关长篇小说或故事的通常概念。在他们的习惯意识里主人公们相爱、分手，然后结婚，直至幸福富足，白头偕老"，所以只有那些"看重作品内容而不是'情节'的人才能够真正理解果戈理及其创作"，滑稽故事本身无足轻重。"没有比在《死魂灵》中只看到讽刺情节更错误、更野蛮的了"。《死魂灵》"一方面具有无情否定现实的激情，另一方面又具有强烈的抒情激情，是对民族自我意识的响亮酒神颂歌"[③]，是艺术现实性和理想性的高度统一。还在这场大论战爆发之前的19世纪30年代末，别林斯基就呼应K. 阿克萨科夫说，"在形式上所有艺术作品都是一样的，是内容赋予了它们不同价值：《理查二世》《奥赛罗》《哈姆雷特》《麦克白》《罗密欧与朱丽叶》总是要高于《威尼斯商人》，就像果戈理的《塔拉斯·布尔巴》高于

---

① Венгров С. А. *Передовой боец славянофильства Константин Аксаков – Собрание сочинений.* СПб.，том Ⅲ. 1912. Приложение. Стр. 218.

② Ibid.，pp. 223—224.

③ Белинский В. Г. *Полное собрание сочинений. Том* Ⅵ. Стр. 219—220.

他所发表的其他所有作品一样”[①]。尽管如此，二者共同“重内容，轻形式”的观点却存在本质上的不同。斯拉夫主义理论批评视野下的果戈理是充满着俄罗斯人独特天然生命感知的有机的“内在的果戈理”，是“现代、自由史诗”创造者的果戈理。按照萨马林的话说，“果戈理属于那类原创意义的艺术家。在他们那儿没有任何所谓后天习得的、自外部借用的，或追求离奇效果的东西”[②]，一切都是自然天成。另外，在大论战结束十年之后的1852年，K. 阿克萨科夫在一封给И. 屠格涅夫的信里再次重复了反对文学界热衷建构离奇故事情节的形式化倾向：“我从来不认为小说的完整性要依靠将人物和事件串接到一起的‘情节’来构建。相反，我认为其中唯一生动鲜活的联系是有机的生命联系。在《死魂灵》中内在因素和内在意义的联系比什么都突出，里面根本没有任何纯粹事件的位置。”[③] 而别林斯基对《死魂灵》内容的重视（相应地对形式的轻视）是要借此为俄国读者构拟一个现代讽刺小说家形象的果戈理。果戈理所谓“瓦特·斯科特式”的历史主义情节建构符合别林斯基竭力为之辩护的文学新形式——与古希腊史诗截然相反的现代小说。就揭示现实生活的深度和广度而言，小说体裁在别林斯基看来显然具有内容上更大的包容性和发展前景。最主要的是，现代小说作为“现实的诗”能够积极干预生活，深入揭示各种社会复杂的矛盾，按照事物原有的样子把“生活表现得赤裸裸到令人害羞的程度，把所有可怕的丑恶和全部庄严的美一起揭发出来”，成为一面“生活的镜子”[④]。《死魂灵》在别林斯基激进西方主义批评视野下就是这样一部无与伦比的、与果戈理本人所说“将俄国所有丑陋聚拢在一起并嘲笑之”的创作自白相一致的“镜子式”现代小说。果戈理因此而成为彼得堡“自然派”小说界的领袖和旗帜。可见，仅就最不容易引起争议的文学作品形

---

① 当时《死魂灵》、《钦差大臣》等果戈理的名作尚未出版。Белинский В. Г. *Полное собрание сочинений*. Том Ⅺ. Стр. 534.

② Ефимова М. Т. *Ю. Самарин о Гоголе*. – В кн.: *Пушкин и его современники*. Псков. 1970. Стр. 136.

③ *Русское обозрение*, 1894, № 10. Стр. 447.

④ 出自果戈理的《作者自白》（*Авторская исповедь*），参见 Н. В. Гоголь. *Собрание сочинений в семи томах*. *Том* Ⅵ. Издат. Художественная литература. М., 1978. Стр. 428。

式（情节建构）问题，K. 阿克萨科夫和别林斯基之间也存在着本质上的分歧。二者所谓“重内容，轻形式”的鲜有共性，在双方对“内容”的解释各不相同的情况下也不过是徒有其表。从这一意义看，斯拉夫主义和西方主义围绕《死魂灵》是“史诗”还是“小说”的激烈体裁纷争也就失去了文学本体论意义。

在《小册子》以及随后的《解释》里，K. 阿克萨科夫无论是谈论果戈理表现在长诗《死魂灵》中“特殊”类型的幽默、天然的生命感知（史诗般静观）、人物典型塑造，还是谈论果戈理的言语诗性，以及“史诗—小说”体裁形式与情节建构，最后都会归结到对果戈理“完整”史诗性“创作行为”的论述上来。“创作行为”及其在民族文化审美意识上的独特性是 K. 阿克萨科夫一切果戈理理论概说的出发点和落脚地。这一批评路线与别林斯基似乎一切从内容（理念）出发，对果戈理及其《死魂灵》进行社会学分析和价值论判断的路子存在明显差别，并使得二人几乎所有观点的相似或接近都成为表象。K. 阿克萨科夫不断强调果戈理“创作行为”的“完整性”和“具体性”起源于古老史诗式的生命感知，即对世界万物所抱持的那种鲜活生动而又平静从容的静观态度，其“果戈理—荷马”，“《死魂灵》—《伊利亚特》”的类比不是基于内容（理念），而是基于创作行为意义，即为荷马或莎士比亚所固有的创作行为的完整性，是一种典型有机论“行为美学”。艺术“创作行为”的高低是衡量艺术家能否实现“理念完美的表达”的唯一美学标志。换一句话说，“创作行为”的“完整性”和“具体性”指的就是对“理念完美的表达”，即崇高理念与具体形象的和谐有机统一。K. 阿克萨科夫还举例论证说：“一个具有创作行为完整性的诗人，比如说，可以揭示出花朵所有完美以及花朵所有自由生命形式；另一个诗人把表现伟人这一宏大的内容作为目标，但其描述仅是大体轮廓式的。后者的事业很崇高，但在创作行为上要远低于前者，即第一个出色掌握了完整、生动创作秘密的诗人。”① 也就是说对诗人而言，创作内容上的崇高和普世在艺术界域还根本不意味着什么，就像单个的创作行为还无

① Венгров С. А. *Передовой боец славянофильства Константин Аксаков – Собрание сочинений.* СПб.，том Ⅲ. 1912. Приложение. Стр. 227.

法构成诗人一样。这里 K. 阿克萨科夫显然认为，一个拥有“创作完整性”的诗人要高于另一个根本不具备“创作完整性”的诗人，不管后者选择的艺术表现对象是不是更严肃或是更崇高。当然，既具备“创作完整性”又选取史诗性崇高事物作为艺术表现对象的诗人是最好的：荷马、莎士比亚和果戈理就是这样的伟大民族诗人。长诗《死魂灵》就是这样的“现代自由的史诗”。而别林斯基则认为，“创作行为”的“完整性”和“具体性”对诗人来说仅仅是其作为艺术家的一个基本条件，而不应该成为唯一的标志。他模仿 K. 阿克萨科夫的口吻反驳说，“一个具有创作行为完整性的诗人，比如说，可以出色揭示花朵的优美；另一个具有同样创作行为完整性的诗人，可以出色表现伟人的品性：前者在后者面前是无足轻重的，就像在一系列生命现象中花朵在人面前显得无足轻重一样”[①]。很明显，别林斯基在对艺术家“创作行为”的比较和理解上和 K. 阿克萨科夫存在着很大性质差异。后者按照“创作行为”的“完整性”程度将诗人进行高低优劣的划分在他看来是没有意义的，因为不同类型的诗人及其艺术作品在艺术“创作行为”上没有原则性的区分，就如同果戈理、普希金、莎士比亚和拜伦等天才作家及创作之间在“抽象数学运算”上几乎没有差别一样。“比如说果戈理的《狄康卡近乡夜话》（*Вечера на худоре близ Диканки*）在‘创作完整性’上一点也不低于莎士比亚的名剧《哈姆雷特》，但二者实际上具有不可比性”[②]，对二者硬要进行“创作行为”上的比较就意味着割裂、忽视了作品的不同内容。固然不具备创作行为就不能够成为一个诗人这一点毫无疑问，但像 K. 阿克萨科夫那样单纯从艺术“创作行为”这个唯一标准出发比较诗人间的彼此高低优劣则完全是一种批评家的主观想象，何况“迄今尚无法证明果戈理在创作行为上要高于其他艺术家，比如说普希金……要成为与荷马、莎士比亚等人齐名的艺术家，仅仅凭借创作行为还是远远不够的”。因此，别林斯基概括说，“在我们这个时代，诗人伟大与否的评判尺度不是依据其创作行为，而是依据理念……”，依据反映现实生活的创作内容。而“仅仅掌握完整创作行为还不意味着什么，也

① Белинский В. Г. *Полное собрание сочинений. Том* Ⅵ. Стр. 424.

② Ibid. , p. 257.

没有什么值得高兴的……因为最主要的是内容”①。正是从文学真实反映社会生活的内容（理念）出发，别林斯基严厉指出，K. 阿克萨科夫在其《小册子》和《解释》中把果戈理的这部现代小说与古老的荷马史诗画等号，实际上是要企图一举抹杀《死魂灵》对农奴制下俄国不合理现实的讽刺和揭露意义（民主启蒙特征），并把《死魂灵》按照斯拉夫主义方式解释为对农奴制的歌颂。不管 K. 阿克萨科夫是否真的有歌颂“农奴制罗斯”的诗学意图，别林斯基依然会从艺术创作内容（理念）角度对 K. 阿克萨科夫的观点作出引申性价值论判断，这是由后者激进文学社会学立场所决定的。相比而言，K. 阿克萨科夫更倾向于自文学民族主义和古典美学视角就艺术创作类型本身来评判果戈理。因此，确定长诗《死魂灵》本身的体裁性质具有原则性的意义：“《死魂灵》——《伊利亚特》”的类比只有牢固立足于“创作行为”这一基点上才可以成立。离开了这一基点，把幽默“讽刺家”果戈理与古希腊的“颂歌手”荷马，把《死魂灵》与《伊利亚特》进行对比就会显得十分荒谬，就会变成古老史诗在现代人面前的意外复活。时间间隔跨度达两千多年，来自不同国度的两部长诗（поэма），彼此间的可比性显然不是建立在某些外部诗学特征上，而是有着深层次的、内在永恒精神性的生命感知基础——对宇宙和人类生活世界“史诗般的静观”。而出现在读者大众面前的《死魂灵》第一部，还仅仅是对这一深层次的、内在永恒精神性生命感知的巨大审美隐喻。K. 阿克萨科夫坚信他作为批评家的使命和义务，就是要竭力暗示并引导读者大众领悟果戈理创作构思史诗性的宏大规模，即《死魂灵》第一部不过是通向一座富丽堂皇的艺术宫殿的第一个阶梯。事实上果戈理本人就一直热烈憧憬着这座荷马史诗般庞大艺术宫殿：“未来的《死魂灵》第二部将会成为俄国读者像阅读荷马一样阅读我的作品的重要阶梯。”② 言外之意《死魂灵》应该还会有第三部来作为未来终极完美无瑕的艺术宫殿。就像诗人但丁的《神曲》从《地狱》篇，经过《炼狱》篇，最终走向《天堂》篇一样。从果戈理本人的夫子自道来看，K. 阿克萨科夫的文学体裁界说，即立足于“果戈理—荷马”共同

---

① Белинский В. Г. *Полное собрание сочинений*. *Том* Ⅵ. Стр. 258.

② Гоголь Н. В. *Собрание сочинений в семи томах*. *Том* ⅩⅣ. М., 1978. Стр. 156.

"创作行为"的"《死魂灵》—《伊利亚特》"的类比相对别林斯基更贴近果戈理的创作本意。

19世纪40年代的斯拉夫主义运动盛期，K. 阿克萨科夫与别林斯基围绕着果戈理创作以及《死魂灵》体裁性质的大论战，在当时的俄国文艺界引起了巨大反响，也成为俄国文学批评史上的一桩历史公案。《小册子》所谓"果戈理—荷马"，"《死魂灵》—《伊利亚特》"的类比在遭到别林斯基强烈反击的同时，却受到来自同一阵营斯拉夫主义理论家们的热烈响应和辩护。霍米亚科夫高度肯定K. 阿克萨科夫的观点，并把果戈理的长诗与艺术民族自觉意识联系起来，宣称《死魂灵》的问世是独立"俄罗斯艺术学派"诞生的标志。他在给对方的信中称赞说，"您鲜明论述了长诗的优点和民族意义，不惧因对果戈理狂热的爱，以及更大的，对俄罗斯事物巨大的爱而遭到的嘲笑"①。霍米亚科夫认同K. 阿克萨科夫将果戈理比作荷马和莎士比亚，指出在荷马和莎士比亚后，诸如"歌德、席勒或拜伦这些伟大诗人虽然具有宏大的理念，但在创作中未能继承原始的、真正史诗性的'客观性'"，只有到了俄国作家果戈理这儿，这一审美"客观性"问题才得以解决。俄国文学的复兴必须从"史诗"开始，其中"不完整开端的趣味……需要客观性的描写来补充"，《死魂灵》正是俄国文学未来光明复兴前景的开端②。霍米亚科夫特别看重K. 阿克萨科夫所说的果戈理"史诗般的静观"，认为这一"完整世界感知"对构建独立"俄罗斯艺术学派"意义重大。另一位斯拉夫主义理论家萨马林在给K. 阿克萨科夫的一封信中③完全同意后者对《死魂灵》体裁性质的"史诗"定位，"我觉得您关于《死魂灵》说了一切可以且应该说的，展示了果戈理静观的性质、创作行为并排除了内容（理念）问题"④。针对别林斯基所提出的长诗

---

① Хомяков А. С. *Полное собрание сочинений. Том* Ⅷ. М., 1886. Стр. 344—345.

② Ibid., p. 355.

③ 这是萨马林1842年7月底写给K. 阿克萨科夫唯一一封评论后者《小册子》的书信，在当时文艺界反响很大，曾以手稿形式在文学沙龙里流传并受到果戈理的高度赞同后收入Ю. Ф. Самарин. *Сочинения*. М., 1911. 参见 Ефимова М. Т. *Ю. Самарин о Гоголе*. – В кн.: *Пушкин и его современники*. Псков. 1970. Стр. 135—137.

④ Самарин Ю. Ф. *Сочинения. Том* Ⅻ. М., 1911. Стр. 30.

《死魂灵》是对俄罗斯的“颂扬”还是“中伤”这个问题，萨马林说，“诞生在毁灭时代的艺术家，看到自己民族在根子上开始腐朽，从生活中选取内容，但只能将内容表现为缺少未来和谐的要素，由此产生了讽刺”。在这一意义上“讽刺”和“史诗”是相互对立的，“只有那一自我满意的，自身有权利存在的生活才能够成为纯粹艺术作品的内容，而不是那一自理念诞生却否定理念的生活”①。这里萨马林对果戈理“讽刺”的理解要比别林斯基宽广：“讽刺”不是别林斯基所说的那种单纯“无情的否定”，外加与之对立的“抒情的激情”，而是骤起于生活中“缺少未来的要素”。建立在崇高世界感知基础上的“讽刺”最终目的是要“揭开对我们遮蔽着的，整个洒满光明的另一面”，最终导向一曲博爱与救赎的嘹亮“酒神颂歌”。果戈理表现在《死魂灵》里的就是这样具有史诗性深度的“讽刺”，“一种对纷乱现实永恒的反衬，一笔勾销了和谐的永恒的对立，一切都是因为纷乱现实里缺少这一和谐”②。这里萨马林显然把别林斯基所区分开来的《死魂灵》“否定的激情”（讽刺）和“抒情的激情”（颂扬）重新聚合为一个彼此并不矛盾的统一整体，其中讽刺的真正含义在于艺术家表现生活渺小、可笑、黑暗的方面不是为了否定而否定，而是为了终极意义的生命救赎而否定，正如《圣经》经文所说，“黑暗必定遮蔽我，我周围的亮光必成为黑夜；黑暗也不能遮蔽我使你不见，黑夜却如白昼发亮。黑暗和光明，在你看都是一个样”③。萨马林对“果戈理的讽刺”的斯拉夫主义理论论述，恰好和K. 阿克萨科夫对果戈理具有“史诗般静观”的斯拉夫主义阐释形成有机的互补，从而替后者进行了卓有成效的思想辩护。

《小册子》以及随后的《解释》发表之后在俄国文艺界所引起的“批评风暴”，特别是别林斯基的激烈反应，大大超出了K. 阿克萨科夫自己的估计。即便同属斯拉夫主义阵营的同志，也作出不尽相同的解读。愤怒和误解一方面起因于K. 阿克萨科夫作为一个激情洋溢的斯拉夫主义批评家，其批评与其说是依靠理性揭示真理，不如说是依靠艺术家的直觉，即依靠

---

① Самарин Ю. Ф. *Сочинения. Том* XII. М.，1911. Стр. 34.

② Ibid.，pp. 34—35.

③ 约翰福音：《圣经》第1章第5节，参见《新旧约全书》，中国基督教协会1992年版。

斯拉夫主义派别所独有的审美内在整合性。其批评著述读起来就如同艺术作品本身，具有思想的飘忽性和多面性特征；另一方面，或许更重要的方面是起因于K. 阿克萨科夫非此即彼、毫不妥协的民族主义审美立场。赫尔岑说他“为了信仰可以毅然走向广场，可以上断头台，只要觉得这么做有必要，他就会变成一个激情燃烧的布道者”①。论战对手任何刺激性的话语都会引起他强烈的敌意和角斗士般的愤怒。从今天的角度看，K. 阿克萨科夫和别林斯基围绕果戈理及其《死魂灵》所产生的历史纷争，远非对艺术家和艺术作品逻辑清晰的“学院式”阐释。正如别林斯基所说，“问题与其说是文学性的，倒不如说是和民族自我意识发展问题密切关联的社会性的”②。这一点无论是斯拉夫主义还是西方主义派别都十分清楚。谩骂与攻击并不意味着全是对的；赞扬有加也不意味着透彻理解。甚至诚恳的接受态度也不能成为客观标准。按照K. 阿克萨科夫的坦言，《小册子》由于深刻触及“果戈理的秘密”，导致理论界出现了“个人致命的敌人”③。这场1842年爆发的硝烟弥漫的“彼得堡——莫斯科文学大论战”，既大大提升了处于巅峰时期斯拉夫主义运动的理论知名度，又在某种程度上进一步造成了斯拉夫主义与西方主义两个批评阵营的进一步分化。在争论过程中，双方截然不同的世界观、美学观以及文学批评观都得到了淋漓尽致的展示，显示了俄罗斯批评作为独特“运动的美学”的理论魅力，迄今读来依然能够感到一股扑面而来的鲜活生命气息。19世纪50年代中期以后，随着斯拉夫主义运动日趋走向衰落和式微④，40年代掀起的这场大论战渐渐被人忘却并走入历史，进入了长久的冰封期。

苏联时期K. 阿克萨科夫与别林斯基有关果戈理及其《死魂灵》的争执，多次引起研究者们的注意，但基本上是站在别林斯基革命民主主义立

---

① Герцен А. И. *Собрание сочинений в 30 – ти томах.*, *том* 9. Стр. 163.

② Белинский В. Г. *Полное собрание сочинений. Том* Ⅵ. М., 1955. Стр. 323.

③ *Эстетические и литературные воззрения русских славянофилов* (1840—1850 – *е годы*). Стр. 119.

④ 1856年И. 基列耶夫斯基去世；1860年霍米亚科夫和K. 阿克萨科夫也相继去世，1861年斯拉夫主义运动晚期最主要杂志《俄国丛谈》停刊，斯拉夫主义运动自此开始走向式微和完结。

场上，使用苏维埃式官方文化语言进行社会学分析和解释，判定“K. 阿克萨科夫反动的、反历史主义《小册子》将《死魂灵》及其创作者带向遥远的过去，割裂了与现代社会问题的联系”[①]，所谓“‘果戈理—荷马’，‘《死魂灵》—《伊利亚特》’的虚假类比是企图从这部天才长诗中拔除讽刺的针刺，将作品的社会讽刺意义中性化”[②]。因此，别林斯基不得不起来反对K. 阿克萨科夫“虚伪而又过分的颂扬”，特别是严厉抨击“K. 阿克萨科夫美化封建宗法农奴制的反历史主义观点”[③]。一个奇特的现象是：多数苏联文艺评论家在几乎事无巨细地罗列、分析别林斯基反击其论战对手言词的同时，却对其论战对手的观点和言词一笔带过，语焉不详地指控K. 阿克萨科夫“不是应然地把《死魂灵》看作是对俄国生活的讽刺，而是看作对俄罗斯民族的歌颂”，还宣称K. 阿克萨科夫基于“胆怯和顺从”的理论个性，遗漏了果戈理长诗最重要的批判要素，将注意力仅仅集中在果戈理的“抒情激情”上面，“在果戈理创作中寻找能够为自己斯拉夫主义立场辩护的材料”[④]。这些研究者的观点看上去千篇一律，显然受到苏联时期推崇别林斯基激进西方主义，贬斥保守的斯拉夫主义的官方文艺政策的严格规约和塑形。不过也有苏联学者在“解冻时期”过后，特别是1969年科学院《文学问题》杂志所掀起的斯拉夫主义批评思想大讨论中，表达了正面看待K. 阿克萨科夫《小册子》的看法。一些研究者表现出对K. 阿克萨科夫的同情态度，认为别林斯基拒不接受斯拉夫主义《小册子》的论述，是因为他作为革命民主主义领袖需要这种策略战术和斗争逻辑。苏联学者科仁诺夫[⑤]曾指出，别林斯基在有关“果戈理创作上具有令人称奇的完整性”这一点和K. 阿克萨科夫的看法基本一致，认为两位批评家都认

---

① Смирнова－Чикина Е. С. *Поэма Н. В. Гоголя 〈Мёртвые души〉: Комментарий*. Л., 1974. Стр. 38.

② Машинский С. И. *С. Т. Аксаков: Жизнь и творчество*. М., 1973. Стр. 255.

③ Храпченко М. Б. *Творчество Гоголя*. М., 1959. Стр. 455—456.

④ *Послесловие Е. Смирновой* к кн.: Аксаков С. Т. *История моего знакомства с Гоголем*. М., 1960. Стр. 234—235.

⑤ 科仁诺夫（Кожинов В. В, 1930—2011），苏联著名文学批评家、文艺学家、政论家，思想具有斯拉夫主义倾向。

定果戈理在《死魂灵》里运用的“不完全是讽刺，而是非常接近文艺复兴艺术类型的手法”，因此二人“在主要问题上观点相同”①。科仁诺夫显然忽视了K. 阿克萨科夫将果戈理与荷马、莎士比亚进行对比具有另外含义，但即便是这样他还是受到另一位苏联学者德·尼古拉耶夫的激烈批评。后者挖苦说，“科仁诺夫的唯一的赞同者大概就只剩下K. 阿克萨科夫一个人了”②。还有一位参与1969年《文学问题》有关斯拉夫主义批评思想大讨论的苏联学者A. 伊万诺夫发文阐述K. 阿克萨科夫小册子的思想，断言“果戈理是俄罗斯民族精神的表达者，其世界观的完整性是同时代西欧作家所不具备的。或许只有古代或文艺复兴时期诸如荷马和莎士比亚这样的伟大艺术家才具有这一世界观的完整性”③。A. 伊万诺夫评述的仅是《小册子》里谈及果戈理“创作行为”的一个侧面，即论述果戈理世界观的部分，远未能够彻底厘清K. 阿克萨科夫的全部思想观点，但在苏联当时的社会历史背景下，已是很大进步。苏联解体后摆脱了苏联官方文艺政策和意识形态钳制的俄罗斯文艺理论界转向了寻根，从民族传统文化精神遗产中挖掘那些能够振奋民族精神的东西。K. 阿克萨科夫的果戈理及其《死魂灵》论述很快被正面评价为“深刻表达俄罗斯思想本质的遗作”④，着力从俄罗斯宗教、哲学、文化学等多种观点角度阐释《小册子》的正面指导意义，在几乎彻底否定别林斯基的同时，也算是实现了K. 阿克萨科夫果戈理批评观的现代回归。

---

① *Вопросы литературы*, 1968, № 5, Стр. 73—77.

② *Вопросы литературы*, 1968, № 12, Стр. 110.

③ *Вопросы литературы*, 1969, № 7, Стр. 134—135.

④ *Вопросы литературы*, 1992, № 2, Стр. 104.

结语　历史回声：斯拉夫主义批评与现代

至此，我们在斯拉夫主义文艺理论和文化批评的世界里进行了一番匆匆巡礼，在比较系统和完整地梳理了斯拉夫主义及其民族文化审美理论的缘起和发展、斯拉夫主义的文艺美学理论、斯拉夫主义批评的民族文化维度，以及斯拉夫主义的文学批评实践活动之后，“文学斯拉夫主义”的基本理论风貌就大致呈现出来。最后有必要对斯拉夫主义文艺理论和文化批评予以概括和综述，进而对这一19世纪俄国文艺美学流派的历史背景、总体美学价值和影响，以及现代启示意义作出恰当的评价和评估，以期为未来斯拉夫主义作为民族文化聚合体现象的跨学科总体研究提供有益的参考。

（一）

K. 阿克萨科夫1848年在一篇名为《论卡拉姆辛》（*О Карамзине*）的短文中为我们勾画出了一条斯拉夫主义文艺美学意识缘起和演变的本土路径：罗蒙诺索夫—卡拉姆辛—斯拉夫主义：“俄罗斯流派（最初的斯拉夫主义）……起源于彼得大帝改革那一大转折年代，因为正是自那一时刻开始了模糊的、针对外国影响的反作用。任何鲜活的灵魂都会模糊地感受到自身的虚假并与这一虚假进行抗争。确切地说，这是从罗蒙诺索夫开始的。我们用这一模糊不定的，却渐趋清晰的抗争来确认我们的文学：美好的抗争赋予它意义和魅力。卡拉姆辛就是这样的斗士，而且是斗士中强有力的一位。这一流派的开端始自俄罗斯心灵和俄罗斯真理。”① 斯拉夫主义者们普遍相信，彼得大帝的“全盘西化”式的改革造成了俄罗斯民族整体

① Цимбаев Н. И. *Славянофильство. Из истории русской общественно－политической мысли 19 века.* Стр. 60. М.，1986.

的分裂（即前面第三章霍米亚科夫所谓的“两元分化理论”），并由此造成“西化”的社会上层与普通下层民众间巨大精神鸿沟：“一方面是自身保持俄罗斯自治生活的土地和人民；另一方面是脱离了自己的民族性，远离人民及全人类意义和荣誉，极力追逐获得他人荣誉并模仿他人荣誉的上层社会。换句话说，俄罗斯分化为人民与公众。”[①] 俄国人民是传统斯拉夫东正教的；公众则是西化的，并高高在上的。更为悲剧性的是，公众贵族式的理解人民并力图把这一理解灌输给人民；人民则带着神圣罗斯的饱满形象和村社生活退隐到了广阔的俄罗斯乡野。斯拉夫主义者们认为，彼得改革这一“全盘西化”的所有谎言与虚假就在于其“可怕的片面、过度发展的国家性，与此同时对俄罗斯本土事物的完全蔑视与无礼，将俄罗斯本土事物看作自私自利计划的材料。还有就是模仿和强制”[②]：18 世纪的古典主义时期，俄国作家在从宫廷里获得官位和爵位的同时，完全忘记了自己的民族（人民）。他们在脱离了本民族生活的同时，“甚至意识不到本民族的存在而心安理得，竟然如此轻松、如此感觉良好地写小说、写诗、模仿、翻译……而这一切不过是假面舞会式的谎言和矫饰”[③]。正是在这一脱离人民的虚假谎言的基础上，在对西方生活的顶礼膜拜与恶劣模仿中，诞生了缺乏俄罗斯灵魂的现代俄国文学。K. 阿克萨科夫宣称，彼得大帝改革之后，在现代俄国文学的历史演变过程中率先针对外国不良影响作出尚不明晰却大胆的“逆反应”的就是“百科全书式”的俄罗斯天才人物罗蒙诺索夫。在自己那篇著名硕士学位论文《俄罗斯文学与语言史上的罗蒙诺索夫》（1846）中，K. 阿克萨科夫赞扬罗蒙诺索夫创作上的个人诗性天才：“无论是散文还是诗歌……不管他从事什么样的活动，处处彰显着他无与伦比的天才诗性，……体现着俄罗斯语言的力量和美。”罗蒙诺索夫“是俄罗斯自我天性上的诗人”。他宽广的个人内心世界“时时燃烧着诗的火焰”[④]，照亮了他所从事的科学与文学创作活动的所有领域。更为重要的

① Хомяков А. С. *Полное собрание сочинений. Том* Ⅴ. М. , 1900. Стр. 214—215.

② Киреевский И. В. *Полное собрание сочинений. том* Ⅱ. Стр. 236.

③ *Литературные взгляды и творчество славянофилов*（1830—1850 *годы*）. Стр. 228.

④ Аксаков К. С. *Ломоносов в истрии русской литературы и русского языка.* Стр. 95.

是，罗蒙诺索夫在剔除德国学术在皇家科学院权威垄断地位的同时，创建了俄罗斯本土相对独立的俄语语言体系和科学研究体系，从而走出了维护民族尊严和繁荣民族语言和文化最重要的一步，因而是18世纪最早具有朦胧斯拉夫主义意识的俄国人。

卡拉姆辛作为俄国感伤主义文学家和著名历史学家、文化活动家和贵族思想家，是第一个较为清晰地宣导俄罗斯文化独创性和俄罗斯精神特殊性的人。在《对祖国和民族自豪感的爱》（*О любви к отечеству и народной гордости*，1802）一文中他明确提出俄国要从欧洲外来影响的阴影下走出来，实现本民族精神事业的发展和进步。“我们将不因别人的智慧而变得聪明，不因别人的光荣而变得荣耀。法国和英国的作家可以无视我们的荣耀，而俄罗斯人就应该尽可能地重视俄罗斯……无论是一个人，还是一个民族，开始时总是模仿，但应该随着时间的流逝而成为自己，以至于可以自豪地说，我合乎理性地存在着。现在我们在生活中已经有足够的知识，不需要问巴黎和伦敦是怎样生活的……毫无疑问，谁不自尊，别人就不会尊重他。我不是说对自己祖国的爱应该是盲目的，相信我们一切都完美无缺，但俄罗斯至少应该懂得自己的价值”①。K. 阿克萨科夫在短文中指出，卡拉姆辛是俄国第一个明确无误地感受到现代俄罗斯生活因缺少俄罗斯灵魂而出现的所有“片面”和“不自然”，并“着力从抽象和模仿中摆脱出来，走向现实和民族性”的“强有力斗士”，其对俄罗斯文明事业的贡献有三：一是读者在《俄国旅行家书简》（*Письма русского путешественника*，1791）、《可怜的丽莎》（*Бедная Лиза*，1792）等文学作品中能够听到一种分外特殊的，前人所不曾有过的“生动、轻柔、优雅的新声调”，感受到他“美好的心灵，对欧洲思想的亲密了解，对自然田园诗般的感伤和同情，以及轻松的欢乐和在西方面前的评判”；二是摒弃矫揉造作，以模仿法语为荣的“公众语言”和过时拉丁语，走向简朴的俄语口语，将现实和人民生活中的鲜活语言带入自己的作品中，这是古典主义作家们做不到的；三是带着“苏醒了的祖国意识”热烈关注本民族的过去，

---

① Егоров Б. Ф.（отв. ред.）. *Сборник статей: Славянофильство и современность.* Издат. Наука. 1994.

创作了俄国第一部厚达 13 卷本的完整《俄罗斯国家史》（*История Российского государства*），“俄罗斯的历史画卷为卡拉姆辛而展开。这位抽象却真诚的作家第一次与俄罗斯生活相遇并发生了约会”[①]。卡拉姆辛以其动人的创作“激起了公众对俄罗斯土地命运的同情。这一同情表达的尚不准确，但足以唤起公众的注意。因为这一朦胧的俄罗斯情感就在我们这些拒绝公众走向人民的俄罗斯人身上……它力图摆脱他人抽象的泥潭……将俄罗斯事业推向前进”[②]。从这一意义出发，K. 阿克萨科夫断言卡拉姆辛凭借其文学和历史创作，“表达的已经是思想的俄罗斯形象”及其“道德的意义、纯洁的心灵和真诚的爱”，这是他对“俄罗斯事业、俄罗斯情感和俄罗斯流派”的伟大贡献。自卡拉姆辛开始，“俄罗斯的流派，人民的流派，独特的流派的作用日趋明显，其位置和道路变得日渐明晰。这是永恒的道路。它之所以古老而又新鲜，是因为长久以来被压抑着，如今正散发着生命的活力”[③]。

普希金对恰达耶夫《哲学书简》的“逆反应”可作为斯拉夫主义意识在 19 世纪初进一步发展壮大的一个鲜活例证。他与后者的私人友谊，以及著名的《致恰达耶夫》（*К Чадаеву*）诗篇成为俄国文坛的一段佳话。中外读者大多熟悉普希金与恰达耶夫约定将来“要在专制的废墟上，写上我们的名字”的自由豪迈情怀，却不熟悉前者对后者《哲学书简》的否定性负面反应和斯拉夫主义论说。恰达耶夫在其《哲学书简》中痛心疾首地宣称俄国的历史和文化与发达进步的西方相比，迄今尚处于一种“野蛮不开化”的不幸局面。他断言“我们生活在欧洲的东方，这是事实，但是我们从来不曾属于东方……西方掌握了人类智慧的成果，……在高傲自由地前进……永不停息地将目光投向无限的未来”[④]。作为俄国历史上“第一个西方主义者”，恰达耶夫近乎文化虚无主义的“否定式爱国主义”，遭遇到其密友普希金充满反作用的“逆反应”：1836 年 11 月 19 日，普希金在《望

---

① Аксаков К. С. *Эстетика и литературная критика.* М.，1995. Стр. 182.

② Ibid.

③ Ibid.，p. 183.

④ 恰达耶夫：《哲学书简》，刘文飞译，第 204 页。

远镜》杂志上读到了《哲学书简》，当即给恰达耶夫写了一封长信，其中有这样的言辞："当然这一分裂（蒙古统治）把我们和欧洲其他部分区隔开来，而在欧洲喧腾扰攘的许多重大事件也没有我们的份；但是我们有着自己的使命。将蒙古人的西征压制在其广袤疆域内者是俄罗斯。鞑靼人不敢穿越我们西边的疆界，使我们得以留在其后面。他们往大漠撤退，基督教文明因而得以保全。因此，我们只得开始一种完全隔绝的生活方式，既保留了基督教，也使我们在基督教世界中成了完全的陌生人，是以我们的苦难从未和天主教欧洲的蓬勃发展有所冲突。你说我们的基督教所本的源泉不够纯净，说拜占庭卑贱，遭人蔑视等等——朋友啊，耶稣基督难道不是生而为卑贱的犹太人，而耶路撒冷不也是各国家民族间的笑柄？……谈到我们历史的意义，我完全无法认同你的看法。奥列格和斯维亚托斯拉夫的战争，甚或各藩属之间的干戈纷争，岂不正是不懈不止的冒险；生涩、漫无目标的活动等等生命力的象征，不正是每个人年轻时的标记？鞑靼的侵略是个悲伤、令人难忘的景象。俄罗斯的觉醒，其国力的展现，其朝向统一的进程，两位伊万帝王，肇始于乌格利奇而在伊帕季耶夫修道院完成的雄伟的戏剧——这一切诚然都是历史，岂非亦是场半被遗忘的梦境？还有彼得大帝，他本身不就是一段世界历史……"① 普希金这封长信，正是一种典型罗蒙诺索夫式，或卡拉姆辛式"苏醒了的祖国意识"的本能反应和表达，是一种对 K. 阿克萨科夫所说的"俄罗斯的流派"（русская школа）的精神呼应。这里所说的"俄罗斯的流派"指的就是18世纪后半叶处于萌芽和成长阶段的斯拉夫主义，即19世纪30—50年代与西方主义相抗衡的斯拉夫主义运动可以在18世纪的罗蒙诺索夫和卡拉姆辛身上，或在19世纪"一切开始的开始"（начало всех начал）的普希金身上找到其存在的现实根据。尽管后者即罗蒙诺索夫、卡拉姆辛和普希金在任何意义上都还不是真正民族意义上的作家，而只是俄国贵族上层公众情绪的"反向性"表达者。K. 阿克萨科夫所说的，体现在罗蒙诺索夫和卡拉姆辛身上的针对外国影响的"逆反应"可以被理解为18世纪俄国知识分子身上

① 安·塔可夫斯基：《雕刻时光》，陈丽贵、李泳泉译，人民文学出版社2003年版，第218—219页。

本土民族精神个性和民族文化审美意识的觉醒，因此构成斯拉夫主义运动的萌芽和开端。普希金给恰达耶夫的长信则是对这一斯拉夫主义运动的精神鼓励和理论深化。而如果从千年俄罗斯文化史上看，所谓针对外国影响的“逆反应”，即作用力与反作用力的俄罗斯式东、西方“二律悖反”是自古以来就持续存在着的文化范式，至少可以上溯到诸如“罗斯受洗”时代，即代表“本土”的斯拉夫多神教与代表“外国影响”的基督教一神教的对立，或俄国中世纪代表“本土”的阿瓦库姆“分裂教派”与代表“外来影响”的尼康“改革教派”的冲突、伊凡四世与库尔布斯基的书信论争[①]。更不用说19世纪斯拉夫主义和西方主义延续达半个世纪的对立，以及此后陀思妥耶夫斯基“根基主义”与“白银时代”、“新宗教哲学”、欧亚主义，甚至20世纪本土派的索尔仁尼琴和西方派的利哈乔夫院士，或苏联解体之后的所谓“爱国派”与“自由派”之争……在俄罗斯文明的千年发展进程中每逢出现重大的历史变故和文化转向，如“罗斯受洗”、“宗教改革”、“彼得大帝改革”、“十月革命”、“苏联解体”等，“外国的影响”与针对外国影响的“逆反应”之间就会呈现出作用与反作用这两股力量之间激烈对抗与冲突的局面。赫尔岑把这一俄罗斯向何处去，“向东还是向西”等反映在俄罗斯帝国国徽上特殊的“双头鹰”现象称为能够领悟“俄罗斯灵魂”几乎所有秘密的“伊阿诺斯的两个面孔”：“是的，我们之间是对立的，但这种对立与众不同。我们有同样的爱，只是方式不一样……我们像伊阿诺斯，或双头鹰，朝着不同的方向，但跳动着的心脏却是一个。”[②] 因此我们“不能把斯拉夫主义和西方主义的思想论争看成是俄国历史一个独立的、短暂的文化现象，这两种思潮的对立和转换、渗透和交融实际上贯穿了整个俄国的历史”[③]。只不过在19世纪斯拉夫主义旗手K. 阿克萨科夫看来，彼得大帝“全盘西化”式的剧烈改革，无论就其规模、历

① 有关伊凡四世与库尔布斯基的通信论证详情参见刘文飞《伊阿诺斯或双头鹰：俄国文学和文化中斯拉夫派和西方派的思想对峙》，中国社会科学出版社2006年版，第121—144页。

② 赫尔岑：《往事与随想》第5卷，项耀型译，人民文学出版社1998年版，第171—172页。

③ 刘文飞：《伊阿诺斯或双头鹰：俄国文学和文化中斯拉夫派和西方派的思想对峙》，中国社会科学出版社2006年版，绪论，第4页。

史文化影响以及对俄罗斯作为有机体所造成的历史伤害，都超过之前任何一个重大历史事件，因此斯拉夫主义，作为对外来事物和不良现象基于民族自尊心的天然“逆反应”，具有高度的合理性，需要进行有足够历史主义深度的理论阐释。

可见，斯拉夫主义意识的产生与滋长更深地植根于固有的俄罗斯民族文化精神传统之中，并受到后者的规约与塑形。这一文化精神传统来自古老“俄罗斯真理”中一股强大的以生命天性和圆通直觉为内核的，渴求宗教般永恒的俄罗斯维度。概括起来说这一俄罗斯维度包括了村社主义、“家训”式道德传统（即宗法制下和谐的道德秩序）、东正教生命有机论观念（陀思妥耶夫斯基所说的“全人类兄弟般团结”的弥赛亚主义，博爱与终极道德救赎）等。这一内在的有机整体观是一种精神原型意义的，肯定性和主体性的民族文化认知范式和审美范式。它平时潜伏在俄罗斯文化人的灵魂深处，在俄罗斯发生重大历史事件或面临根本性文化转向时就被激活，并以对外来影响文化本能式的逆反应（反作用力）的形式表现出来。从这一俄罗斯传统民族文化精神机制看，斯拉夫主义18世纪在俄国的滋生与成长，到19世纪30年代在组织、理论建构上的完成，直至40—50年代的鼎盛时期在与西方主义相抗衡中所出现的蔚然大观，都是受到俄罗斯传统民族文化认知范式和审美范式的激发，并由此形成了厚积薄发的“井喷”状态。而被俄罗斯文艺学界公认为斯拉夫主义作为流派诞生标志的1836年的“恰达耶夫书简”事件，以及随后霍米亚科夫写下《论旧与新》这一宣言式檄文，仅是这股强大思想运动水到渠成，并得以引爆的“导火索”而已。

但是如果仅仅把斯拉夫主义及其民族文化审美意识在起源上看作俄人民族主义者针对外来影响情感本能上的制式“逆反应”，那就显得十分片面了。霍米亚科夫等斯拉夫主义者除了对俄罗斯人民某些永恒民族道德品性予以理想化外，从未堕落为排外主义者或蒙昧主义者，从未对西方文明成果视而不见。科舍廖夫说，“我们完全不推翻西方做出的伟大发现和成就……但我们感到必须通过自己特有的理性的批判来接受一切”。“我们不反对一切方面的外来新成就，而是反对那些来自假的、没根基的，实际上也不可能有根的东西。"[①] 事情还不仅如此，斯拉夫主义及其民族文化审美意识的理性建构在很大程度上要得益于19世纪上半叶"萦绕着俄国知识界的谢林主义富有诗意和道德芳香的气氛"[②] 的滋养。可以从几个方面来理解和论证这一点。首先，斯拉夫主义者都受过良好的西方式大学教育和贵族式家庭教育（在法国外籍家庭教师培养下成长），十分熟悉欧洲的哲学、美学和文学艺术等。如霍米亚科夫和И. 基列耶夫斯基熟练掌握法语、德语、英语等7门欧洲语言，具有卓越的德国古典哲学和美学修养。二人还在游历德国期间亲自拜访过谢林，是谢林主义的坚定信奉者。K. 阿克萨科夫和萨马林早年都曾是黑格尔哲学和美学的信徒，擅长使用黑格尔辩证法和三段论来论述艺术问题，前者还亲自去德国聆听过黑格尔的讲课，引起后者高度关注。其次，霍米亚科夫等斯拉夫主义理论家都是彼得大帝西化改革后雨后春笋般出现的俄国贵族沙龙时尚的"宠儿"和超级辩才。他们还组建了众多自己的斯拉夫主义客厅沙龙，如贵妇叶拉金娜家庭沙龙、斯维尔别耶夫家庭沙龙、老阿克萨科夫寓所沙龙、巴甫洛夫家庭沙龙、基列耶夫斯基家庭沙龙和谢尼亚温家庭沙龙[③]等。就在具有神秘"共济会"特点的思想沙龙这一散发着浓郁兄弟友情和对话氛围的俄罗斯式"哲学之夜"催生出了知识分子独特的聚合性精神交流方式。"形成了19世纪俄罗斯的灵魂，形成了俄罗斯易于激动的生命。"[④] 再次，斯拉夫主义的几位领袖人物恰好生逢欧洲浪漫主义大潮席卷俄国，德国哲学、特别是黑格尔、谢林美学和艺术哲学主宰俄国思想界的时代。与18世纪俄国上流贵族崇尚法兰西文化时尚相类似，19世纪上半叶，关注形而上的哲学问题，潜心研究德国古典哲学和德国古典美学风靡一时，谢林哲学是俄国思想界的主宰。具有西方主义倾向的格拉诺夫斯基在莫斯科大学里讲授希腊史和西方思想史；纳杰日金在自己主办的《望远镜》刊物上卖力地介绍黑格尔、谢

---

① 白晓红：《俄国斯拉夫主义》，商务印书馆2006年版，第202页。

② 同上书，第36页。

③ 参见刘文飞《伊阿诺斯或双头鹰：俄国文学和文化中斯拉夫派和西方派的思想对峙》，中国社会科学出版社2006年版，第19页。

④ 别尔嘉耶夫：《自我认知——思想自传》，雷永生译，广西师范大学出版社2001年版，第149页。

林哲学；斯坦凯维奇仔细研究康德，但对谢林的敬重更胜一筹。别林斯基先是热情迷恋康德和黑格尔，后来又在巴枯宁的引导下为费尔巴哈痴迷；来自斯拉夫主义派别的霍米亚科夫、И. 基列耶夫斯基都曾是俄国著名"爱智协会"的常；等等。最后，彼得大帝"全盘西化"式改革之后，科学机构、大学和高等教育受到高度的重视，先后创建了皇家科学院、彼得堡大学、莫斯科大学、喀山大学等。或许更为重要的是，倡导全面开放、自由争论、兼容并蓄的大学精神在19世纪上半叶得以最终形成。以莫斯科大学为首的大学以及由青年学子们组建的各种研究西方问题的文艺结社和哲学、美学小组异常活跃。如斯坦凯维奇小组、赫尔岑—奥加廖夫小组、别林斯基"11号文学社"[①]、格里高利耶夫和诗人费特的美学小组等。在这些小组中，"感觉到了那种从未感受到的、出于人类灵魂中最高尚和最良好动机的对思想的热爱"[②]。无论就个人教育背景、沙龙时尚，还是"哲学热"，抑或大学思想小组而言，斯拉夫主义及其民族文化审美意识的茁壮成长并走向成熟都离不开这一高度"西方化"的智性生活氛围。换句话说，斯拉夫主义正是俄罗斯与西方相互开放和良性互动下的产物。没有彼得改革之后在俄国上流社会形成的，为西方文明思想所深度浸润的贵族生活圈，斯拉夫主义的"逆反应"式的"反向"理性建构是不可想象的，这一点无论怎么强调都不过分。斯拉夫主义的独立性属性，"首先就是欧洲教养的思想独立性"[③]。И. 基列耶夫斯基的个人自白就是最好的例证：

> 我现在也还爱西方，我与西方有许多割不断的共同感受。我所受的教育，我的生活习惯和我的兴趣，我的喜欢争论的思想气质，甚至我的内心爱好，都属于西方……。一切优美的东西、崇高的东西、基

---

① 因别林斯基大学时代所居住的学生宿舍号为11号，故别林斯基思想小组被称为"11号文学社"。

② Чичерин Б. Н. *Воспоминания. Русские мемуары. Избранные страницы* （1826—1856）. М.，Правда，1990. Стр. 216.

③ Лихачев Д. С. *Раздумья о России.* Издат. LOGOS，СПб.，1999. Стр. 618.

督教的东西，都是我们所必需的，就像我们自己的一样，虽然它们是欧洲的。①

另外，斯拉夫主义的艺术审美意识、哲学和美学修养一点都不比西方主义差。和西方主义派别一样，斯拉夫主义理论家一直都在自觉或不自觉地使用德国古典哲学和美学方法讨论俄国的哲学和美学问题。他们迷恋黑格尔哲学（辩证法、三段论）和谢林美学（先验同一美学）庞大思想体系的理论魅力和方法论优势。相比热衷于绝对理性建构的黑格尔，谢林艺术哲学那种竭力克服理性主义羁绊，对人的生命诗意和内在精神的道德探索，更加受到斯拉夫主义者的普遍青睐。从两千多年的历史传承来看，西方文艺理论与批评中存在并延续着一个在发展演进轨迹上清晰可辨的强大生命有机论传统：从古希腊柏拉图的“灵魂说”到中世纪普罗提诺的基督教“太一”美学，从18世纪柯勒律治、华兹华斯的“艺术生命”原则到歌德“有生命的整体”观，从19世纪谢林艺术哲学“无差别的同一”到卡莱尔艺术“生命起源”理论，从20世纪尼采的生命意志、柏格森的生命哲学论到狄尔泰、海德格尔的存在主义美学，对待艺术的鲜活生命态度和艺术审美的有机整合原则就成为一种生生不息的文艺批评模式。19世纪与俄国斯拉夫主义处于同一时代，并对后者构成决定性外部影响的谢林艺术哲学，是西方美学之“生命路线”，即有机论美学最主要、最核心的组成部分。这一有机审美传统两千多年以来，自始至终以反理性主义、反技术物化、倡导生命直觉的“生命诗学”面目出现，在文学艺术领域产生了跨越历史时空的巨大影响，在西方文艺批评史上留下了生动而鲜明的印迹，并对“全球化”和“数字化”时代的当今文艺批评摆脱科技主义、数字化洪流的桎梏，回归艺术的本体与诗性自觉构成重大启示。某种意义上厌恶理性主义，主张艺术“有机整合”的斯拉夫主义文艺美学，正是属于西方文艺美学有机论大潮下的一个俄国支流。另外，斯拉夫主义成长在大力弘扬俄罗斯民族意识的浪漫主义时代，与欧洲浪漫主义文化大潮，特别

① Бердяев Н. А. *Русска идея*; *Судьба России*. М. , 2000. Стр. 42.

是德国浪漫主义有着密切的渊源。德国在当时与其他欧洲国家相比相对落后、封闭，这反而使它较少地受到欧洲古典主义和启蒙理性主义的冲击和熏陶，较多保持了淳朴天然的德意志民族精神个性，与俄国具有某种类似性。德国浪漫主义的哲学基础就是德国古典美学：康德、费希特、谢林等人对精神主体性、艺术同一性、艺术宗教性，以及艺术道德之外无目的性的强调使得德国浪漫主义成为“一朵从基督的鲜血里萌生出来的苦难之花”[①]。德国浪漫主义先驱是赫尔德。他热烈呼唤复兴德意志古老民族生命意识（条顿精神），宣扬德意志民族历史情感，反对理论体系建构，还提出了探索德意志民族语言的生命之源，并主张全面研究德人民间文学。他还创立了关照艺术的“活生生的自然”视角，试图按照生命直觉、想象、自发性、整体性等概念构建德国的浪漫主义艺术有机论。这一切都为俄国斯拉夫主义理论家进行自我理论建构，提供了远比法国大革命式的浪漫主义更为亲近，也更易于接受的外部思想参照和鲜活知识。

斯拉夫主义既植根于俄国本土有机论道德传统，又积极汲取西方有机论哲学营养，并在文化民族主义的大旗下，展开对俄罗斯民族文化审美意识（俄罗斯哲学与美学问题）的理性建构，说明西方有机论哲学思潮和俄国有机论道德传统自审美意义上拥有并行不悖的可能性：它们都主张直觉、灵性的生命态度以及和谐整体的道德理想信仰，具有几乎相同的宗教般渴求永恒的精神维度。西方文明“生命”的活水浇灌着俄国本土饱满的精神种子，在一种相对宽松自由的思想空气中必然会催生出新的理论“花朵”。斯拉夫主义批评正是借助西方生命有机论美学的养分，在俄罗斯本土深厚文化土壤里生长起来的绚丽“花朵”，它因具有扎实的民族文化精神根基而枝繁叶茂。相对于别林斯基、车尔尼雪夫斯基社会历史学派的鲜明西方主义指向（唯物主义和法国革命思想），斯拉夫主义理论在哲学本源上具有更多俄罗斯传统文化精神作依据，所继承、延续的是俄国生命有机论哲学观念，即一种充满着启示录情绪，以生命天性和圆通直觉为内核的东正教有机主义内在整体观。斯拉夫主义在俄国本土哲学源泉上隶属于

① 参见海涅《论浪漫派》（*Die Romantische Schule*, 1833）一文，转引自海涅《海涅选集》，张玉书译，人民文学出版社 1983 年版，第 11 页。

这种聚向、整合的主体性民族文化审美认知范型。就文化价值取向而论，它实际上作为一种民族文化审美范型与同时代西方主义思潮形成鲜明对照：前者在理论诉求上无疑试图立足于本土有机论观念对后者做出思想校正。这可以解释为什么斯拉夫主义理论家在其理论表达中一方面对西方浪漫有机论有着最热烈的膜拜，另一方面又对民族道德理想有着最虔诚的信守，并且激烈地抗议西方主义对俄罗斯作为民族“天然有机体”的伤害。从这一角度观察，斯拉夫主义文艺理论是东西两种艺术有机论思想在契合中形成的文化聚合体。支撑起这一文化聚合体大厦的是西方和俄国本土两大理论柱石。斯拉夫主义文艺思想在19世纪东（俄罗斯）、西方（欧洲）美学镜像中共存共生，互相渗透。把握这一格局和背景对正确理解斯拉夫主义理论的内涵与本质至关重要。

（二）

斯拉夫主义文艺理论和文化批评为19世纪的俄国文艺、美学界带来了艺术审美的新形式，在批评实践中继承并发展了浪漫主义美学在艺术认知上的一些理论新因素。其中艺术“整合”观念是斯拉夫主义美学的出发点。霍米亚科夫认为，人类在认知方法上存在着两种相互对立的路径，即“分析”与“整合”。“分析”式思维是细部的、逻辑的理性认识手段，获取的是冰冷的、表象的、切分式的材料，适用于科学与实验室验证；“整合”式思维才具有无限的包容性和体验性，适合于对艺术作为有机生命现象的完整体悟与直觉感知，因而在审美认知上具有不可替代的优先地位。因为任何理性分析都无法超越生命整合的界限，都来自那一生命整合并为后者所包容和吸纳。如果把这一“整合”式的有机思维路径赋予艺术认知，艺术性认知方式就获得了对世界进行“原初的”、“完整的”的审美把握上的重大方法论意义。因为只有艺术性直觉认知，即艺术性的“整合”思维，才不会分裂“明确自我显现”的生活，才能真正地领悟“美”的精神有机体“具体的、活生生的存在”。霍米亚科夫把人类对这一“具体的、活生生的存在”的直接生命感知中所获取的知识称作“活知识”[①]。“活知识”即

① 徐凤林：《俄罗斯宗教哲学》，北京大学出版社2006年版，第18页。

生命的内在知识，其存在为生命的内源性本体存在，而非机械僵死的存在。作为斯拉夫主义派别的“头号哲学家”，И. 基列耶夫斯基认为，不应该像黑格尔那样把“理念”理解为某种绝对抽象的理性概念，而应该被理解为普遍的，为某个领先民族所首先领悟的，在不同的历史阶段具有不同动态变异形式的永恒道德理想。理念的显现物是一种内在生命力天然驱动下的活的有机体形式，具有生命自发性、成长性的特点。因此，对“理念”的完整认识只能运用艺术性思维方式即审美认知方式来进行。И. 基列耶夫斯基将这一审美认识论上的完整理性称为“活的，完整的理解”。这种对艺术“活的，完整的理解”表现为一个人的审美认知能力，包括想象与联想、灵感与直觉、理智与情感、意识与无意识、形象思维与抽象思维等不同认识领域的有机综合。因此审美认知不应当仅仅归结为工具理性式的单一逻辑分析和形式解剖，而是首先包括生命认知活动的全部完整性。“活的，完整的理解”作为一种“内在意识”，隐藏在人的精神活动常态背后，“在灵魂深处是理性的全部具体力量的活的总凝聚点”①，在认识论上既克服了人在知性上的自以为是，同时并不限制理性自由，相反它加固理性的创造性，使得理性成为面向现实生活的“精神内在建设”，并使之自愿地服从于认识的精神完整性。K. 阿克萨科夫断言“理念”是事物生命的内在意义，而“被艺术表达出的事物俨然具有双重生命：即外在地显现于所有现象领域的生命，和内在地归结于事物自身的生命”②。而事物“内在的生命”是科学的理性分析所无法企及的。艺术家的目的就是运用艺术的手段表达出隐藏在事物内部的，凭借科学理性所无法企及的生动“理念”，与此同时却不必表达出所有与此相关的细节。K. 阿克萨科夫宣称艺术性思维是认知事物“内在生命”的最高阶段，它在艺术的创作中得到充分运用。事物“理念”（内在生命）在艺术创作这一审美认知的最高阶段得到最为充分的表达。“理念”即事物“内在生命”在艺术作品中体现得越完美，艺术作品对生活内容的形象表达就越深刻。而真正艺术是有机天成的，内容与形式的融合就如同人的肉体与灵魂的和谐。离开了身体

① Киреевский И. В. *Критика и эстетика.* М. , 1979. Стр. 318.

② Аксаков К. С. *Полное собрание сочинений. Том* Ⅱ. М. , 1880. Стр. 4.

与灵魂和谐，就不会有鲜活的有机体的存在，身体就会成为僵尸，灵魂就会散而无形。艺术创作活动中情感、心灵的状态及生动理念都坚决拒绝理性的解剖和分析的割裂。美正在于艺术内在生命（理念）与外在呈现（形式）的有机统一。K. 阿克萨科夫的有机论思想十分接近 И. 基列耶夫斯基"活的，完整的理解"的审美认识论，也和霍米亚科夫的"活知识"的审美认识论观念相通，从而共同将斯拉夫主义文艺美学阐发为一种省察和关照艺术的动态性审美范式：从生命立场出发，在有机"整合"的审美大视野中对审美客体进行直觉主义有机感应和体验。这样一来艺术问题因而也就成为本质上的生命问题：艺术是鲜活的，不是僵死的，它遵从自身的生命成长法则；艺术是整体的，不是切分的，它要求审美上的生命有机整合。艺术因贯注着生命而成为生动的有机体；生命本质因活生生的客观存在而不得不是艺术的。对艺术所采取生命的态度同时也就意味着对生命采取艺术的态度。这既是艺术的本体论，又是生命的本体论。二者在有机"整合"中实现了完美无缺的一元化趋同。这样一来"整合"观念成为斯拉夫主义美学用以衡量艺术及艺术作品的唯一尺度：任何外在的、人工的统一都被作为强制性"僵死的聚集"而抛弃。在"整合"的宏大生命视野中，艺术自身既是实在的生命现象，又寄托着对生命现象的本质表达。

斯拉夫主义向俄国理论界推出艺术"整合"这一观念对开阔理论实践新领域，改良俄国文学和文学批评的发展状况极有助益。19 世纪 30—50 年代俄国文艺理论界在艺术本质、美与生活、艺术与现实的关系等问题上深受别林斯基社会历史学派的影响，倾向于自认识论、经验论角度看待艺术问题，将艺术所反映的生活理解为一种社会性和阶层性存在；而艺术作品存在的价值就是为了认识和判断社会生活的合理性与否，从而得出革命或变革社会的启蒙主义结论。这就将艺术认知仅仅局限于经验认识论的领域，缺乏对艺术与生活关系上的本体性关照和"史诗般静观"的态度，忽视了艺术自身的发展规律，也过于肤浅地理解生活及其所有复杂性。还有 50 年代渐渐风行一时的俄国"纯艺术派"，倾向于静止、孤立、闭锁式地研究艺术与艺术作品，在艺术"形式"的幌子下极力逃避回答艺术与生命关系这一根本性的美学问题，虽然也提倡艺术表达永恒理想，但缺乏广阔的生命视野和宏大的民族情怀。这是斯拉夫主义理论家所不满意的。他们在同时代俄国思想理论家中最早注意到“自然派”式的细节分析，以及别林斯基对革命、社会性、国家性等政治秩序要素的强调，看到当时渐露端倪的小市民气息淹没了对纯洁的民族精神性和道德理想的追求；那种精神的、价值的、文化的因素，灵魂、艺术和美的成分因为具有“病态的软弱”而被逐出文艺理论视野之外。自然主义观察和科学求证成为新的时代精神；而斯拉夫主义者所热烈迷恋的雅致沙龙情调、对艺术和美的敏锐感受、宗教寻觅的紧张不安乃至对民族精神传统敬重则跌落在时代的尘埃和迷雾中。斯拉夫主义“完整性”艺术论说的根本美学意图就在于用内在生命感知来克服外在逻辑推断，即那些构成所谓“铁律”的黑格尔主义、自然主义、唯物主义或经验性功利主义。就美学诉求而言，斯拉夫主义理论家正是要以流动的天然生命，反对教条僵化（技术物化）的存在；以充满感性魅力的完整民族精神生命主体取代处于裂变、静止状态的理性主义个人；以富有生命创造的诗性意识取代精于算计的时代小市民气息和生活“散文化”倾向。从这一意义上说，斯拉夫主义文艺理论开阔俄国批评的界域，深化了对艺术和艺术审美的直觉性和整体性的把握，使得文艺批评更加具有鲜明的民族精神取向和本体论价值，一定程度上矫正了别林斯基在艺术与现实关系问题上的偏颇。

就艺术民族文化维度这一问题而言，斯拉夫主义理论的批评优势在于成功地将其生命诗学里的“整合”原则与俄罗斯民族精神信仰本质紧密结合起来，实现一种自为的主体性民族文化批评。也就是说，斯拉夫主义文艺理论和文化批评具有一种鲜明的民族主义文化价值指向，并由此构成其民族文化之维。斯拉夫主义者率先将俄罗斯传统民族文化精神当作艺术审美对象，视俄罗斯人民生活为鲜活的，尚未被西方理性主义所浸染的天然有机体，力图探寻一种适合于认知这一民族天然有机体，正面表达俄国人民永恒道德理想的整合性审美范式，即具有高度“人民性”的“浪漫美学”。艺术“人民性”是俄国经典文艺、美学批评中使用最多的核心概念。不同的哲学、美学流派对它有不同的概说和理解。自19世纪初浪漫主义文化大潮冲击俄国之日起，“人民性”这一概念的民族性和民众性内涵就成为理论界关注的焦点。19 世纪 40—50 年代的斯拉夫主义运动盛期，围绕俄国“人民性”的论争达到了高潮，以至于任何一个理论家如果不能对艺术“人民性”作出立场上的界定，就不被认为是一个成功的艺术阐释者。在日趋喧哗的“人民性”大合唱中，有两种声音需要格外认真关注：一是别林斯基社会历史学派的“人民性”观点；二是斯拉夫主义对“人民性”的理解与论说。别林斯基社会历史学派倾向于自经验论、认识论角度，把艺术“人民性”解说为艺术对人民即普通民众（特别是农民）的社会性价值关照，艺术对反映人民大众这一最庞大社会阶层物质精神生活要求的实利意义，倾向于“人民性”真理的“外部表达方式”，即更关注不平等、不合理的外在文化秩序和社会现象，以服务于其实现革命与社会变革的理想；斯拉夫主义理论家则多半从文化价值论和民族精神本体论立场出发（事实上斯拉夫派早于社会历史学派论述“人民性”）研究艺术“人民性”内涵，强调艺术对俄罗斯民族文化始基和原初道德理想天性的表达。他们认为艺术“人民性”价值在于：以艺术感性方式揭示俄罗斯民族天性中宗教性的、弥赛亚主义式的淳朴“俄罗斯灵魂”，即俄国人笃信上帝，虔诚顺从，视天下亲如一家，心怀博爱与全人类终极救赎理想的民族道德品性。霍米亚科夫把俄国人这一道德品性概括为东正教“聚合性”原则，其基本含义为：东正教作为爱的“生命共同体”，聚而不迫，和而不同，因爱而聚集，因爱而自由，从而与强迫而聚的天主教及放纵不羁聚的新教形成鲜明对照。这一“人民的东正教”与俄国古老的村社主义精神不谋而合，历史性地构成了对俄国人民个性，即“俄罗斯灵魂”的深层次缔造。俄罗斯作为鲜活生动的天然“有机体”因此得以保持其未经西方商业物质主义“腐化”的质朴和纯洁性。霍米亚科夫进而将东正教“聚合性”原则带入审美领域，用以论述艺术创造行为，认为艺术家的个性价值只有在将自我道德性地植根于人民、民族、人类或上帝之中，与此同时并不被后者所彻底消融，不因此丧失自我特殊性的前提下，才可以在和谐互补的基础上有机地表达本民族“聚合性”的、丰富多彩的共同生活。艺术无论何时何地都是民族的，真正艺术家的创作不是出于自己个人或公众个体的需要，不是个人的活动，它是整个民族意识和民族文化精神在艺术家身上的有机表达。艺术家将艺术各种不同民族形式整合起来的个人主观创造能力，但它是灌注着民族文化精神的艺术家心灵的产物（心灵的艺术），“不是从一副头脑中产生出来的（头脑的艺术）。它不是单个个人及其利己主义的推理的产物。在艺术中凝聚和表达着整个人类的生活及其文明、意志和信仰。艺术家不是用自己本人力量进行创造的，而是民族的精神力量在艺术家的身上进行着创造。所以，显而易见任何艺术都必须是，实际上也不可能不是民族的艺术”①。И. 基列耶夫斯基断言，那些真正生动的、活生生的事物从来都不是生命表象，更不是外在秩序，而是永远散发着永恒人民道德理想精神的生命的“美”。这种对俄罗斯作为美的“生命形象”的“活生生的认识”必然要求将艺术置于坚实的民族精神文化的根基之上。因此，诗不是诗人个人情感的自我放纵，而是与诗人个人情感的脱离；诗不是诗人个性的表现，而是与诗人个性的脱离。诗人自发成为“民族自我意识”的载体；诗天然地成为民族生活的生动镜像。如果人民在诗人的诗中认出自我，那诗人自然就会是“民族自我意识的传导者”。“诗人之于今天和历史学家之于昨天一样，都是民族自我意识的载体。”② 另外，对同时代西方和俄国文学现状的普遍不满促使他们把理论视野投向俄罗斯文学的过去——民间创作，力图在尚未受到西方文明侵袭的俄罗斯下层人民（农民）中探寻那一处于原生态的艺术“人民性”精神。K. 阿克萨科夫在斯拉夫主义语文学思想的基础上，创立了独具特色的俄罗斯民间诗学，从艺术语言和表达形式上解决了斯拉夫主义文艺美学意识的起源问题，并进而完成了他艺术“人民性”原则的历史诗学系统建构，其中艺术的过去（作为根基的民间集体创作）、现在（作为现实的作家个体创作）和未来（作为趋势的整合型创作）的整个发展演变过程清晰可辨。斯拉夫主义理论家对俄国文学未来走向“整合型”艺术的前景充满着热烈的憧憬：霍米亚科夫预言了一个立足于俄罗斯本土精神文化生活，彻底摆脱西方理性主义“分析科学”钳制的，“独立民

① Хомяков А. С. *Полное собрание сочинений. Том* Ⅰ. М., 1886. Стр. 75.

② Киреевский И. В. *Полное собрание сочинений. том* Ⅲ. /под ред. М. Гершензона. М., 1911. Стр. 419.

族艺术学派"，即俄国有机论文学艺术的出现；И. 基列耶夫斯基将民族"生活"精神上的有机完整性作为未来"整合型"理想艺术的基础；К. 阿克萨科夫抗议俄罗斯文学对外来事物"机械的模仿"，热烈追求艺术创作形式和内容在语言和形式上的和谐统一性。在斯拉夫主义看来，创建这一独立的"俄罗斯艺术学派"必须以艺术的"人民性"原则为根本依据。

斯拉夫主义理论家从浪漫主义有机论出发，动态性考察"人民性"，认为"人民"是由富含生命力的民族精神个体组成的天然有机整体。艺术的"人民性"表现为对俄罗斯民族这一"天然有机体"的直觉式审美彻悟。在霍米亚科夫、И. 基列耶夫斯基、К. 阿克萨科夫等斯拉夫主义理论家看来，肥沃的俄罗斯"人民性"土壤正是俄罗斯文学艺术得以枝繁叶茂的根本源泉。为此俄罗斯艺术家需要摒弃西方主义把"人民性"理解为外部社会性（阶层性）的片面局面。斯拉夫主义的艺术"人民性"论说有两个方面的历史性创新：①赋予了"人民性"概念以丰富生命有机性内容（生命本体论）和艺术性内容（艺术本体论）；②第一次将艺术"人民性"概念带入了心灵和生命直觉的界域。斯拉夫主义取"人民性"词源学上的"诞生、生长"语义，赋予艺术"人民性"这一概念以博大的有机生命意识，这就进一步地拓宽了艺术"人民性"论说的审美视野，对19世纪中叶俄国文艺理论界在艺术"人民性"表达上日趋走向庸俗社会化的倾向起到了有力的矫枉作用。当然，斯拉夫主义艺术"人民性"思想的文化保守主义特征和乌托邦主义色彩不言而喻，但却体现着对构建独立俄罗斯民族艺术学派的热烈憧憬。另外，斯拉夫主义的艺术"人民性"论述建立在清晰可辨的文化民族主义立场之上，其思想内核以对俄罗斯"人民性"精神品格的阐释为理论基础，具有批评上鲜明的民族文化维度。

除了艺术审美范畴之外，民族文化批评意义上的"人民性"指人民共有与反复出现的精神特质、性格特点、情感内蕴、价值观念、思维方式和行为方式等要素的总和，是一种相对来说比较稳定的民族心理—行为结构。人民性则是一国或一个民族大多数人的文化心理特征，即在价值体系基础上形成的超稳定的性格特征，是一国人民素质的核心因素。虽然不是在俄国思想史首次提出“人民性”这一概念，但斯拉夫主义者却是最早对构成“俄罗斯之谜”的俄罗斯人民性格，以及相关的俄罗斯理念进行系统阐释和深入探讨的理论批评家。鲍特金说，“斯拉夫主义说出了唯一的一个词：人民性，民族性，他们的伟大功绩就在于此”[①]。斯拉夫主义批评家们鲜明地提出了俄国文学审美认知上的“东、西方”问题，即艺术对永恒真理的“内在表达”（“整合”）和“外在表达”（“分析”）问题。他们一生都在积极探索一条将艺术家与民族传统文化精神整合起来的道路。其中从“整合性”文化认识论出发对俄罗斯民族个性及俄罗斯人民性格的界说成为斯拉夫主义“人民性”思想论述中最为关键的部分。

斯拉夫主义文艺理论和文化批评对有机生命意识、艺术“整合”原则、民族文化审美观念以及艺术“人民性”思想等理论要素的界说，都具有明确的现实指向性，都是为了完整地梳理俄国文学的历史起源和发展脉络，并在此基础上预言其未来的光明前景。换句话说，蓬勃发展中的俄国文学是斯拉夫主义理论家借此来验证其民族主义文艺理论、文化批评理论合理性的生动具体参照。斯拉夫主义派别有着相对清晰的文学观和文学史观，有一套较为系统性的俄国文学发展史论述。另外，斯拉夫主义派别对诸如罗蒙诺索夫、卡拉姆辛、普希金、果戈理、老阿克萨科夫、屠格涅夫等“新时期”（彼得大帝改革之后）俄国作家进行了有说服力的个案研究，尤其是对“民族作家”果戈理及其长诗《死魂灵》“民族史诗”价值的诗学探讨格外引人注目，并由此引发了19世纪40年代与别林斯基激进西方主义阵营之间的一场历史性激烈思想大论战。

斯拉夫主义派别把文学当作按照年代顺序排列的，能够形象性表达整个民族，即人民整体心灵世界和精神生活的一系列作品的总和。这一文学观及文学史观决定了其俄国文学研究和考察的历史主义态度和文化民族主义态度，即把文学当作本民族文化历史过程的重要组成部分：一方面，文学是在民族文化历史语境中形成的；另一方面，文学自身也对这种民族文

---

① Аксаков К. С, Аксаков И. С. *Литературная критика.* Издат. Современник. М. , 1981. Стр. 14.

化历史建构，特别是内在精神建构起着重要的作用。换言之，民族文化历史、民族重大精神事件借助于文学语言的形式形象性地转化为文学文本（作品）总和；文学文本总和反过来借助于人民整体的审美认知与接受影响着民族文化历史、人民精神品格的塑形。这是一个相互渗透的动态循环过程。斯拉夫主义理论家中，И. 基列耶夫斯基深受黑格尔历史辩证法的影响，热衷于借助于“三段论”原则（正、反、和）来描述新时期（彼得大帝改革之后）俄国文学的动态发展进程，把 19 世纪初期的俄国文学（断代史）划分为卡拉姆辛时期、茹科夫斯基时期和普希金时期三个互相联系着的历史阶段。卡拉姆辛时期俄国本土“人民精神”处在蛰伏状态，文学家们在法国知性生活时尚的影响下，习惯于以启蒙而又感伤的目光审视俄罗斯及其生活；在茹科夫斯基时期，俄国本土“人民精神”受德意志民族意识的启发而开始萌芽，在审美意识上体现为“对非人间事物的向往、对一切平凡事物和一切不具备诗性的非心灵、非爱事物的冷漠”[①]：过去代替现在；理想代替现实；幻想代替实际。普希金时期代表着俄罗斯和谐民族文化精神的第三个阶段，其标志是在逐步消除外部文学影响（无论是法国式的还是德国式的）的基础上艺术性地表现俄罗斯生活的多面性和客观性。普希金的诗歌创作是对本土“人民精神”这一只有俄罗斯人的心灵才能体会到的天然民族感知和文化预言。霍米亚科夫将彼得大帝之后的新俄国文学划分为罗蒙诺索夫时期、叶卡捷琳娜女皇统治时期、从卡拉姆辛到果戈理时期以及“未来”新的时期这四个阶段。罗蒙诺索夫阶段的俄国文学“仅仅是对上层社会的修饰和点缀”，普遍缺乏艺术的“人民性”意识。罗蒙诺索夫给俄国文学带来的“抽象性以及我们所陌生的学院主义”实际上是与完整“俄罗斯生活”的不幸疏远；叶卡捷琳娜统治时期，以讽刺见长的文学家们开始对俄国社会进行个人性的道德批判，但对俄国社会缺陷的温和挖苦与滑稽讽刺具有明显主观性、启蒙性的特征，离正面的、完整的俄罗斯民族生活理想还有很长的距离；“从卡拉姆辛到果戈理”的历史过渡阶段，俄国罹患的时代“精神疾病”（“教养社会与土地之间的

---

① Киреевский И. В. *Критикаи эстетика.* Стр. 19.

分裂”）反而促使文学家们产生了自觉认识下层人民生活风貌的愿望。与И. 基列耶夫斯基“三段论”叙述把普希金时期当作俄罗斯文化精神的“合题”不同，霍米亚科夫仅仅将普希金时期看作文学失去社会性的一个演进阶段，真正的“合题”出现在俄国文学发展的第四个阶段（未来阶段）。这一全新阶段将会形成独立的“俄罗斯艺术学派”，将一举克服俄国时代“精神疾病”的某种“否定之否定”。在这一文学发展的过程中，文学家们将彻底摆脱西方“分析”式思维范式的影响，实现向俄罗斯本土“整合性”民族文化审美意识的回归。K. 阿克萨科夫的文学观与文学史观念由文学的概念（诗与文学）、民间文学与个体文学的关系、文学史即文学发展的内在生成机制三个方面组成，从而构成对文学发展过程的总体历史诗学建构。按照 K. 阿克萨科夫的历史诗学原则，以优美语言（诗语）为材料的文学（“诗”）在具有历史性有机联系的文学中穿越了不同阶段的民族“历史契合点”，并在这一穿越过程中实现具象化并在具体作品中为自己找到现实。其中决定着文学实现其历史性跨越的内在生成机制就是从“普遍”到“特殊”再到“个别”的，具有自我特殊价值的民族精神一步一步走向历史具象的“绝对运动”。依据这一“绝对运动”的原则，民族文学的发展经历了民族共同性（集体性）的“特殊”阶段，即民间创作阶段和民族“个性意识觉醒”（个性植根于人民、民族、人类中，同时保持自我个性的特殊性）的现代性“个别”时期，即现代文学阶段。K. 阿克萨科夫据此认为，与把人民全体作为俄人民间文学创作的主体不同，代表着彼得大帝改革之后新时期“个体文学”创作主体性标志的罗蒙诺索夫是完全独立意义上的俄国个人天才，其创作和美学思想是俄罗斯民族审美意识向前发展迈向现代性的重要一步，但远不是发展的历史终点。俄罗斯接下来的发展需要一种全新的“整合型”的文学：鉴于民族“个别性”阶段的现代俄国文学存在着诸多的矛盾和缺陷（其中缺陷之一是对外来形式无节制的模仿），表达对民族文学贫困现状的强烈不满，以及对未来“整合”型文学前景的热烈憧憬，成为 K. 阿克萨科夫从事文学批评的主要理论动机。

斯拉夫主义批评家针对俄国文学发展现状提出了“我们没有文学”的

口号，是基于他们一致认为，自彼得大帝改革之后俄国上层社会与下层民众之间出现了巨大的精神分野和思想鸿沟，主要由上层贵族作家创建起来的新时期俄国文学在发展上完全脱离了俄罗斯民族生活的轨道，陷入了对西方外来形式和细节（以法国自然主义小说模式为主）的痴迷，因此不可能不带有“模仿”的性质。鉴于彼得大帝改革之后，“迄今为止尚无任何俄国作家在自己文学创作的完整性上表现得完全像一个彻底摆脱外来形式影响的俄罗斯人”[①]，一个植根于坚实俄罗斯民族文化精神土壤的，完全消除了社会上、下阶层之间的精神分化，在艺术形式上一劳永逸地摆脱了“模仿”性质的，具备完整艺术“人民性”品格的独立“俄罗斯艺术学派”，在斯拉夫主义理论家看来依然是个时间上不确定的未来式，目前俄国文学仅具有某种“殖民主义性质”，彼得堡“自然派”就是一个鲜活现实例证。他们在与别林斯基等西方主义派别的思想论战中概括了彼得堡“自然派”在艺术审美和文学创作上的“三宗罪”：1）在艺术“人民性”内涵揭示上的民族文化虚无主义态度；2）在创作手段和方法上对西方文学形式亦步亦趋的奴性模仿；3）在作品人物形象建构上对代表着俄罗斯正面精神品格的下层人民（农民阶层）及其生活的严重歪曲和丑化。这一否定立场是由斯拉夫主义批评立场决定的，正如Б. 叶戈罗夫[②]所说，“按照斯拉夫主义的看法，艺术创作要么正确反映那些能够证明他们理论教条合理性的‘理想’民族品格，如宗法性、村社主义和谐性、宗教性或天性上的温和与淳朴、忍耐与顺从；要么相反是错误地以否定形式表现那些不符合他们理想的东西”。别林斯基基于文学“高贵地”服务于革命与社会变革的文学功利主义主张，在K. 阿克萨科夫眼里恰恰是眼前西方“时尚”对俄罗斯永恒民族精神“纯洁本源”的扼杀，也是当下俄国文学陷入贫困境地的原因。而对彼得大帝改革之前文学民族文化精神的回忆与留恋，对彼得大帝改革之后新时期的文学现状，特别是对以彼得堡“自然派”为首的文学庸俗的强烈不满，促使斯拉夫主义理论家产生了对俄国文学之“正

---

① *Литературные взгляды и творчество славянофилов*（1830—1850 *годы*）. Стр. 195.

② Б. 叶戈罗夫（Егоров Б. Ф，1926—　）苏联著名文艺学家、语文学家、历史学家、文化研究家，在俄罗斯文学研究及俄罗斯社会思想研究方面广有建树。

面理想”——独立“民族艺术学派”的热烈憧憬和向往，而作家果戈理及其长诗《死魂灵》的出版和问世，则成为斯拉夫主义之“文学幻想”有可能转化为现实的标志性重大精神事件。

具体到个别作家，斯拉夫主义派别对俄国作家的关注度，取决于这些作家在多大程度上揭示了俄国人民身上的“人民性”品格，即俄国人天然淳朴的世界生命感知和“史诗般静观”的生活态度，并在多大程度上表达了时刻跟随上帝，紧张思考爱与全人类道德拯救的俄罗斯永恒民族道德理想。从这种斯拉夫主义“人民性”的批评尺度看，彼得大帝改革以后很少有俄国作家达到了这一精神高度。俄国“个体文学起始标志”的罗蒙诺索夫是一个完全“西化”的上层作家；卡拉姆辛开始把目光转向本民族历史，但俄罗斯民众尚未能够成为其文学作品的真正主人公；冯维辛创作的意义仅仅在于与文学抽象性，与整个欧化有教养阶层的疏远；普希金的创作虽说是对本土“人民精神”的深刻民族感知和文化预言，但离真正“人民作家”的距离还很遥远；“自然派”特写作家在创作上体现为对西方文学（特别是法国自然主义文学）细节形式亦步亦趋的奴性模仿。老阿克萨科夫大概是“我们文学家中第一个用正面观点，而不是用否定观点观察生活的作家”[①]，但其对俄国乡村生活的简朴特写被一度泛滥成灾的“自然派”模仿倾向所遮蔽……总之，现代俄国文学“还没有真正的民族内容，没有对亲切乡土生活的真实表达，没有对俄罗斯思维、俄罗斯世界观的表现。最后，没有用真正优美的俄罗斯语言写成的文学作品”[②]，唯一的例外也许是果戈理。因为他的长诗《死魂灵》中体现出俄罗斯民族“史诗般的静观”，即那种宁静宽容、全面完整的正面生活态度及追求永恒民族道德理想的明确意识指向。果戈理以光明的基调表现俄国五光十色的社会生活图景，使类似荷马史诗般的古老绝唱复活在言说永恒俄罗斯民族道德理想的艺术新形式上，从而向全人类宣扬博爱与终极道德救赎的普遍真理。《死魂灵》正是对俄国文学这一迥异于西方文学的那一光明前景，即真正

---

① Хомяков А. С. *Полное собрание сочинений. Том* Ⅲ. М. , 1900. Стр. 375.

② *Литературные взгляды и творчество славянофилов* （1830—1850 *годы*）, М. , Наука, 1978. Стр. 180.

“俄罗斯艺术学派”的有力预言。

（三）

斯拉夫主义是俄国思想界最早对西方资本主义制度和资产阶级文化进行批判的理论派别。西方对现代文明、商业物质主义、启蒙主义工具理性、个人主义等问题的大规模反思与批判主要是在20世纪，而斯拉夫主义者早在19世纪中叶，即西欧尚沉浸在对“万国博览会”的赞叹和对地上“水晶宫”①的热烈向往时期，就开始对西方“分析式”工具理性及其危害进行认真反思和严肃批评。从文化民族主义立场出发，几乎所有的斯拉夫主义理论家都毫不掩饰他们对“腐朽的西方”的心理厌恶和思想警惕。正如别尔嘉耶夫所评述的，“斯拉夫主义者渴求有机性与整体性。有机性是他们生活的理想。斯拉夫主义者把俄罗斯的整体性和有机性与西欧的两重性和分裂对立起来。他们和西方的理性主义进行斗争，把这种西方理性主义看作全部恶的根源。他们提出的真理是：俄罗斯的思维更加注重集聚和讲究整体化的精神生活”②。K. 阿克萨科夫断言俄罗斯人民的共同性群体生活具有非政治性、非国家性的生命始基和村社集体主义传统，在信奉“天下亲如一家”的本源上与基督教普世主义世界大同理想密切相关。俄罗斯人性格虔诚、顺从，追求强烈的终极性宗教精神体验，与西方资本主义世界的商业物质主义和个人自私自利观念形成了鲜明的对立，以诗性启悟见长的俄罗斯比西方（欧洲）离真、善、美更接近、更富有道德理想激情，因而注定要承担起拯救世界，尤其是拯救“堕落西方”的弥赛亚主义使命。霍米亚科夫认为，西方式的单独个性完全是无力和内在不可避免的分裂。是对民族精神有机体生命完整性的破坏。西方文明的演进历史就是个性与欲望无节制的恶性发展，是在个人自由旗号下的恶魔主义表演的历史。西方的“理性”和“进步”完全是背离精神信仰和道德的腐朽和谎

① 英国工业革命以后，英国为了展示资本主义商业社会史无前例的昌盛和繁荣，于1851年举行了世界史上的第一届万国博览会。为此，在伦敦海德公园修建了专门的博览会会址。会址建筑是一座像温室一样的巨大玻璃房子，起名叫“水晶宫”。维多利亚女王的丈夫艾伯特亲自组织万国博览会的工作。万国博览会展示了欧洲资本主义的财富和科学技术成就，标志着英国作为“世界工厂”的物质繁荣和进步，曾引起欧洲人的广泛自豪和惊叹。

② 别尔嘉耶夫：《俄罗斯思想》，雷永生、邱守娟译，上海三联书店1995年版，第40—41页。

言，只能导致个体生命的堕落与裂变。斯拉夫主义者显然清晰地感受到了西方理性主义、物质商业主义对俄罗斯精神完整性的威胁，对人类信仰与道德意识的戕害。作为与西方有着最为广泛密切接触，在彼得大帝“西化”改革后，俄国典型西欧式贵族家庭教育和大学教育背景下成长起来的俄国知识精英，斯拉夫主义者亲眼目睹并亲身感受了泰戈尔所说的西欧商业技术主义、小市民气息的可怕精致情景：“在西方，由民族的商业和政治机器制造出来的，是整齐划一的、经过了压缩捆扎的人类货包，它们都有用处，而且有着很高的市场价值；但是它们都用铁条捆扎，按照科学、细致而精确的贴上标签并分门别类。显然，上帝使人成为人类；但是这种现代产品带着庞大制造业的气味，做得这样奇迹般的完满，使造物主发现很难认出他是具有精神的东西，几乎是按照造物主自已的非凡的想象造成的创造物。”① 斯拉夫主义者一想到彼得大帝“西化”改革之后新时期的俄罗斯正在向这一西方工具理性主义的精致情景迈进，就会感到不寒而栗。他们从西方主义派别对欧洲思想、语言、文化时尚的亦步亦趋中看到了丧失本民族文化身份的巨大危险。赫尔岑说斯拉夫主义运动“是作为一种被侮辱的民族感情，一种模糊的回忆和忠贞的本能而出现的，这是对风行一时的外国影响的反抗，这种影响从彼得一世从其大臣脸上割下第一把胡须的时候就已经开始了”。这也就是说，“自从俄国人心里有了欲与西欧人比肩的愿望之后，向东还是朝西的艰难选择就已经存在了”②。而斯拉夫主义所秉持的是一种典型的，致力于重建俄罗斯民族精神以抵御西方的民族主义文化批评立场。在接近半个世纪的时间里，斯拉夫主义作为肇始于彼得大帝改革的俄国现代化运动中一股抵御西化倾向的重要力量，以一种不妥协的文化批判精神在哲学、社会学、政治、经济、宗教、美学、文学等领域进行了深入理论剖析，进而鲜明地提出了俄罗斯人民区别于西方人的独特“人民性”品格，西方资本主义文明下“堕落的欧洲”、思维方式上的有机“整合”与理性“分析”的对立冲突等重大理论问题，并在此基础上推出了“俄罗斯与西方”这一两元对立的文化聚合体

① 泰戈尔：《民族主义》，谭仁侠译，商务印书馆 1986 年版，第 3 页。

② 赫尔岑：《往事与随想》中卷，项耀星译，人民文学出版社 1998 年版，第 145 页。

范式。这一对立范式成为斯拉夫主义运动过后历代俄罗斯知识精英批判西方，并在阐述俄罗斯思想（理念）中确立自身文化身份和精神优势之滥觞。

斯拉夫主义理论家的精彩“人民性”论述正是建立在“俄罗斯与欧洲”这一文化互动范式之下，其所有思想动机都是为从理论上阐述并回答俄罗斯的命运和前途究竟是“向东”还是“向西”这一艰难历史抉择，且在21世纪俄罗斯（或广义上的斯拉夫民族）的今天依然基本无解的命题，从这一意义高度上看，斯拉夫主义者具有民族自我意识上高度先知先觉性：如果说，“俄罗斯是第一个对西欧经验于人类的普遍意义或绝对价值提出疑问的民族国家”①，那么斯拉夫主义则是最早对西方资本主义制度和资产阶级文化进行强烈批判的俄国理论派别。某种意义上具有反西方、反“西化”特征的斯拉夫主义是在世界观、审美观上系统化了的俄罗斯民族文化精神。其中霍米亚科夫为斯拉夫主义民族主义文化批评确立了总的批判方向，1836年，在回应恰达耶夫《哲学书简》的西方主义立场时，霍米亚科夫提出了思维认知上的“外在规律”（西方理性秩序）和“内在规律”（东方信仰生活）相对立的两种精神模式，并且显然将后者置于前者之上，具有比前者无与伦比的优越性。而欧洲人“越是反思自己，就越会发现自己的社会之糟糕和缺乏道德”。在文学艺术领域，欧洲艺术和生活的关系被反映为一种僵死的形式。西方艺术家没有任何内在的东西。他们不懂得也无法理解艺术的真谛及其在社会生活中的作用。在霍米亚科夫的精神影响下，一批前斯拉夫主义者（“哲学批评”理论家）和“爱智协会”，以及斯坦凯维奇哲学小组骨干成员，如基列耶夫斯基兄弟、阿克萨科夫父子三人、萨马林、波波夫、科舍廖夫等对西方态度淡漠的理论家纷纷成为斯拉夫主义派别的积极参加者和理论旗手。另一位斯拉夫主义旗手И. 基列耶夫斯基一直是霍米亚科夫的坚定追随者和斯拉夫主义所有理论家中“最具有哲学头脑”的批评家。前者断言欧洲社会与个人处于个性分裂状态，天主教统治是金字塔式的等级森严，教会权力完全世俗化了，从

---

① 林精华：《想象俄罗斯》，人民文学出版社2000年版，第11页。

而远离了精神信仰。而在俄国则依然保持了古老“村社主义”式的团结和集体谐精神，东方基督教信仰充分表现出它的纯洁性和完满性，“生命的”俄罗斯显然优于“理论的”西方。而在西方现代文学中，“伴随着无味的日常性描写的，是思想上造作的精致，文法的庸俗、牵强，和随处可见的天才的畸形表现”[①]。K. 阿克萨科夫被公认为是具有别林斯基式信仰激情的斯拉夫主义“角斗士”，将俄罗斯“人民性”阐释为“非政治性”和“非国家性”，认为这一性格特点正是俄罗斯人相对于只关注个人利益，陷入俗世纷争的，没有信仰的“俗气的西方人”而具有的一大精神优势。因为西方那一“败坏了的理性没有进入它的性格中”。西方文学艺术完全失去了与活生生事物的联系，与民族文化根基的联系而成为抽象智力游戏。萨马林在与友人的通信中提出了“西方走向灭亡”的观点，认为欧洲出现全面文化危机的根源在于“本质上的唯理主义和唯物主义”，西方“恶之根源在于物质主义至上……”[②]。西方人的唯理主义世界观必然导致个人主义和利己主义。西方文学艺术无法表达人类信仰的精神实质。实际上，建立在律法和个人启蒙理性主义之上的西方科学与追求诗性启示的“俄罗斯生活方式”天性上格格不入，因而后者要高度警惕并防备“腐朽的西方”和“堕落的西方”的思想侵袭，这一点成为斯拉夫主义者对西方现代文明及其工具理性的共同看法和普遍认知。他们所创建的“东方内在生命信仰VS 西方外在工具理性”的独特民族主义文化审美模式构成了斯拉夫主义哲学人类学思想的核心，也为后世俄国知识精英反西方主义的“俄罗斯思想”论述奠定了精神基础。

斯拉夫主义派别对西方资本主义制度和资产阶级文化的强烈批判态度，必然导致其对俄国本土西方主义派别的心理拒斥和理论挞伐。这一尖锐冲突与对立肇始于开启俄罗斯民族国家现代化进程的彼得大帝改革。俄罗斯的历史因此被区分为“改革前”（罗斯时期）和“改革后”（俄罗斯时期）的新旧两个阶段。俄罗斯文明的内涵和性质也因此得到了强制性的根本改变。这一重大文化事件的意义对俄罗斯来说是如此重要，以至于

① 白晓红：《俄国斯拉夫主义》，商务印书馆 2006 年版，第 160 页。

② Самарин Ю. Ф. *Сочинения. Том* Ⅻ. М. , 1911. Стр. 434.

“成为两个世纪以来世界学术界最关心的课题之一，也是俄国争论最大的问题”[①]。如果说西方主义历史上起源于对彼得大帝“外源性”现代化改革的“正反应”（作用力），斯拉夫主义则历史上起源于对彼得大帝“外源性”现代化改革的“逆反应”（反作用力）。一个热烈痴迷于西方，对西方文明顶礼膜拜，断言“落后于西方”的俄罗斯的前途是彻底地融入欧洲；另一个蔑视西方，对西方文明愤恨交加，宣称具有精神信仰优势的俄罗斯的未来在于本土文化精神的有机整合。而在西方主义看来，“彼得改革之前俄国只不过是一群众人，俄罗斯成为一个民族国家要感谢这位改革家所开始的变革”，而在斯拉夫主义者眼里，“以前俄国生活是均匀的、和谐和有机地，没有西方的阶级分化、没有贵族统治和民主政治、没有敌意和强制性现象。俄国社会和俄国人的生活是以朴素、根本没有矫揉造作而著称的，彼得改革和西方主义则是对俄罗斯这个精神有机体的威胁。为了民族的重新统一，知识分子必须拒绝西方并回到本土来……回到社会生活和古代俄罗斯文化的因素中去”[②]。

同样，西方主义和斯拉夫主义“正反应”与“逆反应”的对峙，作用力与反作用力的交织也深刻反映在俄罗斯文学艺术等民族文化审美领域。彼得大帝所启动的面向西方的现代化进程，几乎是全方位改变了俄罗斯审美创造活动。彼得改革之前的罗斯时期的审美特性——“大自然意向或意识在文学艺术中占有重要地位、由对种族仪式和意识之钟情而生发出痴迷于象征的审美、对斯拉夫民族神话和习俗的认同而积淀成独特的民族心理、力图维持本土文化的完整性而生发出与世界的差异等，进而导致俄国审美方式与西方差异巨大、与东方和穆斯林地区的重要悬殊”[③]。这一斯拉夫民族审美特性对现实生活和自然怀有纯洁质朴的虔诚生命态度，对爱与全人类道德救赎充满着热烈向往。斯拉夫主义派别正是从这种宗教性和自然性合一的古老原生形态中看到了彼得大帝改革之前罗斯时期全部审美意识上的“特殊性”，以及未经“衰落的西方”所浸染的年轻斯拉夫文化所

① 林精华:《想象俄罗斯》，人民文学出版社2000年版，第40页。

② 同上书，第40—41页。

③ 同上书，第15页。

焕发出的天然生命活力。而彼得大帝改革之后，“圣彼得堡很快成为欧洲各种艺术的中心，并且是由意大利、荷兰、法国、苏格兰、德国等国工匠建造的，这里居住的也是各国学者、艺术家、音乐家、园艺学家”[①]。俄国文学艺术经此转折性变故，很快就实现了与罗斯时期的宗教审美特性疏离，在艺术审美意识上大大地靠近西方了。渐渐地俄罗斯与欧洲变得是如此相像，以至于后来的西方主义派别欣喜地宣称，新时期的现代俄国文学艺术作为西方文明的组成部分，几乎和罗斯时期的文学艺术在审美意识上没有任何关系。彼得大帝改革之后现代俄国文学的形成和发展差不多全是依靠“外源性”的西方外部文学力量建构。正如 18 世纪的俄国戏剧家冯维辛所说，“我的身体是出自俄罗斯，但我精神上的血缘关系是属于法兰西的”[②]。斯拉夫主义出于一种本能的民族自觉性和民族自尊意识，完全不能接受西方主义对俄罗斯作为完整生命“有机体”的肆意扭曲，完全不能接受西方主义对俄罗斯文学民族文化精神根基的强制性拔除，完全不能接受现代俄国文学在艺术形式和审美理念上对西方文学亦步亦趋的模仿。从这个意义上说，斯拉夫主义是俄罗斯国土上“最早的民粹派，但是他们是以宗教为基础的民粹派”。他们“渴求有机性和整体性。……有机性是他们关于现代生活的理想，但是他们是在过去的历史中，在前彼得时期中，设计这种理想的有机性。这样，很明显，莫斯科时期的俄罗斯被斯拉夫主义者理想化了”[③]。这里问题的关键是“斯拉夫主义者把俄罗斯的整体性和有机性与西欧的二重化和分裂对立起来。他们和西方的理性主义者进行斗争，他们把这种理性主义看作全部恶的根源……西方的一切都是机械化和合理化的。整体性的精神生活是与分析式的唯理主义相对立的”[④]。正如И. 基列耶夫斯基所说的，“一分为二和整体、抽象理性和具体理性，这是西欧文化与古罗斯文化的最后表现”[⑤]。就民族文化审美意识而言，斯拉夫

① 林精华：《想象俄罗斯》，人民文学出版社 2000 年版，第 48 页。

② В. В. Зенковский: *Русские мыслители и Европа*, Издат. Республика. М. , 1997. Стр. 13.

③ 别尔嘉耶夫：《俄罗斯思想》，雷永生、邱守娟译，上海三联书店 1995 年版，第 40 页。

④ 同上书，第 40—41 页。

⑤ 同上书，第 41 页。

主义派别表达了这样一个事实，即俄罗斯审美思维方式在精神气质上区别于西欧，比起西方的审美思维更加重视概念与范畴的分化与分析来看，俄罗斯审美思维更加注重集聚和讲究生命整合性，更加追求一种诗性直觉，也就是霍米亚科夫所说的东正教“聚合性”原则，或者“活知识”。斯拉夫主义者坚信，“俄罗斯人是共同性的，而不是西方意义上的社会主义化的，也就是说，俄罗斯人不承认社会在人之上居于首位”，“村社主义、共同性原则、对集体生活的热爱、合作的原则、爱与自由的统一无须任何外部保障。这种思想纯粹是俄罗斯式的”[①]。俄罗斯这一独特斯拉夫文化审美特性在斯拉夫主义看来具有一举超越“堕落的西方”的精神优势。“在西方，灵魂被扼杀了，它被完善的国家形式、警察式的公用事业所代替；良心被法律所代替；内在的动机被规程所代替；甚至慈善事业也变为机械的、不自觉的事情；在西方，都只关心国家的形式，而不关心具体的真理，忘记了用感觉、意志和信仰去体悟民族生命有机体的所有真实与优美。”[②] 而在俄罗斯，尽管经受了彼得大帝“西化”改革的强制和暴力，但至少在俄罗斯人民中间，自由创造精神、爱与全人类救赎的永恒民族道德理想依然以简朴的生命感知形式顽强地保存着，“个人在俄罗斯的村社中并不是郁闷的，不过只有在消除了他的霸道、他的利己主义个别性之后才是如此……村社中的自由就像合唱中的自由一样”[③]，是爱的和谐共生。在斯拉夫主义者看来，相对于时时刻刻都在折磨着西方的个人主义分裂、分析式工具理性关照，俄罗斯追求完整生命直觉的特殊斯拉夫文化审美特性，以及俄罗斯人对全人类道德救赎的热烈向往是俄罗斯文学具有未来光明“整合”前景的坚实根基和有力保证。

另外，面对西方文明形式的剧烈冲击所带来的俄罗斯民族化和现代化问题，斯拉夫主义最早提出了知识分子与人民的关系问题，并在俄国思想界率先指出并论述了这样一个历史事实：彼得大帝按照西方样板对俄罗斯文明形象的强制性改变，不单是带来了俄国斯拉夫民族特色的蜕

---

① 别尔嘉耶夫：《俄罗斯思想》，雷永生、邱守娟译，上海三联书店1995年版，第50—51页。

② 同上书，第42页。

③ 同上书，第49页。

变，而且更为严重的是导致俄国社会上层（公众）与下层（人民）、艺术家（知识分子）与人民之间的精神裂变：俄罗斯作为完整统一的有机体形式不复存在。处处模仿西方形式的尊贵上层（有教养阶层）与坚守信仰纯洁性的质朴下层（普通人民）之间出现了巨大的意识形态鸿沟，彼此变得更加疏远和陌生，并失去了相互间的信任。“西化”后迷恋西方文明的知识分子无法领悟“异己”本土生活的淳朴魅力。俄国因丧失本土文化精神根基而成了外强中干的“泥足巨人”。霍米亚科夫、И. 基列耶夫斯基、K. 阿克萨科夫等人均对此进行了生动详尽的理论描述，并带着深重民族忧患意识，从民族精神视角审视了俄国与西方的关系、俄国都市“文明社会”和乡村本土社会之分离及其对社会各阶层的影响，更切实地探索民族出路问题。他们认真探索了彼得大帝改革之后处于无根基状态的俄国精英知识分子如何走出西方的“思想迷雾”而转向人民，实现与人民的精神和解与融合的心灵路径。虽然他们对俄人民族性归属以及俄国人民精神构造和历史变异的剖析尚处于民族主义想象的初步阶段，但他们有关彼得大帝改革造成俄罗斯民族精神有机体出现裂变的论述，却引发了俄国思想界围绕俄罗斯民族国家认同、俄罗斯民族价值观、俄罗斯文化传统与现代化、斯拉夫精神遗产与现代文明进步等永恒“俄罗斯问题”的激烈恒久争执。这一争执自彼得大帝改革之后的近三百年里，先后经过了19世纪的沙俄时代和20世纪的苏联时期，并跨越苏联解体直至21世纪今天俄罗斯的历史变迁，虽忽隐忽现却一直持续不断，至今仍然深刻地影响着当今俄罗斯人民的民族文化心理和审美认知，深刻影响着俄罗斯从混乱走向有序的当代民族精神建设和民族道德信念的重构。可以说，“自现代文体形成以来，俄国文学的本质特征就是如何构筑俄罗斯形象、怎样叙述俄罗斯民族性主题，俄国文学的成就也正是立足于民族性视野透视俄国社会变革问题而不断调整蓄势策略，从而使之在一定程度上被扩展为具有全球意义的文学，而对文学的接受则是如何建立自己的一套规范来表达自己的民族性诉求，并使之具有普世性价值；同样作为学术意义上的俄国人文学科发展的主流学术价值一直试图通过对自己民族身份的识别、认定和张扬等，积极实践哲学、历史学、政治学、经济学等学科的学术功能”①。从这一人文科学与民族性之间的关系，即将人文科学研究应用于民族共同体话语建构这一永恒俄罗斯课题来说，斯拉夫主义派别所展现的反西方姿态和所进行的反西方论述即便是对21世纪的当今俄罗斯仍具有标志性活力。

（四）

斯拉夫主义强烈批判西方，追求本土文化诗性启示的理论主张决定性地影响到了“俄罗斯思想”的构型——试图把俄国的民族性（文化“人民性”）地区问题提升为宗教般的普世和普遍问题，并进而阐明一种集体共生性的、以博爱与全人类终极道德救赎为中心的特殊俄罗斯世界观和宇宙观体系。“俄罗斯思想”（理念）区别于以孤独分裂个体为中心的、理性主义分析式的西方文明体系和意识形态建构的基本原则和内容是：1）与宗教末日论密切关联的俄罗斯天定救世论或俄罗斯弥赛亚主义意识；2）物质意义上落后于西方的俄罗斯文明的历史优势，即俄罗斯作为鲜活的“精神有机体”未受到西方个人主义、商业资本主义，以及精于算计的市侩习气的浸润而保持着天然淳朴的生命感知；3）俄罗斯人因怀有追求全人类兄弟般团结的普世大同理想而成为人类历史发展上最具有未来广阔前景的优秀民族。俄罗斯思想的以上基本原则和内容要点都能够在斯拉夫主义派别的民族文化审美批评和民族主义历史想象和论述中找到发轫的理论根据。诸如霍米亚科夫的“活知识”观念、东正教“聚合性”原则论述、И. 基列耶夫斯基“活的，完整的理解”主张，以及K. 阿克萨科夫鼓吹的事物“内在的生命”观等，都在极力强调和突显俄罗斯“精神有机体”异于资本主义西方的特殊生命态度和世界感知方式，以及异于资本主义西方的民族道德理想和伦理准则。这种似乎与生俱来的，俨然为上帝所热烈垂青和拣选的独特性（例外性）被斯拉夫主义者解释为对生活（生命）天然淳朴的“史诗般的静观”和追求宗教般博爱与道德救赎的全人类理想。斯拉夫主义派别抓住了俄罗斯“民族性”（“人民性”）在文明起源、文化范式和审美认知上不同于西方的某些本质的、浪漫温情的、感性化乃至反理

① 林精华：《想象俄罗斯》，人民文学出版社2000年版，第40页。

性主义的，或许仅仅属于俄罗斯的东西，并在此认识基础上展开了统一的，以“整合性”的生命有机论为核心的、具有形而上特点的俄罗斯文明体系和意识形态建构，以及与其相应的俄罗斯世界观、宇宙观和审美观优势，即“俄罗斯思想”（理念）高出于西方的文化阐释。借助于“俄罗斯与西方”这一命题论述，斯拉夫主义将“俄罗斯思想”（理念）的普遍全人类意义一举提升到了形而上的、超越民族主义范畴的哲学本体论高度：俄罗斯——西方，即精神与物质、生命与理论、内在与外在、直觉与理性、信仰与知识、自由与必然、自然与文明、整合与分析、和谐与无序、集体与个人、普遍与个别、年轻与衰老、道德与堕落……。斯拉夫主义的“俄罗斯与西方”命题成为一种哲学本体论意义的永恒反衬：前者必定要优于后者，并且在其内部隐藏着用以探寻自古以来就被永恒区分着的东西方文明秘密，实现全人类整体道德救赎的独特代码。其中霍米亚科夫创造性地推出的，用以完整阐述人类历史演进动因，破解由“自由与必然性构成的这样一种神秘本源”的“伊朗原则”（ирантство，自由原则）与“库希特”原则（кушитство，必然原则）[①]，被别尔嘉耶夫评价为斯拉夫主义理论创作中“最近于天才性的部分”，显然比尼采所提出的，用以诠释欧洲文明初始因素（古希腊文明）和人类历史起源的“太阳神”（阿波罗）原则与“酒神”原则（狄奥尼索斯）更早，更具有历史哲学深度[②]。

从历史文化传承意义上说，斯拉夫主义派别为建构统一和独立的“俄罗斯学派”所作出的理论贡献，使其作为“俄罗斯思想”（理念）发展演进上的一个承前启后的完整“斯拉夫主义阶段”而成为一笔宝贵的俄罗斯文化遗产和后世取之不竭的精神“富矿”。从“承前”这一点上说，斯拉夫主义派别的“俄罗斯思想”（理念）论述与古罗斯时期伊拉里昂大主教的“神圣罗斯”观念（святая русь，俄罗斯是索菲娅精神的体现者）、古代编年史家涅斯托尔俄罗斯民族是“上帝选民”思想、中世纪费洛非修士的“莫斯科—第三罗马”学说等一脉相承，并对后者从俄罗斯宏大精神事

---

① Хомяков А. С. *Сочинения в двух томах.* М.，*Том* Ⅱ. 1994. Стр. 188.

② 白晓红：《俄国斯拉夫主义》，商务印书馆 2006 年版，第 108 页。

业的全部民族特性，即生命整合意识、文化根基观念、天赋使命（弥赛亚主义）、末日论和全人类终极道德救赎前景等各个不同方面进行了富有成果的从特别“宗教性”向一般“世俗化”发展和延伸，以富有哲学人类学深度的“人民性”（民族性）系统论述完善了“俄罗斯思想”独具一格的民族文化审美意识。

从“启后”这一角度观察，斯拉夫主义直接催生了19世纪60年代以作家陀思妥耶夫斯基为旗手的“根基主义”理论派别（这一派别的著名思想“三剑客”，包括作家陀思妥耶夫斯基、文艺美学家A. 格里高里耶夫和哲学家斯特拉霍夫[①]三人）的诞生：“根基主义”对所谓“美拯救世界”（Красота спасет мир）的宣扬，对艺术生命意识和民族文化根性的大力鼓吹，对俄国知识分子跨越与人民之间的精神鸿沟，实现向本土人民生活“根基”回归的热烈呼吁，对俄罗斯“精神有机体”作为有别于西欧民族的独特民族文化类型所具有的优势的细致论说，以及在追求未来实现“全人类共同联合”与“全人类兄弟般团结”这一道德理想的热情向往，都算得上是在1860年农奴制改革后新的历史条件下对斯拉夫主义精神“富矿”的某种深度加工和高度提炼。甚至一些与斯拉夫主义对立的派别和思想阵营，都乐于从斯拉夫主义的论述中汲取养分。别林斯基认为，“作为俄罗斯社会需要独立发展的证明，斯拉夫主义现象在很大程度上是一个美好的事实”[②]；革命民主主义阵营的车尔尼雪夫斯基把斯拉夫主义理论家当作“最有教养、最令人敬重”的时代批评家来看待；19世纪70年代提出“走向民间”（хождение в народ）口号的“民粹派”可以被理解为是以另一种方式（革命民主主义方式）实践了斯拉夫主义有关俄国精英知识分子向下层人民（农民）靠近，弥补与下层人民（农民）的精神鸿沟，实现与人民（农民）精神融合的吁求（别尔嘉耶夫曾经戏称“民粹派”为斯拉夫主

① 斯特拉霍夫（Страхов Н，1828—1896），俄国“根基主义”著名“三剑客”之一，哲学家、美学家、文学批评家，陀思妥耶夫斯基兄弟《时代》、《时间》杂志主要撰稿人，A. 格里高里耶夫“有机批评”理论学说的热烈追随者。

② Белинский В. Г. *Полное собрание сочинений.* *Том* X. Стр. 25.

义派别的“私生子”[①])。19世纪俄国文艺界和思想理论界对俄国“农民问题”和农民生活的关注，对民间艺术创作（神话与民间故事）等一切俄罗斯元素的热衷和研究，以及与此密切相关的民间采风活动与田野调查、民俗考据等，都在直接意义和侧面意义上受到斯拉夫主义运动的深刻影响。斯拉夫主义留给后世俄罗斯思想家的启发是：“我们在科学中创造了什么？我们在艺术中有什么建树？哪些是我们为人类立下的功勋？甚而，我们的历史在哪里？”[②] 俄罗斯的现代民族自觉意识、崇高的道德使命感诞生于斯拉夫主义这一紧张思考和自我历史拷问中。“正是从斯拉夫主义开始，真正独立意义的俄罗斯思想形成了。”[③] 正如别尔嘉耶夫所说，“俄罗斯作为历史现实已经存在上千年了，而俄罗斯自我意识的真正觉醒是在И. 基列耶夫斯基和霍米亚科夫大胆地提出什么是俄国，它的本质在哪里，承认它在世界上的地位的时候才开始的”[④]。斯拉夫主义基于民族主义文化想象的“俄罗斯思想”论述，还使得“白银时代”以B. 索洛维约夫为首的新宗教哲学家实现对“俄罗斯思想”最为系统、最为完善的历史概括成为可能。在这方面，斯拉夫主义的思想启迪是决定性的：B. 索洛维约夫作为新宗教哲学在系统化方面的集大成者，从斯拉夫主义那里承接了俄罗斯与欧洲这一“东西方命题”，并进一步阐述了俄罗斯的世界意义，俄罗斯作为东、西方两个世界联合因素的斯拉夫世界的“第三种力量”，即实现人类“个体因素的自由多样化统一”方面的“全人类性”价值，并试图在此基础上构建俄罗斯式的“全人类统一的形而上学”。这一思想合乎逻辑地“完成了斯拉夫派和陀思妥耶夫斯基的综合性传统，消除了其弥赛亚主义的特殊性”[⑤]；别尔嘉耶夫在斯拉夫主义有机整合传统上论述俄罗斯民族的“全人类精神”，认为“俄罗斯民族不是纯粹的欧洲民族，也不是纯粹的亚洲民族。俄罗斯是世界的完整部分，巨大的东方——西方，它将两个世界结合在一

① Бердяев Н. *Алексей Степанович Хомяков*. М. , 1912. Стрю. 242.

② 白晓红：《俄国斯拉夫主义》，商务印书馆2006年版，第255页。

③ 同上。

④ Бердяев Н. *А. С. Хомяков*. М. , 1912. Стр. 2—3.

⑤ 白晓红：《俄国斯拉夫主义》，商务印书馆2006年版，第229—230页。

起”，俄罗斯共同性生活机制的形成“源于俄罗斯民族精神共同本质，源于俄国历史生活的反个人主义”特征，俄罗斯民族性格从根本上来讲充满着“末日论精神”，即“俄罗斯民族就其形而上学的本性，就其所担任的世界使命而言是一个终极的民族……俄罗斯人总怀有对另一种生活，另一个世界的热烈渴望，总是有对现存的东西的不满情绪，末日论的明确目的是塑造俄罗斯人的灵魂”[①]。别尔嘉耶夫对俄罗斯具有综合优势、俄罗斯人民天赋使命，即向世界传达全人类终极道德救赎的新话语的论调显然是对斯拉夫主义文化民族主义论述的大力发扬和发展，有接着说的强烈意味；主张建构“具体形而上学”的弗罗连斯基借鉴了斯拉夫主义“具体真理”的思想，把霍米亚科夫的“聚合性”原则与俄罗斯民歌表达方式联系起来：“民间合唱时，在保持整体谐音的情况下，允许个人自由歌唱，最后达到一种新的和谐。”[②] 俄罗斯人民性格中自古以来就存在着这样一种自由统一式的有机和谐；弗兰克更是直接引入霍米亚科夫“活知识”的概念，论述概念知识（科学知识）与活知识（信仰知识）的差异，精神实在与生命意义，心灵的客观现实世界和精神实在领域的区别，福音的内涵以及拯救的现代解释等[③]；洛斯基鼓吹对真理的“直观”，宣扬世界本原的“超系统性”[④]。他还从斯拉夫主义民族性论述中得到启示，宣称“俄罗斯民族性格的基本的、最深层的特点就是它的宗教性，以及与此相联系的对绝对之善、只有在天国中才能实现的善的寻求”[⑤]。俄罗斯人民“非经验性”的虔诚的宗教观念把人引向纯真圣洁的、无目的与手段之分的天国。对神圣真理的探索和对终极道德救赎的向往一方面使得俄罗斯人民痴情于完美理想，另一方面面对令人沮丧的现实时易于产生向幻象逃避的心理倾向……另外，斯拉夫主义的反西方姿态和反西方论述也深刻影响了甚至在很大程

---

① 白晓红：《俄国斯拉夫主义》，商务印书馆 2006 年版，第 232—233 页。

② 同上书，第 248 页。苏联学者利哈乔夫院士将俄罗斯民族文化中的这种多元要素的和谐统一概括为“合唱原则”（хоровое начало），与弗洛连斯基有关俄罗斯民间合唱性的论述有异曲同工之妙。参见 Д. С. Лихачёв：*Раздумья о России.* Издат. LOGOS，СПб.，1999. Стр. 22.

③ С. Л. Франк. *Сочинения.* М.，1990. Стр. 229.

④ 尼·洛斯基：《意志自由》，董友译，生活·读书·新知三联书店 1992 年版，第 68 页。

⑤ Лосский Н. О. *Условия абсолюдгого добра.* М.，1991. Стр. 240.

度上左右了“白银时代”新宗教哲学家所谓“俄罗斯思想”相对于西方具有巨大精神优势的论述。其中弗·索洛维约夫对西方实证主义哲学危机的著名理性批判自不待言。他所谓“俄国应当极力避免重复西欧发展道路的错误”，以免成为失去宗教性（精神性）的、可怕西方式的那类“标准人”、“群众”、“公众”的论述[①]与斯拉夫主义的文化民族主义论述可谓是异曲同工；K. 列昂奇耶夫对于“衰落的”，正处于瓦解状态的欧洲文化的尖刻批评和斯拉夫主义对西方的激烈批评一样引人注目。他认为俄罗斯“拜占庭式的”宗教化、崇高化、审美化传统值得俄罗斯人倍加珍惜。“俄国复兴有另外的道路：拒绝欧洲干枯的唯理主义和呆板的‘健全的想法’，代之以自我目的的和自我命运的英雄主义——美学观点”[②]；除此之外，舍斯托夫存在主义哲学“信仰反抗知识”，以及对西方“理性霸权”、经验知识、“受造真理”[③]（相对于东方永恒真理），以及对西方强制性和粗暴性规律、法则、必然性和普遍性的激烈抗议和历史性抨击，别尔嘉耶夫对西方思想中狭隘和有限的、客体化了的“必然性自由”必定会走向自由的反面，走向“原子性个体”的分裂、毁灭的贬斥，以及 C. 布尔加科夫把哲学定义为“关于完整生命的学说”[④] 等等，都与斯拉夫主义批判西方工具理性主义的观点有着千丝万缕的内在联系。换句话说，尽管存在着对“俄罗斯问题”具体论述上的差异，但“白银时代”的新宗教哲学家无一不是把斯拉夫主义的“人民性”（俄罗斯思想）论述作为自己理论学说的起点，把霍米亚科夫、И. 基列耶夫斯基、K. 阿克萨科夫等斯拉夫主义理论家当作自己的精神先驱来对待的。

同样情况在“俄罗斯思想”20 世纪初（斯拉夫主义运动结束半个世纪之后）的发展——欧亚主义理论中鲜明地体现出来。欧亚主义的基本思想要点是：“1）坚信俄罗斯作为‘欧亚洲’具有特殊的道路。2）‘交响

---

① 白晓红：《俄国斯拉夫主义》，商务印书馆 2006 年版，第 230 页。

② 同上书，第 228 页。

③ 舍斯托夫：《雅典与耶路撒冷》，徐凤林译，浙江人民出版社 2000 年版，第 495 页。

④ С. Н. Булгаков. *Философия хозяйства. //Сочинения в двух томах. Том* Ⅰ. М., 1993. Стр. 73.

乐'个体的文化观念。3)基于东正教信仰的社会理想。4)理想国学说。"[①] 欧亚主义者和斯拉夫主义者一样坚信俄罗斯民族的特殊使命和特殊的发展地位。俄罗斯人就其族性上说是非欧非亚的特殊文化类型，而且俄罗斯文化个性是建立在"合唱的、交响乐的个体"[②] 模式。西方在其发展过程中因受工具理想主义的戕害而丧失了这一本来为所有基督教民族所共有的"交响乐"个体模式，并片面发展了商业物质主义、科学主义以及政治利益纷争不断的多党制、分权、个人自由。未来理想国的实现，即爱与全人类道德救赎的复兴前景和历史使命注定要由作为世界特殊民族文化类型的俄罗斯民族来承担，其首要前提是俄罗斯的独特精神能够战胜物化了的"腐朽的西方"。欧亚主义遵照"斯拉夫主义方式"，在"俄罗斯与西方"这一俄罗斯现代化进程的根本民族文化命题上宣称俄罗斯的构成既不同于欧洲和亚洲，又与欧洲和亚洲紧密相连的文化学意义，而非地理学意义上的"第三块独立的大陆——欧亚洲"（Евразия）[③]。当然，欧亚主义思潮作为20世纪初期脱离俄罗斯本土，主要在俄罗斯欧洲侨民中间流行的文化学流派和政治社会流派，不像斯拉夫主义一样特别关注俄罗斯文学问题和俄罗斯文艺美学问题，这是二者的重要差异，但二者在"洞察俄罗斯灵魂秘密"，以及总体民族文化认知上的历史亲缘性还是显而易见的。

这一历史亲缘性契合还同样地适用于俄国作家予以"形象化了"的"俄罗斯思想"（理念）论点：其中陀思妥耶夫斯基和托尔斯泰就是很好的案例证明：陀思妥耶夫斯基所谓"美拯救世界"的说法、有关人的精神深度（人是一个永恒的谜）的思想，以及对俄罗斯履行实现"全人类兄弟般团结"这一伟大历史使命的紧张呼吁可谓得斯拉夫主义之真传。托尔斯泰按照"斯拉夫主义方式"把俄罗斯民族精神的共同性特征解释为俄罗斯人性格（个性）上的"蜂群因素"：俄罗斯人有一种像蜂群一样紧贴在一起

---

① С. Н. Булгаков. *Философия хозяйства. //Сочинения в двух томах. Том* Ⅰ. М., 1993. Стр. 234.

② Ibid., p. 235.

③ 白晓红：《俄国斯拉夫主义》，商务印书馆2006年版，第238页。

的需求。他们对故土、乡音和同胞永远满怀眷恋，在与他人交往中有着不可遏制的与人亲近的愿望、敞开心扉的愿望，有时甚至可以不用语言，只用眼神即可参透心灵。正如尼古拉·费多托夫所说，俄罗斯人之间这种亲切的人际关系是形式严格的欧洲（西方）生活模式、所谓“骑士风度”所无法比拟的。在俄罗斯没有外人，每个人互相都是“兄弟”①。此外，陀思妥耶夫斯基和托尔斯泰都经历了一个从“科学之爱”到“精神之爱”，从迷恋西方到批判西方的心路历程：前者早年是个热情洋溢的西方乌托邦社会主义者，热衷于革命与社会变革，流放西伯利亚归来后成了基督普遍救世福音的热情宣导者和文化根基主义者；后者青年时代几乎是一个无神论者和享乐主义者，中晚期在经历了深刻精神危机后开始强烈批判西方的“腐朽和堕落”、西方现代文明的反人道特征，成了一个自觉自发的俄国宗法农民和东正教隐修主义者。这一心路历程对俄国作家、思想家（特别是“白银时代”的新宗教哲学家）来说是一条十分典型的，从西方回归俄罗斯本土，并进而探寻俄罗斯精神和审美优势的“斯拉夫主义”式思想演变轨迹。除了霍米亚科夫、И. 基列耶夫斯基等斯拉夫主义理论家外，诸如普希金、果戈理、托尔斯泰、陀思妥耶夫斯基、弗·索洛维约夫、C. 布尔加科夫、别尔嘉耶夫、弗兰克等来自俄罗斯有教养阶层的思想家的创作生平中似乎都经历过这样一个斯拉夫主义式的思想转轨过程。其转轨的心理样态是：青年时代受到典型西方贵族式家庭教育和西方绅士礼仪的熏陶，饱读西方文学和哲学书籍，对西方充满着玫瑰色的理想梦幻，甚至可以在痴迷各种西方理念时不惜违背自己的民族天性而走向理论乌托邦的极端。然而当这些西方形形色色的理论如同一个个彩色肥皂泡一样破灭后，就陷入巨大的也许只有俄罗斯人才有的心灵创痛之中，同时这也预示着与西方决裂，向本土民族文化精神回归的开始。而当早年西方经历的暴风雨渐趋平息而成为过往云烟后，对俄罗斯“黑土地的真实”的重新认知使得“走向民间”，实现在人民真理面前的和解并进而融入后者成为唯一的精神出路。这一转轨的心理样态是十足“斯拉夫主义”式的迷途知返：俄罗斯

---

① 白晓红：《俄国斯拉夫主义》，商务印书馆 2006 年版，第 249 页。

“精神有机体”抵御西方文明侵蚀的意义被彻悟性地意外发现，于是对彼得改革以后俄人民族现代化运动的百年反思开始了。从这意义上说，斯拉夫主义派别通过建构独立的俄罗斯民族文化审美意识，培养了历代俄国精英知识分子由对西方外部形式的依恋转向民族自我反思的深刻内省性，也造就了“俄罗斯思想”（理念）追寻全人类终极道德救赎的宗教优越感，以及对西方启蒙分析式工具理性、文明进步观念、个人主义和功利主义、商业物质主义等外来文明要素的高度警惕性。不仅是俄国思想理论家，俄国作家、艺术家也大都不同程度地沾染了这一浓厚的斯拉夫主义情绪和流习。因此我们很容易列出近代俄罗斯文学史上一长串具有斯拉夫主义情绪和文化价值取向的俄罗斯文艺家，如晚年普希金、晚年果戈理、弗·达里、A. 奥斯特洛夫斯基、亚基科夫、丘特切夫、A. 格里高里耶夫、陀思妥耶夫斯基、托尔斯泰、M. 布尔加科夫、普里什文、索尔仁尼琴、B. 拉斯普京，以及苏联解体后的“爱国派”，甚至“不可救药的西方派”屠格涅夫也写有诸如《猎人笔记》（*Записки охотника*）、《木木》（*Муму*）这样具有浓厚俄国乡土气息的作品。这里甚至可以谈及自彼得大帝改革肇始的俄国现代化运动过程中足以与西方主义相抗衡的文学与文学批评的斯拉夫主义生命路线：自文学艺术的民族形式中获得一种精神肯定意味的“浪漫美学”。文学批评上从斯拉夫主义到“根基主义”（新斯拉夫主义），再到“白银时代”新宗教哲学和20世纪初的欧亚主义，文学发展上从19世纪的普希金（晚年）到20世纪末的索尔仁尼琴，俄罗斯民族文化审美意识及其具体思想实践一直遵循着一条清晰可辨的、诉说着浓烈民族文化精神话语的有机论“生命路线”。这一有机论“生命路线”充满着对俄罗斯精神命运的象征性预言，虽长期（包括19世纪后半叶的沙俄时期和20世纪的苏联时期）被遮蔽于强大社会历史学派的理论光环中，但它作为不可或缺的思想“潜流”从未曾发生断裂，而是顽强地发展着，并且注定会作为俄罗斯一笔宝贵的重要精神文化遗产，一支长久激荡着俄罗斯人心灵的历史旋律，恰如一根“红线”贯穿了19世纪大半个时期以及整个苏维埃时代，其活力和延伸脉络在苏联解体后的又一个世纪末和新的千禧年时代日渐清晰可辨。巴赫金在一篇讲稿中曾对俄国斯拉夫主义及其历史影响有过这样的表述：

“西欧派没有斯拉夫派那样的深度与完整性，现在它们完全消亡了。然而斯拉夫派却有以索洛维约夫、特鲁别茨科伊公爵、布尔加科夫、别尔嘉耶夫和叶赛宁作为继承者。斯拉夫派——这是俄罗斯思想史上的重要现象，而西欧派则犹如肥皂泡，除了漂亮话，什么都没有创造就爆裂了。”[①] 对斯拉夫主义历史深度的热烈赞扬出自巴赫金这位20世纪的文化大师之口，具有很强的指标性参照意义。事实上，巴赫金本人的对话主义哲学、狂欢化诗学在审美视界上为我们提供了一个斯拉夫主义所热烈向往和憧憬的生命图景，一种似乎可以和斯拉夫主义自发生命意识融为一体的有机论格局。斯拉夫主义观念某种意义上构成了巴赫金理论学说的灵魂。

另外，斯拉夫主义艺术生命哲学，不仅是对俄国有机论审美传统的革新与发展，而且还是整个西方有机论美学思想（在俄国）的自然延伸和派生。换句话说，斯拉夫主义文艺理论和文化批评是俄罗斯和西方两种文化精神的产物，故有必要将其置于当代西方理论语境中进行关照和对比。当我们尝试着这样做时，会意外发现斯拉夫主义在当代西方文论中（20世纪）依然有着许多知音和同道。其中斯拉夫主义派别与尼采就是一个诱人的话题。尼采是德国19世纪下半叶一位富有强烈生命气息和浪漫主义气质的哲学家，其巨大影响却主要是在20世纪。尼采宣称“艺术是生命的伟大兴奋剂”，“艺术是生命的最高使命和生命本来的形而上冲动”[②]，“只有作为一种审美现象，人生和世界才显得是有充足理由的”[③]。关于文化，尼采的定义是“文化首先是一个民族在其所有生命表现中所具有的艺术风格的统一”[④]。尼采的这些背反逻各斯主义，呼唤生命意识的思想主张都几乎可以在斯拉夫主义论述里找到相近的表达；德国另一位几乎和尼采同龄的哲学家、美学家狄尔泰就没有能够获得尼采那样的世界声誉。但狄尔泰的生命哲学同样可以引为斯拉夫主义美学思想的同道。狄尔泰意识到即将来

① 夏忠宪：《第三次发现的巴赫金》，《外国文学评论》2002年第4期。
② 尼采：《悲剧的诞生——尼采美学文选》，周国平译，上海三联书店1986年版，第325页。
③ 胡经之主编：《西方文艺理论名著教程》，北京大学出版社1999年版，第88页。
④ 同上书，第58页。

临的技术主义时代，“理想主义的激情已失却其鼓舞人心的魅力”①，所以需要把生命及其本质当作精神科学真正的研究对象。他提出“总体的人”是“血管中流着真正的血的有血有肉的活生生认识主体”。“诗的本质问题就是生命的问题，就是通过体验生命而获得价值超越的问题。”“生命的深层体验就是人生诗意化……诗揭示生活的本质。”② 狄尔泰这种对人生诗意化的呼吁以及对完整生命意义的热烈追问足可让斯拉夫主义理论家们的地下之灵感到不再孤单；我们还可以在西方马克思主义美学那里找到斯拉夫主义艺术整合思想、摒弃西方启蒙工具理性，以及抗议对人进行“物化”的生命话语。匈牙利早期马克思主义文艺理论家卢卡契在他的现实主义美学阐述中提出艺术“有机总体性”、“典型性”、“真实性”等美学范畴。卢卡契认为，典型的文艺特质在于“一切真正的文学用来反映生活的那运动着的统一体，它的一切突出特征都在典型中凝聚成一个矛盾统一体，这些矛盾，一个时代最重要的社会的、道德的和灵魂的矛盾——在典型里交织成一个活生生的统一体”③。另外，卢卡契反对西方资本主义“物化”的人本主义美学思想与斯拉夫主义批判西方的文化立场也颇有交集。如卢卡契认为“人道”是艺术的最本质内容，因此艺术的首要任务是写人，从整体上本质上描写人的精神，表现人的心灵力量，守护人的历史完整性。“西马”法兰克福学派代表人物马尔库塞针对非人化生存状态的资产阶级社会批判哲学更像是一种有机主义浪漫哲学，因为他把审美的力量看成了拯救世界的最后的力量，异常地突显艺术的解放功能，即生命本体的彻底解放才标志着人类的真正解放。他把审美之维视作自由社会的价值尺度，提出以艺术——诗来拯救陷入一元性技术“物化”的西方资本主义社会。虽然在时代背景上（马尔库塞所面临的20世纪人类物质主义、技术主义生存困境可能更为沮丧）与斯拉夫主义有所不同，但在强烈抗争西方逻各斯主义侵害这一点上却有异曲同工之妙。另一位“西马”代表人物瓦

---

① 胡经之主编：《西方文艺理论名著教程》，北京大学出版社1999年版，第34页。

② 同上书，第32—36页。

③ 卢卡契：《历史与阶级意识》导言，转引自胡经之主编《西方文艺理论名著教程》（下册），北京大学出版社1999年版，第402—403页。

尔特·本雅明深为资本主义新闻节奏，即机械化生产的节奏而“震惊”，所以终生堕入对“往事的喃喃低语”[①]中，力图用传统文化的“象征”来对抗当代的“寓言”。在本雅明看来，传统的“象征”对应着一部理想的历史，“象征”观念体现出一种人类内在经验的圆满性[②]。从象征的角度看，特殊与一般、个别与普遍是结合在一起的，内容和形式一道构成艺术品乃至整个社会的有机整体：一切暂时的东西被纳入一个整体，一切历史性片断被纳入连续统一体，成为一种精神的显现。而“寓言”则对应着一部资本主义时代衰败沮丧的、令人伤心破碎的历史。人成了被技术社会“物化”了的工具和物质欲望的奴隶，其精神经验和审美嗅觉日益萎缩，因此本雅明推出了他所谓“体验的寓言”、“震惊的美学”和“拯救的历史观”。本雅明这种对“往年故事”的回忆有力印证着斯拉夫主义生命有机论诗学的某种天然预见性。另外，西方存在主义哲学家海德格尔以所谓“诗意的安居”[③]和“还乡的喜悦”[④]闻名遐迩，事实上探讨的仍然不外乎斯拉夫主义所阐述的艺术有机生命和民族文化根基的问题。“诗意的安居”意味着对存在的一种艺术或美的态度，而“还乡的喜悦”未尝不是一种艺术家（人）触摸到民族文化生命根基的欢愉。海德格尔断言，“一个民族此在的真理最初乃是由诗人奠定的”。因为诗依托生命本原而守护“真理的生成与发生”。他呼吁跨越时空隧道，拯救陷入沉沦中的生命于万一，因为生命在“此在”中照样无声无息的延续，照样止于无声无息的中断，人却退居到物质主义之下。一个艺术家（诗人）的神圣使命就在于启悟人们向着那一澄明的“彼在”迈进，实现生命的永恒：在“还乡的喜悦”中实现“诗意的安居”。海德格尔不乏斯拉夫主义式的反西方姿态和情怀，宣称西方现代艺术是一种“破坏性的东西”，因为它既缺少与生命存在的关系，又缺乏和一个民族历史生活的联系。西方现代概念中的“文化”不再是一种精神信仰与膜拜仪式，而是成了一个“缺乏生

① 胡经之主编：《西方文艺理论名著教程》，北京大学出版社 1999 年版，第 514 页。

② 同上书，第 504 页。

③ 海德格尔：《人——诗意地安居》，郜元宝译，广西师范大学出版社 2000 年版，第 73 页。

④ 同上书，第 69 页。

存历史根基的无用的上层建筑”[①]。“依据我们人类的经验和历史，一切重要的伟大的事物都源于一个事实，那就是人拥有一个家园，人植根于文化传统之中，比如，当代文学大都是有害的。”[②] 海德格尔反问道，“难道任何真正作品的繁荣不是依赖于扎根其民族土壤吗？”[③] ——这种义无反顾的民族褊狭精神与斯拉夫主义的民族主义历史想象本身就可以实现对“此在”的时代、民族、地域性跨越，达致历史通感基础上不同文化精神“远握”的审美愉悦。

斯拉夫主义作为艺术批评的“生命线索”在19世纪的俄国以及20世纪的苏维埃时代备受冷落，却与20世纪西方人文科学领域里的非理性主义、神话主义、存在主义思想达致“酒神颂歌式的合唱”，充分地证明了西方浪漫有机论诗性传统的强大生命力：西方整个近、现代思想史上自帕斯卡尔提出心灵的逻辑与笛卡儿唯理主义相对抗开始，接着卢梭发出了回归自然，拯救人的自然情感的呐喊。人们发现其自身的存在及其周围世界并不都像启蒙主义者所说的，单纯得像数学一样明白晓畅，并非一切都可以以功利实用原则进行计算。18世纪浪漫主义艺术与美学思想在德国得到了长足发展（含耶那浪漫派以及“狂飙突进”运动）：如赫尔德历史循环论、施莱格尔兄弟的浪漫神话哲学、席勒“艺术游戏说”等。19世纪浪漫主义有机思想继续在德国大力发酵，出现了谢林“同一”艺术哲学、康德的艺术“知、情、意”美学理念、柏格森的“生命哲学”、尼采的悲剧理论以及狄尔泰的生命诗学等。20世纪西方的浪漫哲学思潮仍然有西方马克思主义和海德格尔存在主义，等等。斯拉夫主义无疑为西方生命直觉主义思潮增添了一抹来自俄罗斯的艺术生命图景。

斯拉夫主义文艺理论和文化批评对我们当下从事艺术批评活动，正确认识艺术的审美和思想价值，防止以偏概全乃至进行整体民族文化建设仍然拥有巨大理论启示和借鉴意义。它首先意味着看待艺术、美学现象不能

---

① 里查德·沃林：《存在政治：海德格尔的政治思想》，周宪、王志宏译，商务印书馆2000年版，第139页。

② 同上书，第245页。

③ 同上书，第140页。

够仅仅当作一个认识论、人生论或者价值论方面的伦理问题来处理，也不能够仅仅视作一个闭锁式纯粹形式主义问题来对待，而是更需要以民族文化的和艺术本体论的态度来考察，探索艺术本质中最根本、最精髓的东西。关照艺术现象不仅需要克服庸俗社会学倾向，也需要超越技术主义态度，真正地做到以人为本，凭借艺术和美的方式实现对人类文化进步和自身全面发展的终极生命关怀。面对我国当今社会在市场经济和物质主义诱惑下，信仰泯灭、道德滑坡、文化失范的严峻现实，如何以高尚的、美的艺术品格和优秀中华民族精神传统价值来维护人自身生活的意义，克服“五色使人目盲，五音使人耳聋”的文化生态危机局面，是摆在我们面前的一个十分严峻的课题。在这一点上，斯拉夫主义所倡导的有机整合原则和民族文化之维可以作为“攻玉”的“他山之石”。实际上在民族文化建设中无论多么强调观念创新，仍然离不开对精神传统的依托——传统是现代思想和形式的生命始基。真正的文化是传统文化根基上的生命演进。因为民族文化就其精神本质而言，乃是“一种记忆”。尤其是在当今所谓“全球化”时代，技术化和数字实效使得人类“诗”（本能的审美方式）与“思”（体验的判断方式）的文化“记忆”大为衰退。数字化和技术化、效率、精确、可操作性之类的唯科学主义成为时尚。在这种背景下如何坚持本民族文化身份，固化本民族审美意识的问题就显得尤为重要。这也是我们能够实现不卑不亢地与他人进行平等文化交流和对话的关键和前提。在这方面斯拉夫主义理论思想给我们的启示是巨大的。当然任何一种理论学说都有其历史局限性，都不可能是永恒绝对的。斯拉夫主义无疑有着唯心主义美学所固有的消极因素：诸如泛美主义直觉、神秘主义气息、复古保守主义倾向、反历史主义原则、反西方物质文明以及主张调和、改良等。这就需要我们采取历史唯物主义分析的态度，借鉴其精华，扬弃其糟粕。尽管如此，斯拉夫主义的历史偏差仍然掩饰不住它作为一种艺术生命哲学所展示出鲜活生命力和长远价值。19 世纪欧洲在文艺美学领域曾产生了大量天才的理论和言说，直到今天我们仍然会因这些理论和言说而欢乐，或者为它们所引导。俄国斯拉夫主义正是这样一种久远而又年轻，而且能够给我们以真正精神愉悦和进步的理论和言说。由此我们不禁要问：在

"全球化"、"数字化"大潮席卷而来的当今俄罗斯和全世界，民族精神本体论价值真的是被彻底埋葬了吗？或者，它真的已经被接受为经典的、传统和过时的展览品了吗？斯拉夫主义那一对俄罗斯传统民族文化精神、民族道德理想的热烈审美诉说，从此就注定只能算是历史的回声了吗？的确，一个显而易见的事实是，即便是在故乡俄罗斯，斯拉夫主义批评家的遗作被搬入博物馆或图书馆的典籍档案室，文学课本和教材里也仅仅是笼统地提及斯拉夫主义及其历史遗产，为数不多的有关斯拉夫主义文艺美学的著述也大多是在尘封的角落里无人问津；实际上在霍米亚科夫、И. 基列耶夫斯基、K. 阿克萨科夫在世时，由于受到别林斯基社会历史学派和革命民主主义美学等时代"显学"的批判，斯拉夫主义及其文艺美学理论被曲解、被冷落的事实已经初露端倪了。更不用说19世纪下半叶的"激进60年代"和苏联时代对斯拉夫主义作为"自由资产阶级民族主义情绪的团体"[①] 的摒弃和长久遗忘。但是，同样不能忽视的是，诸如别林斯基、车尔尼雪夫斯基对俄国乡村和"农民问题"的关注、陀思妥耶夫斯基根基主义派别对艺术生命根基性的强调、"民粹派"发起的那场所谓"走向民间"运动，以及"白银时代"新宗教哲学对"世界一体性"的阐释和欧亚主义对斯拉夫特殊精神优越性的解说，无不带有斯拉夫主义文化元素，无不从斯拉夫主义理论学说中得到某种特别的启示。在俄国后世不同理论派别所显形的形态里，就已经忽隐忽现地包含着斯拉夫主义浪漫美学所赞许的内容了。换句话说，在不同时代优秀俄国知识精英们的民族主义文化论述里，斯拉夫主义文艺美学的主要原则——艺术生命原则及艺术文化根性、艺术形式的正面肯定因素——被固定地保留下来。但这并不是说，在19世纪上半叶发展并成熟的斯拉夫主义文艺美学，可以无条件地应用于阐释和分析当今的文学艺术和文化现象。恰恰相反，正是21世纪俄罗斯文学艺术发展的复杂新现实和俄罗斯文明发展的复杂新现实向斯拉夫主义派别的文艺美学观念提出了有力的挑战。斯拉夫主义理论家对艺术弥赛亚使命，对俄罗斯相比于西方具有精神优势的断言和彼得大帝"全盘西化"式改革的控诉，以及与之相

---

① Державин Н. С. *Герцен и славянофилы // Историк—марксист*. М., 1939. № 1. С. 126.

关联的对彼得大帝改革之前的俄罗斯村社主义的文化眷恋都被当今混乱的俄罗斯，特别是苏联解体之后那种支离破碎的、无所指的、表层化的，民族主义历史想象彻底耗尽的后现代冷酷现实及其错乱文本所深刻质疑。

概言之，斯拉夫主义是俄国19世纪（中叶前后）思想本土化运动中一个影响极为深远的，集哲学、美学、历史、文化学于一身的重要理论派别。其根本特征是精神体验上的生命有机论思想和文化认知上的民族根性意识，其理论优势在于成功地将生命哲学这一西方直觉主义原则与俄罗斯传统宗教精神本质紧密结合起来，发展出了一种主体性的民族文化审美批评理论，从而为俄罗斯哲学、文化学、历史学、文艺学和美学带来了认识论新形式。就理论格局和演进态势来说，19世纪大部分时期的俄国批评除了在当时占据主流地位的，奉行社会认识论和阶级价值论的别林斯基—车尔尼雪夫斯基—杜勃罗留波夫革命民主主义学派以外，另一种就是足以与其相抗衡的，奉行生命有机论和宗教精神价值的、生成转化轮廓清晰的斯拉大主义民族文化审美学派，这构成了斯拉夫主义与西方主义之间接下来旷日持久的百年论争。斯拉夫主义文艺理论和审美批评实践表明了，一种立足民族文化精神土壤的正面美学或许更具有历史的传承性和长远的理论价值。在此，斯拉夫主义派别所反复论述的关于艺术生命有机性和艺术民族文化本源性，以及俄罗斯区别于西方（欧洲）的特殊“人民性”品格的思想成为俄国近一个半世纪的时间里回答民族精神和道德危机的基本意向和依据：文学艺术抑或文化的发展进步离不开历史传统和本土根基，用斯拉夫主义的话说，就是用一种正面的、“史诗般静观”的淳朴态度来看待和处理民族生活客体（内容）。这样，在文化本体论取向上尽管抛弃了西方启蒙理性主义的分析式思维，但一种弥赛亚主义的、生命整合的、爱与全人类道德救赎的“天下大同”意识仍然被积极强调了。人类永恒理想转化为一种俄罗斯本土民族意识形式和民族文化审美范式，一种深切的理论姿态，以此渗透到俄罗斯文学的批评文本之中。因此，考察斯拉夫主义文艺理论及其民族文化审美思想能够提供给我们一个认识和读解俄罗斯民族文化精神、俄罗斯思想（理念），以及俄罗斯历史剧变和文化现状的有效的视角。以上对斯拉夫主义文艺美学观念的分析便能说明这一点。同样，这个分析也表明斯拉夫主义派别的文艺美学意识也是处在不断更新与延伸之中的，在不同的斯拉夫主义理论家笔下，以及后世不同的关注视野下呈现出不同的理论色彩和论述侧重点。同时代围绕斯拉夫主义的激烈论争，近一个半世纪里在历史的变迁中围绕斯拉夫主义的各种南辕北辙的观点和误解，使得斯拉夫主义的理论面容变得模糊和飘忽不定。然而，围绕斯拉夫主义备受争议的、持续不断的关注本身，以及俄罗斯文学、文化的发展印证了它历久弥新的理论生命力。斯拉夫主义文艺理论和文化批评意识美学作为一笔丰厚的历史遗产和文化资源，其魅力或许成为俄罗斯新时期（21 世纪“全球化”时代）在维护本土文化完整性的基础上，“重建民族国家、凝聚和振兴民族精神、抵御‘全球化’带来的文化‘非民族化’之威胁的精神支柱之一”①。也许，对构成“俄罗斯灵魂”伟大秘密的俄罗斯民族审美特性问题的理论探索来说，这仅仅是一个良好的开始。

---

① 林精华：《想象俄罗斯》，人民文学出版社 2000 年版，刘宁序言，第 9 页。

附录　斯拉夫主义研究在中国

斯拉夫主义是19世纪俄国文化历史哲学的一个重要组成部分，是一种建立在俄罗斯传统伦理道德和宗教（东正教）哲学基础之上的，具有强烈本土性特点的民族文化学理论和哲学理论、文艺学理论，是俄罗斯与西方（欧洲）两种生命有机论哲学在契合互动中形成的理论聚合体：一方面，斯拉夫主义是对欧洲有机论哲学的全身心接纳，继承的是欧洲形而上学传统中的有机整合思想和生命直觉主义意识；另一方面，斯拉夫主义又深受俄国古老村社主义和东正教生命有机论理念的文化塑形。斯拉夫主义理论家在其理论表达中一方面对欧洲有机论哲学有着"谢林式的崇拜"，另一方面又对追求"全人类性统一"（陀思妥耶夫斯基语）的俄罗斯弥赛亚主义（救世主义）理想有着最为虔诚的信守，并且抗议彼得大帝改革之后的"西方主义"对俄罗斯民族主体意识的扭曲。即使在当今21世纪"全球化"时代的今天，斯拉夫主义观念仍然深刻影响着当代俄罗斯思想的建构和俄罗斯民族精神的进步。本书力图就斯拉夫主义在中国（大陆）的研究历史和现状进行系统性梳理，以期为更深入、更全面地了解斯拉夫主义在中国的传播历程提供一个有益的视角。

1. 新中国成立前的斯拉夫主义研究

斯拉夫主义作为俄国哲学、社会思潮事实上很早就被介绍到了中国，几乎和别林斯基、车尔尼雪夫斯基、杜勃罗留波夫革命民主主义理论同步，但属早期别林斯基、车尔尼雪夫斯基、杜勃罗留波夫研究介绍中的夹带性输入：早在清末的1904年，金一（金松岑）所著的《自由血》问世，内中有《赫辰传》一文，介绍了赫尔岑以及果戈理、别林斯基、屠格涅夫等文人，其中提到了这些文人和“国粹党”的斗争①。“国粹党”就是指19世纪中叶与赫尔岑等人处于同时代的“斯拉夫主义派别”。1918年10月革命家李大钊在其著名的《庶民的胜利》中指出时代政治失败和思想争端冲突是“大主义”横行的一个结果，除了所谓“大日耳曼主义”、“大塞尔维亚主义”、“大日本主义”等，还特别贬义地提到了“大斯拉夫主义”的概念②，显示李大钊熟悉俄国19世纪末盛行的“泛斯拉夫主义”和“欧亚主义”思潮。这里“大斯拉夫主义”的前身即可上溯到19世纪上半叶的老一代“斯拉夫主义”。20世纪20—30年代，在“以俄为师”口号的鼓舞下，对俄国理论著作的译介（主要以文艺理论著作为主）也开始大规模展开。其中比较重要的介绍性评论文章和译著有张闻天的“托尔斯泰的艺术观”，耿济之译的“托尔斯泰艺术论”、《俄国四大文学家合传》，郑振铎的《俄国文学的启源时代》，张邦绍、郑阳的“托尔斯泰传”，沈雁冰的《近代俄国文学家三十人合传》和“俄国近代文学杂谈”，周树人（鲁迅）的《阿尔志跋绥甫》，周作人的“文学上的俄国和中国”，郑振铎的“俄国文学史略”，郭绍虞的“俄国美论及其文艺”，沈泽民的“克鲁泡特金的俄国文学论”等③。这些论述对于帮助中国读者了解俄罗斯文学及文化的精神价值，掌握俄国文艺理论思想乃至确立中国在新时期进步文学的创作原则和审美规范都起到了重要作用，却鲜有提及斯拉夫主义，偶尔的片言只语也是为了以斯拉夫主义的所谓思想“没落”、“反动”和“保守落后”来衬托别林斯基、车尔尼雪夫斯基革命唯物主义学派的“思想正确”。1921年瞿秋白在其苏联游记《赤都心史》中评价说：“邱采夫，F. i. Tuttcheff（即诗人邱特切夫）作为俄国斯拉夫主义的诗人，一生行事，没什么奇迹，可是他的诗才高超欲绝。当代评论家白留沙夫（即象征派诗人布留索夫）和他继承的是普希金的伟业”④，这显示出“斯拉夫主义”已经成

① 陈建华主编：《中国俄苏文学研究史论》第二卷，重庆出版社2007年版，第3页。

② 李大钊：《庶民的胜利》，《新青年》1918年第5卷第5号。

③ 参见《小说月报》，1921年9月第12卷号“俄国文学研究”专刊。

④ 瞿秋白：《赤都心史》，广西师范大学出版社2004年版，第29页。

为当时那些“以俄为师”的中国精英知识分子头脑中的常识性的概念，但对斯拉夫主义的印象还基本停留在文学创作和文艺学领域。

2. 新中国的斯拉夫主义研究

新中国成立后中国的俄罗斯研究界长期受苏联意识形态影响，唯别林斯基、车尔尼雪夫斯基、杜勃罗留波夫革命民主主义观点马首是瞻，关于斯拉夫主义理论的研究长期以来几近空白，连局部有分量的学术论文也很少见到。个别学者的论述限于文艺批评领域，即文艺学意义上的斯拉夫主义。即便如此，陈建华主编的4卷本《中国俄苏文学研究史论》①，其中第2卷《中国对俄苏文论的研究》里详细地叙述了别林斯基、车尔尼雪夫斯基、杜勃罗留波夫唯物主义思想研究在中国、中国对俄国早期马克思主义文艺批评的研究、高尔基文学理论与批评在中国的接受、社会主义现实主义研究在中国、巴赫金文艺思想研究、俄国形式主义研究、新时期历史诗学研究、普洛普研究以及洛特曼文艺符号学研究等各个板块，却只字未提斯拉夫主义文艺理论在中国的研究状况，显示出斯拉夫主义论研究在中国长期被打入“冷宫”的尴尬局面。20世纪50年代中苏关系“蜜月期”，国内相继出版了译自苏联的一些文学史原著教材，如布罗茨基的三卷本《俄国文学史》（作家出版社1955—1957年版）、高尔基的《俄国文学史》（新文艺出版社1956、1979年再版）、季莫非耶夫的《苏联文学史》（作家出版社1956年版）等，里面均对“斯拉夫主义”有苏联官方意识形态化了的社会背景性描述：对斯拉夫主义的介绍一般是作为章节之首“19世纪上半叶文学界政治思想斗争状况”的形式，以别林斯基、车尔尼雪夫斯基、杜勃罗留波夫社会历史批评学派的对立面（论战的死敌）而出现。1964年山东大学的《文史哲》杂志第3期，发表了刘锡诚《十九世纪俄国古典作家的民间文学观概述》的文章，以较大的内容和篇幅介绍了斯拉夫主义“复古主义”的俄罗斯民间文学观，提到了诸如基列耶夫斯基、斯涅基洛夫、萨哈洛夫、捷列申、达里等斯拉夫主义理论家的贡献，在国内首次触及“斯拉夫主义”的民间文学观念。1978年《社会科学战线》杂志

① 国家社会科学“十五”规划项目优秀成果（重庆出版社2007年版）是国内迄今为止中俄文学关系史研究方面资料最为扎实的重大科研项目。

第2期文艺学栏目上发表了程代熙《略论别林斯基的文学民族化思想》的文章，在详细论述别林斯基文学民族化、人民性思想的同时，以近半的篇幅展示了斯拉夫主义民族文化理论的“谬论”，指出斯拉夫主义对俄罗斯民族意识与民族精神的鼓吹是与同时代的社会现实生活相脱节的，是用牧歌田园式的古老风习来掩盖农奴制下残酷的社会现实，典型体现着苏联时代意识形态的影响。不过程文在国内理论界第一次使用了“斯拉夫主义”这一称谓，从而打破了国内长期一直使用“斯拉夫派”这一叫法的习惯。20世纪80年代以后对斯拉夫主义理论的关注显著增加，“斯拉夫派”作为文艺学概念得到较为广泛的使用。1982年出版的《中国大百科全书》外国文学卷收有蒋路撰写的“斯拉夫派”词条①，成为我国“改革开放”初期国内学界对斯拉夫主义文艺理论最经典阐释。该词条指明“斯拉夫派”在俄国产生的大致日期（19世纪40—50年代）、思想缘起（恰达耶夫《哲学书简》的发表）、地点（莫斯科）、“斯拉夫派”主要代表人物（霍米亚科夫、基列耶夫斯基兄弟、阿克萨科夫兄弟、萨马林、科谢略夫），思想上与斯拉夫主义比较接近的作家和诗人达里、老阿克萨科夫、A. 奥斯特洛夫斯基、A. 格里戈里耶夫、丘特切夫、亚济科夫，大型“斯拉夫主义”丛刊（《莫斯科文集》）、舆论阵地（《莫斯科人》、《俄罗斯丛谈》等）、“斯拉夫主义”主要思想观点（“反对全盘欧化”，“否定彼得改革的进步性”，“美化古代罗斯宗法社会，把村社和东正教当作俄罗斯精神的基础”，“赞扬俄罗斯人民的温顺与虔诚”，“主张自上而下地废除农奴制，反对别林斯基和自然派”，“创作上往往带有道德教诲倾向”，“收集整理了古罗斯文献典籍、民间创作和语言上的贡献”等）。蒋路的外国文学大百科词条可谓国内自清末以来到改革开放初期大半个世纪中国知识分子对“斯拉夫主义”认知经验的概括和总结。尤为可贵的是：蒋路的词条提到19世纪60—70年代陀思妥耶夫斯基、A. 格里戈里耶夫等继承斯拉夫主义精神，并吸收西欧派若干思想观点，形成另一个派别——“根基派”。虽然蒋路根本没有提到“斯拉夫主义”文化认知上的“聚合性”原则、文艺批评的

① 冯志主编：《中国大百科全书》外国文学卷Ⅱ，中国大百科全书出版社1982年版，第948页。

“人民性”概念和艺术哲学上的生命直觉态度，也没有说明“斯拉夫主义”如何在19世纪中叶通过格里高里耶夫“有机批评”这一桥梁实现向“根基派”理论的思想过渡，但基本勾画出了俄国整体斯拉夫主义运动自“斯拉夫主义”向“根基主义”演变、转化的基本历史线索。

20世纪80—90年代以后，相继出现了一系列由国内学者（多为高校俄苏文学教师）负责编纂的俄苏文学史教材和俄苏文学批评史教材，如易漱泉等编写的《俄国文学史》（湖南文艺出版社1986年版），曹靖华主编的《俄苏文学史》（河南教育出版社1992年版），刘宁、程正民编写的《俄苏文学批评史》（北京师范大学出版社1992年版），刘宁主编的《俄国文学批评史》（上海译文出版社1999年版）等。这些教材多数作为高等学校俄语专业及文科有关学科讲授俄苏文学史、俄苏文艺学理论课程的通用教材，影响很大。其中都有斯拉夫主义理论（文艺理论）方面的章节，虽未能彻底摆脱苏联官方意识形态的影响（如对斯拉夫主义的论述大多都是以别林斯基、车尔尼雪夫斯基、杜勃罗留波夫社会历史批评学派的对立面形式展开论述），但越来越表现出实事求是、力求全面客观的理论态度，不再像50—60年代那样仅仅把斯拉夫主义理论视作代表俄国地主阶级“复古”、“保守反动”的代名词。特别值得注意的是刘宁教授主编的《俄国文学批评史》中以专章的形式系统地论述了“斯拉夫主义”和“根基主义”的社会政治观点，并以独立章节的形式详细介绍了И. 基列耶夫斯基、霍米亚科夫、K. 阿克萨科夫、格里高里耶夫、斯特拉霍夫等斯拉夫主义批评家的创作生平、基本思想观点及其历史价值。其中涉及斯拉夫主义理论的第七章“斯拉夫派”由叶乃方执笔，第十五章“根基派”由刘宁执笔，第二十章“陀思妥耶夫斯基”由夏仲翼执笔。《俄国文学批评史》在国内首次明确将“斯拉夫派”和以“有机批评”为理论先导的“根基派”列为19世纪俄国主要批评流派，足以和别林斯基、车尔尼雪夫斯基、杜勃罗留波夫革命民主主义学派相互抗衡。其中刘宁执笔的“根基派的文学批评”一章（分为“根基派”的形成、格里高里耶夫的“有机批评”和斯特拉霍夫的文学批评）系我国学者第一次以翔实的第一手资料全面完整地介绍19世纪俄国斯拉夫主义运动中离现代最近的根基主义批评派别，具有历史开拓性的意义。透过《俄国文学批评史》的多元化阐释框架，19世纪俄国整体斯拉夫主义运动第一次显现出了清晰完整的演进轮廓和发展格局。这是80—90年代中国学术界斯拉夫主义理论介绍和研究方面最重要的成果之一。除此之外，80—90年代国内对斯拉夫主义理论研究成果（文艺理论）的翻译方面也有了开拓性进展，如刘宝端翻译出版了由巴·尼古拉耶夫编著的《俄国文艺学史》（生活·读书·新知三联书店1987年版），张凡琪、陆齐华等翻译出版了M. 奥夫相尼科夫编著的《俄罗斯美学思想史》（中国人民大学出版社1990年版）、冯春翻译了格里高里耶夫论普希金和“西欧派”的两个片段，收入《普希金评论集》（上海译文出版社1993年版）中。其中刘译和张译中均有“斯拉夫派”、“斯拉夫主义者”、“土壤派”（即根基派）和“陀思妥耶夫斯基”等章节，使20世纪末国人对新时期来自俄罗斯本土的斯拉夫主义研究（文艺理论）情况有了比过去更为公正全面的认识，比如“斯拉夫主义是俄国艺术思想史上较为完整的流派”，斯拉夫主义与古典主义美学对立的浪漫主义原则……以及斯拉夫主义“通过外在形式体现内在内容的象征性精神”，“土壤派实际上起源于斯拉夫派[1]”等说法都对长期以来国内学界视斯拉夫主义为“过时古董”，为一场所谓“乔装打扮的喜剧”（列宁语）的偏见形成重要启示。

3. 21世纪前后中国的斯拉夫主义研究

进入20世纪90年代特别是21世纪以来，斯拉夫主义理论在中国的研究呈现出热络的局面，并逐步逾越文艺学理论的樊篱[2]。国内一批中、青年学者开始认真关注斯拉夫主义理论及其对俄罗斯文学、文化的巨大精神影响。个案研究方面如林精华的《从西欧主义到斯拉夫主义：对普希金认识的研究》（《解放军外语学院学报》1999年第3期）和《斯拉夫主义：俄国视野中的普希金》（《俄罗斯文艺》1999年第2期）两篇文章。前者

---

① 奥夫相尼科夫：《俄罗斯美学思想史》，张凡琪等译，中国人民大学出版社1990年版，第197—214页。

② 据笔者在中国知网中国期刊全文数据库搜索，1911—1979年涉及斯拉夫主义理论的学术文章仅2篇，1979—1999年共有35篇，显示出斯拉夫主义开始得到积极关注，1979—2014年共计109篇，呈现出了一定的热络局面。

认为“普希金作为民族诗人充分体现了俄国文学从模仿西方的西欧主义发展为体现以斯拉夫主义文化为主体的民族文学的过程。这种变迁，成为19世纪俄国西欧主义和斯拉夫主义之争的理论和根据”，触及普希金创作的斯拉夫主义思想倾向；后者进一步阐述普希金与斯拉夫主义的渊源，普希金的“斯拉夫主义定位”以及普希金创作中斯拉夫主义精神的体现，即“民族视角”和“思考知识分子问题命运”，从而给出一个体现着斯拉夫主义精神特点的，不同于欧洲作家（拜伦模仿者）的普希金形象。刘文飞《别林斯基与果戈理的书信论战》（《外国文学评论》2006年第1期）的文章在斯拉夫派和西方派思想论争的大背景下评析了别林斯基与果戈理这场论争，认为果戈理晚年受到斯拉夫主义宗教思想的深刻影响。刘的另一篇名为《脱离“土壤”的群魔——陀思妥耶夫斯基〈群魔〉中的斯拉夫派立场》（《中外文化与文论》2005年第1期）的文章透过对陀思妥耶夫斯基的小说《群魔》中众多脱离了人民真理即民族宗教信仰根基的“群魔”形象的分析，揭示了陀思妥耶夫斯基体现在小说创作中的斯拉夫主义立场。另外，刘还发表了《俄罗斯问题：索尔仁尼琴“政论三部曲”中的新斯拉夫主义》（《俄罗斯研究》2006年第2期）的文章，通过对索尔仁尼琴政论“三部曲”的解读，梳理和论述了这位“诺贝尔奖”作家身上的新斯拉夫主义理念，显示出斯拉夫主义作为民族文化精神积淀依然可以对当代俄罗斯作家构成深刻的精神影响。金亚娜《俄罗斯神秘主义认识论及其对文学的影响》（《外语学刊》2001年第3期）的文章，将“斯拉夫主义”的“完整的理性”和“集体宗教理性”理论置于与俄罗斯文学的互动研究之中，探讨了“斯拉夫主义”、索罗维约夫、别尔嘉耶夫等人的神秘主义认识论传统对果戈理、陀思妥耶夫斯基、托尔斯泰等作家的深刻影响。

进入90年代后特别是21世纪以来，国内斯拉夫主义理论研究基本上超越了文艺学界域而走向斯拉夫主义哲学研究、宗教研究、历史研究的学术倾向。斯拉夫主义在国人面前越来越呈现出文化聚合体的多元身份特征，即它不仅仅以俄罗斯文艺学流派和文学流派的面目而复现，而更多情况下是以俄罗斯东正教哲学、民族主义政治学派、文化学派、本土化社会历史思潮以及俄罗斯语言学派的面孔呈现在国人面前。鉴于俄罗斯宗教哲学与斯拉夫主义的历史渊源（俄罗斯宗教哲学最初就是由早期斯拉夫主义所创建），学者们首先表现出对斯拉夫主义哲学观和宗教观的浓厚兴趣。学者张百春出版了《当代东正教神学思想》（上海三联书店2000年版）的专著，并先后发表《斯拉夫派与俄罗斯民族哲学》（《哈尔滨师专学报》1996年第4期）、《霍米亚科夫及其宗教哲学》（《哈尔滨师专学报》1999年第10期）、《俄罗斯哲学与东正教》（《哲学动态》2006年第11期）等学术文章，探讨了斯拉夫主义世俗化了的宗教哲学观；马寅卯所发表的《霍米亚科夫和俄罗斯斯拉夫主义》（《哲学动态》2004年第10期）、《作为他者的俄罗斯——早期斯拉夫主义中的俄罗斯与西方问题》（《社会科学辑刊》2006年第4期）、《俄罗斯理念：需要澄清的几个问题》（《浙江学刊》2007年第5期）等文章在更广泛的人文科学领域关注斯拉夫主义推出的俄罗斯思想命题；白晓红的《俄国斯拉夫派思想探源》（《求是学刊》1998年第2期）、《俄国与西方：俄罗斯观念的历史考察》（《东欧中亚研究》1999年第4期）、《俄国“斯拉夫派”的政治思想》（《世界历史》2001年第5期）、《俄罗斯思想的流变》（《俄罗斯中亚东欧研究》2005年第1期）、《俄罗斯文化发展的初始因素》（《中国社会科学院报》2008年1月31日）等文章深入分析了斯拉夫主义的缘起、斯拉夫主义与所谓“俄罗斯思想”（Русская идея）的生成转换关系。另外，白晓红还在多年研究的基础上出版了专著《俄国斯拉夫主义》（商务印书馆2006年版）。该论著作为近年来国内一部跨学科研究的力作，强调斯拉夫主义相对于西方的独特历史文化定位，指明“斯拉夫主义哲学的突出之处是以精神整体性反对西方唯理主义、以东正教聚合性对抗西方的个人主义；社会政治理想是保持村社和地方会议的君主制社会的和谐有机发展；经济观点上表现为既赞同自由劳动，又维护村社土地占有制的矛盾的独特经济思想”，斯拉夫主义的宗教、哲学和政治、经济、文化、社会历史观等领域都得到了较为全面细致的研究。徐凤林的专著《俄罗斯宗教哲学》（北京大学出版社2006年版）用三个专章的较大篇幅论述了斯拉夫主义理论家И. 基列耶夫斯基的“哲学新原理”、霍米亚科夫的“聚合性”学说、“陀思妥耶夫斯基对人性的拷问”，从而使得俄国斯拉夫主义“作为唯一独创性的俄罗斯哲学问题”和“独特的东正教思维”得到了本体论阐释。该方面的主要成果还有刘文飞撰写的《〈哲学书简〉：俄国思想分野的开端》（《读书》1998年第8期）、《俄罗斯“命运”和“思想”》（《中华读书报》2008年10月29日），林精华所撰写的《“东方”与“西方”：俄国人审视俄罗斯问题的方法》（《俄罗斯文化评论》2006年版）、姚勤华的《俄国泛斯拉夫主义研究》（《学术季刊》2000年第2期）和《19世纪俄国斯拉夫主义思想和运动研究》（《东欧中亚研究》2002年第6期）、萧净宇的《霍米亚科夫的教会论：俄罗斯东正教的理论根基与精神内核》（《俄罗斯文艺》2007年第2期）、姚海的《俄国历史上斯拉夫派与西方派的争论》（《史学月刊》1992年第3期）、雷永生的《俄罗斯民族意识的觉醒：西方派与斯拉夫派的思想辩论》（《中国青年政治学院学报》2004年第3期）、韩晓燕的《19世纪俄国斯拉夫派和西方派对民族现代化道路的论争》（《安庆师范学院学报》2001年第5期）、曹维安的《俄国斯拉夫派与西方派》（《陕西师范大学学报》1996年第2期）、齐嘉的《斯拉夫派与西方派的争论》（《黑河学刊》2007年第6期）、李玉君的《斯拉夫派与农奴制度》（《西北师范大学学报》1997年第6期）、孙坚的《冲突与融合解析俄国的西方派与斯拉夫派之争》（《新学术》2009年第1期）等论文，任光宣撰写的《俄罗斯文化十五讲》（北京大学出版社2007年版）等论著。除此之外，斯拉夫主义语言哲学也得到了个别国内学者的关注：如随然的文章《俄罗斯早期语言哲学的形成与发展》（《中国俄语教学》2006年第1期）梳理了俄罗斯语言哲学思想演进的过程，指出19世纪“斯拉夫主义语言观认为语言的首要作用不是作为思想表达的形式，而是作为民族文化精神的体现形式。俄罗斯语言形式主义是斯拉夫主义思想继续发展的结果”；萧净宇的文章《斯拉夫派与俄罗斯语言哲学的发展》（《俄罗斯文艺》2006年第2期）分析评估了斯拉夫主义语言学思想在俄罗斯语言哲学发展上的重要作用，认为俄罗斯早期语言哲学的形成可以追溯到18世纪末至19世纪初发生在俄国的那场东方派（希什科夫）与西化派（卡拉姆辛）间的历史性“语法大辩论”，从而形成了俄国语言哲学中斯拉夫主义和西方主义迥然对立的语言观。

随着21世纪前后一股“俄罗斯宗教哲学热”，国内斯拉夫学界相继组织翻译、出版了一系列有关俄罗斯思想、俄罗斯宗教哲学方面的，来自20世纪前后“白银时代”新宗教哲学家们的著作，如别尔嘉耶夫的《俄罗斯思想》（生活·读书·新知三联书店1995年版）、《俄罗斯思想的宗教阐释》（东方出版社1998年版）、《俄罗斯灵魂：别尔嘉耶夫文选》（学林出版社1999年版）、洛斯基的《俄罗斯哲学史》（浙江人民出版社1999年版）等。学林出版社1999年还出版了“二十世纪俄国新精神哲学精选”系列；浙江人民出版社2000年出版了“俄罗斯宗教哲学译丛”序列，使得国内读者得以了解到独特的“俄罗斯宗教哲学”自早期“斯拉夫派”到“根基派”再到“白银时代”新宗教哲学发展的历史风貌，其中有相当部分内容涉及新宗教哲学家们针对斯拉夫主义理论的精彩论说。另外，个别俄罗斯当代学者的研究著作也得到了译介，如Г. 德拉奇教授的《文化学：西方派和斯拉夫派的文化学思想》（吴克礼节译，《国外社会科学文摘》1997年第11期）就是一个例证。这是国内学者第一次译介斯拉夫主义的民族文化学思想。

与对斯拉夫主义哲学、宗教、文化学研究的热络形成显著对比的是：尽管斯拉夫主义在中国最初是作为一种文艺理论思潮被接受的，斯拉夫主义长期被视作俄国作家创作和俄国文学发展的社会文化背景（革命民主主义美学的死敌），斯拉夫主义艺术哲学思想和文化审美理论本身在国内并没有得到应有的关注和系统性研究：自20世纪80年代以来，在有关的出版物中，我们很少能够找到专门评述斯拉夫主义艺术哲学的著作。季明举自2000年以来一直关注斯拉夫主义的“变体”——根基主义在国内外的前沿研究状况，相继发表了《格里高里耶夫“有机批评”论说》（《北京师范大学学报》2002年第4期）、《“我们共同的流派”：“有机批评”与斯拉夫派艺术观比较》（《俄罗斯文艺》2005年第2期）、《19世纪上半叶俄国文艺美学思潮及其演进格局》（《辽宁师范大学学报》2006年第1期）、《阿·格里高里耶夫民族文化典型观》（《国外文学》2006年第1期）、《探索生命的根基：“有机批评”与“根基派”的比较》（《俄罗斯文艺》2007年第2期）、《“戏剧是人民大众的学校”：格里高里耶夫民族戏剧观评析》

（《中央戏剧学院学报》2007 年第 3 期）、《巴赫金及其理论的斯拉夫主义性质》（《俄罗斯文艺》2008 年第 1 期）、《俄国文艺批评中的生命有机论思想及其历史影响》（《解放军外语学院学报》2009 年第 1 期）、《“根基派”及其民族文化审美理论》（《国外文学》2009 年第 4 期）、《巴赫金超语言学的斯拉夫主义哲学实质》（《外语学刊》2011 年第 4 期）、《民族主义话语及表述实质：19 世纪上半叶俄国文化思潮及其历史影响》（《俄罗斯中亚东欧研究》2011 年第 5 期）、《“普希金是我们的一切”：“有机批评”视野中的普希金》（《安徽大学学报》2011 年第 4 期）、《跨越与回归：A. 格里高里耶夫“有机批评”的历史命运》（《吉首大学学报》2012 年第 3 期）等文章，在国内首次集中论证了格里高里耶夫“有机批评”理论学说及其重大历史价值，并力图建立起“有机批评”与之前“斯拉夫派”、之后“根基派”之间的思想链接，从而勾画出了 19 世纪俄国文艺批评中与别林斯基、车尔尼雪夫斯基、杜勃罗留波夫社会历史学派相抗衡的，有机论诗学路线图。2005 年 12 月，季明举出版了《艺术生命与根基：格里高里耶夫“有机批评”理论研究》（中国文联出版社）的专著，对构成斯拉夫主义“变体”的“有机批评”理论学说从文艺美学和文化学两个方面入手，结合历史比较方法进行了系统阐释。季的论著在回溯“有机批评”产生的历史文化语境（欧洲与俄罗斯两大生命有机论美学的相互作用）的基础上论述了“有机批评”的审美原则（生命整合立场、直觉主义），民族文化维度（人民性与文化根基意识），批评实践活动（小说、诗歌评论剧评）和言说方式（俄罗斯文化中的圣愚式），并在概括基础上对“有机批评”的理论价值和当代意义作出了评估，这在国内学界尚属首次。另外长期致力于俄罗斯文学、文化研究的刘文飞于 2006 年 12 月出版了《伊阿诺斯或双头鹰：俄国文学和文化中斯拉夫派和西方派的思想对峙》（中国社会科学出版社）的专著，对俄国文学和文化中“斯拉夫派”和“西欧派”的源流发展和思想论争进行了全面梳理，分别介绍了两个流派的主要代表人物及代表作品，并进行了简要的分析。该论著包括了斯拉夫主义概述、西方派概述、伊凡四世与库尔布斯基书信论争、阿瓦库姆的《生活纪》、恰达耶夫《哲学书简》、别林斯基与果戈理的书信论争、陀思妥耶夫斯基的《群魔》等。刘著认为发生在俄国19世纪长达半个多世纪的斯拉夫主义与西方主义大论战，如今正引起国内外学界越来越多的关注，相信国内随着对斯拉夫主义和西方派研究的不断深入，斯拉夫主义与俄国文学间的复杂关系及其对俄国文学、文化进程的深远影响将得到更为深刻的揭示。刘著的创新之处在于梳理出千年俄国文学和文化史发展过程中犹如一根红线始终贯穿着的斯拉夫主义（东方）与西方主义（西方）对峙格局，指出作为一根红线，斯拉夫主义（本土化）和西方主义（外来化）两元对立态势可以回溯到俄国中世纪甚至更早的“罗斯受洗”时期。

总体而言，中国的斯拉夫主义理论研究在20世纪后期才刚刚起步，至今仍然难以形成类似别林斯基、车尔尼雪夫斯基、杜勃罗留波夫革命民主主义社会历史学派20世纪50年代、西方现代派及后现代思潮20世纪80—90年代在中国的理论研究热潮。由于21世纪前后这个传统思想学派的哲学理论、宗教历史观念和文化学思想在当今俄罗斯人文学界日渐深远的巨大影响，也由于21世纪国内学界对俄国斯拉夫主义问题的学术兴趣日渐浓厚，全方位地了解和探讨斯拉夫主义理论就成为一个迫切的学术问题。随着中俄文化交流的进一步发展以及21世纪国内对19世纪俄罗斯思想多元格局的认识日趋完整，诸如传统的别林斯基、车尔尼雪夫斯基、杜勃罗留波夫社会唯物主义历史学派与斯拉夫主义理论学派对照下的历史关系问题，斯拉夫主义对当今俄罗斯思想重构的历史和现实价值问题必然是一个无法回避的领域，也必将成为中国学术界探讨的一大兴奋点。另外，斯拉夫主义的理论缘起，斯拉夫主义在19—20世纪和21世纪俄罗斯多元历史文化语境下的演进轨迹、斯拉夫主义哲学思想、宗教观点、民族文化审美维度、斯拉夫主义的政治学、国家学说、历史学思想、经济学思想以及斯拉夫主义理论的总体理论价值、历史地位等都有待于中国学者进一步厘清并就各个细部进行有说服力的研究。